Oliver Bär

Schwarz und Weiß

Fantasy

Bibliografische Information der Deutschen Nationalbibliothek
Die Deutsche Nationalbibliothek verzeichnet diese Publikation
in der Deutschen Nationalbibliografie, detaillierte bibliografische
Daten sind im Internet über http://dnb.dnb.de abrufbar

© 2017 Oliver Bär
Herstellung und Verlag
BoD – Books on Demand, Norderstedt

ISBN 9783743109193

SCHWARZ UND WEISS

ERSTER TEIL

KAPITEL EINS : CELINE

-

In diesem ersten Kapitel erfahren wir, dass unsere Freunde es geschafft haben, das Schneewolkengebirge zu überqueren, was uns natürlich nicht verwundert, und werden um die Einsicht reicher, dass auch in Kriegszeiten der Soldat nicht auf den Bauern herabsehen sollte, denn er lebt schließlich von ihm - wie die Katze von der Maus.

-

1.
Obwohl der Herbst seinen Einzug in das Bergland gehalten hatte, und die ersten stärkeren Winde von Westen aufkamen, versprach es ein schöner Tag zu werden. Die Sonne erschien blendend hell über den Gipfeln des Schneewolkengebirges und erwärmte die kühle Morgenluft so schnell, dass man dem Verdunsten der Tautropfen auf dem Gras fast zusehen konnte.
Es schien, als wollte der Feuerball am Himmel noch einmal seine ganze Kraft zeigen und den Bergen mit ihren weißen Gipfeln und Flanken eine letzte Mahnung senden, bevor er sich selbst zur Winterruhe bettete, und die Welt hier oben in Massen von Eis und Schnee versank. Ein letzter Gruß auch an die wenigen Menschen, die ihr Leben zumindest in der warmen Jahreszeit hier fristeten, dass selbst nach dem strengen Bergwinter ein Frühling folgen würde, und der ewige Zyklus seine Fortsetzung fände.

Als ob auch die anderen Naturkräfte mit diesem womöglich letzten freundlichen Gruß vom Himmel einverstanden schienen, zeigten sich nur wenige Federwölkchen am blauen Firmament, was selbst im Sommer nur selten vorkam.
Celine war wie immer die Erste auf den Beinen. Sie schob die hölzernen Läden des Fensters auf, beugte sich hinaus und atmete tief durch. Dann schlurfte sie, noch in ihrem dünnen Nachthemd, die Treppe hinunter und öffnete in der Essstube ebenfalls die Fenster.
Für Waschen und Ankleiden würde später Zeit sein; jetzt musste sie das Frühstück für die Mutter und die beiden älteren Brüder zubereiten, auf die schon die tägliche Arbeit wartete.

.

Das Leben war nicht leicht für Bergbauern, vor allem wenn der Vater fehlte, aber Celine liebte die grünen Almen, das kühle frische Wasser der Bäche, die dem Gletscher entsprangen, den weiten Ausblick über die Welt im Westen - und den Frieden, der hier oben herrschte. Sie mochte selbst die abweisenden und drohenden Gipfel des Schneewolkengebirges; sie waren irgendwie ihre Freunde, denn sie stellten eine Mauer dar, eine Abgrenzung - nicht nur nach Osten, sondern in jede Richtung, denn sie sorgten dafür, dass es nicht viele Menschen in diese karge Bergwelt verschlug.
Wer hier lebte, der gierte nicht nach materiellen Gütern, und der war nicht bereit, für eine verschwommene Idee zu leben, sondern der fühlte sich als Lebewesen im Einklang mit der Schöpfung der Götter. Im Guten wie im Schlechten. Selbst die Unbilden der Natur nahm Celine mit der fatalistischen Ergebenheit des Kindes der Erde hin: Wenn der Sturm an den Balken des Berghofs rüttelte und die Blitze wie Höllenfeuer niederprasselten, sodass sogar die Luft verbrannt roch, dann spürte sie, dass sie lebte.

Es waren die Menschen, die sie fürchtete - seit vor zwei Jahren der Vater und der älteste Bruder aus nichtigem Grund im Dorf im Tal von einer versprengten Soldatenhorde getötet worden waren. Wer diese Marodeure waren, und für welches Ziel oder welchen Herrn sie kämpften - niemand fand es je heraus. Das Dorf - es war so klein und unbedeutend, dass es nicht einmal einen Namen trug, sondern nur eben „Dorf" genannt wurde - lag auf halber Höhe des Berges am Ende des Handelsweges nach Rannock. Dort verkauften sie ihre Waren und versahen sich mit den Sachen, die sie nicht selbst herstellen konnten. Dabei schnitten sie meistens nicht einmal schlecht ab, denn Fleisch, Käse und vor allem Wolle von Bergschafen waren begehrte Handelsartikel und brachten einen guten Gewinn.

Celine war zwölf Jahre alt, ein schlankes Mädchen mit langen blonden Haaren, die sie üblicherweise in einem dicken Zopf im Nacken trug. Ihre Brüder zählten dreizehn und fünfzehn Sommer, es waren kräftige Burschen, die es mit Hilfe der Mutter schafften, die schwere Arbeit des Bergbauern auch ohne den Vater zu bewältigen. Und obwohl sie die Jüngste war, wurde sie von dieser Arbeit nicht ausgenommen, wie die Schwielen an ihren sonst zarten Händen bezeugten.

Es war gegen die Mittagsstunde, und sie machte sich mit den Broten, dem geräucherten Schinken und dem großen Bierkrug auf den Weg nach der oberen Weide, um den Brüdern die Brotzeit zu bringen. Nach einer halben Stunde Aufstieg konnte sie schon von Ferne Gisil erkennen, den ältesten Bruder, der einen Zaun ausgebessert hatte, es sich jetzt in der warmen Sonne in der Wiese bequem gemacht hatte und seine Pfeife schmauchte. Ab und zu stieg ein kleines weißes Rauchwölkchen über seinem Kopf auf und zerfloss in der leichten Brise.

Celine setzte sich neben ihm nieder und packte die Vorräte aus ihrem Korb aus. Ihr Bruder nickte ihr freundlich-überheblich zu und klopfte die Reste seiner Pfeife an dem Zaunpfosten, den er eben gesetzt hatte, aus - wie ein erwachsener Mann. Sie lächelte ob dieser Vorstellung und sah sich um. Rolf würde nicht lange auf sich warten lassen.

.

Solcherart Idyllen ist das Schicksal nicht immer wohl gesonnen, und Celine sollte dies an jenem Tag im Frühherbst erfahren.

Als sie verträumt ihren Blick über die grünen Wiesen wandern ließ, konnte sie zwei Männer erkennen, die langsamen Schrittes über die Alm heraufstiegen, dabei sahen sie sich ständig nach allen Seiten um. Überrascht stieß sie ihren Bruder in die Seite.

Dieser schreckte aus seiner Beschaulichkeit auf und verzog das Gesicht, als er die Fremden gewahrte. Etwas Angenehmes konnte dies nicht sein. Die Bergbewohner teilten alle die Einstellung, dass unangemeldeter Besuch aus dem Tal nichts Gutes bedeutete.

Entsprechend abweisend reagierte Gisil: Er richtete sich gemächlich auf, trat einige Schritte vor und nahm den kurzen Spieß in die Hand, den er an den provisorischen Zaun gelehnt hatte. Eine feindliche Geste, dachte Celine, aber wer immer sich hier herauf begab, der war kein Durchreisender, kein harmloser Wanderer oder Händler, und dem gegenüber war Vorsicht angebracht.

Die beiden Fremden kamen näher, und ihre Gesichter, die sie jetzt erkennen konnte, erweckten keinen allzu freundlichen Eindruck: Beide wirkten abgezehrt, ausgemergelt und zeigten trotzdem eine gewisse versteckte Tücke, eine Wachsamkeit hinter den eingefallenen Augen, die auf üble Erfahrungen schließen ließ.

Sie waren Soldaten, darüber bestand kein Zweifel: Die Bewaffnung, obwohl die Schwerter rostig und abgenutzt aussahen, die Fetzen der Rüstung, und die Helme - Celine lief ein Schauer der Angst über den Rücken, als sie an den Tod ihres Vaters dachte.

Der vordere ignorierte Gisil und seinen Spieß, blieb einige Meter entfernt stehen und musterte sie eingehend, wobei ein Lächeln um seine Lippen spielte. Dann wandte sich sein Blick bergwärts und seine Augenbrauen zogen sich zusammen. Celine sah sich um: Rolf kam über die obere Alm zum Mittagsmahl herunter.
Der vordere Soldat nickte seinem Kumpan kurz zu, und dieser erwiderte die Geste. Celine hatte kurz Gelegenheit, die beiden eingehender zu betrachten:
Man konnte sie nicht als hässlich oder gar als abstoßend bezeichnen, aber der vordere zeigte beim Grinsen eine breite Zahnlücke im Oberkiefer, und der hintere trug eine lange verschwielte Narbe auf der linken Gesichtshälfte, die ihn das Auge nur halb öffnen ließ.
Beiden hing das dunkle Haar strähnig unter den Helmen hervor ins Gesicht. Bewaffnet schienen sie gut: mit Schwertern, Messern, und der mit der Narbe trug ein seltsames Gerät in der Hand, wie sie noch nie eines gesehen hatte - ein kurzer Bogen, der an einer Art Schaft mit einem Griff daran befestigt war.
„Is hier noch jeman?", fragte der Vordere Gisil, der wegen des eigenartigen Dialekts, den der Mann sprach, und der Art und Weise, wie er die Wortendungen verschluckte, nur verblüfft den Kopf schüttelte. Der Soldat verzog ärgerlich das Gesicht und trat einen Schritt weiter vor. Dabei legte er die Hand auf den Griff seines Schwertes, zog es aber nicht. Gisils halb erhobener Spieß schien ihn überhaupt nicht zu beeindrucken.

Aus dem Augenwinkel nahm Celine wahr, wie der andere sein Gerät hob, und ihre Nackenhaare stellten sich in jäher Furcht auf - das seltsame Ding war eine Schusswaffe!
„Gisil!", schrie sie, und ihr Bruder wandte sich kurz verwundert nach ihr um, aber nichts geschah. Sah er denn nicht ... ?
„Schrei hier nich rum!", fuhr sie der Soldat an. „Wir tun euch nichs. Ich wollt nur wissn, ob ihr allein seid - wegn dem Fein!"
„Was für ein Feind?", fragte Gisil jetzt, der plötzlich seine Sprache wieder gefunden hatte. Der Mann lachte, und Celine lief abermals ein Schauder über den Rücken. Nicht nur wegen der entblößten Zahnlücke, die ihm ein wölfisches Aussehen verlieh, sondern wegen der verhalten arroganten Tücke, die in seinen Augen kurz aufleuchtete. Es war dieser Blick, mit dem die Katze die Maus ansah - oder der Krieger den Bauern.
Und die Mäusebauern, das waren sie!

2.
Sie erschrak kurz, als sich eine Hand auf ihre Schulter legte, aber es war nur ihr Bruder Rolf, der neben sie getreten war, und sie mit dieser Geste eigentlich beruhigen wollte.
„Welche Feinde?", wiederholte Gisil, und versuchte, einen forschen Ton in seine Stimme zu legen, obwohl er immer unsicherer wurde. Jetzt fiel auch der Soldat mit der Narbe meckernd in das Gelächter ein.
„Ihr Affn hier obn hab wirklich keine Ahnung", prustete der Zahnlückige. „Welcher Fein, häh? Das ganze Land is im Krieg, un ihr lass es euch hier gut gehn!"
„Ich ... ich verstehe nicht ...", stotterte Gisil, aber Celine hatte begriffen.
„Hör zu", fuhr der Mann fort, „bevor wir hier lang rumredn: Ihr seid die Brut von der Alten da unten auf dem Bauernhof.

Und es wär besser, wenn ihr jetz mit uns dort runtergeht. Es sin noch ein paar von uns dort. Und schmeiß deinen Spieß weg, Jungchen - den wirs du nich mehr brauchn!"
Jetzt begriff auch Gisil, was hier gespielt wurde. Hilfesuchend sah er zu seinen Geschwistern, dann ließ er die Waffe zähneknirschend ins Gras fallen. Der Soldat grinste, ging auf Rolf zu und zog ihm das Messer aus dem Gürtel. Er betrachtete die Klinge kurz, rümpfte verächtlich die Nase und warf sie einfach weg.
„Und jetz komm mit!", befahl er.

.

Die Lage war schlimmer, als Celine angenommen hatte - und trotzdem nicht so verzweifelt: die Mutter lebte noch. Die Fremden waren am späten Vormittag eingedrungen, hatten sie niedergeschlagen und in eine Abstellkammer gesperrt. Dann hatten sie sich erst einmal bedient und ausgiebig gegessen.
Celine war nicht dumm: Sie stellte sofort, nachdem die beiden Soldaten sie ins Haus hineinstießen, fest, dass hier nichts geplündert, zerschlagen oder verbrannt worden war.
Sie zählte zwölf weitere Galgenvögel, die es sich inzwischen in ihrem Heim bequem gemacht hatten - lauter abgerissene Gestalten in zerfetzter Kleidung, manche leicht verwundet, aber alle mit diesem raubtierhaften Blick in den Augen, der auf vollkommenen Verlust aller mitfühlenden menschlichen Regungen schließen ließ.
Und diese Horde von Banditen hatte sich hier nicht ausgetobt, sondern häuslich eingerichtet. Obwohl sie Divvnu'môn dankte, dass ihre Mutter noch lebte und das Haus noch stand, wurde ihr leicht übel.
„Hör zu, ihr!", begann der Zahnlückige, der offenbar der Anführer oder zumindest der Sprecher der Bande zu sein schien, nachdem sie alle im Essraum versammelt waren. „Ich denk, ich sollt mal einige Worte sagn, wies hier so weitergeht."

Johlender Beifall vonseiten seiner Kumpane begleitete diese Einleitung, und Celines Magen rebellierte fast, als sie - ja, an was eigentlich? - dachte. Sie warf einen Blick zu ihren beiden Brüdern, aber diese hatten keine Chance, etwas zu unternehmen. Sie standen hilflos an der hinteren Wand und starrten nur auf die Schwerter, die auf ihre Kehlen zeigten. Was hätten sie auch tun können?
„Nun ... äh", fuhr Zahnlücke, wie ihn Celine inzwischen im Geiste getauft hatte, umständlich fort, „also wir sin Soldatn, und wir kämfn für ... hm ..."
Er unterbrach seine wohlgesetzte Rede für einen Moment, um einen Schluck aus einer Weinflasche zu nehmen und seine Gedanken kurz zu ordnen, als einer seiner Männer dazwischenbrüllte: „Für uns!"
Abermals brandete grölendes Gelächter auf, aber er winkte ab, nachdem er die Flasche auf den Tisch zurückgestellt hatte:
„Natürlich! Auch für uns! Obers Gunhard wird also", er machte eine bedeutungsvolle Pause, „in den Wintermonatn leider auf seine bewährtestn Streiter verzichtn müssn - auf uns!"
„Aye, Sal!" schrie es aus der Menge der Krieger zurück.
„Der Winterfeldzug wird ohne uns ablaufen!"
Celine hatte aufmerksam gelauscht, und bei diesen Worten wurden ihre Knie weich. Dieser Abschaum der Gesellschaft beabsichtigte also, den Winter hier zu verbringen, um den Unbilden eines Feldzuges in der kalten Jahreszeit zu entgehen. Deserteure also. Sie wusste nicht - und wollte es auch gar nicht wissen - um welche materiellen, ideellen, religiösen oder sonstigen unverständlichen Ziele in diesem Krieg gestritten und gestorben wurde, aber eine Tatsache wurde ihr bewusst: Sie selbst und der Rest ihrer Familie würden die vier oder fünf Monate mit diesem Haufen von Marodeuren hier oben nicht überleben!

Wenn diese Leute sie als Arbeitssklaven nicht mehr benötigen würden und sich bei der Schneeschmelze im Februar davonmachten, um ihr zerstörerisches Handwerk in irgendjemandes Diensten oder auf eigene Rechnung fortzusetzen, dann ... Es bedurfte keiner großen Überlegung, sich das eigene Schicksal auszumalen. Sie warf Gisil einen verzweifelten Blick zu, aber die Soldaten hatten ihn auf einen Stuhl gedrückt, und während ihn drei Mann an Armen und Beinen festhielten, flößte ihm ein vierter irgend etwas aus einem großen Ziegenlederschlauch ein. Dazu brüllten sie durcheinander:
„Schluck nur, Junge - das wird dir gut tun!"- „S'is bester helardischer Rum!"- „Wirst dich bestimmt gleich gut fühlen!"
Als sich die allgemeine Aufmerksamkeit der Szene zuwandte, gelang es Rolf, seinen Bewacher zur Seite zu stoßen. Celine wollte ebenfalls vorspringen, aber eine unglaublich starke Hand packte ihre Schulter derart schmerzhaft, dass sie glaubte, das Schlüsselbein bräche. Mit Tränen in den Augen sank in die Knie.
Wie durch dichten Nebel hindurch konnte sie erkennen, dass Rolf seinem Bruder zu Hilfe eilen wollte. Er kam nur einen oder zwei Meter weit, dann traf ihn ein Hieb mit einem Schwertgriff mitten ins Gesicht und schleuderte ihn an die Wand. Blut spritzte an das Holz der dicken Balken und lief an seiner Brust herunter, während er langsam zu Boden sank und dort regungslos liegen blieb.
Celine dachte im ersten Augenblick, dass ihr Bruder tot wäre, und stieß einen gellenden Schrei aus. Der Mann, der sie festgehalten hatte, ließ los und versetzte ihr eine klatschende Ohrfeige, sodass sie ebenfalls auf den Dielenbrettern landete.
„Halt die Schnauze, blöde Göre!", fuhr er sie an. „Der Idiot ist nicht hinüber! Aber wenn er jetzt ohne Zähne für uns arbeiten muss, dann ist das seine eigene Schuld. Und dir wird's genauso gehen. Pass auf!"

Er ging die wenigen Schritte zu Rolfs verkrümmt auf dem Boden liegenden Körper hinüber. Obwohl Celines Schädel brummte wie ein Bienenstock, den man ins Feuer geworfen hatte, und sie kaum noch etwas erkennen konnte, zwang sie sich, nicht ohnmächtig zu werden.
Der Mann schien den Auftritt vor seinen Freunden zu genießen: Er tänzelte, grazil wie ein Tanzbär und begleitet vom dröhnenden Gelächter der anderen, einmal vor und zurück und trat Rolf mit der Stiefelspitze in den Unterleib. Dieser krümmte sich gurgelnd noch mehr zusammen.
„Siehst du, Mädchen? Tot ist er nicht!"
Celine war zumute, als ob sie selbst den Tritt erhalten hatte. Sie nickte keuchend Zustimmung, während sie zu allen Göttern betete, dass dies nur ein Traum sei.

3.
Sie war tot. Nein, nicht tot - ein anderes Wort! Wie lautete das andere Wort? ... Frei! Das war es! Frei. Sie konnte ihre Schwingen ausbreiten und über den Gipfeln des Schneewolkengebirges dahinschweben. Ein berauschendes Gefühl. Eine leichte Drehung der rechten Schwinge, und sie kippte nach links ab, ließ sich für einige Sekunden bewusst abstürzen, um das Gefühl zu genießen, sich den Luftströmungen auszusetzen, um sich dann doch wieder abzufangen, sie zu beherrschen, sie auszunutzen.
Weit, weit unter ihr erstreckte sich das Land, und sie war frei. Nur durch Willenskraft konnte sie gewaltige Entfernungen zurücklegen, von denen sie bisher ... Bisher? Entfernungen bedeuteten ... zum Beispiel vom Haus zur oberen Weide ... oder zur Schneegrenze, die natürlich wanderte. Mitten im Sommer musste man ziemlich weit ... Weit?
Ein Adler hatte keine räumliche Beschränkung. Wie auch? Nach oben? Was ist oberhalb der Wolken? Sie könnte es her-

ausfinden. Hat jemals ein Adler versucht, herauszufinden, was über den Wolken ist? Ist es nicht geradezu die Verpflichtung eines Adlers, dies herauszufinden? Wer soll es denn sonst tun?
Sie. Sie würde es tun. Wenn es die anderen niemals versucht hatten, sie würde es tun. Wenn nur diese schrecklichen Kopfschmerzen nicht wären!
Die Kopfschmerzen. Die hinderten sie daran, einfach die Schwingen auszubreiten und ... Und was? Die obere Weide? Oder ins Dorf? Das Dorf?

Celines Erwachen aus ihrem Traum war so furchtbar, dass sie eine Minute still weinte, bevor ihr überhaupt bewusst wurde, dass sich selbst die Realität in einen Albtraum verwandelt hatte. Nicht genug damit, dass sie kein Adler war! Nein, sie war nur ein kleines Mädchen, die Tochter eines Bergbauern, und ...
Obwohl sie sämtliche Erinnerungen an den vergangenen Tag am liebsten vollkommen aus ihrem Gedächtnis gestrichen hätte, zwang sie sich zum Nachdenken.
Nachdenken. Was? Oder aufgeben? Nein!
Sie strich sich über die verquollenen Augen und nahm jetzt erst einen fahlen Lichtschein wahr, der ihre unmittelbare Umgebung jedenfalls so weit erhellte, dass sie erkannte, wo sie sich befand: in der Schlafstube der Eltern, die jetzt natürlich nur noch die Mutter alleine benutzte.
Und wie war sie hier herein gekommen?
Eine schmerzende Stelle an ihrer Schläfe, die sich schorfig anfühlte, als sie vorsichtig danach fühlte, brachte ihr die letzten Ereignisse vollends ins Bewusstsein zurück. Der Mann, der sie zuerst festgehalten hatte, musste sie noch einmal geschlagen haben, und sie war ohnmächtig geworden.
Voller Angst tastete sie ihren ganzen Körper ab, ob sie vielleicht noch weitere Verletzungen davongetragen hatte, aber

außer am linken Arm und der Schulter, wo sie wohl aufgeschlagen war, schmerzte nichts.
Trotzdem, sie sah keinen Grund zum Aufatmen. Beim nächsten Mal, wenn sie Widerstand zeigte, würde sie vielleicht nicht so glimpflich davonkommen. Die Männer hatten gezeigt, dass sie nicht lange fackelten und äußerst brutal vorgingen. Und wenn sie betrunken waren, oder ...
Mit Schaudern dachte sie daran, was ihr noch widerfahren konnte. Sie und ihre Mutter waren die einzigen Frauen unter einer Horde roher und disziplinloser Marodeure. Und der Mann namens Sal, Zahnlücke, wie sie ihn getauft hatte, schien zwar in erster Linie daran interessiert zu sein, den Winter sicher hier oben zu überstehen, würde seine Leute aber bestimmt nicht immer unter Kontrolle haben.
Über das, was ihr geschehen konnte, trotz ihrer zwölf Jahre, wusste sie als Bauernkind natürlich Bescheid, und die Vorstellung jagte ihr einen so heillosen Schrecken ein, dass sie glaubte, ersticken zu müssen, weil sie unwillkürlich die Luft anhielt.

Sie wusste nicht, wie lange es gedauert hatte, bis ihr Körper nicht mehr zitterte. Sie hatte jegliches Zeitgefühl verloren; nur der schmale Streifen Mondlicht, der durch den Fensterspalt hereinfiel, war am Boden ein ganzes Stück weitergewandert.
Als sie sich aufrichten wollte, und sich gedankenlos auf den linken Arm stützte, stöhnte sie bei dem plötzlichen Schmerz leise auf. Seltsamerweise wurde das Stöhnen aus einer Ecke des Zimmers erwidert. Befand sich noch jemand im Raum? Sie dachte sofort an Rolf.
Vorsichtig richtete sie sich auf die Knie auf, während sie überlegte: Sie musste Licht machen. Eine Kerze. Irgendwo stand sicher eine Kerze herum. Aber wie anzünden? Normalerweise am Herdfeuer im Wohnzimmer. Die Glut hielt sich

die ganze Nacht, wenn man es richtig machte. Oder mit Feuerstein und Zunder.
Dann fiel ihr eine weitaus einfachere Möglichkeit ein. Sie folgte dem dünnen Lichtstreifen am Boden und schob die Fensterläden vollends auf. Jetzt drang so viel Mondlicht herein, dass sie, da ihre Augen sich längst an die Dunkelheit gewöhnt hatten, deutlich sehen konnte.
Sie hatte richtig vermutet: Es war ihr Bruder Rolf, den man wie ein Bündel alter Kleidung achtlos in die Ecke neben der Tür geworfen hatte.
Vorsichtig kniete sie neben ihm nieder und betrachtete ihn genauer. Er schien nichts gebrochen zu haben, aber sein Gesicht war auf der linken Seite furchtbar angeschwollen und rot und blau verfärbt. Die Nase war gebrochen, die Unterlippe gespalten und einige Vorderzähne abgesplittert.
Sie schluchzte verzweifelt, als sie an ihn dachte, wie er vor einigen Stunden noch ausgesehen hatte, und wie er nie mehr aussehen würde, aber dann fiel ihr etwas auf, das wahrscheinlich noch ernster war: Er atmete rasselnd und keuchend, und bei jedem Ausatmen spritzten kleine Tropfen Blut über seine Lippen. Sie hatte sich neben ihm auf die Hände gestützt und merkte erst jetzt, dass sie in einer Blutlache kniete.
Sie streichelte Rolf über die unverletzte Backe und weinte leise dabei. Er würde sterben. Bei einer inneren Verletzung konnte ihm nicht einmal Divvnu'môn helfen - wenn es diesen überhaupt gab! Rolf würde sterben, Gisil würde sterben, die Mutter - und sie selbst!
Aber eines würde sie vorher noch tun: Der Mann, der Rolf den tödlichen Tritt versetzt hatte, sie würde ihn töten. Eines von diesen Schweinen in Menschengestalt wenigstens würde dafür bezahlen, was er und seine Kumpane ihr angetan hatten.

4.
Der darauf folgende Tag war wie ein Albtraum, aus dem man es nicht schafft, zu erwachen. Nachdem sie an der Seite ihres Bruders, den sie wenigstens auf eine Decke gebettet hatte, in einen erschöpften, traumlosen Schlaf gesunken war, der keine Erholung brachte, hatte man sie in den frühen Morgenstunden mit Tritten geweckt, um Frühstück zu bereiten. Danach musste sie die Kühe melken und - unter Bewachung natürlich - die üblichen Tätigkeiten verrichten, die auf einem Bergbauernhof so anfielen.

Der Mann, der sie beaufsichtigte, ein kleiner, aber stämmiger Nordmann, der ein Bein leicht nachzog, schien keine Lust zu haben, sich auf ein Gespräch einzulassen. Er brummte nur einsilbig und verzog das Gesicht missmutig, wenn sie versuchte, ihn etwas zu fragen, und trieb sie barsch an, ihre Arbeit weiter zu tun. Vielleicht war der Kerl sonst gesprächiger, aber er schien noch unter den Nachwirkungen der letzten Nacht zu leiden, und sie hatte gelernt, diese Leute lieber nicht zu reizen.

All ihre Bemühungen, die Erlaubnis zu erhalten, ihrem verletzten Bruder wenigstens etwas zu trinken zu geben, scheiterten an der Sturheit ihres Bewachers, der lediglich lakonisch erklärte, „für den werde schon gesorgt".

.

Am Abend 'durfte' sie den 'Gästen', wie Zahnlücke höhnisch erklärte, bei Tisch aufwarten, zusammen mit Gisil, der zu ihrer Erleichterung außer einem blauen Auge keinen weiteren Schaden davongetragen hatte. Sie hatte einige Gelegenheiten, mit ihm zu flüstern, wenn gerade keiner der Männer hersah, aber außer hilflosem Achselzucken und einem gequälten Lächeln gab er nichts von sich. Und sie wusste warum: Er schämte sich, dass er nicht imstande war, etwas zu tun.

Während sie Schafskäse, Brot und mit Wasser verdünnten Wein auftrug (den Wein zu verdünnen, hatte ihr Zahnlücke befohlen - er schien also wirklich die Absicht zu haben, möglichst lange Zeit hier oben mit seinen Leuten auszuhalten), machte Celine sich ihre Gedanken.
Es bedurfte keines großen Könnens in der Kunst des Rechnens - und darin war sie nie schlecht gewesen, denn eine falsche Kalkulation der Vorräte oder Erträge könnte sich bei einem Bergbauern als fatal erweisen - um zu erkennen, dass diese Anzahl von Menschen niemals den ganzen Winter hier oben überleben würde.
Selbst bei strengster Rationierung, und sie selbst und ihre Familie als unnütze Esser, die man später tötet, abgezogen, reichten die Vorräte nicht bis zur Schneeschmelze im Frühjahr. Und von einer vernünftigen Einteilung der Lebensmittel konnte sie bis jetzt nichts erkennen. Die Soldaten hatten eine der Kühe geschlachtet und brieten große Stücke Fleisch an einem Spieß draußen auf der Wiese. Zwei von ihnen hatten so viel gefressen, dass sie hinter dem Haus kotzten und gleich dort einschliefen.
Celine wünschte ihnen von Herzen, dass sie ersticken oder es ihnen die Gedärme zerriss (aber derart fromme Wünsche gehen natürlich niemals in Erfüllung).

Die Schlussfolgerung lag auf der Hand: Wenn hier oben alles verbraucht wäre - in ungefähr zwei Monaten -, dann würden die Soldaten sich durch den Schnee ins Dorf hinunter aufmachen. Dies war zu schaffen, da der Weg zwar vollkommen verschneit, aber nicht sehr gefährlich war - zwei Tagesmärsche, und im Winter brauchte man keine Angst vor Lawinen zu haben.
Das alles hatte sich Zahnlücke mit Sicherheit sehr gründlich überlegt. Trotz seines abgerissenen Äußeren war er also ein kluger Anführer - ein Offizier. Und vermutlich würde seine

Rechnung aufgehen: In den zwei Monaten, in denen sie hier oben unbelästigt blieben, würde die Armee, denen sie einmal angehört hatten, weiter gezogen sein, um sich ein lohnenderes Winterquartier zu suchen. Und im Dorf würde niemand mit einem Angriff von oben rechnen. Dann hätten sie genug Zeit und Gelegenheit, sich dort noch einmal einzunisten, sich ausreichend mit Vorräten zu versehen und sich im Frühjahr bei irgendeiner anderen Armee zu verdingen.
Das Resümee war niederschmetternd. Es bestand nur aus einem Wort: Tod.
Aber dessen war sie sich bewusst gewesen, seit sie ihren Bruder in der Nacht gesehen hatte.

Als sie dem Mann, der Rolf getreten hatte, eine Scheibe Schinken auf den Teller legte, keimte das Hassgefühl trotz der alles beherrschenden Verzweiflung in ihr auf. Er grinste sie dümmlich-gehässig an und schien die Szene zu genießen. Sie wusste, dass Blicke vieles verraten können und senkte ihre Lider. Aber von nun an befand sie sich auf der Jagd.
Den ganzen Abend trieb sie sich, anscheinend resigniert-dienstbeflissen, in seiner Nähe herum, und versuchte, Worte, Gesprächsfetzen, überhaupt Informationen, die ihr weiterhelfen konnten, aufzuschnappen.
Sie erfuhr, dass er Cajetan hieß, was die anderen verkürzt „Kaji' aussprachen, ein Söldner aus dem Süden, nahe der Wüstenländer; seine dunkle Gesichtsfarbe und die schwarzen Haare bestätigten das. Weiterhin stellte sie fest, dass er gerne trank, was ihn natürlich nicht wesentlich von seinen Kumpanen unterschied, und dass er ziemlich dämlich war, so einfältig, dass er nicht einmal mitbekam, wie ihn seine 'Kameraden' verspotteten. Niemand wagte aber, dies allzu deutlich zu tun - offenbar hatten sie Respekt vor seiner Körperkraft und seiner Unbeherrschtheit.

Celine wusste, dass sie ihm in Bezug auf Schlauheit überlegen war, aber ebenso war ihr bewusst, dass sie sich einen gefährlichen Gegner ausgesucht hatte. Seltsamerweise war blanker Hass inzwischen das vorherrschende Gefühl in ihren Bewusstsein, das alles andere überwog, selbst die Angst und die Verzweiflung.

Sie ertappte sich selbst dabei, wie sie beim Anblick der fressenden, saufenden und rülpsenden Horde in ihrem Heim alles andere vergaß und einen Moment lang gedankenverloren in Bewegungslosigkeit erstarrte, nur um sich auszumalen, wie ...

Ein unbestimmtes Gefühl warnte sie. Zahnlücke lehnte am Eingang zur Küche und sah nachdenklich zu ihr herüber. Sofort wischte sie sich über die Augen, um den Eindruck zu erwecken, dass sie geweint hatte. Dann kauerte sie sich auf einen Stuhl, und, als ob das Wissen um die Hoffnungslosigkeit ihrer Situation sie tatsächlich überwältigt hatte, strömten die Tränen nun wirklich über ihre Backen.

Zu wissen, dass man verloren ist, aber mit der verbleibenden Energie noch jemanden mit in den Abgrund zu reißen, ist ein äußerst starker Beweggrund. Celine fühlte das, und sie wusste, Zahnlücke war der einzige von der Bande, der bei ihr so etwas vermuten könnte. Also hatte sie sich vor ihm in Acht zu nehmen. Es lag in seinem eigenen Interesse, dass möglichst viele seiner Mannschaft überlebten, auch wenn sie ihm vollkommen egal waren, was sie vermutete. Aber alleine hatte er keine Chance, im Winter zum Dorf durchzukommen, oder sich gar dort mit ausreichenden Vorräten zu versehen. In dieser Beziehung war er ebenso ein Gefangener der Umstände wie sie.

Und er wusste das genauso wie sie.

5.
Als die Fremden langsam zu Bett gingen - oder wo immer sie sich zum Schlafen hinlegten - wurde sie wieder in die Schlafkammer gesperrt.
Rolf war tot.
Sie hatte es nicht anders erwartet. Er lag noch an derselben Stelle in der Blutlache, zusammengekrümmt, mit verzerrtem Gesicht. Sie warf eine Decke über den Leichnam ihres Bruders und setzte sich still auf das Bett. Keine Träne wollte fließen, sie waren versiegt. So saß sie nur und starrte schweigend die Tür an.
Im Haus ertönte ein lauter Schrei von einer Frau, dem trunkenes Gelächter folgte. Mutter. Celine wusste, was geschah. Und dass sie als Nächste dran sein würde.
Sie hoffte es.
Sie hatte den ganzen Abend versucht, Cajetans Blicke auf sich zu lenken. Sie hatte ihn bevorzugt bedient, 'zufällig' an der Hüfte gestreift, sich wie gedankenverloren über die Lippen geleckt, wenn er gerade zu ihr hersah, und dergleichen kleine Gesten mehr. Und sie merkte mit untrüglichem Instinkt, dass sie dabei Erfolg hatte: Immer öfter, je später der Abend wurde, und je mehr er trank, glitten seine Blicke wie tastend über ihren Körper, der zwar noch nicht einmal annähernd die frauliche Reife erreicht hatte, aber die ersten Anzeichen des kommenden Frühlings zeigte.
Dabei trat ein Ausdruck in seine Augen, den man nur als begehrlich-stupide bezeichnen konnte. Sie spürte, dass sie ihn an der Leine hatte.

.

Was sie nicht wusste, und das wurde ihr erst jetzt erschreckend deutlich klar, als sie den Abend geistig Revue passieren ließ, das war, was sie jetzt eigentlich tun sollte.
Wie bringt man einen Menschen um? Wie ein Schwein oder ein Huhn?

Cajetan selbst hatte ihr gezeigt, wie einfach es sein kann, ein Leben schon fast beiläufig zu beenden. Aber er war groß, kräftig, ein Krieger. Der einzige Vorteil, den sie hatte, war, dass er nicht damit rechnete. Sicher, er würde Widerstand erwarten, aber nicht einen Mordplan. Und er wäre betrunken.
Sie konnte sich diese Vorteile aufzählen, so lange sie wollte, es stellte sich keine rechte Zuversicht ein. Sie überlegte weiter. Es wäre viel zu riskant, sich auf eine Eingebung oder einen glücklichen Umstand, eine Unaufmerksamkeit oder einen Fehler von ihm zu verlassen. Nein!
Sie musste Vorbereitungen treffen.

Cajetans vom reichlich genossenen Schnaps benebelter Verstand hatte einen Verbündeten, der ihm schon oft geholfen hatte, und der nicht betrunken war: sein Instinkt.
Er saß vornübergebeugt am Tisch in der Wohnstube und stierte aus glasigen Augen zu Rivera und Jansson hinüber, die schliefen, den Kopf in die Ellbogenbeuge gebettet, wobei sie ab und zu schnarchende und schmatzende Laute von sich gaben. Dass er sich selbst in eine Weinlache stützte, bemerkte er gar nicht, denn er dachte angestrengt nach, was ihm sonst schon schwer fiel.
Wie hatte Sal das gemeint? Sei lieber auf der ... auf der Hut vor dem Mädchen! Vor der Kleinen? Quatsch! Die sollte lieber auf der Hut vor ihm sein! Er kicherte leise in sich hinein, weil ihm die Formulierung gefiel. Das hätte er Sal antworten sollen. Aber solche Erwiderungen fielen ihm immer erst später ein.
Deswegen war er nicht blöd, nein! Er merkte genau, dass die anderen ihn manchmal hinters Licht führen wollten, aber sie trauten sich nicht, es allzu offen zu tun, die Feiglinge. Sal wusste, dass er nicht blöd war. Wo war der eigentlich? Richtig! Er hatte sich mit der Schlampe nach oben verzogen. Und was hatte er da vorhin gemeint?

Nachdem Cajetans Gedanken solcherart einmal im Kreis gelaufen waren, begann er von Neuem zu grübeln, was ihm immer schwerer fiel. Trotzdem war sein Instinkt noch wach und warnte ihn ebenfalls. Es war ein unbestimmtes Gefühl in seinem Hinterkopf, dass er irgendetwas lieber nicht tun sollte. Jedenfalls nicht in seinem Zustand.
Die Kleine, genau! Darüber hatte er nachdenken wollen. Die war nicht sehr alt, und lebte hier mit ihren Brüdern, also war sie bestimmt noch Jungfrau. Obwohl man schon die ersten Ansätze von Titten unter dem Hemd erkennen konnte. Für so etwas hatte er einen Blick. Und warum sollte er nicht ...?
Wenn er es nicht machte, dann würde es einer von den anderen früher oder später tun, einer von diesen Schnarchsäcken.
Und jetzt, wo sie schliefen ... Ein einziges Mal wäre er dann schlauer gewesen. Der Gedanke gefiel ihm. Und er hatte lange keine Frau mehr gehabt.
Er rappelte sich mühsam hoch und nahm noch einen Schluck Wein.

.

An der Tür zum Schlafzimmer stieß er auf den ersten Widerstand: Sie war abgesperrt. Und kein Schlüssel im Schloss. Natürlich musste man die Kleine einsperren, überlegte er sich - aber die konnte doch leicht durch ein Fenster verschwinden; soweit er gesehen hatte, waren die nicht vergittert.
Ärgerlich trat er mit dem Fuß gegen das Holz. Er hasste es, wenn er irgendetwas nicht verstand, was die anderen machten, vor allem Sal. Der wusste schon, was er tat, aber er sagte es ihm nie. Warum also ...?

.

Celine wäre beinahe eingeschlummert, aber das Krachen an der Tür schreckte sie auf. Und sie wusste, was es zu bedeuten hatte.

Nach kurzer Zeit, wie ihm selbst schien - in Wirklichkeit hatte er zwei Minuten mit hängendem Kopf am Türrahmen gelehnt und mühsam versucht, seine wirren Gedanken zu ordnen -, war ihm die Lösung eingefallen: Das Mädchen würde nicht weglaufen, solange ihre Brüder und die Mutter hier Geiseln waren, nicht wahr?
Befriedigt von dieser geistigen Glanzleistung rülpste er laut und nahm noch einen Schluck aus einem halbvollen Becher auf dem Tisch. Die Stimme in seinem Inneren hatte immer noch etwas einzuwenden, dabei müsste sie doch eigentlich jetzt zufrieden sein, oder?
Warum Sal die Tür abgesperrt hatte? Egal. Er konnte ihn jetzt nicht stören, also würde er sie eben aufbrechen. Sei's drum.

Das trübe Mondlicht erhellte das Zimmer nur wenig, und seine Wahrnehmung brauchte geraume Zeit, bis sie sich auf die Dunkelheit eingestellt hatte. Er machte zudem noch den Fehler, sich mit den Fingern in den Augen zu reiben, sodass er zuerst nur farbige Schlieren sah.
Die warnende Stimme seines Instinkts im Kopf wurde lauter, aber irgendwie drang sie nur verstümmelt bis zu seinem Bewusstsein vor. Er fluchte leise vor sich hin. Seine Augen brannten.
Wahrscheinlich hatte er noch Reste von Schnaps oder Wein an den Fingern gehabt. Aber was sollte die kleine Göre ihm schon anhaben? Bevor sie sie am Tag zuvor hier einsperrten, hatte Sal den ganzen Raum durchsucht, ob sich vielleicht Waffen oder Werkzeuge hier befanden. Vielleicht hatte sie ja ein Stuhlbein abgebrochen, aber damit würde sie ihm nicht beikommen. Er kicherte und langte nach dem Messer in seinem Gürtel. Seine eigene Klinge war doch die einzige Möglichkeit, wie das Mädchen an eine Waffe gelangen könnte. Und das würde er ihr schon vermasseln! Er machte die

Scheide samt Messer vom Gürtel los, wofür er länger als sonst brauchte, da seine Finger nicht so recht wie er wollten, dann steckte er das Ganze vorne unter seinem Hemd in den Hosenbund. Sollte die Kleine doch jetzt versuchen, seine Waffe zu kriegen. Dort, wo diese sich jetzt befand, würde sie noch etwas anderes finden! Bei diesem Gedanken musste er wieder kichern.

.

Er tastete sich stolpernd bis zu dem breiten Bett vor, das er jetzt deutlich erkennen konnte, da seine Augen nicht mehr so brannten. Die Decke war gebauscht und offenbarte darunter die Umrisse eines Körpers. Na also! Sie schlief. Sie schlief, oder hatte ihn gehört und zitterte jetzt vor Angst und wagte nicht, sich zu rühren.
Trotzdem sah er sich erst einmal misstrauisch im Zimmer um, bevor er näher trat. Durch die jahrelange Erfahrung waren solche Vorsichtsmaßnahmen bei ihm in Fleisch und Blut übergegangen.
Aber er konnte nichts wahrnehmen, das ihn irgendwie beunruhigte.
Das war Cajetans Fehler. Eben die Tatsache, dass er nichts Außergewöhnliches bemerkte, hätte sämtliche Alarmglocken in seinem Inneren zum Läuten bringen müssen. Aber der Schnaps ließ die Glocken verstummen (oder lediglich weit, weit im Hintergrund ein kläglich Liedlein bimmeln).

.

Alle Vorsicht beiseite lassend, riss er die Decke zur Seite und stürzte sich ... Als er die Arme des Mädchens packte und seinen Mund auf ihren presste, war es zu spät, noch zurückzuzucken.
Zwei tote Augen in einem aufgequollenen zerschlagenen Gesicht starrten ihn an. Mit einem Schrei des Ekels fuhr er hoch und wischte sich fahrig über die Lippen, wo er sich mit Blut beschmiert hatte. Einen Moment lang drängte sein Magenin-

halt nach oben, aber er schluckte mehrmals krampfhaft, bis der Brechreiz nachließ.

Eine dunkle Gestalt huschte neben dem Bett hervor, stieg auf ein Schränkchen und war so schnell zum Fenster hinausgekrabbelt, dass er keine Chance hatte, etwas dagegen zu unternehmen, vor allem, weil er immer noch vollkommen perplex war. Die verdammte Hure hatte ihren toten Bruder ins Bett gelegt und zugedeckt!

Wie zur Bestätigung erklang von draußen ein helles Lachen. Und nun machte sie sich über ihn lustig!

Cajetan atmete einmal tief durch und richtete sich mühsam auf. Er warf noch einen Blick auf die Leiche auf dem Bett und warf fluchend die Decke über das entstellte Gesicht, damit es ihn nicht mehr höhnisch anstarrte, wie er sich einbildete.

Abermals ertönte das Kichern von draußen und brachte bei ihm endgültig den letzten Rest von Vernunft zum Verstummen. Wenn die Kleine meinte, sie könnte ihn auch noch verspotten, dann würde sie jetzt etwas erleben! Ihr Fehler, dass sie nicht gleich weit weggelaufen war. Im freien Gelände, bei dem hellen Mondlicht, würde er sie mit Leichtigkeit erwischen - und dann gnade ihr Divvnu'môn, oder wer auch immer!

Mit einem wütenden Fußtritt stieß er das Schränkchen zur Seite, das Celine für ihre Flucht benutzt hatte, und schob seinen Kopf durch das Fenster nach draußen. Er wollte sich am Fensterbrett mit den Armen aufstützen, als er feststellte, dass die Öffnung für seine Schultern zu schmal war.

Verdammt, er passte nicht durch! Er würde außen herumlaufen müssen, und die Kleine hätte einen größeren Vorsprung - aber egal.

Plötzlich wurde sein Kopf nach unten gerissen, als sich etwas um seinen Hals zusammenzog. Instinktiv zuckte er zurück, aber es ging nicht - er hing fest. Vor ihm tauchte das Mädchen aus dem Schatten auf, und er konnte ein böses Lächeln um ihre Mundwinkel spielen sehen, als er mühsam den Kopf zur Seite drehte.

.

Celine hatte aus einem Kälberstrick, der neben dem Haus am Zaun hing, eine Schlinge geknüpft, und so außen am Fensterrahmen befestigt, dass ein Verfolger seinen Kopf hindurch stecken müsste, sobald er ihr durchs Fenster nachsteigen wollte. Zudem waren Cajetans Schultern so breit, dass er ihr durch die enge Öffnung gar nicht folgen konnte, aber dieser besoffene Trottel hatte das zu spät erkannt. Sie hatte die Schlinge um seinen Hals zugezogen, und das Ende blitzschnell um einen dicken Nagel geknotet, der knapp über dem Boden aus einem Holzbalken herausschaute.
Und jetzt hing das Schwein fest.
Mit Befriedigung, aber auch mit einem gewissen morbiden Interesse, sah sie zu, wie er den Kopf drehte und hin und her wand, wobei er gurgelnde Laute von sich gab, wenn sich die Schlinge enger zuzog.
Cajetan hatte inzwischen trotz seiner Trunkenheit erkannt, dass er sich in einer gefährlichen Falle befand. Die Nebel um seinen Verstand lichteten sich allmählich und machten einer dumpfen Angst Platz, momentan noch überlagert von Wut und Trotz, dass ein Mädchen es geschafft hatte, ihn hereinzulegen. Und die Schande, wenn die anderen ihn so sahen, gefangen von einer Zwölfjährigen!
Wenn er den Kopf so weit wie möglich hinausstreckte, dann ließ der Zug an der Schlinge etwas nach, und er könnte um Hilfe rufen, aber er tat es nicht. Er musste es verdammt noch mal auch so schaffen, herauszukommen!

.

Celine beobachtete genau, wie er sich wand, und trat näher heran. Unter Mühen drehte er den Kopf nach vorne und starr-

te sie hasserfüllt an. Aus dem Mundwinkel lief Geifer über sein Kinn und tropfte zu Boden.
„Du verdammtes Schwein hast meinen Bruder umgebracht", stellte sie beinahe beiläufig fest und wunderte sich selbst über die vermeintliche Teilnahmslosigkeit in ihrer Stimme.
Cajetan gurgelte etwas Unverständliches und verzog den Mund, als der Strick bei seinen Anstrengungen in seine Haut schnitt. Er musste nur den Oberkörper so weit zur Seite drehen, dass er mit der Rechten das Messer unter seinem Hemd erreichen konnte. Dann könnte er versuchen, wenigstens den Arm durch die schmale Fensteröffnung zu stecken und den Strick durchzuschneiden.
Celine beobachtete ihn weiter aufmerksam, während sie in die Hocke ging. Soweit man in der Dunkelheit erkennen konnte, lief sein Gesicht blau oder rot an, und ein leises Würgen entrang sich seiner Kehle, als er sich selbst die Luft abschnürte, um den Arm durch das schmale Fenster zu stecken. Sie sah ihm interessiert zu und wartete.

Nach einer geraumen Weile hatte er es geschafft: Noch bevor die Hand mit dem Messer auftauchte, verriet ihn das triumphierende Aufblitzen seiner Augen. Dann schob sich sein Arm ins Freie, und die Klinge blitzte kurz im Mondlicht auf.
Auf diesen Moment hatte Celine gewartet. Als Cajetan die Schneide etwas unterhalb seines Halses ansetzte, hob sie den großen Stein, den sie die ganze Zeit in der Hand gehalten hatte, und schmetterte ihn mit aller Kraft auf seine Finger.
Der Schmerz, als seine Hand zerquetscht wurde, hätte Cajetan aufschreien lassen, aber in einer Reflexbewegung war er zurückgezuckt und hatte sich dabei die Schlinge so fest um den Hals gezogen, dass ihm die Luft wegblieb.
Als farbige Blitze vor seinen Augen tanzten, packte ihn die nackte Angst, aber er brachte nur ein ersticktes Röcheln hervor. Celine hob das Messer vom Boden auf und betrachtete

es befriedigt. Sie hätte ihm natürlich mit dem Stein den Schädel einschlagen können, aber sie wollte die Klinge.

.

Sal schreckte aus dem Schlaf hoch. Er hatte ohnehin nur leicht geschlummert, da ihn schon den ganzen Abend ein unbestimmtes Gefühl der Bedrohung beunruhigt hatte. Was hatte ihn geweckt?
Jetzt hörte er es wieder: ein heiseres Husten oder Keuchen von draußen. Er schlief allein in der Stube im ersten Stock; die Frau hatte er einem seiner Männer überlassen, der mit ihr machen könnte, was er wollte, solange er sie nur nicht umbrachte.
An sich hätte ihn das Geräusch nicht weiter gestört - irgendeiner von seinen Leuten kotzte wohl in die Büsche hinterm Haus -, aber sein Instinkt warnte ihn, dass es diesmal etwas anderes war. Er stand auf, ging zum Fenster und schob es leise auf.

.

Auch Celine wurde von ihrem Instinkt gewarnt, obwohl sie nichts gehört hatte. Sie hob den Kopf und sah nach oben: der Fensterladen war geöffnet und ein Gesicht, dessen Helle sich deutlich in der Dunkelheit abzeichnete, starrte auf sie herab.
Obwohl sie nicht damit gerechnet hatte, die Nacht zu überleben, packte sie jetzt die Panik. Sie packte das Messer und rannte kopflos in die Nacht davon.
Eine laute Stimme schrie irgendetwas ins Haus hinein, aber sie konnte es nicht verstehen.

6.
Sal und zwei seiner Männer standen an der Seite des Hauses und starrten auf die Leiche Cajetans. Im Tod sah er genauso dämlich aus, wie er im Leben war, fand Sal, aber er sagte es nicht laut. Kopf und ein Arm hingen aus dem Fenster heraus,

als wäre er im Suff so eingeschlafen. Ein breiter Schnitt, aus dem immer noch Blut tropfte, zog sich von Ohr zu Ohr, zudem hatte er nur noch blutige Höhlen, wo einmal die Augen waren.

„Die Kleine hat ihn ja sauber erledigt!", stellte Ceril fest, ohne besondere Bestürzung zu zeigen. Auch Rivera kicherte: „Der Idiot hat den ganzen Abend schon auf ihren Arsch geglotzt, beinahe hab' ich mir so was gedacht."

Sal fluchte: „Verdamm, schneidet den Trottel los und vergrab ihn hinterm Haus, wo er uns nich die Luft verpestet! Nein! Nochmal verdamm! - Wir müssen zuers die Kleine schnappen! Wenn sie ins Dorf hinunterläuf und verrät, dass wir hier sin, kann es uns schlech ergehn. Wenn sie nich die Bürgerwehr raufschicken, dann sin sie doch gewarnt!"

Er überlegte einen Moment lang, dann stieß er Ceril, der immer noch den Toten anglotzte, in die Seite: „Hol eure Waffen! Vor allm eine Pfeilschleuder! Wir folgen der Spur. Ich hab' gesehn, wie sie bergauf gelaufn is."

Rivera fluchte halblaut vor sich hin. Das hatte er davon, dass er sich hatte aufwecken lassen. Sein Kopf fühlte sich an, als hätte er einen Hufschlag von einem Pferd abbekommen. Jansson hatte noch mehr gesoffen als er, und der schlief jetzt so fest, dass er nicht wach zu kriegen war. Sein Glück! Und da sollte noch einer sagen, dass Saufen schlecht ist! Der musste jetzt nicht mitten in der Nacht in den Bergen herumsteigen.

.

Celine hielt erst in ihrer Flucht inne, als sie über einen Felsen stolperte und zu Boden stürzte. Zum Glück fiel sie in ein Polster aus weichem Moos und brach sich nichts. Ihr Atem ging keuchend, und ihr Herz schlug rasend schnell, aber das merkte sie erst jetzt, als sie sich aufrichten wollte.

Ein brennender Schmerz in ihrer linken Handfläche brachte sie vollends in die Wirklichkeit zurück: Sie hatte sich beim

Sturz die Messerspitze in die Hand gestochen. Vorsichtig über die Wunde tastend stellte sie fest, dass diese nicht tief war. Während sie wie ein Tier daran leckte, kehrte die Überlegung zurück.
Sie hatte den Kerl umgebracht, und leicht war er nicht gestorben. Und jetzt waren die anderen hinter ihr her.
Während des ganzen Abends hätte sie durch das Fenster fliehen können - aber ihre Mutter und Gisil hätten dies büßen müssen. Das hatte sie sich ständig überlegt - und dann doch ihren Racheplan ausgeführt. Und irgendwie hatte sie angenommen, nein, fest damit gerechnet, dabei selbst den Tod zu finden. Als sie es wider Erwarten schaffte, Cajetan zu töten, und schließlich entdeckt wurde, hatten ihre Nerven versagt.
Sie war blindlings fortgelaufen, ohne an Mutter und Gisil zu denken. Sie hatte keinen Gedanken daran verschwendet, wie es ihnen nun ergehen mochte.
Aber ihre Tat ließ sich nicht mehr rückgängig machen. Die Rache der anderen würde sie alle drei treffen - und das unvermeidliche Ende nur beschleunigen. Und sie hatte es geschafft, wie sie sich vorgenommen hatte, wenigstens einen mitzunehmen!
Eigentlich hätte sie jetzt stolz auf sich sein können, aber sie fühlte nur Erschöpfung.

.

Das helle Mondlicht offenbarte, dass sich drei Gestalten aus dem Schatten des Hauses lösten und, zuerst anscheinend unentschlossen, dann zielstrebig auf die Felsen zu bewegten, hinter denen sie Zuflucht gesucht hatte.
In ihrer Angst hatte sie natürlich nicht daran gedacht, zuerst in eine andere Richtung zu laufen, und Sal hatte sie vermutlich beobachtet. Und nachdem die ungefähre Richtung ihrer Flucht feststand, brauchten sie nur nach Spuren zu suchen. Das niedergetretene Gras zeichnete sich im Gegenlicht des

Mondes allzu deutlich als heller Streifen gegen die Umgebung ab. Wenn der Himmel doch nur bewölkt wäre!
Sie überlegte: Von ihrem Standort aus konnte sie nur weiter bergauf fliehen. Die vereinzelten Felsen bildeten den unteren Rand eines Schotterfeldes, das sich weit hinauf bis zu den Bergwänden erstreckte. Hier könnte man sie leicht von unten sehen und verfolgen; vor allem kämen die Männer mit ihren derben Stiefeln auf die Dauer schneller voran.
Als einzige Fluchtmöglichkeit blieb somit der schmale Pfad zwischen den Felsen zur oberen Weide hinauf. Sie überlegte nicht lange, denn die Verfolger kamen schneller näher, als sie gedacht hatte. Während sie über die im Weg liegenden Steine sprang, wurde ihr die Hoffnungslosigkeit ihrer Lage erst so richtig bewusst:
Wohin würde sie von der oberen Weide aus noch fliehen können?
Diese war auf zwei Seiten von hohen Felswänden umgeben und bot nur wenige Möglichkeiten, sich zu verbergen.
Weiter nach oben - bis zur Schneegrenze? Und dann?

Sal hielt keuchend inne und wartete, bis Rivera und Ceril zu ihm aufgeschlossen hatten. Er machte eine weit ausholende Bewegung zu den Flanken der Berge hin und erklärte: „Sie is bestimm nich so blöd, über das Geröll dort hinaufzusteigen."
„Und?", fragte Rivera, dessen Kopfschmerz ihn in eine äußerst üble Laune versetzt hatte, überflüssigerweise.
Sofort fing er sich einen bösen Blick Sals ein. „Die kann nur dem Weg da gefolg sein, du Idiot!", fuhr dieser ihn an. „Dort hinauf. Und da geht's nich weiter!"
„Na dann holen wir sie uns!", fügte Ceril hinzu. „Wenn ich mir schon die Nacht um die Ohren schlage, dann will ich wenigstens was davon haben - was Cajetan nicht gekriegt hat!"
Die drei folgten dem schmalen Pfad bergauf, nicht ahnend, dass ihnen die Nemesis bereits auf den Fersen war.

Celine hatte die obere Weide erreicht und stützte sich schnaufend auf den Zaunpfosten, den Gisil als Letztes errichtet hatte.
Es erschien ihr wie eine Ewigkeit her, in einem anderen Leben, dass sie ihm das Mittagessen hier heraufgebracht hatte. Ihr ganzes Dasein hatte sich innerhalb eines Tages in einen Albtraum aus Gewalt und Mord verwandelt.
Im Gras konnte sie seine Pfeife liegen sehen.
Die Bergwände links und rechts boten keinen Schutz. Sie musste höher hinauf fliehen, dort, unterhalb der Schneegrenze gab es ein ausgedehntes Feld von großen Felsbrocken, zwischen denen sie sich wenigstens verstecken konnte. Auch wenn es ihr nicht lange helfen würde, denn früher oder später würden die Männer sie doch aufstöbern - aber der Instinkt zu überleben war stark.

.

Als sie zwischen den ersten Felsen hindurchhuschte, warf sie einen Blick zurück: Ihre Verfolger erschienen soeben am unteren Rand der Weide und bewegten sich zielstrebig weiter. Ob sie sie gesehen hatten? Sie trug dunkle Sachen, aber wer weiß? Das Mondlicht war viel zu hell.
Sie eilte verzweifelt zwischen den Felsen umher - kein Versteck schien ihr wirklich sicher. Es musste eine Art Höhle sein, aber nur klein, sodass man den Eingang mit ein paar herbei gerollten Steinen und Strauchwerk tarnen konnte. Zu spät fiel ihr ein, dass es ja hier oben überhaupt keine Sträucher gab.
Hier übermannte sie die Resignation, und sie setzte sich auf einen Fels, während ihr die Tränen über die Wangen rannen.
Warum sollte sie nicht einfach hier sitzen bleiben und ihr Schicksal erwarten? Es hatte keinen Zweck, weiter zu fliehen, oder sich zu verbergen. Oder besser noch, sie könnte sich mit dem Messer die Pulsadern aufschneiden - dann würde sie sich das Schlimmste ersparen.

In diesem Moment sah sie die Spuren, und das erschien ihr so seltsam, dass sie für einen Augenblick sogar ihre Angst vergaß.

Sie wischte sich über die Augen, um wieder klar zu sehen. Nein, sie träumte nicht: Vom Gletscher, der sich vor ihr grau glänzend nach Osten erstreckte, führten Spuren herab - menschliche Fußspuren, von Stiefeln.

Und, so weit sie sich auch umsah, es führten keine anderen Spuren hinauf. Also - und beinahe schreckte sie vor der Schlussfolgerung zurück - war jemand von dort heruntergekommen!

Unglaublich! Eigentlich unmöglich! Was würde noch alles Seltsames geschehen?

Sie stand auf und ging zum Rand des Eisfeldes; die Fußspuren auf dem Gletscher berührten sie so eigentümlich, dass die Gefahr, in der sie schwebte, momentan vergessen war.

Die Abdrücke bildeten eine einzige Spur, aber unzweifelhaft stammten sie von mehreren Personen. Celine drehte sich um und starrte nachdenklich auf die schweigenden Felsen um sie herum.

Wer auch immer von dort heruntergekommen war, er hatte den Weg nehmen müssen, den sie herauf geflohen war. Und er würde an ihrem Haus vorbeikommen.

Das Scharren von Stiefeln auf Stein weckte sie aus ihrer Nachdenklichkeit, und die Todesangst war plötzlich wieder da. Sie musste sich irgendwo verstecken, egal wo, und versuchen, die Männer zu umgehen. Dann könnte sie wieder zurück fliehen und ...

Sie dachte den Gedanken gar nicht zu Ende, so aussichtslos erschien ihr das Unterfangen. Die Verfolger waren erfahrene Krieger und zu dritt.

.

„Sie hat sich irgenwo zwischen den Steinen versteck", stellte Sal fest. „Wahrscheinlich wird sie versuchn, an uns vorbeizu-

kommen. Also: Ceril und ich durchstöbern das Gelände, und du, Rivera, bleibs hier unten und fängs sie ab. Nimm die Pfeilschleuder!"
Der Angesprochene brummte halblaut Zustimmung und suchte sich einen Beobachtungsposten hinter einem Felsen, wo er das ganze Gelände gut einsehen konnte. Wenn die Kleine es wirklich schaffte, Sal und Ceril auszutricksen, dann würde sie eine böse Überraschung erleben!
Die beiden anderen stapften weiter bergauf. Rivera sah ihnen nach, während er die Pfeilschleuder so bereitlegte, dass er sie blitzschnell zur Hand hatte. Er hoffte allerdings, sie nicht einsetzen zu müssen. Er hatte nicht die ganze Verfolgung mitgemacht, um am Ende ein totes Mädchen zu bekommen. Aus seiner Deckung beobachtete er, wie die anderen ihre Schwerter zogen, bevor sie zwischen den Felsen verschwanden.

Celine duckte sich tief in den Schatten unter einem kleinen Überhang und versuchte, möglichst flach zu atmen, obwohl ihr Herz wie rasend schlug. Das scharrende Geräusch hatte sich wiederholt. Also war einer der Verfolger ganz in der Nähe.
Sie wünschte, sich in ein Insekt, einen Käfer oder eine Spinne verwandeln zu können, und in einer Ritze im Stein zu verschwinden.
Ein anderer Laut erschreckte sie noch mehr: Ganz in der Nähe klirrte es metallisch. Einer von ihnen war unvorsichtig mit seiner Waffe gewesen und hatte damit über einen Stein geschrammt. Die Angst gebot ihr, aufzuspringen und fortzulaufen, aber die Vernunft gewann die Oberhand über den Instinkt.
Wenn sie jetzt nur ein einziges Geräusch machte, dann hatten sie sie. Und dann konnte sie es sehen: Links von ihr bewegte sich etwas. Das Mondlicht drang nicht bis zwischen die Fel-

sen, aber der Widerschein genügte, um dort einen winzigen Lichtreflex zu erzeugen. Ein Schatten, dunkler als die Umgebung, näherte sich ihrem Versteck, und wieder blitzte irgendetwas auf - eine blanke Schwertklinge.
Sie duckte sich tiefer, versuchte, eins zu werden mit der Dunkelheit und ihren Atem zu beruhigen, aber die Vorstellung, wie der kalte Stahl in ihren Körper eindrang, ließ sie nicht los. Sie zitterte heftig, unfähig, diese Reaktion unter Kontrolle zu bekommen.
Der Schatten kam näher, und sie konnte die Umrisse des Oberkörpers des Mannes gegen den Himmel ausmachen - und des Schwerts.
Den Atem anhalten!
Einen Moment lang war sie verwundert, dass ihr Verfolger an ihrem Versteck vorbeiging. Er hatte sie wirklich nicht gesehen!
Die Erleichterung war fast so groß wie die nervöse Erregung, die jetzt von ihr Besitz ergriff. Das war die einzige Chance, die sie hatte: jetzt leise in der anderen Richtung zurück schleichen, und ...
Und was? So weit dachte sie nicht. Nur weg!

.

Obwohl sie noch am ganzen Körper zitterte, richtete sie sich so leise wie möglich auf und huschte nach links davon.
„Na, na, kleines Mädchen!", erklang vor ihr eine spöttische Stimme, die sie sehr wohl kannte. „Wer wird denn gleich davonlaufn wolln?"
Zu spät erkannte sie ihren furchtbaren Fehler. Sal hatte sie in eine Falle gelockt.

.

Sal selbst war sehr mit sich zufrieden. Das Mädchen war auf den - mindestens - zweitältesten Trick der Welt hereingefallen. Er hatte Ceril vorgeschickt und fest damit gerechnet, dass sie die Gelegenheit, in die andere Richtung zu entfliehen, nicht ungenutzt verstreichen lassen würde. Der Instinkt des gejagten Wildes; er kannte das.

Celine schnaufte schwer und senkte die zur Abwehr erhobenen Hände. Jetzt hatte alles keinen Zweck mehr. Die dunkle Gestalt vor ihr richtete das Schwert lässig zu Boden, aber sie erwartete jeden Augenblick den tödlichen Streich. Seltsam, dass sie in diesem Moment nicht an ihren Bruder, nicht an ihre Mutter, nicht an sich selbst dachte, sondern sich nur ärgerte, in diese plumpe Falle hineingetappt zu sein.
„Es tut mir ja furchbar leid", höhnte die Stimme vor ihr. „Wir hätten dich vielleich noch gebrauchen können, aber ..."
Ein scharfer Knall aus der Richtung, wo das Haus lag, unterbrach Sals Ansprache. Gleich darauf folgten zwei weitere, die sich mehrfach an den Felswänden brachen.
„Verdamm, was war das?", fluchte er und hob sein Schwert. Celine war ebenfalls zusammengezuckt. Ein Gewitter konnte das nicht sein, oder? Aber was dann?
Sal schien genauso überrascht wie sie. Und er schien nervös zu werden. Sie stand wortlos vor ihm, während er von einem Fuß auf den anderen trat und überlegte. Schließlich hatte er sich entschlossen. „Wir gehn hinunter - und du gehs voran!", befahl er und hielt ihr zur Bekräftigung die Schwertspitze unter die Nase.
Celine zuckte nur die Achseln. Ein Aufschub, mehr nicht. Beinahe musste sie lächeln über den Krieger, der ihr im Augenblick vollkommen ratlos erschien.
„Stimmt vielleicht etwas nicht, Sal?", spöttelte sie.
„Halt die Schnauze, sons stopf ich sie dir!", fuhr er sie an.
„Ceril wird jeden Augenblick ..."
Er hielt inne und spähte an dem Mädchen vorbei in die Dunkelheit, wo er eine Bewegung ausgemacht hatte.
„Ceril?"

„Hier ist er!", erklang eine metallisch kalte Stimme neben Celine, die spürte, wie sich ihre Nackenhaare aufstellten. Ein riesiger Mann in silbern schimmernder Rüstung war plötzlich wie ein Geist aus der Nacht aufgetaucht. Er schwang etwas in der Linken und warf es Sal vor die Füße, der entsetzt darauf starrte:
Cerils blutverschmierter Kopf.

Celine wagte keine Bewegung, als der Riese neben ihr weitersprach: „Kleine Mädchen erschrecken, was, du Held?"
„W ... wer seid Ihr?", stotterte Sal, der wenigstens seine Sprache wieder gefunden hatte. Der Kopf von Ceril lag noch immer vor seinen Füßen. Die starren Augen schienen ihn anzusehen.
Celines Instinkt warnte sie, dass gleich etwas geschehen würde, und sie besser außer Reichweite kam. Der silberne Krieger neben ihr war der größte und am bedrohlichsten wirkende Mann, den sie jemals gesehen hatte. Der Helm bedeckte seinen Kopf nur bis zur Stirn, sodass sie trotz der Dunkelheit ein bläuliches Glimmen in seinen Augen erkennen konnte.
Irgendwie ahnte sie, dass der Krieger ihr nichts tun würde, aber das gewaltige Schwert in seiner Rechten jagte ihr trotzdem Furcht ein. Beinahe wäre sie gestolpert, als sie einen weiteren Schritt zurückwich.
„Es tut mir ja furchtbar leid", wiederholte der Silberne Sals Worte von vorhin, „wir hätten dich vielleicht noch brauchen können, aber ..."
Der Fremde hatte dies in einem völlig ruhigen und sachlichen Ton gesprochen, ohne eine Spur von Spott oder Gehässigkeit, und gerade das jagte Sal einen kalten Schauer über den Rücken. Es war sein Todesurteil. Aber wenigstens würde er versuchen ...
Celine schrie unwillkürlich auf, als die gewaltige Klinge des Fremden ohne einen erkennbaren Ansatz vorzuckte wie eine

angreifende Viper. Sal hatte seine Waffe noch nicht einmal halb zur Abwehr hochgebracht, als der Schwung des Schwerts ganz kurz eine blitzende Kurve in die Dunkelheit zeichnete. Der Hieb ging durch Leder, Fleisch und Knochen wie Papier und beendete Sals Leben in einer Fontäne herumspritzenden Blutes, als ihm Kopf, Schulter und rechter Arm abgetrennt wurden.
Wahrscheinlich hatte er nicht einmal etwas gespürt.

„Was ist?", fragte der Fremde unwirsch, als er seine Klinge an Sals Jacke abgewischt hatte, und Celine ihn immer noch anstarrte, als wäre er ein Dämon aus der Hölle. Er steckte die Waffe in die Scheide an seinem Gürtel und sah sie böse an: „Kriegst du den Mund nicht auf? Los, gehen wir hinunter - dort dürfte inzwischen auch alles geklärt sein."
Er wartete auf keine Antwort, sondern drehte sich herum und ging voran. Celine tappte ihm hinterher wie in Trance.
Als sie die obere Weide erreichten, hatte sie ihn eingeholt und fand nun endlich die Sprache wieder.
„Herr ...", begann sie zaghaft, und er brummte unwillig und blieb stehen: „Was ist?"
„Ich ... da ist noch ein Dritter, der mich verfolgt hat ..."
„Da war noch ein Dritter! Seine Pfeilschleuder hat ihm nicht viel genutzt. Komm jetzt weiter. Ich denke, dass Daniel wartet. Und ich hasse es, das Kindermädchen zu spielen!"
Celine verstand überhaupt nichts mehr. Ein silberner Riese hatte sie vor dem sicheren Tod gerettet, und erwies sich jetzt als der missgelaunteste Mensch, den sie jemals getroffen hatte.
Während sie weiter hinter ihm herstolperte, überlegte sie genau, was sie sagen sollte, aber sie wusste nicht einmal, was sie sagen wollte.
„Ich ... ich wollte Euch danken, Herr ..."

Zum zweiten Mal reagierte er nicht auf die indirekte Aufforderung, seinen Namen zu nennen, sondern lief stur weiter bergab und antwortete über die Schulter: „Bedank dich bei Daniel, wenn du willst! Er hat mich gebeten, euch hier herauf zu folgen. Weiß der Teufel, warum! Er ist zu weich!"
„Wer ist Daniel?"
Der Fremde stieß die Luft pfeifend aus: „Mein Verderben vermutlich. Du hast vorhin seine Schüsse gehört, und wirst ihn nachher schon kennenlernen. Und jetzt halt die Klappe!"
Celine schwieg eingeschüchtert. Und obwohl ihr tausend wichtige Fragen durch den Kopf schwirrten, ging ihr gerade eine nicht aus dem Sinn: Wie konnte man Schüsse hören?

7.
Das Haus glich wahrhaft einem Schlachtfeld: Von den Soldaten lebte kein einziger mehr. Sie schienen, obwohl sich die Morgensonne inzwischen hell und warm über den Gipfeln im Osten erhob, im Schlaf überrascht worden zu sein, sodass ein geordneter Widerstand nicht stattgefunden hatte.
Überall lagen die Toten herum, einige von ihnen an dem Platz, an dem sie in der vorigen Nacht betrunken eingeschlafen oder umgekippt waren. Einige wenige schienen sich noch gewehrt haben, wie die Waffen in ihren Händen bewiesen. Ihre Leichen waren besonders übel zugerichtet, als ob sie von den Krallen eines Bären oder eines großen Katzenraubtieres - aber die gab es hier oben nicht - zerfetzt worden wären.
Der silberne Ritter lachte geringschätzig, als er mit Celine die Schwelle des Hauses überschritt und einen Blick um sich warf. „Keine Gegner!", brummte er und spuckte aus.
Celines Erleichterung kannte keine Grenzen, als sie ihre Mutter und Gisil erblickte, die, von Hautabschürfungen abgese-

hen, unverletzt schienen. Sie rannte ihrer Mutter in die Arme, ohne auf irgendetwas anderes zu achten.

„Nun hör schon auf zu heulen!", ermahnte sie die Mutter und löste sanft, aber energisch ihre Umarmung. Jetzt erst fand Celine Zeit, sich den Raum genau anzusehen.
Es war viel zerstört, aber nichts, das sich nicht wieder in Ordnung bringen ließe - bis auf Rolfs Leben.
Gisil legte ihr die Hand auf die Schulter, als ob er sie um Verzeihung bitten wollte. „Es wird weitergehen", sagte er und zuckte hilflos mit den Schultern.
Ihr Blick fiel auf einen kleinen Mann mit stoppelkurzen blonden Haaren, der neben ihrem Bruder stand und sie mit freundlichem Interesse ansah.
„Na, kleine Lady?", fragte er. „Hat Crusan dich nicht zu sehr erschreckt?"
„Halt deine dumme Schnauze, Jjarde!", erklang die Stimme des silbernen Riesen aus der Ecke des Zimmers, wo er sich in einen Stuhl gesetzt hatte, der unter dem Gewicht bedrohlich knarrte.
Der Blonde lachte verhalten. „Nun, wie mir scheint, dir hat die Rolle des Rettungsengels gefallen, oder?"
Der Silberne - Crusan war also sein Name - brummte irgendetwas Unverständliches und legte die Füße demonstrativ auf den Tisch vor ihm, um zu zeigen, dass er kein Interesse an einer Fortführung des Gesprächs hatte.
Jetzt erst nahm sich Celine die Zeit, sich die Leute anzusehen, die hier so furchtbar - Divvnu'môn sei Dank! - gewütet hatten.
Eigentlich machten sie keinen besseren Eindruck als Sals Soldaten: heruntergekommene Gestalten in zerschlissener Kleidung mit dreckverschmierten Gesichtern. Selbst der kleine Blonde, der sie vorhin so freundlich angesprochen hatte -

die blutbesprenkelte Klinge an seiner Seite und die roten Flecken im Gesicht erweckten nicht gerade Vertrauen.
Und die anderen sahen auch nicht besser aus: ein großer dünner Mann, der sich auf ein langes Schwert stützte, und dessen einstmals gezwirbelter Schnurrbart ein trauriges Bild von wenigen ausgefransten Haaren bot, ein Zwerg mit einem unglaublich breiten Mund, der kaum größer als sie war - und eine Frau!
Wie eine Frau zu diesem Haufen kam, konnte sich Celine in ihren kühnsten Träumen nicht ausmalen. Sie mochte mit ihren langen blonden Haaren vielleicht einmal gut ausgesehen haben - jetzt bot sie das erbärmliche Bild einer ausgezehrten Kriegerbraut.
Celine erinnerte sich an die Spuren auf dem Gletscher. Was die Frau - genau wie der kleine Blonde - im Gesicht hatte, das waren Frostbeulen. Und diese Fremde, sie schien sich aus ihrem abgerissenen Äußeren überhaupt nichts zu machen, nein, sie schob den Arm eines Toten vom Tisch, griff sich eine angebissene Schinkenkeule und schlug hungrig ihre Zähne hinein.
„Na, Daniel", drehte sich der Blonde um, und Celine wurde sofort hellhörig, als der Name erklang, den der silberne Riese schon genannt hatte, „hast du noch nicht genug von dem Zeug?"
Sie wandte sich in die Richtung und gewahrte hinter einer dichten Rauchwolke zwei schwarzlederne Beine, die sich ebenfalls über einem Tisch ausgestreckt hatten.
Der Mann mit Namen Daniel wedelte mit einem Arm, um durch den Rauch sehen zu können. Er grinste zu Crusan hinüber und meinte, während er die Pfeife eines der Soldaten zwischen den Zähnen hin und her schob: „Ich wusste, dass du der Richtige für diese Mission bist, großer Krieger. Und ich muss dir wirklich und ehrlich dafür danken, dass du uns durch das Gebirge geführt hast."

„Obwohl wir beinahe erfroren wären!", fügte der andere mit dem zerzausten Schnauzbart grimmig hinzu.
„Aber das war es wert, Jocelin", fuhr Daniel fort und saugte genüsslich an der Pfeife.
„Crusan hat uns ins Paradies geführt: Die haben Tabak hier!"

KAPITEL ZWEI : BERGE, FELSEN UND FRAGEN

-

Ab hier übernimmt wieder Daniel die Rolle des Erzählers, auch wenn seine eigene eher kläglich ist. Wir begleiten ihn auf einem mühseligen Marsch durch fremdes Land, wobei ihn diesmal nicht einmal seine Eloquenz vor Ungemach bewahrt.

-

1.
Nach drei Tagen der Erholung auf dem Bauernhof von Celines Familie wurde Crusan unruhig - ich sah ihm das deutlich an - und drängte schließlich am Morgen des vierten Tages zum Aufbruch.
„Warum?", fragte ich ihn, als ich mich neben ihm auf einen Felsen setzte, wo er sich niedergelassen hatte und nachdenklich die Wolken beobachtete - oder nach Westen sah, ich wusste es nicht. Er schmauchte eine Pfeife, von denen im „Nachlass" der Soldaten einige übrig geblieben waren, und die Tatsache, dass er rauchte, überraschte mich eigentlich nicht einmal sehr, denn von Crusan war ich Unvermutetes gewöhnt.
Er stieß eine Rauchwolke aus, was bei seinem Gesicht und seiner Statur nicht einmal annähernd den Eindruck betulicher Behäbigkeit erweckte, wie man es von Kitschbildern von Pfeife rauchenden rauschebärtigen Seemännern oder Bergbauern gewöhnt ist.
„Weil wir weiter müssen!", knurrte er zwischen den Zähnen hindurch, was mich natürlich nicht sehr befriedigte.
„Verdammt gute Antwort!", gab ich zurück und ließ ebenfalls ein graues Wölkchen Tabakdunst in den Himmel aufsteigen. Dabei stellte ich mir vor, wie irgendein total vergeistigter Maler - in allen Regenbogenfarben bekleckert, mit der

Palette in der Hand und der Staffelei vor sich; er hatte sich einen Pinsel hinter das Ohr geklemmt, von dem es in regelmäßigen Abständen auf seine Schulter tropfte - diese Szene der Nachwelt festhielt.

„Warum kicherst du so blöd?", fragte Crusan, der sicherlich von solchen Überlegungen verschont blieb. Leider.

„Du sagst, dass wir weiter müssen, weil wir weiter müssen. Eine intelligente Schlussfolgerung, in der Tat. Und ich dachte, wir müssen weiter, weil wir hier überwintern wollen."

„Verdammter Wortklauber!", grummelte er. „Wir ..."

Ich unterbrach ihn grinsend. „Wortklauber? Du hast dir einen hübschen Pleonasmus erlaubt - und ich soll der Wortklauber sein?"

„Quatsch!", gab er, jetzt langsam ungehalten, zurück. „Du hast mir das in den Mund gelegt."

Ich biss auf die Pfeife und sah ihn an. „Also jetzt im Ernst: Warum müssen wir so hastig aufbrechen?"

„Es ist an der Zeit!", orakelte er, und fuhr, als er mein verzogenes Gesicht gewahrte, fort: „Ich weiß, dergleichen Erklärungen befriedigen dich nicht sehr ..."

„Du hast vollkommen recht!", fiel ich ihm ins Wort. „Dergleichen Erklärungen rollen mir die Fußnägel hoch, wenn du verstehst!"

Täuschte ich mich, oder spielte ein Lächeln um seine Mundwinkel? Er stieß eine weitere Rauchwolke aus, die mir leider die Sicht nahm. Dann fuhr er fort: „Wir werden erwartet."

„Wir werden erwartet? Wir? Nicht nur du?"

„Nein, ich schätze wir! Und glaub mir, Daniel Christian Smith, das gibt mir zu denken!"

„Na fein!", erwiderte ich. „Ich bin hocherfreut zu erfahren, dass es dir wenigstens auch zu denken gibt. Ich dachte schon, dass ich der Einzige wäre, der hier nicht alles versteht. In den wenigen Momenten auf dieser Welt, in denen ich nicht um

mein Leben kämpfen musste, war ich schon fast in Versuchung zu glauben, dass es ganz normal ist, aus einem relativ behüteten Dasein herausgerissen zu werden, um durch Kanäle zu schwimmen, an Türmen hochzusteigen, durch Sümpfe mit Blutegeln zu waten und fremde Leute umzubringen!"
Zu meinem Erstaunen lächelte Crusan nun wirklich: „Du hast mit allem recht - bis auf eines: dein behütetes Dasein. Haha!" Er lachte schallend. Dann stand er auf, klopfte die Pfeife bedächtig an der Kante des Felsens aus und drehte sich noch einmal zu mir herum: „Wir werden erwartet. Du magst es Schicksal, Bestimmung oder was dir beliebt nennen - aber wir werden erwartet! Nicht zuletzt von uns selbst. Denke daran!"
Als er in Richtung des Hauses davonging, wusste ich nicht recht, welche Regung in mir jetzt eigentlich die Oberhand hatte: Resignation oder Befriedigung.
Resignation, weil es mir wieder nicht gelungen war, etwas zu erfahren, das Licht ins Dunkel des Spiels brachte, oder das mir weitergeholfen hätte, meine eigene Rolle darin wenigstens klar zu sehen.
Und Befriedigung, weil es mir zum ersten Mal geglückt war, Crusan reinzulegen. Ich hatte das Wort „Pleonasmus" verwendet, und er hatte widersprochen - also verstand er es! Crusan verstand Latein!

.

Ich ließ mir nichts weiter anmerken, als ich zum Haus zurückschlenderte. Vor der Tür erwartete mich Laq.
„Was hast du Crusan erzählt, dass er so grimmig dreinschaut?", fragte mich der Jjarde. „Du musst ihm gewaltig die Stimmung vermiest haben - soweit das möglich ist."
Ich brachte ein halbherziges Grinsen zuwege. „Wir müssen aufbrechen - jetzt!"

Er sah mich an und verzog das Gesicht. „Darf man vielleicht von dir wenigstens erfahren, wie die ganze Geschichte nun weitergehen soll, und was wir überhaupt damit zu schaffen haben?"
„Ich weiß, was du jetzt denkst", gab ich zu und legte meine Hand auf seine Schulter. „Nach den ganzen Schwierigkeiten der letzten Monate wären wir hier - zumindest zunächst - gut aufgehoben. Und die Ruhepause hätten wir uns verdient."
„Du meinst, dass wir denen hier nur zur Last fallen würden, richtig?"
„Hm. Nein, nicht unbedingt. Für kurze Zeit würden sie es schon verkraften, immerhin ..."
„Mann, jetzt rede doch verdammt noch mal nicht so herum! Also was ist los? Wir könnten noch ein paar Tage Erholung wirklich gut gebrauchen!"
„Es ist Crusan. Er meinte, dass wir weiter sollten - aber frag mich nicht warum!"
Der Jjarde kaute auf seiner Unterlippe und warf mir einen bösen Blick zu. „Hör mal, Daniel", meinte er schließlich, „am Anfang, als du in Mattincourt aufgetaucht bist, da dachte ich, weil du mir sympathisch warst, ich müsste dir helfen, weil du ganz offensichtlich keine Ahnung hattest, wie oder was ..."
„Laq", unterbrach ich ihn, weil ich fürchtete, wie sich dieses Gespräch weiter entwickeln könnte, „es ist nicht so, wie ..."
„Lass mich ausreden!", fuhr er mir ins Wort. „Inzwischen habe ich den Eindruck, dass du wesentlich mehr von der ganzen verworrenen Geschichte verstanden hast, als du zugeben willst. Und ich frage mich, warum! Ich glaube - und Jocelin denkt übrigens genauso! - dass es an der Zeit wäre, einmal damit herauszurücken, was wir hier zum Teufel eigentlich tun!"

Ich wollte etwas sagen - was eigentlich? -, aber er wischte meinen Einwand mit einer Handbewegung zur Seite und fuhr fort:
„Wir sind vor den Roten Truppen geflohen, in Ordnung. Du hast mich aus dem Turm in Verrn herausgeholt, und dafür danke ich dir ewig. Wir haben das Schneewolkengebirge überquert, weil du die Straße der Alten Götter auf der anderen Seite wieder finden wolltest - schön!"
Er sah mich an, als ob er hier einen Einwand von mir erwartete, aber ich schwieg. Was sollte ich sagen?
Er sah mich einen Moment lang an, dann stieß er einen Stein mit dem Fuß ärgerlich zur Seite und wandte sich ab. Nach einer Weile drehte er sich doch wieder herum und meinte: „Daniel, ich weiß nicht, was du vorhast, und vielleicht sollte ich es lieber nicht wissen, aber es beunruhigt mich, dass du Crusan immer ähnlicher wirst. Wir werden euch beiden weiterhin folgen, aber ich sehe Unheil voraus - zumindest für Vanessa und mich!"

Ich ließ ihn gehen, ohne noch etwas zu sagen. Was auch? Dass ich selbst nicht wusste, was er von mir erwartete zu wissen? Oder dass er von Vanessa vielleicht mehr erfahren konnte?
Nein. Wurde ich wirklich Crusan ähnlicher?

2.
Als wir aufbrachen, boten wir Celine und dem Rest ihrer Familie an, dass wir sie ins Dorf hinunter oder nach Rannock begleiten würden, falls sie dies wünschten, aber sie bestanden darauf, trotz allem ihren Bergbauernhof weiter zu bewirtschaften.
Ich konnte es verstehen: Trotz des Verlusts des Bruders wollten sie ihre angestammte Scholle nicht verlassen. Celine war

ein Kind der Berge und würde es bleiben; das Leben in der Fremde erschien ihr bedrohlicher als hier, wo sie die Gefahren kannte. Und sie zeigte Zuversicht, dass sie, ihr älterer Bruder und die Mutter die Arbeit schon schaffen würden - schließlich musste nun auch ein Magen weniger gefüllt werden.
Die Tränen standen ihr in den Augen, als sie dies sagte, aber sie reckte ihren Hals trotzig und kniff die Lippen fest zusammen - und ich glaubte ihr, dass sie es schaffen würde; sie hatte den Willen dazu.
„Wartet noch!", bat sie, als wir ins Freie traten, um uns auf den Weg zu machen. Sie ergriff Crusans Hand, was dieser mit misstrauisch zusammengezogenen Augenbrauen geschehen ließ, und auch, dass sie ihn zu sich herunterzog. Dann drückte sie ihm einen schmatzenden Kuss auf die Backe und sagte: „Glück auf deinen Wegen, Krieger!"
Beinahe hätte ich laut gelacht, aber die „Würde" der Situation verbot dies. Ein kleines Mädchen küsste Crusan, den Inbegriff des „Schwarzen Mannes". Wieder einmal wünschte ich mir, jemand würde diese erhebende Szene im Bild für die Nachwelt festhalten - vor allem seinen Gesichtsausdruck.
Aber ich kam auch nicht ungeschoren davon. Nachdem ich ebenfalls auf diese Art meinen Abschied erfahren hatte, hielt Celine meine Hand fest.
„Wirst du einmal wiederkommen, Daniel?", fragte sie mich mit einem Augenaufschlag, der einen IBM-Computer dazu veranlasst hätte, ein romantisches Gedicht zu verfassen.
Wie üblich rettete Crusan die Situation: Während ich noch nach Worten suchte und zwischen „Vielleicht", „Kann sein" und „Hm" schwankte, meinte er kurz und trocken „Nein!" und stapfte voran, wie mir schien, mit besonders forschem Schritt.
Ich zuckte die Achseln und folgte ihm. Wahrscheinlich hatte der Jjarde recht mit unserer Ähnlichkeit.

Bei den ersten Felsen, wo der Weg ins Dorf begann, drehte ich mich noch einmal um und hob die Hand. Celine erwiderte die Geste zuerst zaghaft, dann winkte sie, bis ich außer Sicht war.

Das „Dorf", das wir gegen Abend erreichten, hatte diese Bezeichnung wahrlich verdient: eine ärmliche Ansiedlung von zehn oder zwölf Bauern, die sich fast verschämt an den Hang schmiegte und sich nur dadurch auszeichnete, dass sich drei weitere Wege dort kreuzten - einer davon zwischen dichten Nadelwäldern ins Tal hinunter.
Ein Bächlein kam vom Gletscher herunter und sorgte für frisches Wasser, und - es gab ein Gasthaus. Dies waren eigentlich die einzigen Vorzüge, die ich dem Kaff abgewinnen konnte. Ansonsten wäre es vielleicht vernünftiger gewesen, gleich weiterzumarschieren und im Wald zu übernachten, aber nach der anstrengenden Überquerung des Schneewolkengebirges hatten wir uns jede bequeme Nacht mehr als verdient.
Wie nicht anders zu erwarten, wurden wir mit Respekt - wahrscheinlich aus Angst geboren - „willkommen" geheißen und mit äußerster Freundlichkeit bewirtet. Kein Wunder. Die Bauern sahen gerade in uns wahrscheinlich die typischen Vertreter der Kriegerklasse - was ich ihnen nicht verdenken konnte.
Am Abend in der Dorfschenke versuchte ich, zumindest etwas über die allgemeine Situation im Lande in Erfahrung zu bringen. Viel Erfolg war meinen Bemühungen wahrlich nicht beschieden: Die drei Bauern, die sich trotz unserer Gegenwart hierher verirrt hatten, schützten Unwissenheit vor, oder dass sie mich nicht verstanden. Einer wenigstens erklärte mir unter Beteuerung seiner Harmlosigkeit, dass er keinerlei Interesse an irgendwelchen militärischen Angelegenheiten hät-

te, und froh wäre, unserem Heer seine verbliebenen Kühe zur Verfügung zu stellen.
Ich winkte ab, und er beeilte sich, aus der Kneipe zu verschwinden, wobei er sogar ein halb gefülltes Weinglas zurückließ.

Am nächsten Tag wollten wir Rannock erreichen, eine Stadt - aber ich wusste inzwischen, wie solche Begriffe zu bewerten waren -, die das Haupthandelszentrum der Bergbevölkerung mit den Bewohnern der Flussebene darstellte. Der Fluss hieß Elvain, und der Krieg, von dem sie hier alle redeten, schien sich vor allem um ihn zu ranken.

„Du hast uns nur aus einem alten in ein neues Kriegsgebiet hineingeführt!", stellte Jocelin fest, nachdem wir schon von fern bemerkt hatten, dass die Stadt belagert wurde. Feuerschein von Westen erhellte die Nacht, und der Wind brachte den Geruch von Rauch mit sich.
„Na schön", meinte Crusan kurz, „Rannock ist egal - wir müssen es nur umgehen! Nach Norden."

Der Weg über die Gebirgshänge entlang des Elvaintales war nicht so anstrengend, wie ich gedacht hatte; wir kamen gut voran, bis uns ein Ausläufer des Schneewolkengebirges mit seinen vereisten Flanken dazu zwang, ins Tal hinab auszuweichen.
Zwei vollkommen niedergebrannte Dörfer zeugten davon, mit welcher Härte hier gekämpft wurde. Zwischen den verkohlten Überresten der Häuser lagen Dutzende von aufgeblähten Leichen und Tierkadavern herum, die in der warmen Nachmittagssonne einen mörderischen Geruch verbreiteten. Die siegreichen Truppen hatten sich natürlich nicht die Mühe gemacht, ihre Opfer anständig zu beerdigen, und sie einfach nur ins Feuer geworfen oder liegengelassen, wo sie nieder-

gemacht worden waren. Am Ausgang eines Dorfes hatte man zwei Kreuze errichtet, an denen von Aasvögeln zerhackte Körper hingen.

Bei diesem Anblick blieb sogar Crusan einen Moment lang stehen und betrachtete mit verzogenem Gesicht die grausige Szenerie.

„Verdammt, wer kämpft hier eigentlich gegen wen?", sprach ich ihn an. „Ich schätze, wir wären besser auf der anderen Seite des Gebirges geblieben."

Er drehte sich herum und sah mich mit einem merkwürdigen Ausdruck in den Augen an. „Wer hier kämpft? Jeder gegen jeden. Der Krieg hat auf dieser Seite schon vor Jahren begonnen. Grün gegen Blau, oder beide gegen Braun - wer weiß das schon noch? Die das hier angerichtet haben, die wussten es bestimmt schon nicht mehr; jeder kämpft nur noch auf eigene Rechnung."

„Täusche ich mich, oder höre ich da einmal nicht grundsätzliche Verachtung aller menschlichen Beweggründe heraus?"

Er lachte böse: „Da täuschst du dich! Aber aus deinen Worten höre ich, dass du dich ebenfalls auf dem besten Weg dorthin befindest. Mach weiter so, Daniel - der Zynismus steht dir gut!" Er spuckte aus und fuhr, sich über den Mund wischend, fort: „Und auf der anderen Seite wären wir keine Spur sicherer. Dort suchen sie nach uns, hier kämpfen sie gegeneinander."

„Hm", brummte ich, „und natürlich müssen wir der Straße der Alten Götter folgen, wie Arboreysth uns nahe gelegt hat. Gewichtige Gründe, um unter Lebensgefahr ein Gebirge zu überqueren."

Er sah mich durchdringend an, als ob er meine Gedanken lesen wollte. Ich wartete einen Augenblick, um die Wirkung zu verstärken, dann schoss ich meinen Pfeil ab: „Wenn man nur wüsste, wohin sie führt, nicht wahr?"

„Ans Ende der Welt - und in den Tod!" knurrte er und wandte sich ab, noch einen letzten Blick auf die Gekreuzigten werfend.

Ich hatte es wieder nicht geschafft, ihn aus der Reserve zu locken. Na schön. Er wusste nicht - oder doch? -, dass ich unser Ziel kannte: Gatarr. Und ich dachte nicht daran, ihm dies zu erzählen. Mochte er doch glauben, dass ich keine Ahnung hatte, wo die Straße der Alten Götter endete.

3.

Zwei Tage später waren wir vollends in die Niederung des Elvain hinunter gestiegen und bewegten uns jetzt in äußerst gefährlichem Gelände. Das Tal des Flusses war grasbewachsen mit einem Gürtel von Schilf und Binsen in der Mitte, links und rechts ansteigendes bewaldetes Terrain, und darüber die grauen und weißen Berghänge. Jeder, der an diesem Krieg teilnahm, musste diese schiffbare Süd-Nord-Verbindungslinie als strategisch wichtig erachten.

Und das bedeutete wiederum, dass wir hier ständig mit durchziehenden Truppen oder mit Kampfhandlungen rechnen mussten.

Wir kamen infolgedessen langsamer voran, weil wir den gebahnten Weg entlang des Elvain mieden und uns auf der östlichen Seite durch den Wald vorwärts bewegten, wo uns ein etwaiger Angreifer nicht eher zu Gesicht bekommen würde als wir ihn.

.

Unsere Vorräte gingen zur Neige und wir wollten oder konnten uns nicht mit der Jagd oder mit Fallenstellen aufhalten, deshalb waren alle froh, als wir gegen Mittag des fünften Tages, nachdem wir aufgebrochen waren, zwischen den Bäumen eine kleine Siedlung erspähten. Das Dörfchen lag male-

risch zwischen zwei bewaldeten Höhen an einem Bach, der sich vermutlich weiter nordwestlich in den Elvain ergoss.
„Ein Wirtshaus", stellte Laq fest, der wie wir anderen auch in sicherer Entfernung am Waldrand unter einem Busch lag. Ich konnte ihm nur zustimmen. In der Mitte des Dorfes kreuzten sich drei Wege, von denen einer am Bachufer entlang nordwestlich führte, und das Haus, das er gemeint hatte, befand sich an einem kleinen Weiher, zwei Tische mit Bänken standen davor, und einige Leute hielten sich dort auf.
„Offenbar keine Soldaten in der Nähe", stellte Crusan fest, auf dessen Instinkt man sich in dieser Beziehung verlassen konnte.
„Also gehen wir - wir brauchen unbedingt Vorräte!"
Was er sich unter „brauchen" vorstellte, konnte ich mir denken, aber ich widersprach nicht, denn mein Magen war bei dem langen Marsch sicher auf einen Bruchteil seiner normalen Größe zusammengeschrumpft und verlangte zuweilen lautstark nach etwas Essbarem.

.

Es ist schon erstaunlich, wie die Furcht den müden Beinen Flügel verleiht, dachte ich mir, als die Bauern angesichts unseres kleinen Trupps das Weite suchten. Hoffentlich fanden sie es auch.
Die ganze Flucht ging so schnell vonstatten, dass der Wirt, der mit zwei Holztellern voller Speisen unmittelbar hernach aus der Tür trat, erst bemerkte, dass sich neue Gäste seiner Lokalität bemächtigt hatten, als er schon vor uns stand.
„Klapp den Mund zu, Mann!", fuhr ihn Jocelin an, um den Schrecken noch zu steigern, und fasste gerade noch rechtzeitig nach den beiden Tellern, bevor der wackere Vertreter des Gastronomiewesens sie fallen lassen konnte.
Der Rest des Nachmittags ist schnell erzählt: Über diese unerwartete Inanspruchnahme seiner Gastlichkeit aufs Höchste erfreut, bemühte sich der Wirt, uns mit den erlesensten Köst-

lichkeiten seiner Heimat zu erfreuen, welche aus geräuchertem Schinken, Maismehlgrütze und einer Art getrockneter Blutwurst bestanden.
Maismehlgrütze ist übrigens gar nicht einmal so schlecht, wenn man wirklich Hunger hat, ansonsten würde ich vielleicht doch Beef Wellington, Chateaubriand oder Coq au Vin vorziehen - oder Bratkartoffeln.

.

Nach dem Motto „Erst kommt das Fressen, dann die Moral" und von den zustimmenden Signalen meines Magens äußerst zufrieden gelaunt, ließ ich an diesem Abend Krieg Krieg und Crusan Crusan sein und spülte das gute - naja, reichhaltige - Essen mit vier Krügen Bier hinunter, die mich genau in die Stimmung versetzten, in der man mit dem Teufel Brüderschaft trinkt, weil er ja so schlecht doch nicht sein kann.
Das sollte sich rächen.

.

Ich hatte mich auf eine Strohmatratze im Hinterzimmer der Gastwirtschaft gelegt und war beinahe sofort eingeschlafen. Ein schmerzhafter Tritt in die Seite weckte mich nach - ich weiß nicht, wie langer - Zeit, und jemand packte mich am Kragen und zog mich brutal hoch. Crusan.
„Verdammtes ...", setzte ich an, und es wäre kein sehr freundlicher Ausdruck geworden, aber er unterbrach mich und schrie mich an: „Wach auf, verflucht noch mal - es sind Truppen im Anmarsch!"
„Was?", brachte ich nur hervor. Mein Schädel brummte und das Zimmer, das von einer Unzahl Kerzen beleuchtet wurde - nein, es war nur eine Kerze, die ich mehrfach sah - drehte sich vor meinen Augen.
„Soldaten!", brüllte Crusan mir ins Ohr, dass ich glaubte, meine Backenzähne lockerten sich. Aber die Behandlung hatte Erfolg: Die Rotation des Zimmers kam zum Stillstand und mein Blick wurde klarer, allerdings mit dem Nebenef-

fekt, dass eine Welle ziehender Kopfschmerzen durch meinen armen Schädel raste, irgendwo an der Stirnwand reflektiert wurde und nochmals zurücklief.
„Was? Soldaten?", fragte ich nochmals nicht sehr geistreich, aber die Situation war wohl einer ausgefeilten Rhetorik ohnehin nicht sehr zuträglich.
Crusan ließ mich los und ich plumpste wie ein nasser Sack auf die Matratze zurück.
„Mach schnell!", knurrte er mit einem missbilligenden Blick. „Die anderen sind schon soweit. Die Bauern, die heute Nachmittag verschwunden sind, haben wohl eine Abteilung Truppen aus dem nächsten Feldlager hierher geführt. Wahrscheinlich denken sie, dass wir ein Spähtrupp des Feindes sind."
Ich fluchte und rappelte mich hoch. „Und woher ...?", wollte ich fragen, aber er packte mich am Arm und zog mich weiter. Während ich hinter ihm herstolperte und mich nach Kräften bemühte, nicht an Stühle und Tische zu stoßen oder gegen den Türstock zu laufen, erklärte er: „Der Wirt hat mich gewarnt. Sein Sohn hat im Wald Soldaten bemerkt. Zum Glück haben sie sich nicht sehr leise verhalten ..."
„Aber warum ...", unterbrach ich, und er packte mich nochmals am Aufschlag meiner Jacke, wobei er mich auf die Zehenspitzen zog. „Werd endlich wach, verdammter Saufkopf! Der Wirt hat uns nur gewarnt, damit wir rechtzeitig verschwinden können - und seine Kneipe nicht zum Schlachtfeld wird, klar?"
„Klar!", konnte ich gerade so hervorwürgen. Im vorderen Raum standen die anderen und warteten. Der Wirt schien gerade etwas zu erklären und gestikulierte dabei heftig. Die nackte Angst stand ihm ins Gesicht geschrieben. „... nichts dafür, bitte glaubt mir, ihr Herren! Die ..."
„Schon gut!", unterbrach ihn der Jjarde abwinkend. „Ist Daniel endlich wach? Gut. Verschwinden wir hier, aber schnell!"

An die nachfolgenden Minuten erinnerte ich mich später nur mit Grausen. In ganz unheroischer Manier ergriffen wir die Flucht in nördlicher Richtung - so meinte Crusan jedenfalls -, um einem Gefecht mit den herbeigerufenen Truppen aus dem Weg zu gehen.
Schon kurz darauf, als ich wieder klar denken konnte, erschien mir diese Maßnahme mehr als vernünftig: Einen oder mehr Verwundete konnten wir uns einfach nicht erlauben. Das Beispiel des Jjarden in Verrn, dessen Verletzung und darauffolgende Bettlägerigkeit uns beinahe alle das Leben gekostet hatte, sprach für sich. Also besser, zehn Kämpfen auszuweichen, als Verletzte zu riskieren!
Wir hetzten durch den nächtlichen Wald, als sei uns der Leibhaftige auf den Fersen; am Anfang zog Crusan mich mit sich fort, als er schließlich merkte, dass ich mithielt, ließ er meinen Arm los.

„Halt!", befahl Crusan halblaut. „Das ist weit genug. Die werden uns nicht tiefer in den Wald hinein verfolgen." Ich stolperte gegen irgendjemanden und ertastete einen strubbeligen Haarschopf - Ybkallis. Der Hofnarr prustete überrascht, dann zog er mich zu Boden, und ich ließ mich allzu bereitwillig in das weiche Moos zwischen den Bäumen sinken.
„Na, Daniel", kicherte er, „war wohl kein sehr angenehmes Erwachen, was?"
„Nein!", konnte ich nur stöhnen, und tastete nach meinem Gesicht, das jetzt wahrscheinlich einige Striemen von zurückschnellenden Ästen zierten. „Von Crusan aufgeweckt zu werden ist beileibe kein Vergnügen ..."
„Haltet die Schnauze!", erklang es aus der Dunkelheit. „Und wenn du willst und kannst, dann schlaf weiter. Ich werde wachen - und morgen früh müssen wir alle ausgeruht sein."
Einmal, einmal war ich Crusan dankbar für seine verfluchte Überheblichkeit. Mein Schädel, zusätzlich noch von dem

nächtlichen Hindernislauf durchgeschüttelt, brummte wie ein kaputter Basslautsprecher, und mein Magen zeigte bedenkliche Tendenzen, sich mit dem Darm zu verknoten.
„Hier, nimm einen Schluck Wasser!", forderte Ybkallis mich auf und reichte mir seine Feldflasche. Ich tat wie geheißen, und daraufhin ging es mir etwas besser. Danach rollte ich mich im Moos zusammen und war sofort eingeschlafen.
Das zweite Erwachen innerhalb kurzer Zeit war nicht besser als das erste, nur dass es einigermaßen hell war. Das tröstete mich aber keineswegs.
„Die Soldaten haben südlich von hier das ganze Tal abgeriegelt", erzählte Crusan gerade, „die denken bestimmt, dass wir eine feindliche Vorausabteilung sind. Wir können nur weiter nach Norden."
„Bringt uns das sehr vom Weg ab?", fragte Jocelin.
Crusan brummte missmutig. „Es bringt uns vom Weg ab, ja. Eigentlich hatte ich vorgehabt, dass wir uns entlang der Dove nach Westen bewegen, aber wahrscheinlich ist jetzt das ganze westliche Ufer des Elvain besetzt."
„Und im Norden?"
„Ich kenne die Gegend am Oberlauf des Elvain nicht, aber es soll dort zwischen den Bergen einen weiteren Weg nach Westen geben", meinte Crusan achselzuckend. „Und wahrscheinlich wird uns nichts anderes übrig bleiben, als es zu versuchen."

4.
Fünf Tage später befanden wir uns in einem Gebiet, das nicht einmal Crusan kannte. Das Gelände zwang uns, ständig höher zu steigen. Zudem wurde der Elvain schmaler und reißender, sodass wir eine Stelle, wo es uns noch möglich erschien, benutzten, um ans westliche Ufer überzusetzen.

Das Unternehmen gelang glücklich und wir verloren nicht einmal ein Stück unserer ohnehin kärglichen Ausrüstung. Die Berggipfel schienen von nun an enger zusammenzurücken und das Terrain wurde immer zerklüfteter. An sich stellte uns der Marsch durchs Gebirge vor keine großen Probleme, aber jagdbares Wild machte sich rar. Und diesmal hatten wir keine ausreichenden Nahrungsmittelvorräte dabei. Es schien, als ob die Mahlzeit in dem Wirtshaus im Tal wieder einmal für längere Zeit unser letztes „Festessen" gewesen war.

„Na so was!", staunte Laq angesichts der Hängebrücke, die sich vor unseren Augen über den Abgrund erstreckte. „Wer hätte das gedacht - in dieser gottverlassenen Gegend!"
„Also muss eine Siedlung in der Nähe sein", stellte Vanessa fest. „Warum hätte jemand sonst das bauen sollen?"
„Jedenfalls bestimmt nicht, um uns den Weg abzukürzen!", knurrte Crusan und äugte misstrauisch auf die andere Seite hinüber, wo sich der Weg fortsetzte. Naja, Weg: allenfalls Trampelpfad, trotzdem zeigten vereinzelte Fußabdrücke, wo der Boden weich war, dass wir nicht die ersten Wanderer waren, die ihren Schritt in diese Einöde lenkten.
In der Tiefe, vielleicht zweihundert Meter hinunter, rauschte weiß schäumend der Elvain. Ich musste den anderen zustimmen: Irgendeine Ansiedlung befand sich mit Sicherheit in der Nähe, sonst hätte man sich nicht die Mühe gemacht, dieses Bauwerk zu errichten.
Die Brücke hing zwar in der Mitte ziemlich durch - sie spannte sich etwa zwanzig Meter über die Schlucht - machte aber ansonsten einen durchaus vertrauenerweckenden Eindruck: dicke Taue, die noch kein bisschen angefault oder aufgesplisst waren, und stabile Holzbohlen in der Mitte. Auf der anderen Seite bot sich das gleiche Bild wie hier: schroffe Felszacken, ab und zu ein bisschen Grün.

„Gehen wir!", murmelte Crusan und betrat als Erster die Holzplanken. Die Befestigungsseile gaben ein leises Knirschen von sich, das war alles. Trotzdem hatte ich den vagen Eindruck, dass Crusan beunruhigt erschien. Naja, warum auch nicht: Unsere ganze Situation bot nicht gerade Grund zum Überschwang.

Ich wartete, bis er die ersten paar Meter zurückgelegt hatte, und folgte ihm dann. Die Brücke schaukelte leicht im Wind, der in der Schlucht stärker blies als zwischen den Felsen, und die Vorstellung, in den Elvain hinunterzustürzen, jagte mir einen kalten Schauer über den Rücken, aber südlich von Mattincourt, am Ende der Welt, hatte ich schon in einen grausigeren Abgrund geschaut.

.

„Seid willkommen, ihr Herren!", erklang eine sanfte Stimme zwischen den Felsen, als ich auf der gegenüberliegenden Seite wieder festen Boden betrat. Crusan hatte auf mich gewartet, und während ich noch verblüfft stehenblieb, um nach dem Sprecher Ausschau zu halten, wirbelte er schon herum und sprang los.

Ein schlanker Mann in prächtig herausstaffierter Kleidung mit einer weißen Gesichtsmaske war hinter einem Felsen erschienen, als ob er dort plötzlich gewachsen war und deutete eine leichte Verbeugung an.

„Seid ...", wollte er wiederholen, aber er, und ich auch, hatte nicht mit Crusans Schnelligkeit gerechnet: Der Riese in seiner silbernen Rüstung spottete wirklich jeder Reaktionszeit. Bevor der Mann das zweite Wort aussprechen konnte, lag die Spitze von Crusans Schwert schon an seiner Kehle.

Ich stand immer noch wie erstarrt, als mich jemand beiseite stieß und mit gezückter Waffe neben mir Aufstellung nahm: Laq. Der Jjarde reagierte fast ebenso schnell auf eine überraschende Situation wie Crusan.

Der Mann mit der weißen Maske schien von der tödlichen Klinge an seinem Hals wenig beeindruckt zu sein. Er verzog sein Gesicht zu einem milden Lächeln und tippte die Waffe mit seiner Fingerspitze vorsichtig zur Seite.

„Na, na, verehrter Herr", meinte er spielerisch vorwurfsvoll mit einem Tonfall, der mich in seiner seltsam rhythmischen Auf- und Abschwingung eigenartig berührte (ähnlich wie das Englisch der Queen einem normalen Amerikaner als affektierter Singsang erscheint).

Und noch etwas wurde mir, außer meiner persönlichen Abneigung, in diesem Augenblick klar: Eine Maske konnte nicht lächeln - also war der Kerl weiß geschminkt.

Crusan hatte seine Klinge zu Boden gesenkt und ergriff jetzt das Wort: „Wer seid Ihr - und woher kommt Ihr?"

Mit einer nochmaligen, jetzt tiefen Verbeugung gegen uns - nicht gegen Crusan, das fiel mir auf - erklärte der Weißgeschminkte:

„Ich bin Prinz Raoul von Shilanoah - und es ist wirklich vollkommen unnötig, mich mit dieser Waffe zu bedrohen. Wir sind hier zwar vollkommen weltabgeschieden, aber die elementarsten Regeln der Gastfreundschaft sind uns heilig."

Crusan brummte irgendetwas, worauf dieser Raoul fortfuhr: „Ihr seid Wanderer, die unzweifelhaft von weither kommen. Erlaubt mir also, Euch unsere Gastlichkeit anzubieten - wessen Partei Ihr auch immer angehört."

Ich sah mich nach meinen Gefährten um, die neben mir Posten bezogen hatten: Alle hatten ihre Waffen in der Hand - Laq, Jocelin, Vanessa, sogar Ybkallis hatte die Hand auf das Messer in seinem Gürtel gelegt. Die allgemeine Atmosphäre des Misstrauens war fast greifbar.

Raoul überspielte die gespannte Situation: „Wenn die Herrschaften mir nicht glauben möchten ..." Er breitete die Arme aus, und wirklich, er trug nicht einmal eine Waffe. „Diesen

Mordinstrumenten", er deutete auf Crusans Schwert, „haben wir hier ohnehin nichts entgegenzusetzen."
War es Zufall, oder bildete ich mir nur etwas ein, als mich sein Blick bei diesen Worten streifte? Ich hatte als Einziger meine Klinge nicht einmal angerührt und betrachtete ihn mir nun genau: golddurchwirkte blaue Jacke mit weißen Spitzen an den Aufschlägen verziert, seidene Kniebundhosen und schwarz glänzende Lackschuhe.
Wie die anderen auch entscheiden mochten, ich fragte mich Folgendes: Wie kann jemand, der in dieser Einöde wohnt, sich dieses dekadente Äußere erlauben?

KAPITEL DREI : SHILANOAH

-

Dass unser Held Daniel sich im Umgang mit dem anderen Geschlecht zuweilen ungeschickt anstellt, das dürfte keinem aufmerksamen Leser dieser Geschichte entgangen sein. So sollte es auch nicht verwundern, wenn er eine wunderbare Gelegenheit, sich in fremdem Land eine entsprechende Empfehlung zu verschaffen, vergibt, und sich äußerst unbeliebt macht - wie in diesem Kapitel zu lesen ist.

-

1.
Shilanoah - ob damit die Burg oder das ganze Land gemeint war, ich wusste es nicht - konnte man nur als beeindruckend prachtvoll bezeichnen. Prinz Raoul hatte uns nur für einen kurzen Fußmarsch durch die bizarre Felslandschaft geführt, und jetzt tat sich der grandiose Anblick der hohen Mauern vor uns auf. Die Burg schien direkt aus dem Berg heraus gen Himmel zu wachsen, und ich musste den Kopf in den Nacken legen, um zum höchsten Turm hinaufzublicken, was mir einen plötzlichen unangenehmen Erinnerungsmoment an Verrn, die Hauptstadt der Yllianmark, verschaffte.
Und was mir sofort auffiel: Das Bauwerk hatte keine Mauer, keinerlei Art von Befestigungsanlage, keinen Graben, keine Wehrtürme oder irgendwelche Art von Schanzwerk. Ein leidlich ausgetretener Weg führte zu einem großen Holztor in einem riesigen runden Gebäude. Um dieses herum gruppierten sich anscheinend wahllos andere Bauten unterschiedlichster Form: gedrungene klobige Steinkästen wechselten sich mit schlanken hohen Minaretts ab, dazwischen Türme normaler mittelalterlicher Prägung mit Söllern und Erkern - und alles schien irgendwie verbunden, wie zusammengewachsen.

Der Anblick faszinierte mich sehr, vor allem, weil die Spitzen der Minaretts in der Nachmittagssonne rötlich leuchteten. Trotzdem konnte ich das Gefühl der Beunruhigung nicht loswerden, das sich in meinem Hinterkopf festgesetzt hatte, seit ich diesen Raoul mit seiner weißen Schminke im Gesicht zum ersten Mal gesehen hatte.
Ich sah hinüber zu Crusan, und seltsam: In diesem Moment kreuzten sich unsere Blicke. Er hatte den Mund verzogen und die Augen zu schmalen Schlitzen zusammengekniffen - aber bei ihm wollte das natürlich nichts heißen. Trotzdem: Er hatte ebenfalls zu mir herüber gesehen.

„Seid herzlich eingeladen nach Shilanoah!", skandierte Raoul und deutete mit dem ausgestreckten Arm auf die Burg. „Ihr werdet hier beste Bewirtung und angenehme Gesellschaft finden - und Ruhe. Wir haben Gäste sehr gern in unserer Weltabgeschiedenheit, und würden aufs Äußerste erfreut sein, euch ein weiches Lager anzubieten."
„Warum?", knurrte Crusan, und ich konnte nicht widerstehen, hinzuzufügen: „Oder müssen wir dafür bezahlen?"
Laq und Jocelin warfen mir einen vorwurfsvollen Blick zu.
„Warum sollen wir das Angebot nicht annehmen?", raunte der Souvaner mir zu. „Etwas Besseres könnte uns jetzt gar nicht passieren. Stell dir vor: ein vernünftiges Essen. Und wir könnten unsere Vorräte ergänzen."
Zugegeben, nicht zuletzt die Aussicht, einmal nicht auf Felsen zu schlafen, übte einen fast unwiderstehlichen Reiz auf mich aus. Warum eigentlich nicht ... Ich wurde in meiner Überlegung unterbrochen, weil Crusan das Wort ergriff: „Seht dort links von der Burg!", meinte er und deutete in die Ferne, wo der gelbrote Ball der Sonne jetzt gerade den Horizont berührte und die Spitzen der Felszinnen in schimmerndes Gegenlicht tauchte. „Dort ist noch eine Hängebrücke", erklärte Crusan, „und der Weg führt nach Westen."

„Und?", fragte Laq.
„Frag nicht so blöd, Jjarde!", knurrte Crusan abermals. „Nach Westen! Hier ist der Weg nach Westen - und du fragst 'Und?'!"
Laqs Hand tastete unwillkürlich nach dem Gürtel. „Es ist mein verdammtes Recht zu fragen, was mir beliebt, Crusan, verstehst du? Und wenn du ..."
Der Riese unterbrach ihn mit einer Handbewegung. Es verwunderte mich, dass er keine Anstalten machte, nach seinem Schwert zu greifen, aber da ich ihn inzwischen kannte, konnte ich sehen, wie er sich mühsam beherrschte.
„Du hast das 'verdammte' Recht zu fragen, was dir beliebt, Jjarde - das hat jeder!", knirschte er zwischen den Zähnen hervor. „Du hast aber nicht das Recht, Antworten zu bekommen, verstehst du? Wenn du meinst ..."
„Ich meine nur, dass ich mir das Recht erworben habe, meine Meinung zu sagen!", gab Laq zurück und trat einen Schritt vor. „Wenn ich das nicht mehr habe, dann gehab dich wohl, Krieger!" Er sah mich missmutig an und ergänzte: „Und wenn es sein muss - auch du, Daniel!"
Ich schüttelte den Kopf. „Um was streitet ihr hier eigentlich, ihr zwei Idioten? Ob wir die Einladung annehmen oder gleich weiter nach Westen ziehen?"
Der Jjarde brummte irgendetwas Unverständliches, also sah ich mich genötigt, weiterzureden, aber bevor ich noch etwas sagen konnte, griff ein anderer in den Streit ein:
„Wie wäre es denn, ihr Herren", meinte Ybkallis, „wenn wir uns das freundliche Angebot unseres Gastgebers erst einmal in aller Ruhe ansehen, und dann beschließen, was weiter geschehen soll?" Er machte eine leichte Verbeugung in Richtung Raouls, der dem Disput mit unbewegtem Gesicht gelauscht hatte - aber wer wollte das bei der maskenartigen Schminke schon beurteilen?

Er machte eine Kunstpause, um die Worte richtig wirken zu lassen - bei seiner Begabung fürs Dramatische! - und fuhr fort: „Vor allem, weil wir alle sowohl eine Ruhepause als auch ein gutes Essen mehr als verdient hätten."
Dann sah er mit einem entwaffnenden Lächeln seines breiten Mundes in die Runde. Der Erfolg zeigte sich sofort: Laq und Jocelin schauten nicht mehr so verbissen drein und zuckten zustimmend-beschwichtigt die Schultern, Crusan biss sich zwar auf die Unterlippe, sagte aber nichts mehr.
Ich konnte nicht anders, als den kleinen Hofnarren zu bewundern, der mit seiner Redegewandtheit die Situation entschärft hatte. Und dabei hatte ich mir immer etwas auf meine Eloquenz eingebildet!

Das große Tor schwang auf ein einfaches Klopfzeichen von Raoul knarrend auf und offenbarte den Blick auf ein wenig beeindruckendes Inneres: einen ganz normalen Saal - auf mittelalterliche Verhältnisse bezogen, die ich inzwischen zur Genüge kennengelernt hatte - mit einer ziemlich niedrigen Decke, schmalen Fensteröffnungen, und, seltsamerweise, fast fingerdickem Staub auf dem Boden, den einige Fußspuren zierten.
„Man bekommt in dieser Gegend wohl kein besonders gutes Reinigungspersonal?", stellte ich fest und sah zu Prinz Raoul hinüber, aber er schien meine Bemerkung nicht gehört zu haben oder vorzuziehen, diese Frage nicht zu beantworten. Na schön.
Mir fiel auf, dass auch innen keine Torwachen zu sehen waren, also funktionierte der Öffnungsmechanismus vermutlich mit einem Kettengewinde von irgendwo oberhalb - wer weiß? Seltsam nur, dass man dann das leise Klopfen gehört hatte.
Der Prinz dieser staubigen Bude verbeugte sich zum wiederholten Male und schritt durch das Halbdunkel voran, wobei

jeder Schritt von ihm kleine Wölkchen aufwirbeln ließ, was ihn aber keineswegs zu stören schien.
Wir folgten ihm schweigend. Ich aus zwei Gründen: Erstens wollte ich keine Staublunge bekommen und zweitens überlegte ich mir, was die Leute, die hier wohnten - falls er nicht der einzige war - mit ihrer andauernden Verbeugerei eigentlich bezweckten: den Dreck vom Boden aufzuschniefen? Und wenn, mussten sie dann nicht befürchten, dass sich der Staub in der fettigen Schminke festsetzte?

.

Wie so oft lag ich wieder einmal falsch: Nachdem wir eine schmale Wendeltreppe hinaufgestiegen waren, zeigte sich ein vollkommen anderes Bild: ein üppig ausgestatteter Saal mit kostbaren Teppichen auf dem Boden, die allesamt nicht die geringste Spur von Staub oder Verschmutzung zeigten. Und vor allem: viele Menschen. Fast zu viele.
Annähernd hundert buntbemalte Gesichter schienen uns erwartungsvoll entgegenzublicken. Alle waren in genauso prunkvolle Kleidung wie unser Führer gewandet. Die plötzliche Vorstellung, unversehens in eine Karnevalsveranstaltung hineingeraten zu sein, ließ mich zuerst beinahe losprusten - dann lief mir ein kalter Schauer über den Rücken.
Warum eigentlich? Als wir eintraten, applaudierten alle, dann verbeugten sie sich.
„Seht Ihr, verehrte Gäste", lächelte Prinz Raoul, „wir heißen Euch alle herzlich willkommen. Wenn Ihr mir bitte nun folgen wolltet ..."
Er wartete die Antwort nicht ab, sondernd schritt durch das Spalier, das die Geschminkten bildeten, vorwärts. Jocelin, Laq, Vanessa und Ybkallis zögerten nicht, ihm zu folgen. Crusan und mir blieb nichts anderes übrig, als uns der Promenade anzuschließen.
Während er feierlich dahin schritt, nannte Raoul einige Namen der links und rechts Stehenden, die ich mir aber nicht

merkte, während diese sich nochmals verbeugten, wenn wir sie passierten.
Mir wurde die ganze Sache immer suspekter, also drängte ich mich weiter nach vorne, um möglichst viel von dem mitzubekommen, was Raoul erzählte.
„ ... ein sehr altes Adelsgeschlecht", erklärte er gerade, „das die Grafschaft hier beherrschte, als sie noch nicht so verlassen war. Bei dem Krieg vor zweihundert Jahren verließen fast alle Bergbauern die Gegend, um sich weiter im Süden anzusiedeln, und mit der Zeit folgten ihnen die Händler und Handwerker, die die wenigen Ortschaften bewohnten. Seitdem ...", er machte eine bedeutungsvolle Pause, zuckte die Schultern und lächelte milde, „ ...herrscht das Haus Shilanoah über eine menschenleere Region in den Bergen. Aus diesem Grunde sind wir froh, wenn wir Gäste bei uns begrüßen dürfen."
Laq drehte sich zu mir herum und warf mir einen Blick zu, als ob er „Na siehst du!" sagen wollte.
Ich verzog das Gesicht. „Warum ist es eigentlich unten in der Eingangshalle so dreckig?", warf ich ein, und Raoul hob wie zur Entschuldigung die Hände: „Oh, verzeiht bitte, wenn dies Euren Unmut erregt haben sollte, aber wir halten uns so wenig wie möglich ebenerdig oder außerhalb auf. Wir lieben die Höhe - und den Ausblick, den man aus den oberen Fenstern auf die Berge und die Schluchten der Umgebung hat. Und glaubt mir, der Anblick ist wirklich grandios!"
Nun ja, freilich glaubte ich ihm das, aber die Geschichte mit dem staubigen Erdgeschoss ...?
Zu weiteren Überlegungen dieser Art kam ich nicht, denn sechs der anwesenden Damen umringten uns plötzlich und machten einen Hofknicks. Auch sie trugen, wie überhaupt alle hier - bis auf uns natürlich! - prächtigst herausgeputzte Kleidung, wie sie auf der Erde in der Barockzeit bei Hofe üblich war. Und sie hatten dicke farbige Schminke im Gesicht,

die die Konturen zwar hervorhob, die eigentlichen Züge aber vollkommen unkenntlich machte. Eine war rot, eine grün, eine schwarz, eine pink und zwei blau - ob das irgendetwas zu bedeuten hatte, Rangordnung oder Familienzugehörigkeit oder Art der Profession, wer weiß?
„Oh", flötete Raoul, „ich darf den Herrschaften die Ladies Agnetha, Sybilla, Penelope, Miriam, Edita und Samantha vorstellen. Die Damen werden während der Zeit ihres Aufenthalts hier - der doch hoffentlich möglichst lang währen möge! - persönlich für Ihre Bequemlichkeit sorgen und bemüht sein, jeden Wunsch zu erraten, noch bevor er ausgesprochen wurde."
Er betonte die Worte „persönlich" und „jeden" derart, dass Ybkallis kicherte. Bevor ich noch etwas sagen konnte, hakte sich die Dame mit dem schwarzen Gesicht bei mir unter und schenkte mir ein bezauberndes Lächeln, soweit ich das unter der Farbschicht beurteilen konnte. Wenn ich vorhin richtig aufgemerkt hatte, musste es sich um Lady Sybilla handeln. Wie sinnig.

„Nun, verehrter Sir, wie war Eure Reise?", zirpte sie, und als sie meinen in diesem Moment wahrscheinlich nicht allzu begeisterten Gesichtsausdruck gewahrte, fuhr sie, Erschrockenheit vorschützend, fort: „Oh bitte, verzeiht meine Zudringlichkeit - ich dachte nur ..."
Sie ließ den Satz unvollendet und kicherte leise vor sich hin, wobei sie die freie Hand züchtig vor den Mund hielt.
'Wie war Eure Reise?', eine dämlichere Frage konnte ich mir angesichts unserer zerschlissenen und verdreckten Kleidung wirklich nicht vorstellen, aber was blieb mir im Augenblick anderes übrig, als gute Miene zum bösen Spiel zu machen. Ob dieses böse sein würde, das würde sich wohl erst noch herausstellen.

Gut. Ich versuchte also wenigstens, mich den höflichen Umgangsformen einigermaßen anzupassen und antwortete, wobei ich ebenfalls eine leichte Verbeugung machte: „Die Reise war nicht allzu kommod, Lady ... Sybilla?"
Sie schenkte mir ein weiteres bezauberndes Lächeln, was ich als Zustimmung auffasste, also redete ich weiter: „Ihr lebt in einer wahrhaft weltabgeschiedenen Gegend - um so heller leuchtet mir nun der Schein Eurer Gegenwart."
Für meinen Geschmack war das nun genug Schmalz, um ein Bataillon knochenharte Frauenrechtlerinnen ins Bett zu kriegen und nebenbei von den Vorzügen des Geschirrspülens zu überzeugen. Aber dieses Aufwands hätte es gar nicht bedurft: Sie hängte sich regelrecht an mich und säuselte: „Ihr seid sehr charmant, Sir ...?"
„Daniel - wie der in der Löwengrube."
Sie klatschte in die Hände und ging nicht auf den Quatsch mit der Löwengrube ein: „Sir Daniel, fein. Kommt, wir wollen fröhlich sein und Eure Ankunft feiern."
Mit diesen Worten packte sie mich wieder am Arm und zog mich mit sich fort. Jetzt erst bemerkte ich, dass die übrigen geschminkten Leute sich inzwischen im ganzen Saal verteilt hatten und offenbar eine Festivität abzuhalten gedachten. Irgendwo im Hintergrund begann eine Musik zu spielen, die sich - dem Klang nach zu schließen - aus einer verstimmten Geige, zwei verstopften Flöten und mehreren Schlaginstrumenten unbestimmten Ursprungs zusammensetzte, was dem ganzen dekadenten Ambiente des Saales noch zusätzlich bizarres Flair verlieh.
Und: Ob ich wollte oder nicht, ich musste zugeben, dass meine hinreißende Hostess zumindest eines geschafft hatte: Die Diskussion, was jetzt zunächst zu geschehen hatte, war unterbunden worden, indem man uns einfach getrennt hatte.

2.
„Na Daniel", meinte Laq, der etwas lallte, und hob sein Glas in die Höhe, wobei er etwas über sein Lederwams kleckerte, „so schlecht war die Idee doch nicht, hier einzukehren, oder?"
Er hatte eine der Damen mit blauem Gesicht auf seinem Schoß sitzen und schien sich mit ihr prächtig zu unterhalten, sodass es mich eigentlich schon wunderte, dass er überhaupt an mich dachte.
Der Ausdruck 'hier einzukehren' belustigte mich natürlich schon, und der Wein, den ich bisher in mich hineingeschüttet hatte, tat sein Übriges: Nach einem reichhaltigen Essen, das übrigens ausgezeichnet war, lösten sich meine anfänglichen Bedenken gegen unsere Gastgeber so langsam in Wohlgefallen auf. Warum auch nicht? Endlich wieder etwas im Magen, die Aussicht auf ein bequemes Nachtlager, und wir würden unsere Ausrüstung vervollständigen können. Was will man eigentlich mehr? Noch ein Glas Wein, genau!
Sybilla schenkte mir ein, noch bevor ich den Wunsch ausgesprochen hatte. Wirklich eine ausgezeichnete Gastgeberin, das musste ich zugeben. Zudem offenbarte sie unter ihren weiten Röcken - beim siebten hatte ich aufgegeben zu zählen - durchaus ansprechende weibliche Formen, die ihre Wirkung nicht verfehlten.
Was wollte man eigentlich mehr? Was? Ich hatte den Gedanken doch schon einmal gehabt, und genau bei den weiblichen Formen hatte sich irgend ein Widerspruch ergeben ...
Vanessa! Eben!
Ich schob Sybilla zur Seite, die elegant von meinen Knien rutschte und sich neben der Stuhllehne in die Hocke setzte, wobei sie mir einen neckisch-vorwurfsvollen Blick zuwarf. Dann stand ich auf und stellte das Weinglas auf den Tisch vor mir.

Die ganze Gesellschaft feierte ausgelassen. Jocelin hatte sich einer Gruppe von Geschminkten angeschlossen, die eine Art Polonaise aufführten, er wechselte zwischen zwei Partnerinnen hin und her und schien sich dabei prächtig zu amüsieren.
Wo war Vanessa?
Ich wehrte einen Versuch Sybillas ab, sich an meinem Gürtel hochzuziehen, und spähte weiter angestrengt in die Runde, wobei sich der Raum, die wirbelnden Röcke, die farbigen Gesichter und die disharmonische, aber rhythmische Musik allmählich in meinem Kopf zu einer entnervenden Kakophonie der Reizüberflutung verdichteten.
Von einer Minute auf die andere war meine gute Stimmung plötzlich verflogen.
Und dann sah ich Vanessa. Wenn ich, Feierabendmoralist, der ich nun mal bin, gedacht hatte, dass sie Laqs Vertraulichkeiten mit den Gastgeberinnen irgendwie missbilligte, so sah ich mich getäuscht:
Was dort auf einem Diwan zwischen drei Personen geschah, von denen sie eine war, das konnte man nur als Vorstufe zum baldigst beabsichtigten Beiwohnen bezeichnen. Und dabei drücke ich mich noch harmlos aus! Nun ja, jeder muss wissen, was er tut, aber ab diesem Moment war mir das Fest verleidet. Warum eigentlich? Vanessa ging mich nichts an, und das Liebesleben des Jjarden schon gar nichts. Am besten widmete ich wieder meinem eigenen Vergnügen - trotzdem wollte sich bei mir keine rechte Stimmung mehr einstellen.

.

Sybilla geleitete mich am Arm durch einige von Fackeln erhellte Gänge und mehrere Treppen hoch, bis sie vor einer Tür stehen blieb. Sie öffnete und bedeutete mir, einzutreten: „Hier ist Euer Nachtquartier, Sir Daniel! Ich hoffe, dass es Euch konveniert!"
Nun, 'konvenieren' konnte man nur als schamloses Understatement werten. Was sich hier in seiner barocken Pracht

vor mir darbot, hätte man im Waldorf Astoria als die „Präsidentensuite" bezeichnet, und das zu Recht.
Vor allem das gigantische Bett, das den Mittelpunkt und Blickfang der Zimmerflucht bildete, war ein Materie gewordener Traum eines arabischen Kalifen aus Plüsch, Tüll, Brokat, Samt und seidenen Vorhängen. Dass der Verwendungszweck dieses Lustmöbels nicht nur im bloßen Schlafen bestand, war mehr als evident. In der Tat war man hier auf Gäste gut vorbereitet.
Ich beäugte die hypertrophe Mutation eines Bettes misstrauisch und stellte mir dabei vor, wie ein unvorsichtiger Wanderer sich zu weit in die Mitte vorwagte und zwischen den Kissen und Laken wie im Treibsand versank. Er kämpfte verzweifelt und schrie um Hilfe, aber von der kopulierenden Menge hörte ihn keiner. Und schließlich ragte nur noch seine verkrampfte Hand mit ausgestrecktem Mittelfinger aus dem Plüschsumpf empor ...
Ich schüttelte den Kopf. Welch grauenhafte Vorstellung.

Als Sybilla nackt neben mir auf der Bettkante Platz genommen hatte, schenkte ich mir noch ein Glas Wein ein und betrachtete sie genau von oben bis unten. Einen exquisiteren Körper hatte ich wirklich selten gesehen, das musste ich zugeben. Aber die schwarze Schicht im Gesicht störte mich gewaltig. Sie endete exakt am Dekolleté und ich stellte mir vor, wenn man jetzt das Licht löschte und ich ... Hm. Wie mit der kopflosen Frau aus dem Zirkus. Hm.
Sie wollte mir einen Kuss auf die Lippen drücken, aber unwillkürlich zuckte ich zurück: „Kannst du ... äh, könnt Ihr Euch nicht die Farbe aus dem Gesicht waschen, Lady?"
Sie sah mich verständnislos an, als ob ich ihr vorgeschlagen hätte, den Hintern abzuschrauben, und beugte sich wieder über mich. Ich rutsche einen Meter zur Seite. Die Vorstel-

lung, dass ich gleich ebenfalls die schwarze Farbe im Gesicht hätte, stieß mich mehr und mehr ab.

„Was ist mit Euch, Daniel?", flötete sie. „Ich verstehe nicht ganz, was ..."

„Es ist nur die Farbe. Könnt Ihr sie nicht abwaschen? Wascht Ihr sie denn nie ab? Lauft ihr alle immer so herum?"

Sie schlug die Hände zusammen und lachte glockenhell: „Aber natürlich waschen wir sie ab. Aber doch nicht vor anderen Leuten!"

„Was?" Eine geistreichere Erwiderung fiel mir nicht ein. Wenn diese Leute tagein, tagaus geschminkt herumliefen, und sich nur wuschen, wenn sie alleine waren, dann wäre es vielleicht wirklich besser, die ursprüngliche Gesichtsfarbe nicht zu sehen. Ich stellte mir so eine Art gelbliches Dunkelweiß vor, wie der Bauch eines toten Fisches.

Jedenfalls rutschte ich noch etwas mehr zur Seite und hielt vorsichtshalber das gefüllte Weinglas als Abwehrwaffe zwischen uns.

Die Vorstellung, wie die Sache hier weitergehen sollte, war mir inzwischen ziemlich verleidet. Zudem bemerkte ich trotz des reichlichen Weingenusses wieder dieses unbestimmte warnende Gefühl in meinem Hinterkopf. Irgendetwas stimmte hier überhaupt nicht. Und wir hatten es diesen Leuten mit ihren geschminkten Visagen ziemlich leicht gemacht, uns ihre Gastfreundschaft schmackhaft zu machen.

Zu leicht.

.

„Was ist denn mit Euch, Daniel?", wiederholte Sybilla. „Ihr seht plötzlich so bedrückt aus. Ist Euch meine Gesellschaft nicht recht?"

Sie rückte näher heran, während ich mir noch eine Antwort überlegte, da ich sie nicht vor den Kopf stoßen wollte.

„Nein, nein!", winkte ich ab. „Es ist nur ..." Sie schlang ihre Arme um meinen Nacken und zog mich mit erstaunlicher

Kraft zu sich heran. Das schwarze Gesicht schwebte plötzlich über mir wie eine Teufelsfratze. Und sie lachte. Später bildete ich mir viel auf meine Selbstbeherrschung ein, denn ich schlug nicht zu, wie mir mein erster Reflex eingab, sondern stieß sie nur ziemlich brüsk von mir. Sie stürzte zu Boden, rollte sich katzenhaft gewandt herum und nahm sofort eine lasziv-herausfordernde Stellung ein. Dabei lächelte sie mich hintergründig an: „Nanu, Daniel - Angst? So ein starker Krieger, der es wirklich bis zu uns geschafft hat - und nun diese Ängstlichkeit vor einer Frau?" Sie hatte meinen Namen so ausgesprochen, als wollte sie ihn sich auf der Zunge zergehen lassen und leckte sich dabei ständig mit ihrer schmalen rosa Zunge über die Lippen.

Ich wusste in diesem Moment nicht, was mich am meisten abstieß: die schwarze Larve, die flinke Zunge oder die Art, wie sie sprach. Aber eines wusste ich: Diese ekelerregende Show würde ich nicht weiter mitmachen.

Trotzdem galt es, die Contenance zu bewahren. Wer weiß, was die anderen inzwischen taten. Und noch etwas: Ich hatte den ganzen Abend eben nicht, wie es sonst inzwischen meine Gewohnheit geworden war, nach Bewaffneten Ausschau gehalten. Ein schweres Versäumnis, das sah ich jetzt ein. Aber wenn ich so die letzten Stunden geistig Revue passieren ließ: Ich hatte keinen einzigen Soldaten gesehen - nicht einmal eine Waffe. Seltsam.

Nichtsdestotrotz: Wenn ich hier einen Zwischenfall provozierte, im Zentrum einer fremden Macht, dann konnte dies für uns alle fatal enden.

.

Sybilla lächelte mich weiter an, gurrte wie eine Taube und versuchte meinen Fuß zu erhaschen. Ich rutschte noch weiter zur Seite und kam so wenigstens in die Nähe meines Schwertgürtels, den ich dort abgelegt hatte. Merkwürdig: der Griff Melissas, der aus der Scheide hervorsah, wirkte außer-

ordentlich beruhigend auf mich. Als ob ich wirklich körperlich bedroht wäre.
Die Frau war offenbar meinem Blick gefolgt, ließ ihre Augen zwischen mir und der Klinge hin- und herwandern und grinste: „Eure Waffe, Daniel? Und sie hat schon Blut geschmeckt, nicht wahr? Was ist das für ein Gefühl für Euch, wenn die scharfe Schneide in den Körper eines anderen Menschen eindringt? Befriedigt es Euch, andere zu verletzen? Wollt Ihr mich verletzen?"
Sie räkelte sich auf dem Boden und fuhr fort: „Ich wäre Euer hilfloses Opfer ..." So ekelhaft das Angebot war - ich kam beinahe in Versuchung, sie beim Wort zu nehmen.
„Zieht Euch an und verschwindet!", knurrte ich und stand auf, wobei ich mich aber nicht von meiner Waffe entfernte. Etwas weiter entfernt neben dem Bett lagen meine Jacke, der Rucksack und die Flinte. Als sie keine Anstalten machte, meinen Worten nachzukommen, musste ich deutlicher werden: „Meinetwegen zieht Euch auch nicht an - aber verschwindet!"
Sie lächelte immer noch, als sie sich aufrichtete und nach ihren Kleidern langte. Ich sah ihr zu, wie sie sich betont langsam anzog und schließlich zur Tür ging.
„Nun, Daniel", meinte sie spöttisch, als sie sich vor einem großen Wandspiegel neben der Tür noch die Haare richtete, „Ihr seid zu bedauern. Es wäre eine unvergessliche Nacht geworden, wenn Ihr ein Mann wärt - aber ich glaube, Ihr werdet Euren Aufenthalt hier auch so niemals vergessen."
Sie kicherte, so dass ich mich zu einer Antwort genötigt sah.
„Mit Sicherheit nicht, Mylady. Gehabt Euch wohl!"
Sie warf den Kopf trotzig in den Nacken und rauschte mit wehenden Röcken davon. Na schön. Das war also diese rauschende Ballnacht gewesen.
Wenigstens hatte sie den Wein dagelassen.

3.
Obwohl ich zum ersten Mal seit langer Zeit - oder gerade deswegen - wieder auf weichen Laken ruhte, schlief ich denkbar schlecht. Ich wurde von Alpträumen geplagt, die sich aus den Erlebnissen in dieser Welt zusammensetzten - zwei Mal ertrank ich, einmal im Schleppnetz im Kanal in Mattincourt, einmal im Sumpfland von Zvarrain, den Körper übersät mit Blutegeln, die mich langsam aussaugten, und schließlich abfielen. Ich zertrat ein Dutzend von ihnen, aber mein Fuß trat plötzlich ins Leere und ich hing am Seil über einem schwarzen nebligen Abgrund. Das Ende der Welt am Rand der Ostländer? Nein, der Turm in Verrn. Und ich wollte ... was wollte ich? Einige Leute standen um mich herum, nein, sie standen nicht, sondern schwebten in der dunstigen Schwärze, ich allein musste mich festhalten, um nicht in die grauenhafte Tiefe zu stürzen.
Und sie grinsten mich höhnisch an: Warren, dem die Augen fehlten und Würmer aus den leeren Höhlen hervorquollen; Schevon Ssert, dem das halbe Gesicht weggerissen war, und dessen Hirnmasse in den langen grauen Haaren klebte; Königin Asangia, deren Kleid von Blut aus Mund und Nase troff, und viele andere, die hinter ihnen standen und nicht weniger grässlich verstümmelt waren. Und sie alle lachten in seiner seltsam rhythmischen Art, die mich an die Musik auf dem Ball in Shilanoah erinnerte.
Und irgendjemand rief nach mir. Ein Mann mit einem lyshitischen Gesicht. Sollte das dieser Xxeret Khan sein? Ein weiteres Bild tauchte aus der Erinnerung auf: das Dorf in den Bergen, wo man die zwei Leute gekreuzigt hatte. Die Aasvögel hatten ihr schauriges Werk inzwischen weiter betrieben, und von den völlig zerfetzten und bis auf die Knochen abgenagten Körpern waren praktisch nur noch die Köpfe zu erkennen. Und ich erkannte die Gesichter mit Schrecken: Cru-

san - und ich! Eine große Krähe landete flatternd auf meiner Schulter, sie grinste mich böse an und pickte ...
In diesem Augenblick wachte ich schweißgebadet auf.
Tageslicht drang durch die Vorhänge ins Zimmer, also hatte ich doch länger geschlafen, als ich angenommen hatte. Das Licht erschien mir allerdings äußerst trüb, und die Gardinen bauschten sich im Wind, der frostig von draußen hereindrang. Ich richtete mich zu hastig auf, und hatte eine Minute damit zu kämpfen, nicht das Gleichgewicht zu verlieren. Scheiße! Und dabei hatte ich gedacht, der Wein sei ein edler Tropfen.
Nach und nach verblasste der Albtraum, und die Ereignisse des gestrigen Abends nahmen den ihnen zustehenden Platz in meinem Gedächtnis wieder ein. Was ich dort sah, überlagert von sodbrennenden Hilfeschreien meines Magens, die sich bis in die Großhirnrinde ausbreiteten, war nicht gerade dazu angetan, meine schlechte Stimmung zu verringern.
Von trübsten Ahnungen gequält trat ich also ans Fenster, um die frische Luft wenigstens für einige Minuten auf mich einwirken zu lassen. Der schlimme Traum ließ sich verdammt schwer verscheuchen, er schien sich in meinen Gehirnwindungen festzukrallen wie ein Krebsgeschwür. Nochmals Verdammt!
Der Ausblick aus dem Fenster steigerte meine Stimmung auch nicht gerade: Bei strahlendem Sonnenschein mochte die Gegend weit unter mir wahrhaft grandios wirken; der wolkenverhangene Herbsthimmel, dessen gelbe Schlieren bis auf den Boden herabzureichen schienen, steigerte nur den eintönigen Eindruck der kahlen Berglandschaft.
Im Süden und Westen konnte ich die breiten Felsspalten erkennen, die die Burg Shilanoah vom Rest der Welt trennten.
Am liebsten hätte ich mich gleich wieder hingelegt. Nichtsdestotrotz schnallte ich meinen Schwertgürtel um und schulterte die Winchester. Die Geste kam mir selbst ein wenig me-

lodramatisch vor - wie William Holden und Ernest Borgnine in „The Wild Bunch" -, aber erstens hatte mir der Film immer gefallen, und zweitens ... ja was?
.
Als einsamer Kämpfer schlich ich also die Gänge und Treppen hinunter zu dem großen Saal, in dem die Festivität gestern Nacht stattgefunden hatte. Unterwegs begegneten mir einige Bedienstete, Knechte und Mägde, die mich freundlich anlächelten und mit „Guten Morgen, Sir Daniel!" begrüßten.
Spätestens nach dem zweiten „Guten Morgen!" löste sich meine waffenstarrende Kampfbereitschaft in nichts auf. Ich kam mir vor wie die sieben Schwaben und Don Quichotte in einer Person. Aber ich hatte in der gestrigen Nacht eine Lady dieser Grafschaft durch ... hm ... durch Verweigerung von ... hm ... tödlich beleidigt, oder nicht?
Vielleicht waren die Herrschaften hier nicht so leicht zu beleidigen! Wer weiß!
.
Nach einer Irrfahrt durch die weit verzweigten Gänge des Schlosses, die in meinem momentanen Zustand der des Odysseus wahrscheinlich nur wenig nachstand, erreichte ich schließlich den Ballsaal, wo gestern Nacht alles seinen Anfang genommen hatte.
Wenn ich erwartet hatte, einen Haufen von Aasfressern über den Leichen meiner Gefährten zu sehen, dann sah ich mich getäuscht:
Laq, Jocelin, Vanessa und Ybkallis saßen an einem großen Tisch und nahmen offenbar gerade ein opulentes Frühstück zu sich.
„Sieh da, sieh da!", rief Jocelin angesichts meiner Person. „Unser Daniel - und wie immer unter Waffen! Seht ihn euch an: Gerüstet wie ein taskischer Ritter. Haha!"
Die ganze Gesellschaft, zu der außer meinen Freunden noch einige farbig Maskierte gehörten, lachte lauthals. Ich grinste

ebenfalls. Warum auch nicht? Wenn ich mich denn lächerlich machte, dann sollte es so sein.
Jocelin hatte sich grün geschminkt, Laq weiß und Vanessa blau.

KAPITEL VIER : VERWIRRUNG UND MISSTRAUEN

-

Die Situation spitzt sich zu, und Daniel sieht sich von allen seinen Freunden im Stich gelassen - bis auf einen. Er beschließt, seine besonderen Fähigkeiten einzusetzen, um gewissen Rätseln auf den Grund zu gehen, und erfährt, dass in vielerlei Hinsicht alles nicht das ist, als was es schien.

-

1.
„Guten Morgen", grüßte ich und nahm an dem reich gedeckten Frühstückstisch Platz. Wenn ich hier schon die Zielscheibe des Spotts abgeben sollte, dann wollte ich wenigstens das Unangenehme mit dem Nützlichen verbinden und etwas essen - vielleicht würde das meinen mitgenommenen Magen etwas beruhigen.
Während ich Butter auf eine Scheibe Weißbrot strich und dabei äußerste Hingabe an meine Tätigkeit vorspiegelte, betrachtete ich unter meinen herabhängenden Haaren die illustre Gesellschaft um mich genau.
Es war Schweigen eingetreten, aufmerksames Schweigen, als ob alle nach einer langen Anekdote auf die erlösende Pointe warteten. Und die sollte offenbar von mir kommen.
Ich sah hoch und biss in mein Brot, wobei ich sie der Reihe nach anblickte: Jocelin hatte sich mit einem Ellbogen auf die Tischkante gestützt und grinste mich an. Laq spielte mit einem zierlichen Frühstücksmesser herum und ließ es zwischen den Fingern auf- und abwandern. Vanessa beobachtete mich ebenfalls aufmerksam und hatte die Augenbrauen gedankenverloren zusammengezogen - wenigstens sah es unter der dicken blauen Schminke so aus.
Lediglich Ybkallis schien von der allgemeinen Spannung überhaupt nicht berührt. Er schnitt sich eine dicke Scheibe

Wurst ab, biss hinein und schmatzte dabei genüsslich, als ob er im 'Maxim's' säße und nicht zwischen einer plötzlich verstummten Faschingsgesellschaft.
Wo war eigentlich Crusan?

Na gut. „Kennt ihr eigentlich den?", begann ich, dabei unverdrossen weiterkauend. „Was ist wichtiger? Sonne oder Mond?"
Bei dem allgemeinen Unverständnis, das mir entgegenschlug, erzählte ich einfach weiter: „Der Mond. Der scheint schließlich in der Nacht, aber die Sonne am Tag, wo es sowieso hell ist." Alles starrte mich an, sogar Ybkallis unterbrach für einen Moment sein Kauen. Neben Staatsbegräbnissen, Fürstenhochzeiten und Nobelpreisverleihungen war dies wohl der unpassendste Moment gewesen, einen Witz zum Besten zu geben.
„Du bist nicht witzig, Daniel!", stellte Vanessa fest und schob ihren Teller wie zum Protest von sich.
„Oh Verzweiflung!", entschuldigte ich mich. „Ich bin zutiefst zerknirscht, aber dachte, diese Versammlung von Kaspern könnte etwas Narretei vertragen!"
Ybkallis lachte schallend, aber der Funke wollte nicht recht überspringen. Die drei Geschminkten - auf die anderen außen herum achtete ich gar nicht weiter - sahen mich immer noch leicht lächelnd, aber seltsam hintergründig an, als ob in ihren Augen ein kleines Flämmchen glühte. So wie mich gestern Nacht Lady Sybilla angesehen hatte!
Verflucht, was war hier im Gange?

„Also schön!", meinte ich schließlich, als ich die erste Scheibe Brot aufgegessen hatte und mir ein Stück Schinken abschnitt. „Was ist hier los? Hab' ich den Vorfilm verpasst? Würde mir vielleicht jemand mal erklären, was hier vor sich geht?"

„Gern!", meldete sich Jocelin erstaunlich schnell zu Wort. „Um es kurz zu machen: Wir werden eure Dummheiten nicht länger mitmachen!"
„Dummheiten? Eure?"
„Eure! Crusans - und deine! Was ihr hier vorhabt, ist doch Wahnsinn! Weitermarschieren und weiter ... bis wohin? Zum westlichen Ende der Welt, nach Gatarr?"
„Ich ..." Für einen Moment war ich sprachlos.
„Es ist Wahnsinn!," ergänzte Vanessa. „Was haben wir alle mit Crusans Angelegenheiten zu schaffen?"
„Wenn ...", begann ich schon, besann mich aber trotz meiner Verärgerung rechtzeitig eines Besseren, denn die Äußerung, die mir schon auf den Lippen lag: „Wenn ich deine Meinung hören will, dann wähle ich drei Mal die Null!", erschien mir nun doch wenig hilfreich in diesem Augenblick - zumal sie den Ausdruck nicht verstanden hätte.
Aber was war nur in meine Freunde gefahren? Eines war mir klar: Mit Unverschämtheiten und Witzen, um die Situation zu überspielen, kam ich nicht weiter.
„Also schön!", lenkte ich ein. „Was liegt also an? Erzählt es mir! Klärt mich auf!"
Laq lachte, und das kränkte mich zutiefst. Einer der Umstehenden, die die ganze Zeit schweigend gelauscht hatten, zog den freien Stuhl neben mir zurück und setzte sich - Raoul, wie ich an der weißen Visage erkannte.
„Eure Freunde, Sir Daniel, haben - wie Ihr sagen würdet - die Nase voll von Euren verschrobenen Unternehmungen, das ist der Kern der Sache!"
„Was?" Ich glaubte, mich verhört zu haben. „Was mischt Ihr Euch überhaupt in ein Gespräch zwischen Menschen ein, Ihr lackierter Vorgarten-Vogelschreck? (Dass der alte Ausdruck 'Lackaffe' hier wirklich den sprichwörtlichen Nagel auf den Kopf getroffen hätte, das fiel mir leider erst später ein.)

Raoul verzog das Gesicht spöttisch und lehnte sich provokativ-lässig auf den Tisch: „Nun, ich denke, dass ich im Namen Eurer Freunde hier spreche" (er zog das Wort 'Freunde' bewusst genüsslich in die Länge), „wenn ich sage, dass sie Euch fürderhin nicht mehr folgen, sondern hier bleiben werden."
Die anderen nickten zustimmend.
Ich konnte es nicht fassen. „Hier bleiben? Hier? Bei diesem Karnevalsverein?", brachte ich gerade noch hervor. In mir drinnen war irgendetwas kurz davor, zu platzen. Ybkallis sah mich wie entschuldigend an und zuckte die Achseln.
Die Geste brachte meine ruhige Überlegung zurück. Wenigstens einer, der offenbar normal geblieben war in diesem Haufen von angemalten Clowns. Und er trug auch keine Schminke. „Was zum Teufel ist los mit euch?", fragte ich also nochmals mühsam beherrscht. „Ihr wollt hier bleiben? Und dieser weiße Hanswurst ist inzwischen euer Sprecher, oder was?"
Jocelin ergriff wieder das Wort: „Ja, wir werden hier bleiben - unter Freunden. Die Gesellschaft von Crusan - und dir! - hat uns nur Schwierigkeiten beschert. Um es kurz auszudrücken: Wenn ihr beiden zum Ende der Welt marschieren wollt, dann viel Glück - aber ohne uns! An derlei Dummheiten werden wir uns nicht mehr beteiligen!"
Ich fühlte mich in diesem Moment, als sei der Albtraum in der vergangenen Nacht die Realität gewesen, und jetzt würde ich träumen. Alles, an was ich trotz der üblen Erlebnisse in den letzten Monaten noch geglaubt hatte - Freundschaft, Treue, Solidarität, Integrität? -, zerbröselte in ein höhnisches Nichts und ließ mich als den Narren zurück, der ich wohl auch war.

„Verschrobene Unternehmen? Dummheiten?", begehrte ich noch einmal auf. „Die 'Dummheiten' Crusans haben dir, Vanessa, deinen Verstand wiedergegeben, den du jetzt benutzt,

um mit blauem Gesicht herumzulaufen und mich dämlich anzugrinsen! Und meine 'Verschrobenheiten' haben dir, Jocelin, das Leben gerettet, damit du dir jetzt Schminke in die Schnauze schmieren kannst und mir erzählst, ich wäre ein Trottel!"
Der Souvaner winkte geringschätzig ab und hob an, etwas zu sagen, aber Raoul kam ihm zuvor: „Daniel, Ihr solltet die Ansicht Eurer Freunde respektieren und ..."
„Oh ja, Prinz Raoul, oder König Raoul, oder Papst Raoul", unterbrach ich ihn in seiner wohlgesetzten Rede, „ich werde die Ansicht meiner Freunde respektieren, aber wenn Ihr mir noch ein einziges Mal dazwischen quatscht, dann lernt Ihr mich kennen!"
Wenn ich erwartet hatte, ihn damit zu einer unüberlegten Aktion zu provozieren - zu was eigentlich? -, dann sah ich mich schwer getäuscht. Die Reaktion kam von anderer Seite: Jocelin richtete sich halb auf und legte die Hand auf seinen Schwertgriff.
„Prinz Raoul steht unter meinem Schutz!", knurrte er und starrte mich böse an. „Also lass die Finger lieber von deiner Waffe!"
Jetzt lachte ich. „Jocelin de Martin, obwohl du mir im Schwertkampf überlegen bist: Du weißt inzwischen, dass ich dich trotzdem schlagen kann!"
„Das kannst du vielleicht!", mischte sich Laq ein. „Aber einem Angriff von uns beiden kannst du nicht sofort nacheinander ausweichen, nicht wahr, Daniel?"
„Natürlich nicht!", musste ich ihm recht geben. „Aber dazu wird es wohl nicht kommen. Wenn ihr beide euren Blick vielleicht einmal unter den Tisch richten würdet: Dort wartet eine Pulverladung nur darauf, dass ich den Abzug betätige, und die Kanone streut ganz schön - wahrscheinlich erwische ich euch beide! In entscheidenden Teilen!"

Das mit der Streuung war natürlich schamlos übertrieben, aber es verfehlte seine Wirkung nicht: Der Souvaner und der Jjarde kannten die Wirkung der Winchester auf kurze Entfernung und sanken in ihren Stühlen zurück, wobei sie verstohlene Blicke nach unten warfen. Ich hatte die Situation momentan unter Kontrolle.

Plötzlich setzte mein Herz einen Schlag lang aus und, als ich erschrocken Luft holen wollte, verweigerte meine Lunge ihren Dienst. Meine ganzen Atemwege schienen aus Eis zu bestehen. Ich krampfte mich qualvoll hustend in meinem Stuhl zusammen und schaffte es, die Flinte über den Tisch zu heben.

Von einer Sekunde auf die andere ließ der Anfall nach und ich konnte wieder frei durchatmen. Meine rechte Hand zitterte ein wenig, und ich ließ das Gewehr auf den Tisch sinken, wobei ich aber den Finger am Abzug behielt. Die Mündung war auf Vanessa gerichtet. Sie hatte versucht, mich umzubringen!

Ich wusste es in diesem Augenblick nicht: Hatte meine eigene Geisteskraft den Angriff abgewehrt?

„Also schön!", keuchte ich. „Wenn hier noch ein Einziger irgendetwas versucht, dann schieße ich der Frau den Kopf weg! Und ich spaße nicht!"

Im selben Moment, als ich das sagte, kam mir die Situation immer unwirklicher vor. Redete ich hier eigentlich mit den Menschen, mit denen ich in den letzten Wochen zusammen gewesen war? Mit denen ich das Schneewolkengebirge überquert hatte?

Laq, Vanessa und Jocelin. Farbig geschminkt wie die Bewohner dieser Burg im Gebirge namens Shilanoah. Der Name, wiewohl er mir an sich nichts bedeutete, kam mir inzwischen vor wie der Fahrschein zur Hölle. Ich war hier mehr oder weniger gefangen - und meine eigenen Gefährten versuchten, mich umzubringen!

2.

„Hört mal, lasst den verdammten Quatsch!" Ybkallis war aufgestanden und schlug mit der Faust auf den Tisch. In seiner Haltung und in seinem Gesicht war in diesem Moment nichts von dem ehemaligen Hofnarren zu bemerken, und er hatte in einem Ton gesprochen, der Autorität und starken Willen signalisierte.
Selbst Laq und Jocelin starrten ihn verblüfft an und schwiegen. „Ihr seid doch keine Kinder, ihr Narren!", fuhr Ybkallis mit schneidender Stimme fort. „Wenn es hier Meinungsverschiedenheiten gibt, dann kann man darüber reden, wie es unter vernünftigen Menschen üblich ist. Und am besten später, wenn ihr euch beruhigt habt. Also Daniel, nimm das Gewehr herunter! Und Ihr, Raoul, solltet vielleicht wirklich besser schweigen! Die Sache geht Euch nichts an!"
„Ich wollte ...", begehrte dieser auf, aber Ybkallis schnitt ihm das Wort ab: „Ich hatte Euch geraten zu schweigen!" Er hatte die Stimme gesenkt, aber sein Ton ließ keinen Widerspruch zu, und Raoul fügte sich darein.
„Komm, Daniel!", meinte Ybkallis und bedeutete mir, ihm zu folgen. „Ich glaube, wir sollten uns einmal unterhalten."
Ich hielt dies für einen ausgezeichneten Vorschlag. Also rückte ich meinen Stuhl langsam zurück, stand auf und ging einige Schritte rückwärts, wobei ich die anderen scharf im Auge behielt. Schließlich machte ich kehrt und folgte dem Narren durch die schweigende Menge der Bewohner Shilanoahs.
Die ganze Szene erschien mir immer unwirklicher, und ich schüttelte mehrmals den Kopf, um meine wirren Gedanken zu ordnen, aber es änderte nichts. Und ich hatte den vagen Eindruck, der Albtraum begann erst.
Und noch ein Gedanke war mir gekommen: Woher konnte Jocelin wissen, dass mein und Crusans Ziel Gatarr war?

.

„Was ist los, Ybkallis, verdammt noch mal?", fragte ich den Narren, als er in einem weitläufigen Nebenraum, einem Lesesaal oder einer Bücherei offenbar, die Tür hinter sich geschlossen hatte.
Er sah mich eindringlich an und zuckte schließlich die Achseln. „Ich gestehe, ich weiß es nicht, Daniel. Es muss schon länger Unmut über Crusan und dich gegeben haben ..."
„Schon länger? Na schön, ich hatte bei der Berghütte einen kurzen Disput mit Laq, aber hör mal: Wenn die anderen schon länger nicht mehr mit dem einverstanden gewesen wären, was wir tun, dann wären sie uns doch niemals über das Schneewolkengebirge gefolgt. Man riskiert doch nicht in Eis und Schneesturm sein Leben, um sich dann ein paar Tage später in diesem Affenstall hier zur Ruhe zu setzen."
Ybkallis lächelte, aber es war kein fröhliches Lächeln: „Ich verstehe es auch nicht. Aber sie haben die feste Absicht, hier zu bleiben. Und sie werden nicht davon abgehen, dazu kenne ich sie zu gut."
Ich überlegte. „Und warum hat Vanessa versucht, mich mit ihrer Macht anzugreifen? Kannst du mir das erklären?"
Er starrte mich erstaunt an. „Was hat sie? Dich angegriffen?"
„Du kannst es ja nicht spüren, eben. Ja, sie hat!"
„Und da bist du sicher? Ich meine, dass sie es war?"
„Ich ... hm ..." Jetzt hatte er mich wirklich zum Nachdenken gebracht, der kleine Narr. Natürlich, ich hatte einen mentalen Angriff gespürt, aber ob er von Vanessa ausgegangen war ...? Das hatte ich nur angenommen. Genauso gut hätte auch dieser Raoul der Angreifer sein können oder wer weiß ...
Trotzdem beruhigte mich diese Möglichkeit keineswegs. Wenn unter unseren 'Gastgebern' eine Macht war, dann war die Situation hier noch gefährlicher, als ich dachte.
Ich seufzte. „Ybkallis, sag mir, was ich tun soll. Ich weiß genau, dass wir weiter nach Westen ziehen müssen." Er sah

mich aufmerksam an. „Woher weißt du das? Und was sollen wir, oder ihr, oder du, dort?"
Jetzt war es an mir, die Schultern zu zucken. „Ich weiß es einfach. Ich muss Crusan folgen - er ist die entscheidende Figur in meinem eigenen Schicksal, das spüre ich."
Der Narr lächelte, jetzt offenbar wirklich belustigt. „Weißt du, Daniel, dass du ein ziemlich dummes Gesicht machst, wenn du so daherorakelst?"
Ich lachte und schlug ihm auf die Schulter. „Nein, das wusste ich nicht! Aber es freut mich, dass ich noch jemanden habe, der mir solche peinlichen Wahrheiten zu sagen wagt. Warum bist du nicht geschminkt?"
Die letzte Frage war mir ganz plötzlich in den Sinn geschossen, und er starrte mich ob des abrupten Themenwechsels einen Augenblick lang verblüfft an, dann meinte er nur: „Warum sollte ich? - Warum bist du's nicht?"
„Entschuldige, die Frage war blöd! Sie hätte heißen müssen: Warum sind es die anderen? Wenn sie unbedingt hier bleiben und ihren Lebensabend hier verbringen wollen - na schön! Aber für was ist diese verdammte Schmiere im Gesicht gut?"
Er sah mich ratlos an, also überlegte ich weiter: „Alle hier sind geschminkt - und Laq, Jocelin und Vanessa jetzt auch."
Dabei schoss mir ein weiterer Gedanke durch den Kopf: „Wo ist Crusan?"
Ybkallis lächelte wieder: „Da kann ich dich beruhigen. Er ist schon eine Stunde vor dir beim Frühstück gewesen und hat sich dann wieder zurückgezogen. Er hat kein Wort mit den anderen geredet, und ...", er machte eine bedeutungsvolle Pause, bevor er weiter sprach, „... er war nicht geschminkt."
Ich stieß die Luft pfeifend aus. „Gott sei Dank! Weißt du, wo er sich aufhält?"
„Nein. Aber ich nehme an, dass man ihn genau wie uns alle irgendwo in einem Gästezimmer in den oberen Stockwerken

untergebracht hat. Das hier ist zwar das reinste Labyrinth, aber wir werden ihn schon finden!"

„Ybkallis", meinte ich, etwas aufgeheitert, „das sind Worte nach meinem Geschmack. Tun wir also wenigstens etwas, und suchen wir Crusan!"

Ich schulterte mein Gewehr und wollte schon die Tür öffnen, als er mich am Arm zurückhielt: „Daniel, noch eine Frage! Wirst du mit Crusan alleine weiterziehen - auch ohne die anderen?" Ich überlegte keine Sekunde. „Ja, das werde ich!"

Er packte mich fester am Arm: „Nehmt ihr mich mit?"

„Aber natürlich, Ybkallis - was sollte ich nur ohne dich, deine speziellen Fähigkeiten und deine Verse anfangen, weisester aller Hofnarren?"

3.

Nach zwei Stunden Suche in den oberen Stockwerken des Burgkomplexes war ich ziemlich entnervt. Nach zwei erfolglosen Stunden, das sollte ich hinzufügen. Der Hofnarr und ich waren von Gang zu Gang und von Treppe zu Treppe herumgewandert und hatten jede Tür geöffnet, sie sich öffnen ließ - erstaunlicherweise ohne einer Menschenseele zu begegnen.

In den meisten Räumen gab es nichts Besonderes zu sehen: Gästezimmer, die offenbar seit Jahren keinen Besucher mehr gesehen hatten; andere wiederum schienen das Domizil der Bewohner von Shilanoah zu sein, wie benutzte Betten bezeugten.

Mit der Zeit verlor ich vollends die Orientierung, wohin wir eigentlich liefen, und nur, wenn sich ein Ausblick von einem Fenster auf die Umgebung bot, konnte ich anhand des Sonnenstands wenigstens ungefähr unsere Position innerhalb der riesigen Burg ausmachen.

Jetzt nachträglich fragte ich mich natürlich, wie ich am Morgen überhaupt in den großen Festsaal zurückgefunden hatte - obwohl es seine Zeit gedauert hatte. Und wenn man mir jetzt einen Plattenvertrag mit Warner Brothers über zehn Jahre anböte - ich würde nicht einmal mein eigenes Schlafquartier wiederfinden!
Ybkallis dagegen schien von der labyrinthartigen Komplexität der Räumlichkeiten wenig beeindruckt. Einige Male verblüffte er mich mit Bemerkungen wie „Hier waren wir schon! oder „Dort hinüber, und dann wieder rechts, dann könnten wir wieder dort sein, wo die Treppe hinuntergeht!".
Während ich ihm hinterherlief, als ob ich der Narr wäre, überlegte ich: Ein zweidimensionales Labyrinth lässt sich knacken, wenn man sich immer nur an einer Seite entlang bewegt, es sei denn, es enthält innere in sich geschlossene Bahnen. Wenn man sich auf einer solchen befindet, dann läuft man immer im Kreis.
Wenn man dies feststellt, dann dürfte es aber reichen, auf die andere Seite zu wechseln - oder? Aber ein dreidimensionaler Irrgarten? Man könnte auf die andere Seite geraten, ohne dies in die Überlegung einfließen zu lassen, und dann ... und dann?
Als ich gerade mit meinem menschlichen zweieinhalbdimensionalen Verstand über den Schlussfolgerungen aus dieser Einsicht brütete, schreckte mich Ybkallis aus meiner selbst auferlegten Sophisterei hoch:
„Hier waren wir noch nicht!"
Der Gang endete an einer Tür, die zu meiner Überraschung mit drei massiven Riegeln verschlossen war. Ein erstaunlicher Umstand angesichts der Tatsache, dass ich in diesem Schloss dergleichen bis jetzt nicht gesehen hatte.
Der Hofnarr drehte sich zu mir herum und verzog das Gesicht:
„Glaubst du, dass man Crusan eingesperrt hat?"

Bei dieser Überlegung konnte ich mir ein Lachen nicht verbeißen. „Glaubst du vielleicht, dass man Crusan einsperren könnte? Und festhalten mit ein paar Riegeln? Ich nicht!"
Ybkallis nickte. „Nein, wahrscheinlich nicht! Wenn also diese Tür zugesperrt ist ..."
„Gehen wir hinein!"

.

Das Innere des Raumes, den wir betraten, unterschied sich in seiner luxuriösen Pracht nicht wesentlich von den anderen Räumlichkeiten, die ich im Verlauf des Nachmittags in dieser Burg gesehen hatte. Nur die Mischung: Ein dicker Teppich in schreienden Farben auf dem Boden, die Decke in edlen Hölzern getäfelt, die Möbel von Louis Chippendale bis Ikea Quatorz - kurzum: es passte alles nicht zusammen!
Nicht, dass ich als Heavy-Metal-Musikant gegen dergleichen Crossovers etwas einzuwenden hätte, aber etwas seltsam dünkt es einem schon, wenn der alte Adel - dem man in der Regel getrost Stilsicherheit unterstellen kann - sich zu solch stilistischen Mesalliancen versteigt, um es den 'Gästen' kommod zu gestalten.

.

„Oh! Oh! Oho!", tönte mir eine Stimme entgegen. „Gäste!"
Im Reflex hatte ich schon die Hand nach dem Griff Melissas ausgestreckt, als ein kleiner dicker Mann aus einem Nebenraum hervorstürmte. Angesichts meiner Person und der des Hofnarren schlug er die Hände über dem Kopf zusammen und kreischte auf wie ein kleines Mädchen.
„Gäste! Gäste!", tönte der kleine Mann. „Gäste!" Er sprang vor uns beiden auf und ab wie ein wild gewordener Gummiball, setzte sich dann auf den Boden und begann, ein Kinderlied zu singen.
In inzwischen alter Gewohnheit - die ich früher nie gehabt hatte! - sah ich mich nach allen Seiten um, bevor ich etwas unternahm. Mit verrückten Kerlen hatte ich in dieser Welt in-

zwischen genug zu tun gehabt. Daran änderte auch die Tatsache nichts, dass dieser Mensch ein Lyshite war. Die weit auseinander stehenden Augen, der schmale Mund, und vor allem die langen, affenähnlichen Arme - kein Zweifel!
Und er schien regelrecht begeistert, uns zu sehen!

.

„Nehmt Platz, nehmt Platz, ihr Herren!", tönte der Lyshite, und, nachdem er offenbar unseren Widerwillen zur Kenntnis genommen hatte, wurde er noch moderater: „Ach bitte, die Herren, nehmen Sie doch bitte Platz!"
Er lief auf und ab und rückte Stühle und Tische an andere Plätze, obwohl sie meiner Meinung nach dort, wo sie gestanden hatten, durchaus richtig platziert waren.
„Kommt, kommt, edle Herren!", fuhr der Lyshite fort, „Tut mir den Gefallen - ich habe sonst nie Gäste!"
Ybkallis zuckte wiederum die Schultern, wie er das in letzter Zeit so oft getan hatte, und ich sah keine Veranlassung, ihm in dieser Beziehung zu widersprechen. Der Lyshite nahm lächelnd zur Kenntnis, wie wir beide die Plätze einnahmen, die er uns so großmütig angeboten hatte.
„Es ist sehr gnadenvoll von den beiden Herren, sich mit mir an einen Tisch zu setzen", intonierte er. „Seit Jahren versuche ich, einen Kontakt herzustellen zwischen mir und der ..."
Er lachte und verschluckte sich dabei.
„Was?", sprang ich ein. „Was für einen Kontakt wolltet Ihr herstellen?"
Ybkallis packte mich am Arm und flüsterte: „Wir wollten Crusan finden, oder nicht? Den armen Irren sollten wir in Ruhe lassen!"

.

Ich war nicht dieser Meinung. Erstens, weil ich instinktiv spürte, dass dieser Lyshite nicht einfach ein armer Irrer war, sondern irgendetwas Wichtiges darstellte. Und zweitens, weil

ich sein Gesicht schon einmal gesehen hatte: in dem Traum letzte Nacht.
Als ich so dasaß und den Mann noch immer nachdenklich anstarrte, während ich versuchte, mir Details des Traums ins Gedächtnis zurückzurufen, zupfte mich Ybkallis nochmals am Ärmel: „Was ist los, Daniel? Du siehst aus, als ob du einen Geist gesehen hättest."
Ich schüttelte den Kopf. „Es ist nichts. Es ist nur ... egal!" Wahrscheinlich hatte meine Stimme etwas unwirsch geklungen, denn der Narr verzog das Gesicht und schüttelte ebenfalls den Kopf, sagte aber nichts mehr.
Ich wandte mich wieder an den Lyshiten: „Ihr wollet einen Kontakt herstellen, Herr ...?"
Er sah mich an und schien nicht zu begreifen, also wiederholte ich: „Herr ...?"
„Herr ...", griff er mein Wort mit seltsam veränderter Stimme auf. „Es ist lange her, dass mir jemand die Ehre erwies, mich so zu nennen. Ja, 'Herr' hat man mich genannt!"
Ich sah zu Ybkallis hinüber, der den Blick mit zusammengezogenen Augenbrauen erwiderte. Also hatte er auch den Wechsel wahrgenommen.
Unser 'Gastgeber' stand von seinem Platz auf, und eigenartig, jetzt wirkte er plötzlich gar nicht mehr so klein. Oder bildete ich mir das nur ein?
Er stand einen Moment lang unschlüssig im Raum, was ich benutzte, um einen erneuten Vorstoß zu wagen: „Ihr wollt uns Euren Namen nennen, Herr ..."
Er winkte ab und trat direkt vor mich hin. Mich intensiv betrachtend - oder eigentlich schon fast begutachtend! - brummelte er unverständliche Worte vor sich hin. In seinen Augen leuchtete dabei eine wache Intelligenz, die in nichts an den Menschen erinnerte, der vorhin noch Kinderlieder gesungen hatte.

„Ihr seid es!", murmelte er, jetzt verständlich. „Und Ihr seid es doch nicht. Das ist merkwürdig. Ein Rätsel - ein Paradoxon. Könnt Ihr mir das erklären?"
Bei diesen Worten lief es mir eiskalt den Rücken hinunter und meine Nackenhaare stellten sich auf. Ohne Zweifel sah dieser Lyshite in mir ebenfalls Crusan, stellte aber einen Unterschied fest. War dieser Mann eine Macht? War er die Macht, die mich angegriffen hatte?
Ich wurde leicht nervös, beschloss aber, das Spiel vorerst mitzuspielen. Irgendwie glaubte ich nicht, dass dieser Lyshite mich umbringen wollte.
„Ich denke, ich kann es Euch erklären", antwortete ich schließlich. „Jemand betrügt in diesem Spiel. Arboreysth ..."
Er ließ mich nicht ausreden, sondern lachte: „Ein Betrug? Natürlich!" Er schlug sich mit der flachen Hand an die Stirn. „Aber Arboreysth? Nein! Der würde nicht betrügen. Nicht so! Betrügen würde Schwarz, und darüber könnte ich Euch einiges erzählen."
Er lachte abermals und senkte urplötzlich seine Stimme, wobei er einen Zeigefinger mahnend erhob: „Schwarz! Nicht Arboreysth! Er hätte gar nicht die Möglichkeit, dies zu tun. Ich ... ah, ich vergaß völlig: Darf ich den Herren ein Glas Wein anbieten? Oh, was für ein schlechter Gastgeber ich doch bin, hihi!"
Seine Stimme hatte sich plötzlich geändert, und auch sein Gesichtsausdruck. Von einer Sekunde zur anderen stand wieder der arme Debile vor uns, der uns begrüßt hatte. Er rannte zu einem Wandschrank und nahm eine große Karaffe Wein mit drei Gläsern heraus. Dabei sang er mehr, als er sprach: „Guter Wein, guter Wein. Sie geben mir genug davon, dann bin ich nicht mehr so traurig. Aber niemand besucht mich und trinkt mit mir! Ist das nicht traurig, hihi?"
„Verdammt traurig!", murmelte Ybkallis neben mir.

.

Nach einer Stunde 'Zechgelage' mit dem seltsamen Lyshiten gab ich auf. Ich hatte nur ein einziges Glas Wein getrunken und Ybkallis hatte nur so getan als ob, um unseren freundlichen Gastgeber nicht zu beleidigen.
Leider hatte das gar nichts genutzt: Aus dem Mann war keine weitere vernünftige Information herauszuholen. Er brabbelte sinnloses Zeug vor sich hin wie ein Wellensittich, das man nicht einmal verstehen konnte, versank für Minuten in absolute Schwermut und starrte nur schweigend vor sich hin, erwachte plötzlich und forderte uns auf, mit ihm anzustoßen. Nachdem er einige Gläser Wein in sich hineingeschüttet hatte, schlief er schließlich ein.
Ich hatte, unterstützt von Ybkallis, wirklich mein Bestes getan, um den Lyshiten wieder in den vernünftigen Zustand zu versetzen; ich hatte geschmeichelt, gelockt, gereizt und geflucht - nichts hatte gefruchtet. Der Mann, der hier vor uns am Tisch eingenickt war, war irre, daran gab es keinen Zweifel. Irre im Sinn von geistig zurückgeblieben, infantil, wenn man so will. Er konnte keiner Überlegung folgen, vergaß, was man gerade zuvor gesagt hatte und schwankte übergangslos von einer Gemütsverfassung zur anderen: vom tiefsten Elend zur hemmungslosen Euphorie in einer einzigen Sekunde.
Andererseits hatte er in den wenigen lichten Minuten auf seine Art meine und Crusans Identität durchschaut, und sogar ein Wort wie 'Paradoxon' gebraucht.
Hatte ich es hier mit einer wirklich gespaltenen Persönlichkeit zu tun, einem Schizophrenen?

„Komm, Daniel, lass uns gehen - das hat doch keinen Zweck!", mahnte Ybkallis, und ich musste ihm recht geben. Verflucht noch mal, der wahnsinnige Lyshite war kurz davor gewesen, uns einen vielleicht wichtigen Hinweis zu geben.

Als ich dem Narren aus dem Zimmer folgte und noch einen Blick auf den inzwischen am Tisch schnarchenden Mann warf, schoss mir ein Gedanke durch den Kopf: Warum geschah es eigentlich, dass mich alle entscheidenden Informationen nur fast erreichten - oder zu spät?

4.
Nach weiteren drei Stunden Suche nach Crusan war ich wirklich bereit, das Handtuch zu werfen. Wahrscheinlich hatte ich noch nie im Leben so viele Türen geöffnet, noch nie im Leben derartig viele gleichartige Gänge durchschritten und war immer wieder am gleichen Punkt gelandet. Der mühsame Marsch durch das Gebirge kam mir inzwischen wie ein Sonntagnachmittagsspaziergang vor, als ich mich schließlich angesichts der untergehenden Sonne, deren dunkelroter Schein durch ein Fenster hereinfiel, erschöpft auf eine gepolsterte Bank sinken ließ.
Ybkallis schien noch frischer als ich. Aber wahrscheinlich hatte er auch keine so schlechte Nacht hinter sich. Eine schlechte Nacht ...
Die Erkenntnis sprang mich regelrecht an. Jetzt erst.
„Ybkallis", fragte ich, „was hast du gestern Nacht getan?"
Er sah mich an, als ob ich ihn nach dem Durchmesser des Saturns gefragt hätte. „Was? Ich habe geschlafen - was ist daran auszusetzen?"
„Nein, nein! Versteh mich bitte nicht falsch. Vielleicht hätte ich die Frage anders formulieren sollen: Was hast du nicht gemacht?"
„Was ich ...?" Er sah mich einen Moment lang nachdenklich an, dann trat ein Glitzern in seine Augen. „Was ich nicht gemacht habe - und du auch nicht ...?"
„Genau!"

.

Nur dank des ausgezeichneten Orientierungssinnes des Narren fanden wir in relativ kurzer Zeit in den Zentralbau mit dem Speisesaal zurück. Wie man erwarten konnte, nachdem die Nacht inzwischen hereingebrochen war, befand sich die ganze Gesellschaft dort.
Ich musste es mir selbst eingestehen: Ich kehrte als Verlierer dorthin zurück, wo die ganze Geschichte gestern Nacht begonnen hatte!
Jocelin, Laq und Vanessa hatten den Platz eingenommen, den sie schon heute früh hatten, sie gerierten sich, als ob sie schon immer zu dem Haufen von geschminkten Laffen gehörten, die die Burg bevölkerten und anscheinend nichts anderes zu tun hatten, als Festivitäten abzuhalten und sich geziert zu benehmen.
Ohne irgend einen Kommentar wurde uns von einem Bediensteten ein Abendessen gereicht, das an Reichhaltigkeit und Qualität nichts zu wünschen übrig ließ. Ich hatte Hunger, und mir blieb nichts anderes übrig, als zu der Großzügigkeit freundlich zu lächeln, aber die Bissen blieben mir beinahe im Hals stecken, als ich meine ehemaligen Freunde beobachtete.
„Was ist?", tönte Ybkallis, dessen Appetit offenbar nicht gelitten hatte. „Wenn du nicht schluckst, dann wirst du noch ersticken!"
Aus meiner Betrachtung gerissen, schluckte ich wirklich und musste prompt husten.
„Es ist nur, dass es mir nicht schmeckt, wenn ich das dort drüben sehe", erklärte ich, wobei ich beinahe zu schreien gezwungen war, denn die unvermeidliche Katzenmusik übertönte alles. Wie man mit Flöten nur so einen Lärm veranstalten konnte! Lieber Gott, dachte ich inbrünstig - und wahrscheinlich hatte ich hier zum ersten Mal in meinem Leben gebetet -, wenn es dich gibt, dann schick mir bitte einen Marshall-Turm und eine Gibson Explorer.

Ybkallis nickte. „Das verstehe ich. Aber ich schätze, wir können nichts machen. Wir müssten Crusan finden. Und was tun wir inzwischen?"
Ich zuckte die Achseln. „Es wird uns nichts anderes übrig bleiben, als mindestens noch eine Nacht hier zu verbringen. Die Vorstellung behagt mir überhaupt nicht, das kannst du mir glauben."
Er grinste säuerlich: „Mir auch nicht. Darf ich dir noch eine Frage stellen?"
„Natürlich."
„Warum warst du heute Nachmittag so erpicht darauf, weiteres von dem verrückten Lyshiten dort oben zu erfahren? Der Kerl hat doch nur wirres Zeug geredet - eben verrückt!"
Ich stieß die Luft pfeifend aus. Wie sollte ich meine Ahnungen und Mutmaßungen vernünftig erklären, die sich auf nichts als ein vages Gefühl stützten, ohne dass man mich ebenfalls für wahnsinnig hielt? In meinem früheren Leben auf der Erde hatte ich übrigens nie unter dergleichen Vorahnungen gelitten - aber dort war ich auch keinen Leuten begegnet, die sich unsichtbar machen konnten, oder die von den Toten zurückkehrten.
„Es war nur teilweise verrückt!", erklärte ich also. „Er hat mich - wie Virian - zuerst für Crusan gehalten, dann aber sofort gemerkt, dass ich ein anderer bin. Das heißt, der Mann ist eine Macht, oder er kann sie zumindest erkennen. Und er ließ sogar Kenntnis über Arboreysth und dessen Möglichkeiten durchblicken, bevor er wieder in den irren Zustand zurückfiel - und über Schwarz!"
Der Hofnarr kniff die Augen zusammen. „Schwarz - und Arboreysth, der Grüne Gott?"
„Ja. Und ich glaube, dass es mein Besuch war, der ihn zumindest für kurze Zeit aus seiner geistigen Umnachtung aufgeweckt hat."

„Und du meinst, wenn ich dich richtig verstehe, dass du das wiederholen könntest, richtig?"
„Fast richtig! Erstens bedeutet es, dass die Informationen nicht verloren sind, sondern nur verschüttet, sodass man also wieder an sie gelangen kann. Wenn dieser Mann wirklich mehr über den Schwarzen Gott weiß, könnte das für uns von unschätzbarem Vorteil sein, und ..."
„...und zweitens", fiel er mir ins Wort, „Crusan!"
„Genau. Ybkallis, ich staune immer wieder über deinen scharfen Verstand! Crusan könnte die verschütteten Informationen zum Vorschein bringen, indem er dem Lyshiten seinen Verstand wieder gibt - wie er es bei Vanessa in Fort Souvansfinn getan hat!"
Der Narr grübelte einen Moment über dieser Erklärung, dann fragte er: „Ist Crusan ein Gott?"
„Hm." Die Frage überforderte mich im Augenblick. „Ich weiß es nicht. Er ist eine Macht - eine der stärksten, mehr als Grün oder Blau."
„Weiß?"
Ich nickte.
„Und du, Daniel? Bist du ein Gott?"
„Nein!" Ich schüttelte energisch den Kopf. „Sicherlich nicht!"

5.
Der Lyshite rief wieder nach mir. Er rief laut, doch ich konnte keinen Ton verstehen. Sein weit aufgerissener Mund befand sich direkt vor meinem Gesicht, und ich konnte den Luftzug auf meinen Wangen und Wimpern spüren. Meine Augen begannen zu tränen, so laut schrie er nach mir, und trotzdem hörte ich nichts. Als ob meine Ohren verstopft waren.

Ich wollte fühlen, ob sich wirklich etwas auf meine Ohren gelegt hatte, und es wegnehmen - aber ich konnte meine Arme nicht bewegen. Warum zum Teufel ... Ich sah nach links und rechts: Blut troff von meinen Handflächen herunter, wo die dicken metallenen Köpfe von Nägeln hervorschauten. Jetzt erst spürte ich den Schmerz. Ich schrie ...
... und wachte auf.
Verdammt! Schon wieder ein Albtraum. Das war mein allererster Gedanke. Mein Mund war ausgedörrt wie die Wüste südlich von Fort Souvansfinn, und mein Atem ging pfeifend. Hatte ich wirklich geschrien?
Ich richtete mich auf und strich mir die schweißnass verklebten Haare aus dem Gesicht. Vielleicht sollte ich sie mir wirklich abschneiden; praktischer wäre es.
Seltsam, dass ich jetzt an so etwas dachte. Vollkommener Quatsch. Ich hatte geträumt, dass ... Was hatte ich geträumt? Warum zum Teufel konnte ich meine Arme nicht bewegen? Obwohl mir nicht danach war, grinste ich bei dem Gedanken, dass ich sogar im Traum fluchte. Was für ein gottloser Mensch!

.

Das gelbe Viereck des Fensters zeichnete sich deutlich gegen den dunklen Hintergrund des Zimmers ab. Neben mir ertönten leise Schnarchtöne. Ybkallis schlief offenbar den Schlaf des Gerechten. Oder des Narren - ist der Gerechte ein Narr? Schon wieder so ein Gedanke, der eigentlich überhaupt nicht in das Szenenbild passte.
Wir hatten uns beizeiten von den feiernden Bacchanten im Großen Saal absentiert und uns einige Stockwerke höher einen Schlafplatz gesucht. Ich war hundemüde gewesen und hatte gehofft, infolgedessen wenigstens in dieser Nacht Ruhe zu finden, aber weit gefehlt!
Seltsamerweise wurden wir von den Bewohnern Shilanoas - und auch von unseren Freunden - mit ausgesuchter Höflich-

keit behandelt. Obwohl ich meine Abneigung, ja sogar Feindschaft, aufs deutlichste demonstriert hatte, zeigten sie in keinem Wort, nicht einmal in einer Geste, Verärgerung, Missfallen oder Abneigung.
Und genau das machte mich noch misstrauischer. Laq und Jocelin hatten auf mich losgehen wollen, und Vanessa hatte versucht, ihre Macht gegen mich einzusetzen - und jetzt waren Ybkallis und ich gerngesehene Gäste, die zuvorkommend bedient wurden?

Nach meiner Schätzung hatte ich höchstens vier oder fünf Stunden geschlafen, aber ich wusste, dass ich in dieser Nacht nicht mehr zur Ruhe kommen würde. Wenn man gerade im Traum gekreuzigt worden ist, dann legt man sich nicht einfach auf die andere Seite, um vom Eigenheim am Seeufer, Sophia Loren oder Marmeladencroissants zu träumen.
Ich stand also auf und ging zum Fenster, um wenigstens etwas frische Luft in meine Lungen zu bekommen.
Die Umgebung der Burg Shilanoah war unter einer tief hängenden Wolkendecke geborgen, die wie ein Tuch über den Felszinnen hing, die ihre Spitzen hindurchspießten, sodass die ganze Landschaft wie ein oben abgeschnittenes Foto aussah. Und alles schimmerte in gelbem Licht.
Wie in Fort Souvansfinn!
Verflucht, ich gab ansonsten überhaupt nichts auf Omen, Vorahnungen und Prophezeiungen, aber mein bisheriger Aufenthalt auf dieser Welt hatte mich gelehrt, meinen Instinkt nicht als nebensächlich abzutun. Und diese tief hängende gelbe Wolkendecke war immer aufgetreten, wenn etwas Schlimmes geschah. Nicht nur unangenehm - entscheidend, gefährlich.
Böse?
Der Tod von Jocelins Vater und die damit verbundene Zerstörung der Ordnung in Mattincourt. Der Angriff der Lyshi-

ten in Fort Souvansfinn - und der Tod von Lord Severin. Und nicht zuletzt Vanessas Erzählung über die Nacht in Blianssrein, der Hauptstadt des Lyshitenreichs, als sie ihr Gedächtnis verlor, und ein ockergelber Wolkenteppich über der Stadt hing. Sie hatte sich ausgerechnet an dieses Himmelsphänomen erinnert.
Alles Zufall?

.

Das gelbe Licht von draußen schien mich, ja mich, anzuleuchten, es brach sich auf tausend Felsspitzen und sandte Zehntausende von Lichtimpulsen zu mir herauf, als ob ein riesiges Publikum nur auf mich als Hauptakteur auf der Bühne gewartet hätte.
Ich trat vom Fenster zurück und überlegte.
Alles, was mir im Moment durch den Kopf ging, war nicht beweisbar, Quatsch, wenn man so wollte. Unbestreitbar jedoch die Tatsache, dass meine Freunde sich plötzlich geändert hatten. Und unbestreitbar, dass ich jetzt nicht mehr schlafen konnte.
Na schön. Es gab einige Tatsachen, die ich vielleicht feststellen konnte, ohne direkt Einfluss darauf zu nehmen: mit den Karten!
Dass ich nicht schon gestern daran gedacht hatte! Aber manchmal lähmt die ununterbrochene Aktion den Verstand: man handelt nur aus Zugzwang, ohne selbst wirklich etwas zu tun.
Ich beschloss, Ybkallis schlafen zu lassen. Es genügte, wenn ich mir die Nacht um die Ohren schlug. Und es wäre vielleicht auch besser, wenn ich mich ungestört und ohne Zeugen in die Karten versenkte.

.

Die Blätter glitten mir fast wie von selbst durch die Finger, als ob sie nur darauf gewartet hätten. Blauer Ritter, Grüner König, Grüner Ritter, Braunes As ...

Weiß!
Ich legte meine Fingerspitzen auf die Oberfläche und spürte, wie meine suchenden Gedanken eindrangen. Der Zugang war nicht mehr versperrt, und vor mir zeichnete sich Crusans Gesicht deutlich ab. Es überraschte mich nicht. Tiefer zu gehen wurde mir allerdings verwehrt, und er antwortete auf keine Frage. Auch das hätte ich mir denken können. Crusan ließ sich nicht - im wahrsten Sinne des Wortes - in die Karten sehen, aber er hatte mir gezeigt, dass er hier war. Der Bildkontakt war vollkommen deutlich gewesen. Warum wollte er nicht antworten? Ich verstärkte meine Bemühungen, aber der einzige Erfolg war, dass das Bild verblasste und schließlich verschwand. Verflucht, ich hätte ihn jetzt wirklich gebrauchen können, aber ich wusste, warum er mir den weiteren Zugang verweigerte: Ich hätte etwas sehen können, das ihm nicht recht war.
Ich steckte seine Karte nach hinten in den Pack und blätterte weiter: Blauer Ritter, Rote Königin, Blaue Königin, Roter Ritter und ...
Moment! Bei der Blauen Dame hätte ich doch etwas wahrnehmen müssen! Vanessa war schließlich keine zweihundert Meter entfernt. Aber nichts! Kein Echo, kein Kontakt, nicht einmal ein Bild auf der Karte. Vanessa existierte nicht mehr, zumindest nicht als Macht. Ich hatte so etwas befürchtet, aber ich verspürte doch einen Schrecken, als mir die Tragweite bewusst wurde.
Es gab keine Blaue Königin! Verflucht, wer hatte mich dann angegriffen? Doch der verrückte Lyshite? Oder war hier noch jemand im Spiel? Und was war mit Vanessa geschehen? Einfach ausgelöscht? Aus dem Spiel genommen? Zumindest bestätigte sich mein Verdacht: Diese drei Leute dort unten waren nicht meine Freunde Laq, Vanessa und Jocelin.

Eine gewisse Spannung hatte mich erfasst, und so erschrak ich beinahe, als ich weiterblätterte.
Schwarz!
Das Gesicht auf der Karte war deutlich zu erkennen: ein junger Mann mit dunklen Augen, den man als gut aussehend bezeichnen könnte. Ich kannte ihn nicht. Er grinste mich mit ausdrucksvoll geschwungenen Lippen an - ja, mich, ich wusste es. Und er grinste höhnisch, denn die Karte war - nichts. Nicht wie bei Crusan, der mir den Zutritt verweigerte. Auch nicht wie bei Vanessa, die es als Person nicht mehr gab. Nein, hier war nichts, nur ein Pappdeckel mit einem Bild darauf lag in meiner Hand.
Das hatte ich noch nie erlebt. Selbst bei den toten Karten wie der Roten Königin. Dort konnte man zumindest ein Echo der ehemaligen Macht wahrnehmen, aber bei dieser hier: gar nichts! Ich dachte nach. Unmöglich, dass Schwarz gar nicht existierte. Wenn es zu einer Kraft keine Gegenkraft gab, wurde ein statisches zu einem dynamischen System, kurz: Es geriet aus dem Gleichgewicht. Außerdem konnte ich mich zumindest vom indirekten Wirken der Schwarzen Kraft auf dieser Welt schon oft genug überzeugen.
Nein. Hier stimmte etwas nicht.
Die Karte war falsch!
Die Erkenntnis ließ mich frösteln, und gleichzeitig fuhr ein eiskalter Windstoß zum Fenster herein und wehte mir die Haare ins Gesicht. Das gelbe Licht von draußen ließ die Karte in trügerischem Schimmer aufblitzen wie eine Schwertklinge im Mondschein. Mir wurde immer unbehaglicher.
Ein Gedanke kämpfte sich aus dem Hintergrund meines Unterbewusstseins an die Oberfläche vor und hakte sich fest wie eine Fischgräte:
Obwohl in diesem ganzen Spiel zwischen Grün, Rot, Blau und Braun der Weiße und der Schwarze offenbar die entscheidenden Rollen innehatten, war in der ganzen Zeit, in der

ich mich auf dieser Welt aufhielt, Schwarz selbst noch kein einziges Mal selbst in Erscheinung getreten. Schevon Ssert, der Rote Ritter, er hatte in Wirklichkeit für Schwarz gekämpft; Blair, Jocelins verrückter Bruder, er hatte die Grüne Herrschaft angestrebt - und dabei für Schwarz den Weg geebnet, die Roten Truppen Mattincourt erobern zu lassen. Und die Roten selbst? Der Rote König, Xxeret Khan, er selbst war auch noch nicht in Erscheinung getreten - aber zweifellos wurde auch er von Schwarz beherrscht.

Das Ergebnis meiner Überlegung war niederschmetternd - und verdammt misstrauenerweckend: Wenn Schwarz schon fast das ganze Spiel beherrschte, warum trat er nicht selbst auf den Plan?

Was hielt ihn ab? Braun - Divvnu'môn? Crusan? Oder ich?

.

Oder war ich selbst Schwarz, ohne es zu wissen? Nein, nicht möglich, ich gehörte nicht zum Spiel! Mir wäre allerdings wohler gewesen, wenn ich dies mit voller Überzeugung hätte sagen können.

.

Wenn ich diese Möglichkeit einmal ausschloss, blieb als Erklärung für die 'falsche' Karte nur übrig: Jemand hatte mir das Ding untergeschoben und die 'echte' verschwinden lassen - oder durch mentalen Einfluss die Karte 'gelöscht'.

Und warum wohl?

Dieser Jemand befürchtete, dass ich mit meinem inzwischen tiefergehenden Verständnis für die Mechanismen des Spiels etwas sehen konnte, das ihm gar nicht ins Konzept passte.

Scheiße! Was war ich für ein Narr gewesen! Wenn ich eine Karte manipulieren konnte, dann konnte das ein anderer auch!

Ich grübelte einige Minuten über dieser Einsicht, dann beschloss ich, zu meiner eigentlichen Absicht zurückzukehren, da mir weiteres Philosophieren über das Spiel an sich jetzt nichts bringen würde.

Bei einer Karte, an die ich eigentlich nicht gedacht hatte, stieß ich auf ein Echo, eine Art Schlüssel passte: der Rote König.

Wie bei den anderen zuvor tastete ich mit den Fingerspitzen über die Oberfläche, bis mein geistiger Vorstoß die Tür fand und öffnete. Ich hatte Kontakt mit dem Bewusstsein des verrückten Lyshiten! Es war kein richtiger Kontakt, vielmehr eine Verständigung über einen Abgrund hinweg, der zudem noch von dichten Nebelschwaden verschleiert war.

Und er war nicht der Rote König! Als ob man zwar an der falschen Tür klingelte, einem trotzdem aufgemacht wird und man freundlich willkommen geheißen wird. Der Lyshite schrie irgendetwas herüber, und ich beugte mich vor ...

Ich schreckte auf und verlor die Konzentration. Beinahe derselbe Albtraum nochmals in veränderter Form! Meine Hand zitterte und im gelben Licht konnte ich sehen, dass ich die Karte fallen lassen hatte.

Ich scheute beinahe davor zurück, sie aufzuheben, tat es aber schließlich doch. Dann steckte ich den Packen entschlossen zusammen. Aus dem Dunkel des Zimmers erklang immer noch Ybkallis' Schnarchen, das mich daran erinnerte, wo ich eigentlich war.

.

Ich musste noch einmal versuchen, mit dem Lyshiten zu sprechen! Jetzt! Irgendwo in diesem riesigen Burgkomplex befand sich jemand, der mir vielleicht endlich Aufklärung verschaffen konnte. Und diese einmalige Chance gedachte ich nicht zu verschenken.

Auch wenn der Mann schizophren war - mithilfe der Karte hatte ich eine Möglichkeit, in sein Bewusstsein vorzudringen. Auch ohne Crusans Hilfe. Und mir war es so vorge-

kommen, als ob der gesunde Teil seines Verstandes auf mich wartete.
Ich verstaute die Karten in meiner Tasche. Bis auf den Roten König. Diesmal war ich sicher, mich nicht zu verirren. Er würde mir den Weg weisen.

KAPITEL FÜNF : ALBTRAUM

-

Das Schloss Shilanoah erweist sich, wie Daniel von Anfang an vermutet hatte, als Vorhof zur Hölle und gibt sein ekliges Geheimnis preis. Und, als sei das noch nicht genug des Schreckens, macht unser Held hier zum ersten Mal die Bekanntschaft des eigentlichen Drahtziehers des Bösen - Schwarz!

-

1.
Meine Ahnung hatte mich nicht getrogen: Obwohl ich keineswegs an jeder Gangkreuzung innehielt und die Karte etwa wie einen Kompass benutzte, ging ich nicht fehl. Es war, als ob ich selbst plötzlich die komplizierte dreidimensionale Verschachtelung von Ebenen, Treppen und Gängen verstand. Das war natürlich nicht so, aber mein Instinkt, geleitet von der Verbindung durch die Karte, ließ mich den richtigen Weg nehmen.
Es war ein seltsamer Marsch durch die nächtliche Burg, die trotz der Tatsache, dass ich keinem Menschen begegnete, relativ gut von Ölfunzeln erleuchtet war. Das flackernde Licht und der ockergelbe Schein von draußen, der, jedes Mal, wenn ich an einem Fenster vorbeiging, die bizarrsten Muster an die gegenüberliegende Wand zeichnete, obwohl die dichte Wolkendecke von keinem Windhauch bewegt wurde, verstärkten die merkwürdige Stimmung, in der ich mich sowieso schon befand.
Was tat ich hier eigentlich? Nun, diese Frage hatte ich mir schon oft gestellt, seit ich mich auf dieser Welt befand. Und jedes Mal mit demselben Resultat. Vielleicht befand ich mich jetzt wenigstens auf dem ... auf dem Pfad der Erleuchtung?

Eine lächerliche Formulierung angesichts meines momentanen Tuns, das sah ich selbst ein.
Das Gelächter blieb mir allerdings im Halse stecken.

Trotz meines zuverlässigen Wegweisers wusste ich nicht, wie lange ich eigentlich unterwegs gewesen war. Nach der soundsovielten Treppe und Ganggabelung schaltete sich nicht nur der Orientierungssinn, sondern auch die innere Uhr aus - bei mir zumindest. Wie Ybkallis es geschafft hatte, den Weg vom Gefängnis des Lyshiten zum Festsaal zurück ohne weitere Hilfe zu finden, blieb mir ein Rätsel - aber er hatte sich auch in der Unterwelt von Mattincourt bestens zurechtgefunden. Manche Leute haben eben einen sechsten Sinn für so etwas.
Vielleicht hätte ich doch den Narren wecken und mitnehmen sollen, aber ein unbestimmtes Gefühl hatte mich davon abgehalten. Der Lyshite, der irgendwie über die Rot-König-Karte - und über meinen Traum! - mit mir in Verbindung getreten war, wollte mit mir allein sprechen.

Die Tür mit den drei Schlössern anstarrend, so als ob ich es fast nicht glauben wollte, den Weg wirklich gefunden zu haben, zögerte ich einen Moment. Wir hatten die Riegel nicht wieder vorgeschoben. Was war, wenn der Lyshite die Gelegenheit genutzt hatte, um sich aus dem Staub zu machen? Dann irrte er wahrscheinlich genau wie ich ohne Wegweiser irgendwo in diesem Monumentalbau umher, auf der Suche nach ... ja nach was? Nach mir? Die Chance, sich gegenseitig zu finden, war dann gleich null!
Nein! Die Karte hatte mir den Weg hierher gewiesen. Es widerspräche selbst der verqueren Logik dieser Welt, wenn man sich auch darauf nicht mehr verlassen könnte.
Vorsichtshalber zog ich Melissa. Beim leisen Schaben der Klinge an der Scheide wurde mir bewusst, dass ich früher

niemals so misstrauisch und vorsichtig gewesen bin. Ich? Nein, das war ein anderer Daniel C. Smith gewesen! Konnte es sein, dass ...
Nun, es gab zwei Möglichkeiten. So, wie es fast immer zwei Möglichkeiten gibt. Entweder hatte mich der ständige Kampf ums nackte Überleben auf dieser Welt geändert - der Mensch wächst mit seinen Aufgaben, nicht wahr? Oder er hatte nur zum Vorschein gebracht, was in mir schon immer geschlummert hatte. Aber was? Einen Kämpfer? Hm. Einen Mörder?
Es war mir nicht schwer gefallen, die Leute, die mich umbringen wollten, zu töten. Und es hatte mein 'Gewissen' in keinster Weise belastet. Aber ist das nicht bei jedem Menschen so? Nein, das ist es nicht!
Ich Idiot! Ich stand hier mit gezogener Waffe vor einer Tür auf feindlichem Terrain und philosophierte über moralische Fragen.

.

Vorsichtig, aber entschlossen schob ich die Tür auf. Bis auf ein leises Quietschen der Angeln war nichts zu hören. Ich war auf alles gefasst gewesen: dass der Lyshite mich wie ein Känguru hüpfend oder wie ein Hund jaulend empfing, oder dass mich eine Horde waffenschwingender Mongolen anfiel; aber nichts dergleichen.
Der Raum sah genauso aus wie in meiner Erinnerung. Kein Grund zur Beunruhigung also, trotzdem war mir nicht recht wohl.
Ich durchquerte das Zimmer möglichst leise und betrat das Nebengelass, in dem der Lyshite uns am Nachmittag bewirtet hatte. Dort saß er am Tisch. Er hatte sich mit den Ellenbogen aufgestützt und starrte auf eine Flasche Wein und zwei Gläser, die er vor sich aufgebaut hatte. Eine frische Flasche, wohlgemerkt.
Ansonsten habe ich durchaus nichts gegen einen freundlichen Empfang mit Willkommenstrunk einzuwenden, aber die

Tatsache, dass ich erwartet wurde - und noch dazu allein - verstärkte in diesem Fall mein ungutes Gefühl.

„Ah, willkommen, mein lieber Freund!", erwachte mein Gastgeber aus seiner Starre, als ob man eine Aufziehpuppe losgelassen hatte. Wahrscheinlich hatte er doch ein Schlurfen meiner Stiefel auf dem Teppich gehört.
Ich sah mich in inzwischen lieber alter Gewohnheit im Raum um, und er registrierte das.
„Aber nein!", lächelte er. „Hier droht Euch keine Gefahr! Setzt Euch! Bitte setzt Euch!"
Ich trat näher. „Verzeiht, aber das haben schon andere Leute gesagt, dass keine Gefahr droht. Der Spruch überzeugt mich nicht mehr so recht!"
Er lachte. „Natürlich, natürlich! Ich vergaß, wer Ihr seid. Trotzdem ... Ich präzisiere: Von mir droht Euch keine Gefahr!"
„Hm. Besser als nichts."
Ich setzte mich ihm gegenüber an den Tisch, steckte den Degen allerdings nicht in die Scheide, sondern legte ihn griffbereit quer über die polierte Holzplatte. Dann rückte ich meinen Stuhl so weit zurück, dass ich im Ernstfall sofort aufspringen konnte.
„Ts, ts!", kommentierte der Lyshite meine Aktionen und schob die Spitze des Degens, die auf ihn zeigte, mit dem Finger etwas zur Seite. „Ihr seid sehr misstrauisch, aber bitte! Darf ich Euch ein Glas Wein einschenken, ohne dass Ihr mir den Kopf abschlagt?"
Jetzt musste ich doch lächeln. „Gerne. Ich darf ja wohl ohnehin nicht davon ausgehen, dass Ihr über Kaffee verfügt."
„Über was bitte? Kafeh?"
Ich schüttelte den Kopf. „Wein ist o ... ist in Ordnung!"
Während er die Flasche entkorkte und die Gläser mit der dunkelroten Flüssigkeit füllte, beobachtete ich ihn genau.

Wie in den wenigen Minuten am Nachmittag erinnerte nichts an den 'armen Irren', wie Ybkallis sich ausgedrückt hatte. Aus den Augen des Mannes blitzte eine wache Intelligenz, und seine Wortwahl und Ausdrucksweise hatte mir gezeigt, dass er über Bildung und Kultur verfügte.
Nur wie lange würde dieser Zustand anhalten?

„Darf ich fragen, was mir abermals die Ehre Eures Besuches beschert?", fragte er schließlich, nachdem er von seinem Glas genippt hatte.
Ich beschloss, ohne weitere Präliminarien zur Sache zu kommen:
„Ihr habt mich gerufen!"
Er setzte sein Glas, das er gerade zum Mund führen wollte, so heftig auf dem Tisch ab, dass ich fast befürchtete, dass es zerbrach. „Ich habe Euch gerufen? Ich?"
Einen Moment lang verschwamm sein Blick, und ich befürchtete schon, dass er in den irren Zustand verfiel. Aber er machte eine winkende Bewegung mit den Händen, so als ob er meine Besorgnis spürte und sie verscheuchen wollte.
„Nein, nein ... doch! Ja, Ihr habt recht: Ich habe gerufen. Aber doch nicht Euch?"
Er hatte den letzten Satz als Frage formuliert, sodass ich sogleich einhakte: „Aber Ihr hattet einen Gast erwartet! Und ich bin hier!"
„Ja!". lächelte er. „Ihr seid hier. Aber ..." Der geistesabwesende Ausdruck kehrte in sein Gesicht zurück. Ich fluchte innerlich. Die Sache war auf dem besten Weg, schief zu laufen. Ich musste das 'Gespräch' forcieren:
„Ich bin der Gast! Und ich bin hier. Erinnert Euch bitte an unser letztes Gespräch: Ihr hattet einen anderen erwartet - und trotzdem war ich es, richtig?"
Er nickte automatisch, so wie jemand nickt, dem man mit den entsprechenden Fachausdrücken ein diffiziles techni-

sches Spezialproblem erklärt - und der keine Ahnung davon hat. Ich seufzte, doch dann richtete er sich plötzlich auf, und der wache Ausdruck war in seine Augen zurückgekehrt.
„Genau", meinte er bedächtig. „Ihr seid es nicht, trotzdem ... Ich weiß nicht, ich war irgendwie ... irgendwie im Geiste ... wie soll ich sagen ... Ich glaube, dass Eure Gegenwart mich aufwachen ließ. Schwarz, nicht wahr?"
Die letzten Worte kamen in der stockenden Aussage so plötzlich, dass ich fast erschrak. Ich ertappte mich dabei, wie ich unwillkürlich nach dem Griff des Degens langte, dann ließ ich davon ab und fragte so ruhig wie möglich:
„Schwarz, ja. Was könnt Ihr mir darüber erzählen?"
Er starrte mich mit großen Augen an und sagte nichts. Ich wartete. Es war, als ob das Wort 'Schwarz' zur Materie geworden als Felsblock auf dem Tisch zwischen uns lag. Nach wie vor starrte er mich an. Ohne zu blinzeln. Ich rückte meinen Stuhl langsam noch ein Stück weiter zurück.
Auf der linken Wange des Lyshiten bildete sich ein schwarzer Fleck, während seine weit aufgerissenen Augen immer noch auf mir ruhten. Ein weiterer schwarzer Fleck wuchs um seinen rechten Mundwinkel, als ob man Tinte auf ein Löschpapier gegossen hatte.
Ich griff nach der Waffe und sprang auf. Ich weiß nicht, ob die plötzliche Bewegung der Grund war, aber der Kopf des Lyshiten knallte auf die Tischplatte, als sein ganzer Körper zusammensackte. Beim Aufprall auf das Holz zersprang der Schädel wie eine aufgehackte Kokosnuss in zwei Teile, und Blut und Hirnmasse quoll hervor. Ein Auge löste sich aus dem gespaltenen Knochen und hüpfte mir über den Tisch entgegen wie eine große Murmel mit angeklebten Fäden.
Ich wischte das Ding angeekelt fluchend mit der flachen Seite der Klinge zur Seite, sodass es auf der anderen Seite des Tisches an die Wand klatschte und zu Boden fiel.

Der Oberkörper des Lyshiten rutschte langsam über die Tischplatte zurück, eine Spur von weißrotem Schleim zurücklassend. Mit einem hässlichen Geräusch plumpste er zu Boden, während ich immer noch entsetzt auf das grausige Bild starrte.
Überall an den Armen und im Gesicht bildeten sich rasend schnell schwarze Flecken, und an manchen Stellen löste sich die Haut ab. Es war, als ob der ganze Körper des Lyshiten in Sekunden verfaulte. Ein ekliger Geruch nach Verwesung und Tod verbreitete sich im Raum.

Aus dem Augenwinkel nahm ich links von mir eine Bewegung am Boden wahr und wirbelte herum, die Klinge vor mich erhoben. Nein, da war nichts! Doch! Unter dem dicken Teppich zeichnete sich eine Bewegung ab, eine kleine Erhebung, die sich von mir weg bewegte.
Obwohl mich das Grauen des eben Gesehenen fast lähmte, sprang ich hin und riss den Teppich an einer Ecke hoch. Er war schwerer, als ich gedacht hatte, so schlug ich ihn so weit wie möglich zur Seite um und wich sofort wieder zurück.
Eine winzige schwarze Schlange kringelte sich zusammen, hob den dreieckigen Kopf und stieß ein leises Zischen aus. Sie war nicht größer als eine Sandviper - und wahrscheinlich drei Mal so gefährlich!
Das Vieh schlängelte sich, als es merkte, dass es entdeckt worden war, schneller, als ich erwartet hatte, in S-Kurven über den Steinboden und unter einen Wandschrank.
Aber ich gab noch nicht auf. Mit einiger Kraftanstrengung, wobei ich den Degen nicht aus der Hand legte, kippte ich den Schrank nach vorne um. Er polterte in einer Staubwolke mit lautem Krachen zu Boden, und Bücher, Teller und Gläser klirrten und polterten auf das Parkett. Die Schlange, die sich bis zur hinteren Wand geflüchtet hatte, sah sich erneut ihrer Deckung beraubt - soweit man solche Überlegungen bei so

einem Vieh erwarten kann, aber bei diesem konnte man es, das wusste ich.

Ich schlug mit dem Degen nach ihr, konnte aber wegen der Nähe zur Wand nicht voll ausholen. Der Hieb ging fehl, sie war zu schnell, und ich stolperte über irgendetwas und geriet aus dem Gleichgewicht. Ich konnte mich gerade noch an der Wand abstützen, und der kalte Schweiß brach mir aus. Wenn ich hinfiel und das Vieh mich ebenfalls biss, dann war es aus. Es hatte den Lyshiten, daran bestand für mich kein Zweifel, in wenigen Sekunden erledigt. Was mochte das für ein Gift sein! Wenn ich auf den Beinen blieb, bestand für mich lange nicht so viel Gefahr. Durch meine hohen Lederstiefel würde ein Schlangenzahn nicht so leicht dringen, und anspringen würde sie mich ja wohl nicht. Nicht?

Ich stocherte mit der Spitze des Degens zwischen den Büchern am Boden herum, konnte aber nichts sehen. Mist, wahrscheinlich war die Schlange längst ganz woanders. Das Tier war so schnell gewesen, dass man mit den Augen kaum folgen konnte. Vermutlich befand sie sich längst in einem anderen dunklen Eck oder unter einem anderen Teppich.

Als sich mein Atem beruhigte, dämmerte mir langsam, auf was für einen ungleichen Kampf ich mich hier eigentlich eingelassen hatte. Und ungleich nicht zu meinen Gunsten! Ich fröstelte, und das lag nicht nur an der Kälte im Zimmer. Vor Kurzem hatte ich noch bei dem gelben Schein von draußen ein ungutes Gefühl gehabt, jetzt war ich darüber heilfroh, denn so konnte ich in den Ecken des Raums wenigstens etwas erkennen.

Ein Blödsinn, was ich hier tat. Zu versuchen, eine winzige schwarze Schlange in einem halbdunklen Raum aufzuspüren! Ich drehte mich einmal langsam im Kreis, und das beklemmende Gefühl nahm zu. Ein Vorhang bauschte sich leicht im Wind, der draußen aufgekommen war. Es raschelte, als er an der Wand entlang strich.

Oder hatte es gezischt?
Ich strengte meine Augen an wie nie zuvor. Das Vieh beobachtete mich, das spürte ich.
Eine der Öllampen verlöschte mit leisem Spratzeln, und ich fuhr herum. Im selben Augenblick schob sich am Himmel eine dunkle Wolke vor das gelbe Firmament, und der Raum wurde in fast vollständige Finsternis getaucht. Zwei Lämpchen verbreiteten noch ihren kläglichen flackernden Schein.
Das war der Moment, in dem ich beschloss, dass Vorsicht der bessere Teil der Tapferkeit wäre. Ich machte mir nichts vor: Ich war nur kurz der Jäger gewesen, jetzt war ich der Gejagte. Und wenn es erst vollständig finster wäre, dann würden mir weder Klinge noch Gewehr auch nur das Geringste nutzen. Mist! Mit allem hatte ich gerechnet, aber nicht mit einem solchen Gegner!

Ich stakte vorsichtig, wie ein Storch, über die am Boden verbreiteten Bücher und Glasscherben hinweg in Richtung des Vorraumes. Gerade als ich mich durch den Durchgang schleichen wollte, warnte mich ein blubberndes Geräusch hinter mir. Ich wirbelte herum. Die verlöschte Öllampe erwachte zischend zum Leben. Sie brannte heller als zuvor, aber damit nicht genug:
Die Flamme wurde größer und größer, bis sie fast bis zur Decke reichte. Beißender Rauch stieg auf und schwärzte die Wand und die Zimmerdecke. Funkensprühend verwandelten sich die beiden anderen Funzeln ebenfalls in Flammenwerfer. Es roch nach Schwefel.
Die ganze Szene wirkte auf mich so unwirklich, so irreal, dass ein Teil meines Verstandes, während ich wie gebannt auf die Erscheinung starrte, direkt darauf wartete, dass eine Tür aufging und meine Freunde von daheim „Happy Birthday to you!" sangen.
Eine fremde Stimme in meinem Kopf lachte.

Der Raum war jetzt taghell erleuchtet. Die schwarze Schlange hatte sich vielleicht zwei Meter entfernt direkt vor mir auf dem Steinboden zusammengekringelt. War es Zufall? - Es schien, als ob sich das Licht aus den drei Quellen direkt an dieser Stelle überschnitt und addierte, obwohl die Flammen hin- und herschwankten und flackerten.
Die Schlange hob langsam ihren kleinen Kopf und sah mich an. Sie warf keinen Schatten.
Ich hatte den Degen in der Hand. Wenn ich jetzt schnell genug wäre und ...
Wieder erklang das Gelächter in meinem Kopf. *Versuche es gar nicht erst, Daniel Christian Smith! Es hätte keinen Zweck!*
Ich fluchte innerlich, auch wenn ER das wahrscheinlich hören konnte, aber das war mir jetzt egal. Ich hatte mir so etwas gedacht.
„Du kennst mich?" Ich hatte laut gesprochen, obwohl ER meine Gedanken lesen konnte, oder auch nur, um wenigstens meine eigene Stimme zu hören.
Natürlich. ER lachte wieder, aber nicht wirklich amüsiert, eher sachlich, als ob man seine Heiterkeit über ein naives Kind zum Ausdruck bringt.
Was hast du denn gedacht?
„Leider zu wenig, das muss ich wohl zugeben! Es freut mich aber zu hören, dass DU dir offenbar mehr Gedanken - zumindest über mich - gemacht hast. Ist DU in Ordnung, oder muss ich dich Exzellenz oder Fürst oder so etwas nennen? Du weißt schon: Noblesse oblige, oder Ehre wem Ehre gebührt!"
Haha. Daniel, weißt du, dass mir deine Wortgewandtheit schon immer sehr gut gefallen hat? Da bist du deinem Bruder ein ganzes Stück voraus.
Die Schlange machte eine elegante Drehung am Boden. Als sie mir schließlich wieder ihren Kopf zuwandte, war sie ein gutes Stück größer geworden, und vier kleine Beinchen wa-

ren aus dem schuppigen Leib hervor gewachsen. ER tastete mit den Extremitäten spielerisch in der Luft herum und fuhr dann fort:
In der Tat, um dich würde es mir wirklich leid tun.
„Warum sagst du mir das?"
Als Zeichen meiner Zuneigung natürlich, was sonst?
„Oh, du verzeihst, aber das überrascht mich. Ich hätte nicht gedacht, dass ein Wort wie 'Zuneigung' irgendeine Bedeutung für dich hätte."
Fast richtig, Daniel. Aber nur fast! Zu manchen Menschen empfinde ich aber durchaus Zuneigung, ja Freundschaft! Du könntest durchaus mein Freund sein. Und meine Freundschaft hat ihre Vorteile!
„Das ist mir klar! Aber die Folgen dürften übel sein. Wie man so hört."
ER kicherte und wuchs ein weiteres Stück. Aus den gekrümmten Fingern und Zehen der Gliedmaßen schoben sich silbern glänzende Klauen hervor. Der Schlangenkopf streckte sich nach vorne und die Augen schrägten sich mehr ab. ER ließ eine winzige rosa Zunge sehen, die zwischen den beiden langen Eckzähnen spielerisch hin- und herzuckte.
Du bist zu misstrauisch, mein Freund.
„Ich bin misstrauisch, und ich bin nicht dein Freund - das weiß ich jetzt!"
Oho! Ich könnte dich auf der Stelle töten, weißt du das?
„Hm. Warum tust du es nicht? Ich bin dein Feind!"
Das schwarze Wesen, das inzwischen auf zwei stämmigen Beinen stand, machte einen Schritt auf mich zu. Es öffnete den breiten Rachen, in dem mehrere Reihen von nadelspitzen Zähnen schimmerten. Die Stirnfalte zwischen den schmalen Raubtieraugen zog sich zusammen, als ER jetzt mit einer abgrundtiefen Stimme laut sprach: „Wie ich schon sagte, Daniel, ich mag dich. Und du solltest dir meine Zuneigung nicht verscherzen. Auch du wirst gegen mich nicht gewinnen kön-

nen. Es wäre also besser, wenn du dich auf meine Seite schlagen würdest!"
Obwohl mir nicht danach zumute war, lachte ich jetzt: „Du würdest doch nicht so um meine Freundschaft bemüht sein, wenn du wirklich so sicher wärst, dieses Spiel diesmal zu gewinnen!"
ER kam noch näher auf mich zu und starrte mir mit seinen gelben Augen ins Gesicht. Aus dem geöffneten Rachen schlug mir eine Wolke fauligen Atems entgegen, und mein Magen zog sich kurz zusammen.
„Diesmal?", knurrte ER. „Ich habe schon das letzte Spiel gewonnen - und du solltest das wissen! Aber du bist nicht mein Feind!"
„Crusan ist dein Feind, ich weiß! Und jetzt beginnt das Spiel von Neuem, beziehungsweise es hat schon begonnen, nicht wahr?"
„So ist es. Und es würde mir um dich wirklich leid tun. Du bist schlauer als Crusan, nutze deine Intelligenz und schließe dich mir an!"
Ich grinste: „Unterschätze ihn lieber nicht."
„Ich habe ihn schon einmal getötet. Es ist nur auf eine einzige Art möglich, ihn umzubringen - aber ich kenne sie!"
„Mag sein. Trotzdem - zu deinem freundlichen Angebot: Nein!" ER lachte laut und packte mich mit seiner Klauenhand am Arm." Das dachte ich mir. Integrität und Freundschaft ist etwas Schönes - und so edel. Du armer Narr!"
Es schmerzte, aber ich machte keine Bewegung der Abwehr, es hätte keinen Sinn gehabt. Einen Moment lang starrten mich die gelben Augen kalt und erbarmungslos an, und in ihnen konnte ich alles lesen, was ich erwartet hatte: Krieg, Hass, Tod - und vor allem kein Mitleid. Ich schauderte, als ich sogar mich selbst für eine Sekunde lang sah, aber das konnte auch nur Einbildung gewesen sein.

Ohne ein weiteres Wort ließ ER mich los. Dann schrumpfte sein Körper zusammen, während sich die Arme gleichzeitig in die Länge streckten und in riesige ledrige Flügel verwandelten. Ich ging einen Schritt zurück. Nach wenigen Sekunden hatte ER die Metamorphose in eine große Fledermaus vollendet. Sie flatterte hoch und kreiste elegant einmal durchs Zimmer, ein schrilles Kreischen ausstoßend. War das Ärger oder Triumph?
Dann schoss sie wie ein schwarzer Blitz zum Fenster hinaus in die Nacht. *Das war Gelächter, Daniel!* erklang ein letztes Mal die Stimme in meinem Kopf, dann stand ich allein im Dunkeln. Die Lampen waren erloschen.

2.
Wie lange ich so dastand? Ich weiß es nicht. Mein Herz schlug bis zum Hals, sodass ich das Pulsieren des Blutes in meinem Kopf spürte.
Seltsamerweise hatte ich nicht das Gefühl, gerade noch einmal davongekommen zu sein. Wenn ER mich umbringen hätte wollen, dann hätte er das leicht haben können. Nein, ER brauchte mich, oder wollte mich zumindest irgendwie für seine Pläne nutzen. Der Gedanke, dass ER das vielleicht schon die ganze Zeit tat, ging mir nicht aus dem Kopf.
Und ER hatte Crusan schon einmal besiegt? Auf eine Weise, die nur ER kannte?
Feine Aussichten, diesen Kampf zu bestehen!
Als sich meine Rechte schmerzhaft verkrampfte, erwachte ich aus meiner Grübelei. Ich hielt immer noch den Degen in der Faust umklammert. Fluchend steckte ich die Klinge in die Scheide zurück.
Es half nichts. Obwohl meine Knie nach dem eben Erlebten immer noch weich waren, sodass ich beim ersten Schritt fast stolperte, musste ich etwas unternehmen. Und zwar jetzt. Der

Feind war uns auf den Fersen, er war es die ganze Zeit gewesen. Kein Gebirge, kein Ozean würde ihn abhalten können, uns zu folgen.
Ein Wesen, das seine Gestalt verändern konnte! Ein fast unüberwindlicher Gegner. Aber wenn ER wusste, wie man Crusan töten konnte, dann konnte es eigentlich nur eine Möglichkeit geben ... Wieder Crusan! Bei ihm lag der Schlüssel, wie so oft.
Es musste so sein. Ohne eine ausgewogene Polarität, ohne eine gewisse Balance der Kräfte hätte das ganze Spiel keinen Sinn. Der Schwarze hätte von vornherein gewonnen.
Nein!

Ich trat hinaus auf den Gang, wo eine Lampe ihr trübes Licht verbreitete. Irgendwie musste ich Laq, Vanessa und Jocelin aus diesem Schloss herausschaffen, wenn nötig mit Gewalt. Die drei Menschen mit den geschminkten Gesichtern, das waren nicht sie.
Irgend etwas in diesen Mauern beherrschte sie, hatte sie verändert, zu meinen Feinden gemacht. Aber sie existierten noch, das spürte ich. Und mit Crusans Hilfe konnte ich den Prozess vielleicht rückgängig machen - er hatte auch Vanessa damals helfen können.
Ich musste den Riesen zuerst finden und ihn überzeugen, den anderen zu helfen. Es würde nicht leicht sein, denn ich kannte ihn inzwischen: Unsere Gefährten waren ihm ziemlich egal. Ich würde ihn bitten müssen, und stand dann noch tiefer in seiner Dankesschuld - aber egal!

Ich beschloss, genauso vorzugehen wie bei der Suche nach dem Lyshiten. Die Weiße Karte würde mir den Weg zu Crusan weisen, egal wo in diesem Gemäuer er sich aufhielt. Und von Angesicht zu Angesicht würde er mir keine Bitte ab-

schlagen können - oder zumindest eine gute Erklärung abgeben müssen.
Ich setzte mich auf die oberste Stufe einer nach unten führenden Treppe, wo ebenfalls eine Öllampe brannte und zog den Packen mit den Karten aus der Tasche. Gerade, als ich sie aufblättern wollte, erklang von unten ein Geräusch: ein leises Scharren, gefolgt von schlurfenden Schritten und einem Flüstern.
Sofort steckte ich die Karten weg und richtete mich leise auf. Also waren doch irgendwelche Leute nachts in diesen einsamen Gängen unterwegs. An sich in einer Burg nichts Ungewöhnliches, aber in diesem Shilanoah erweckte inzwischen alles mein Misstrauen.
Vielleicht galt das mir.
Das Scharren wiederholte sich. Ich zog die Klinge und schlich die Treppe hinunter. Trotz der Steinstufen schaffte ich es, kein Geräusch zu machen. Ich überlegte, ob ich nicht lieber die Flinte, die über meinem Rücken hing, zur Hand nehmen sollte. Damit wäre ich auch mehreren Gegnern überlegen. Aber die Idee verwarf ich sofort wieder. Wenn ich jetzt in diesen Mauern einen Schuss abfeuerte, dann würde ich in kürzester Zeit das ganze Schloss auf dem Hals haben. Und der Waffenlosigkeit und Gleichgültigkeit seiner Bewohner traute ich ebenfalls nicht. Geschweige denn ihrer Harmlosigkeit.

.

Als ich vorsichtig um die nächste Gangecke lugte, bot sich mir ein erstaunliches und befremdendes Bild: Zwei der Hofdamen schleppten eine Leiche! Es war ein dicker Mann, wahrscheinlich von einigem Gewicht; sie setzten ihn alle paar Meter ab und verschnauften. Der Tote hatte ein rot geschminktes Gesicht, und die beiden Trägerinnen waren weiß und grün. Das alles spielte sich in nahezu völliger Lautlosig-

keit ab, bis auf das erwähnte Scharren und ab und zu einige geflüsterte Worte, die ich aber nicht verstehen konnte.
Ein unbestimmter Impuls trieb mich dazu, ihnen zu folgen. Wer weiß, was noch alles für seltsame Dinge nachts in dieser 'friedlichen' Burg vor sich gingen! Und nach der Begegnung mit dem Schwarzen konnte mich nun wohl nichts mehr erschrecken.

.

Die beiden Frauen legten den Toten auf dem Teppich nieder und traten einen Schritt zurück. Eine von ihnen - die Weiße - gestikulierte heftig. Ich verstand die Körpersprache: Sie bedeutete der anderen, den Leichnam irgendwie aufzurichten oder an die Wand zu lehnen.
Jetzt war meine Neugier wirklich geweckt. Warum zum Teufel überließen diese Hofdamen dergleichen niedrige Arbeiten wie das Wegschaffen - und hoffentlich Beerdigen - von Leichen nicht den Knechten oder Soldaten? Moment, es gab ja keine Soldaten. Trotzdem: Irgendein bediensteter Knappe würde sich doch wohl für so etwas finden.
Ich stand - meiner Meinung nach unsichtbar - in einer dunklen Ecke, in die weder das Licht aus dem Gang noch von der Treppe drang. Von dort aus gedachte ich mir das lustige Treiben der beiden Damen genauer anzusehen. Irgendwie lag hier der Schlüssel zu dem ganzen seltsamen Verhalten der mehr als suspekten Bewohner dieser Burg verborgen.
Die beiden geschminkten Bestatterinnen schafften es in gemeinsamer Anstrengung, die Leiche des Dicken so hoch zu wuchten, dass sie aufrecht an der Wand lehnte. Während die Grüne sie mit Einsatz ihres ganzen Körpers stützte, schob die Weiße einen breiten bunten Wandteppich zur Seite.
Aha! Jetzt wurde es also interessant. Hinter dem Gobelin zeigte sich ein Durchlass in der Mauer. Keine Tür, sondern eine Art Fenster in Brusthöhe, und absolut finster.

Unter einigen Mühen hoben die beiden den Toten hoch und - angesichts der dunklen Öffnung in der Wand hatte ich so etwas geahnt - schoben ihn mit dem Kopf voran hinein und ließen ihn fallen. Mit einem leisen Knirschen stießen die Füße an den Rand und verschwanden. Von irgendwo her erklang ein dumpfes Poltern.
Die beiden Frauen nickten sich zu, ordneten kurz ihre verknautschten Röcke und Frisuren und schoben den Wandteppich an seinen Platz zurück. Dann huschten sie schweigend in der von mir abgewandten Richtung davon. Ich konnte es beinahe nicht fassen, so bizarr erschien mir die ganze Szene.
Sollte ich ihnen folgen? Nein. Erstens wollte ich Crusan finden und zweitens ... Etwas anderes interessierte mich jetzt wesentlich mehr. Es mag ein etwas morbider Zug meines Charakters sein, oder einfach ein perverses Interesse an kranken und abartigen Dingen, aber ich beschloss, zunächst einmal den - ein anderes Wort fiel mir dazu im Moment nicht ein -, den Abfallschacht in Augenschein zu nehmen.
Nachdem ich mich vergewissert hatte, dass die beiden Frauen auch wirklich verschwunden waren, schob ich den Gobelin ebenfalls zur Seite und sah, was ich erwartet hatte: nichts. Schwarze Tiefe.
Also nahm ich eine der Öllampen aus der Halterung und leuchtete damit in den Schacht. Viel mehr war auch jetzt nicht zu erkennen: als ob man bei Nacht in einen Kamin hineinsah. Und genau wie oft bei solchen: in die Mauer eingelassene Steigeisen.
Ich riss ein Stück Stoff vom nächsten Vorhang ab, zündete es an und ließ es in die Tiefe flattern. Es nutzte nicht viel: Der Schacht schien derartig weit nach unten zu gehen, als ob er bis in die Hölle reichen sollte, und der Stofffetzen verlöschte zu schnell.
Es roch leicht modrig.

.

Hm. Der Schlüssel zum Geheimnis dieser Burg lag dort unten, das fühlte ich. Warum ließen diese Leute - ob es sich bei den Bewohnern von Shilanoah wirklich um Menschen handelte, bezweifelte ich fast - mitten in der Nacht ihre Verstorbenen heimlich in Abfallschächten verschwinden?

3.
Eine Taschenlampe wäre jetzt wirklich von Nutzen gewesen. So tastete ich mich von Sprosse zu Sprosse nach unten, zuerst vorsichtig mit dem Fuß sondierend, legte in kurzen Abständen Pausen ein und knipste das Feuerzeug für einen Moment an.
Wenn ich es mir so recht überlegte: Dafür, dass ich es unserem Drummer geklaut hatte, hatte mir das kleine Ding auf dieser Welt schon verdammt gute Dienste geleistet. Wenn es einmal, und der Zeitpunkt konnte nicht mehr allzu fern sein, seinen Dienst quittierte, dann würde ich es mit militärischen Ehren bestatten müssen.
Wie konnte man nur in dieser Situation auf solche Gedanken kommen? Krank, fürwahr!
Ich konnte nicht einmal abschätzen, wie viele Meter ich schon nach unten geklettert war. In regelmäßigen Abständen befanden sich Öffnungen nach draußen, durch die aber kein Licht hereindrang. Also gab es wahrscheinlich in jedem Stockwerk einen Zugang, der vermutlich ebenfalls irgendwie getarnt war.
Die Sache hatte also System. Though this is madness, yet there is method in it - Shakespeare.
Der modrige Geruch wurde stärker, und an den Mauersteinen zeigte sich Feuchtigkeit und Schimmelpilz. Sollte ich mich schon unterhalb des Bodenniveaus befinden? Ich wusste es nicht.

Und, seltsam: es war nicht mehr so dunkel. Wenn ich nach unten blickte, konnte ich zwar noch keinen Grund sehen, aber Teile der Mauer gaben ein grünliches Leuchten von sich. Der Schimmelpilz fluoreszierte.
In dieser beunruhigenden Umgebung ein gespenstisches Phänomen, aber es sollte mir recht sein. Je tiefer ich stieg, umso intensiver wurde das Leuchten, bis ich auch ohne Feuerzeug die nächste Sprosse deutlich erkennen konnte.

.

Mein Abstieg in die Unterwelt Shilanoahs währte nicht mehr lange. Nach einigen Minuten und Dutzenden von Steigeisen konnte ich in dem mittlerweile recht hellen grünen Licht den Boden erkennen. Kein erfreulicher Anblick, denn die zerschmetterte Leiche des dicken Mannes erwartete mich schon, sozusagen.
'Erwarten' war wahrscheinlich nicht einmal schlecht formuliert; der Tote grinste mich mit seinem feisten roten Gesicht hämisch an, und die weit heraushängende rote Zunge tat ihr übriges, um mich zu willkommen zu heißen. Wenn der Kerl noch lebte, dann wäre er mir hochgradig unsympathisch.
Neben dem auf einer Seite aufgeschlagenen Schädel gähnte eine schwarze Öffnung in der Mauer.
Die beengten räumlichen Verhältnisse ließen mir keine andere Wahl: Um aus dem Schacht heraus dorthin zu gelangen, musste ich auf die Leiche treten.
Um den halbzermalmten Kopf zeigten sich keine Blutspuren. War der Mann schon so verwest, dass er völlig ausgetrocknet war? Das konnte bedeuten, dass, wenn ich jetzt auf ihn trat, das Brustbein brach - und ich mit dem Fuß ... Das malte ich mir jetzt lieber nicht aus.

.

Nichts dergleichen. Der tote Körper gab einen hohen pfeifenden Ton von sich, und ich sank etwas ein, aber er erwies sich als stabil. Ich belastete ihn nicht unnötig und hangelte mich

mit den Händen an der untersten Sprosse zu der Gangöffnung hinüber.
Aufatmend sank ich in die Knie und rollte mich zur Seite. Der Geruch nach Fäulnis war stärker geworden, sehr viel stärker.
Das schwache grüne Licht erhellte die Umgebung einigermaßen, trotzdem holte ich das Feuerzeug hervor. Der kurze Blitz zeigte mir genug.
Eine Momentaufnahme aus einem schlechten Horrorfilm. Der schmale Durchgang offenbarte eine riesige Halle voller Skelette. Das allgegenwärtige grüne Licht beleuchtete auch ohne Unterstützung meiner kleinen privaten Flamme ein Beinhaus wie in Verdun nach dem Ersten Weltkrieg. Es mussten Hunderte von Leichen sein, die hier nach Verlassen des irdischen Jammertals ihre endgültige und eigentliche Destination als Vollstrecker des Wortes „sic transit gloria mundi" gefunden hatten. Vermutlich ohne irgendein 'gloria'!
Stille. Absolut.
Scheiße. Was tat ich hier?
Ich knipste nochmals mein Feuerzeug an und beleuchtete das 'Corpus delicti', den dicken Toten. Ein dünner Blutsfaden war inzwischen aus seinem Mund hervorgetreten und tröpfelte über die weißgerüschte Hemdbrust auf den Boden. Ich fluchte, weil ich mir an dem inzwischen heißen Stein des Feuerzeugs die Finger beinahe verbrannte und ließ es ausgehen.
Das grüne Licht war kein adäquater Ersatz, aber es genügte. Ich wartete eine Minute, bis sich das Feuerzeug abgekühlt hatte, und riss es dann wieder an. Ich hatte erwartet, eine kleine Blutlache unter dem Mund des Toten zu sehen, aber dem war nicht so:
Ein roter Fleck befand sich in der Tat auf dem Boden. Aber zahlreiche dünne rote Linien führten sternförmig von ihm

weg und endeten in irgendwelchen Ritzen in den Steinen. Als ob ein Spinnennetz von der Blutlache ausging.

Ich richtete mich auf und ging einige Schritte in das Gewölbe mit den Skeletten hinein. Ich hatte also das Geheimnis dieser Burg ergründet und befand mich nun im Allerheiligsten - oder?
Nein!
Während ich durch das Beinhaus schritt und dem Echo meiner Bewegungen lauschte, dachte ich mir, dass das doch wohl nicht alles gewesen sein könnte. Ich stand hier in der Unterwelt der Burg Shilanoah und wusste nicht weiter?

Die Skelette lagen mir im Weg, und ich trat eines zur Seite. Die - wenn man sie so nennen wollte - Gesichter der Toten starrten mich, oder wen auch immer, an.
Die Gesichter, genau!
Die meisten von ihnen waren bis auf die Knochen weggefault, oder zumindest so verwest, dass man wirklich nichts mehr erkennen konnte, aber der dicke Tote, der musste ja wohl noch einigermaßen 'frisch' sein - um es mal so zu sagen.
Ich ging zurück und kniete mich neben seinen Kopf. Ein Lappen wäre jetzt recht gewesen, aber es musste auch so gehen. Ich schnitt ein großes Stück von dem weit geschnittenen Ärmel des Toten ab und fing im Gesicht zu reiben an.
Der Erfolg zeigte sich sofort: Die Schminke war so dick aufgetragen, dass mein improvisierter Lappen nach einer Minute schon aussah, als wäre er in rote Farbe getaucht worden. Das Zeug war dermaßen fettig und klebrig, dass der Gedanke, dass meine Freunde sich so etwas Unappetitliches ins Gesicht schmierten, bei mir beinahe Übelkeit hervorrief.
Das 'Antlitz', das unter der Farbe zum Vorschein kam, es hatte keine Haut. Rotes Fleisch. Ich hielt erschrocken inne.

Am Stoff und meiner rechten Hand klebten Gewebefetzen, die ich wohl abgerieben hatte. Ich warf den Stoff angeekelt zur Seite und beugte mich über den Toten, um im Licht des Feuerzeugs genauer zu sehen:
Das Fleisch über den Wangen der Leiche war von Hunderten von schwarzumrandeten Löchern durchbohrt. Ich stierte mit dem Finger unter dem linken Auge in das Gewebe hinein - und die ganze Wange verschob sich.
„Nun, Sir Daniel", erklang eine weibliche Stimme hinter mir, „Ihr seid wirklich äußerst neugierig - leider nicht in jeder Beziehung!"
Ich fuhr kniend herum. Die Worte waren in normaler Unterhaltungslautstärke gesprochen worden, trotzdem echote es noch mindestens vier, fünfmal „ … ziehung" durch den Saal.
Sybilla stand vor mir.
Sie lächelte, wahrscheinlich über den überraschten Ausdruck in meinem Gesicht.
„Oh, ich hoffe, ich habe Euch nicht erschreckt", fuhr sie fort und deutete in einer weit ausholenden Bewegung auf die umher liegenden Skelette. „Aber wer sich hier herunter begibt, sollte auf Überraschungen gefasst sein, nicht wahr?"
Ich stand auf und wischte meine Rechte, die immer noch von der fetttriefenden Schminke des Toten klebte, am Hosenbein ab.
„In der Tat muss man hier auf Überraschungen gefasst sein, Lady Sybilla", gab ich zu. „Zum Beispiel: Mit Eurer bezaubernden Anwesenheit hatte ich nicht gerechnet!"
Sie nahm das etwas gequälte Kompliment höflich nickend zur Kenntnis. „Sehr charmant, Daniel. Und sehr unverbindlich, wie gewohnt. Was ist das für ein merkwürdiges Ding, mit dem Ihr Lichtblitze und Feuer erzeugen könnt?"
Jetzt lächelte ich. „Es stammt aus fernen Landen, in denen keine Lüge herrscht (fast erwartete ich, dass mich jetzt der

Blitz erschlüge), und befähigt seinen Herrn, Wahrheit und Unwahrheit im richtigen Lichte zu sehen."
Der Bluff wirkte nicht, das sah ich sofort in ihrem Gesicht. Sie verzog die Mundwinkel spöttisch und trat einen Schritt auf mich zu. „Aber, aber, Daniel! Es ist absolut nicht angebracht, mit mir böse Scherze zu treiben. Ich bin hier, um Euch zu helfen!"
„Ihr wollt mir helfen? Darf ich fragen, wie zum Teufel?"
„Führt den Namen lieber nicht unnütz! Nein, ich kann Euch wirklich helfen! Macht Ihr Euch keine Sorgen um Eure Freunde?"
„Doch. Das tue ich. Aber warum wollt gerade Ihr mir helfen?"
Sie grinste, das konnte ich trotz der schwarzen Schminke, die ihr Gesicht im Halbdunkel nahezu unsichtbar machte, an den Lippen erkennen. Die kleinen weißen Zähne blitzten einen Moment lang auf. „Nun, vielleicht habe ich gerade wegen Eurer Ablehnung eine gewisse Vorliebe für Euch entwickelt."
Ich pfiff durch die Zähne. „Das klingt so unlogisch, dass ich es fast glaube, Mademoiselle. Nun, vielleicht könnt Ihr mir wirklich von Nutzen sein. Wo halten sich Laq, Vanessa und Jocelin auf?"
„Ich dachte, dass Ihr das wissen wollt. Ihr wollt sie aus dem Schloss bringen, oder?"
Ich zuckte halb zustimmend die Schultern. Warum sollte ich das bestreiten? Ich traute Sybilla nicht, und mir konnte Schlimmeres zustoßen, als dass meine Absichten verraten wurden.
Sie lächelte wiederum. „Ich kann Euch zu ihnen bringen, ja. Folgt mir. Die Höhle hat auch noch einen normalen Zugang. Ihr wollt doch nicht etwa den Schacht wieder hochsteigen? Wie leicht kann dabei etwas passieren!"

In der Tat verspürte ich keine besondere Lust, meine Kletterpartie zu wiederholen. Sie ging durch die riesige Höhle mit den Hunderten von Skeletten mit der Sicherheit einer Traumwandlerin voran, während ich wie ein anhänglicher Hund hinter ihr hertrottete und ab und zu zusammenzuckte, wenn ein Arm- oder Beinknochen unter meinem Gewicht brach und mit hässlichem Knirschen oder hohlem Knall in Dutzende von kleinen Splittern zerbarst.

Sie ging etwas langsamer und wartete dann schließlich ganz auf mich. „Aber Daniel", spöttelte sie mit Blick auf den Degen in meiner Hand, „es ist wirklich nicht nötig, mich mit der Klinge zu bedrohen. Mir scheint tatsächlich, Ihr habt Angst vor mir. Wie Ihr seht, bin ich nicht bewaffnet."
„Man hat schon Pferde vor die Apotheke kotzen sehen, werte Dame!", entgegnete ich, und sie kicherte leise: „Also, Ihr sprecht manchmal wirklich ein seltsames Idiom. Was hat dieser ... dieser eigenartige Ausdruck zu bedeuten?"
„Es ist egal! Ich bin nicht hier, um mit Euch über die Eigenartigkeiten meiner Redewendungen zu diskutieren!", gab ich ziemlich schroff zurück. „Aber schön. Ich werde die Klinge wegstecken, wenn sie Euch nervös macht."
„Oh, sie macht mich nicht nervös!", beteuerte sie, sah aber mit leisem Lächeln zu, wie ich den Degen in die Scheide an meinem Gürtel steckte. „Wenn ihr nun erlaubt ...?", fragte sie schließlich, und hängte sich, ohne eine Antwort abzuwarten, an meinem rechten Arm ein.
Dann schritten wir langsam weiter, auf die gegenüberliegende Wand der Halle zu, wo ich jetzt im grünen Halbdunkel einen Treppenaufgang erkennen konnte.
„Ihr müsst mir von Euch erzählen, Daniel!", plapperte sie drauflos, aber ich hörte gar nicht richtig zu. Meine Klinge befand sich also in der Scheide, und mein rechter Arm war in

seiner Bewegungsfreiheit fast völlig gehemmt. Ein feiner Plan. Brave Sybilla.

.

„ ... Ihr nichts?" hörte ich noch das Ende der Frage, als wir langsam, nach wie vor Arm in Arm, die Treppe hinaufgingen. Sie machte ihre Sache nicht einmal schlecht, das musste ich schon zugeben: Sie ließ sich von mir etwas ziehen, damit der Eindruck entstünde, dass sie nicht mitkäme und redete die ganze Zeit über belanglosen Quatsch, um mich abzulenken.
Aber auch ich hatte noch ein As im Ärmel.
„Ich? Was? Oh, entschuldigt, ich war gerade etwas in Gedanken. Die Umgebung ..."
Sie kicherte wieder, aber diesmal anders. Der Schimmelbewuchs an den Wänden endete nach dem ersten Stockwerk, das wir emporgestiegen waren, und eine einsame Fackel verbreitete ihren dürftigen Schein genau dort, wo die Treppe eine Biegung machte.
Ich war darauf gefasst, und ich behielt recht.
Drei Männer standen vor mir. Ihre Silhouetten zeichneten sich deutlich gegen den Lichtschein ab.

.

Dass ich im Falle eines Angriffs kurz in eine andere Dimension springen und so einem Schwerthieb einfach ausweichen konnte - das konnte niemand wissen. Oder?
Umso mehr wunderte es mich, dass keiner der beiden Männer eine Waffe trug. Der vordere von ihnen trat vor. Ich erkannte ihn: Raoul, der uns an der Hängebrücke erwartet hatte. Das Gewicht von Sybilla an meinem rechten Arm
schien plötzlich zuzunehmen, und ich schwankte fast, wandte meinen Blick aber nicht von ihm.
„Nun, Sir Daniel - oder wie immer Ihr Euch nennt -, Ihr hättet wohl nicht gedacht, dass wir uns hier begegnen!", höhnte er. „Und vor allem ohne Euren Freund!"

Ich versuchte, meinen rechten Arm loszumachen, aber Sybilla hielt eisern fest. Eine derartige Kraft hätte ich der Frau wirklich nicht zugetraut, aber selbst große Denker meiner Welt hatten ja wohl schon zugegeben, dass man vom weiblichen Geschlecht immer wieder aufs Neue überrascht wird. Gut. „Nein, Raoul, ich bin nicht sehr überrascht!", spann ich den Gedanken weiter. „Ganz im Vertrauen: Genau an so etwas hatte ich gedacht!"
Er grinste, aber irgendwie schien es ihm nicht recht zu gelingen. „Dann wundert es mich umso mehr, dass ich Euch hier antreffe. Trotzdem ..."
Ich unterbrach ihn: „Das wundert einige. Ihr befindet Euch also in guter Gesellschaft."
Er starrte mich an, und die Selbstsicherheit, die er noch vor einer Minute an den Tag gelegt hatte, war aus seinem weißgeschminkten Gesicht verschwunden.
Ich blickte kurz zur Seite: Sybilla hatte den Mund zu einem triumphierenden Grinsen verzogen. Ihre Augen schienen größer geworden zu sein, und sie sah mich an wie eine Gottesanbeterin ihr Männchen. „Oh Daniel", zirpte sie, „es wird mir eine besondere Freude sein ..."
In diesem Augenblick sprang Raoul los.

4.
Die Tatsache, dass niemand eine Waffe trug, hatte mir schwer zu denken gegeben. Zudem, dass Sybilla meinen Schwertarm - auf mich traf der Ausdruck ja wohl nur bedingt zu - stillzulegen versucht hatte. Kurz vor dem eigentlichen Angriff war mir dann endlich die Lösung eingefallen: Ich sollte gar nicht getötet werden.
Und was dann? Ich sollte so werden wie Laq, Vanessa und Jocelin.

Diese hatten sich dem eigentlichen Angriff freiwillig ergeben
- ich nicht! Ybkallis auch nicht. Und das war die Lösung!
Ekelhaft, aber wahr.
Nachdem Sybilla zentnerschwer wie ein Zementblock an
meinem rechten Arm hing, wollte Raoul meinen linken Arm
fassen, um mich vollends wehrlos zu machen. Und was dann
geschehen würde ... Nun, den Gefallen tat ich ihm nicht:
Ich ließ das Messer aus dem Ärmel in die Hand fallen und
schnappte es auf. In der letzten Sekunde musste er wohl noch
die plötzliche unerwartete stählerne Gefahr vor seinen Augen
gesehen haben, denn er stieß ein hohes Kreischen aus und
versuchte, die Hände vor das Gesicht zu schlagen, aber ich
war schneller:
Der schnelle Hieb ließ die weißgeschminkte Visage vom
Kinn bis zur Stirn aufplatzen. Die Haut verschob sich in Sekundenschnelle zur Seite, als ob ein Luftballon platzte. Bevor
ich noch etwas Weiteres unternehmen konnte, spürte ich
scharfe Zähne an meinem Ohrläppchen: Sybilla. Kopfschüttelnd riss ich mich los: Der weit aufgerissene Mund mit den
geifernden Lippen schien mich komplett verschlingen zu
wollen.
Im ersten Impuls stieß ich die Klinge in den schmalen Hals
hinein. Die Frau sah mich mit brechenden Augen an und
warf beide Arme um meinen Hals. „Daniel", würgte sie hervor, „Daniel!" und erbrach Blut.
Ich zuckte zurück und zog das Messer an mich. Irgendetwas
krabbelte auf meiner Brust herum, wo sie mich angespuckt
hatte. Ich wischte hektisch auf meinem Hemd herum: Kleine
weiße Würmer krochen auf mir auf und ab.

.

Ich war auf alles gefasst gewesen, aber auf das nicht. Sybilla
brach neben Raoul zusammen. Aber der lebte noch. Seine
Hand streckte sich tastend nach mir aus, während er sich auf
dem Boden erbrach und Tausende von den weißen Würmern

aus seinem Mund hervorquollen. Und nicht nur aus seinem Mund: Sie ringelten sich aus seinen Hosenbeinen und seinen Ärmeln hervor.
Das aufgeschnappte Knochengesicht zuckte von einer Seite zur anderen und schlug knirschend auf die Steine, weiterhin Würmer um sich spuckend. Ich fühlte eine Berührung am rechten Ohr und schlug mit der flachen Hand fluchend zu. Schleimige rotweiße Schmiere auf meiner Handfläche zeigte den Erfolg.
Die beiden anderen Männer, die hinter Raoul gewartet hatten, setzten sich in Bewegung und kamen auf mich zu. Ich fand kaum Zeit, den Degen aus der Scheide zu ziehen, denn ich war fast panisch beschäftigt, mit der Linken Würmer von meiner Jacke und meinen Hosen zu wischen. Zwei von ihnen verschwanden eben unter meinem Gürtel im Hosenbund. Ich erwischte einen am Ende und versuchte, ihn an seinem glitschigen Ende wieder herauszuziehen, aber der hintere Teil zermatschte unter meinen zupackenden Fingern. Der andere Wurm war unter dem Stoff verschwunden. Ich spürte eine kalte Berührung an meinen Lenden und zerquetschte das Vieh - hoffentlich! - von außen an der bewussten Stelle durch das Leder hindurch.
Dann waren die beiden Männer heran. Sie grinsten breit, wahrscheinlich über mein verzerrtes Gesicht, und versuchten mich mit ausgestreckten Armen zu umfangen. Irgendetwas schlängelte sich an meinem Kinn aufwärts.
Ich hüpfte auf einem Bein, um die Würmer abzuschütteln, die an meinem rechten Stiefel empor krochen, aber ich hatte den Degen aus der Scheide heraus und stach zu.
Der vordere der Angreifer brach mit einem blubbernden Schrei zusammen, als die scharfe Klinge seine Brust durchbohrte, und fiel mir vor die Füße. Ich trat seinen Kopf mit dem rechten Fuß zur Seite und hörte das Genick brechen. Sofort zog ich den Degen zurück und konnte gerade noch den

Wurm von meiner Backe wischen, der mir ins Nasenloch kriechen wollte. Verflucht noch mal, die verdammten Viecher konnten wahrscheinlich in jede Körperöffnung eindringen!
Ich spürte etwas Glitschiges hinten in meiner Hose und war einen Moment lang unaufmerksam. Der letzte Angreifer sprang in plötzlich erstaunlicher Behändigkeit über seinen sich am Boden windenden Kameraden hinweg und riss mich beinahe um. Ich prallte rückwärts gegen die Felswand, und ein nasskaltes Gefühl, als ob eine Banane zerquetscht wurde, breitete sich auf meinem Rücken aus.
Im verzweifelten Reflex hatte ich noch die Klinge zur Abwehr erhoben und den Mann am Unterleib aufgespießt. Trotzdem drang er weiter auf mich ein und schlang seine Arme um mich, den Mund weit aufgerissen, wobei er langsam tiefer rutschte. Verdammt, wenn ich dem Kerl den Bauch aufgeschlitzt hatte ... Obwohl er röchelnd hustete und dabei Blut und dünne weiße Fäden spuckte, sah der Mann mich triumphierend an und versuchte, sein rechtes Bein ebenfalls um mich zu winden.
Ich bekam den Degen nicht frei und rammte ihm den Griff des Messers in meiner Linken ins Gesicht. Der Unterkiefer brach knirschend, und er sackte tiefer, aber er ließ nicht los. Langsam erlahmten meine Kräfte. Ich schlug nochmals und nochmals zu, bis die ehemals blau geschminkte Visage des Kerls nur noch blutiges Fleisch war. Wieder spürte ich das nasskalte Gefühl an meinen Lenden.
Der letzte Schlag hatte dem Mann fast den Kopf weggerissen, und plötzlich ließ die Kraft in seinen Armen nach, und er lockerte den Griff und sackte zu Boden. Ich zog den Degen frei und sah nach unten: Meine Hosenbeine und Stiefel waren mit Tausenden von weißen Würmern übersät.
Ich riss meinen Fuß los, der in rötlichweißem Schleim feststeckte, und stieg über den Toten hinweg. Beinahe rutschte

ich aus, blieb aber glücklicherweise auf den Füßen und sprang die Treppe bis zum nächsten Absatz hoch. Dort warf ich Degen und Messer von mir und streifte das Gewehr ... Es war nicht da. Wahrscheinlich war es mir beim Kampf von der Schulter gerutscht.
Egal jetzt!
Ich schätze, dass ich mich noch nie im Leben so schnell bis auf die Haut ausgezogen habe. Ich warf die Sachen weit von mir in die Ecke und stand schließlich splitterfasernackt auf dem Treppenabsatz. Dann dankte ich Arboreysth und sämtlichen sonstigen Göttern, die mir einfielen, dass die Fackel noch brannte, und begann die unappetitliche, aber notwendige Arbeit, mir die weißen Würmer von der Haut zu zupfen. Verständlicherweise begann ich dort, wo die Gefahr am größten war, und hatte einige Schwierigkeiten, die klebrigen Viecher aus den Schamhaaren zu rupfen, was nicht ohne Schmerzen abging. Und man kann mir glauben: Noch niemals zuvor hatte ich derartig den Hintern zugekniffen!

„Haha! Sieh dir das an!", erklang eine bekannte, allzu bekannte Stimme hinter mir, als ich gerade meine Achselhöhlen untersuchte. Sybilla. Sie lebte noch. Ich wandte mich um.
Sie stand auf der obersten Treppenstufe und hatte die Linke gegen den Hals gepresst, wo sie die Klinge getroffen hatte. Zwischen ihren Fingern quollen kleine Blutstropfen hervor, aber was für einen Menschen den Tod bedeutete, schien diese Monstren mit der Fassade eines humanoiden Lebewesens nicht einmal ernsthaft zu verletzen.
Wie zur Antwort auf meine Gedanken begannen sich auch die anderen 'Toten' wieder zu regen. Hier zuckte eine Hand, dort strampelte sich ein Bein unter einer anderen 'Leiche' frei. Und das Übelste: Ich stand nackt herum, während Sybilla meinen Degen in der Hand hielt. Sie hielt die Waffe unge-

schickt und ohne Erfahrung, das sah ich, aber immerhin: Ich kannte die Gefährlichkeit der scharfen Klinge.

„Oh Daniel", flötete sie, vorsichtig den Kopf schüttelnd. Bei der Bewegung quoll etwas mehr Blut zwischen den Fingern hervor, und ein weißer Wurm klatschte auf den Boden, aber das schien sie nicht sehr zu beeindrucken. „Es erfüllt mich mit einer gewissen Befriedigung, Euch so zu sehen, das kann ich nicht verhehlen", fuhr sie fort, und ließ ihren abschätzenden Blick über meinen Körper wandern.
Ich kann nicht sagen, wie ich mich dabei fühlte. Wahrscheinlich hat eine Gans, die kurz vor Sankt Martin auf diese Weise vom Bauern begutachtet wird, dasselbe Gefühl.
„Nun, zumindest konnte ich Euch dann in einer Hinsicht Befriedigung verschaffen", stellte ich fest.
Sie lachte, wobei sie husten musste, und wischte sich den blutverschmierten Mund ab. „Ihr werdet Euch wundern, dass ich noch lebe", fuhr sie schließlich fort.
„Weniger!", widersprach ich. „Ihr alle in dieser Burg - ihr seid nur die äußere Hülse für das!" Ich deutete auf den Boden, wo sich einer der Würmer zusammengekringelt hatte. „Und wenn dann irgendwann einmal die menschliche Fassade, die ihr offenbar braucht, vollkommen ausgeweidet und von innen zerfressen ist, dann wird sie hier entsorgt, nicht wahr?"
„Klug erkannt!", spöttelte sie, und die Stimme schien plötzlich verzerrt. „Dein Körper wird hier länger leben, als es der normalen Lebensspanne jedes Menschen entspräche, und ..."
„Na, das beruhigt mich kolossal!" unterbrach ich sie. „Ich befürchtete schon fast, ich könnte eines natürlichen Todes sterben. Trotzdem überzeugt mich die Sache nicht ganz. Ich bin etwas kitzlig, und die Vorstellung, dass Würmer in mir herumkriechen ..."

In plötzlichem Ärger verzog sie das Gesicht. „Dein Spott nutzt dir nichts!", blubberte sie, von Husten unterbrochen, und blutiger Schaum erschien in ihren Mundwinkeln. „Du hast die Wahl: Du kannst jetzt und hier sterben - oder dich uns anschließen! Davonkommen kannst du nicht mehr. Sieh dich doch an: Du bist nackt und hast nicht einmal eine Waffe!"
Da hatte sie leider recht. Trotzdem trachtete ich danach, noch Zeit zu gewinnen. Ich wusste nicht, wie gut sie mit dem Degen umgehen konnte - und einige Meter hinter ihr, am Fuß der Treppe, richtete sich Raoul, oder zumindest die äußere Hülle, die ich als Raoul kennengelernt hatte, langsam auf. Obwohl das Fleisch an beiden Seiten des Gesichts in Fetzen herunterhing, verzog er das blank liegende Gebiss zu der Fratze eines Grinsens und tastete mit den Armen ruckartig und unbeholfen in der Luft herum. Auf den Wangenknochen und in der leeren linken Augenhöhle krochen Dutzende der weißen Würmer umher.

„Sterben oder mich euch anschließen, was?", wiederholte ich. „Und dazu wäre nur ein einfacher Kuss notwendig, nicht wahr?"
Sie schwankte leicht, fing sich aber sofort wieder und trat einen Schritt auf mich zu, wobei sie die Klinge hob. „Nur ein Kuss, richt...!" bestätigte sie, und eine zähe rote Blase zerplatzte vor ihrem Mund, wobei der Rest des letzten Wortes in dem Geräusch unterging.
„Nun, es tut mir leid", winkte ich ab, „aber ich stehe nicht auf Nekrophilie."
„Du ... was?", röchelte sie und wankte weiter auf mich zu. Raoul hatte sich mühselig auf die Knie erhoben und rutschte langsam, sich mit dem rechten Arm auf dem Boden abstützend, auf die Treppe zu. Sein Körper schüttelte sich in Krämpfen, wobei er ständig rotweiße zähe Flüssigkeit aus

seiner bloßliegenden unteren Gesichtshälfte hervorwürgte. Auch die beiden anderen 'Toten' tasteten mit den Armen umher, als ob sie sich an fiktiven herabhängenden Seilen hochziehen wollten.

Sybilla hob den Kopf und starrte mich hasserfüllt an, und in diesem Blick konnte ich die Wahrheit erkennen: Ihr Körper starb; entweder war mein Messerstich für die menschliche Hülle doch tödlich gewesen, oder ihre Zeit - „länger als jedes menschliche Leben" - war nun gekommen.

Und sie hatte mich als Nachfolger in der Funktion des Gastkörpers für ihre Brut erwählt! Spielten da noch letzte rudimentäre menschliche Instinkte eine Rolle? Ich wusste es nicht - und ich wollte es auch nicht wissen!

Sie nahm die Hand weg, die sie bis jetzt auf die Halswunde gepresst hatte, und packte den Degen beidhändig. Aus dem klaffenden Schnitt quoll ein dicker Strahl Blut hervor und lief in rotweißen Schlieren über ihr Kleid. In stolpernden Schritten kam sie näher und hob die Klinge über den Kopf.

Meine Gedanken rasten: Wenn sie mich tötete, dann war ich als Trägerkörper unbrauchbar, also ... trotzdem, wenn sie mich - auch nur versehentlich - verletzte, wenn ich sie jetzt angriff, dann war es so oder so aus mit mir. In beiden Fällen.

Verdammt, das waren Alternativen!

Ich konnte nur versuchen, sie so zu unterlaufen, dass der Hieb vollkommen danebenging, und ihr dann den Degen aus der Hand zu winden. Schneller als sie war ich sicher. Dabei würde ich allerdings einen innigen Kontakt nicht vermeiden können. In den Zwischenraum zu springen hatte keinen großen Sinn - ich brauchte eine Waffe!

Also ...

.

Das Geräusch der schweren Stiefel auf der Treppe warnte mich, noch bevor der Ruf „Weg da, Daniel!" erklang. Ich sprang zur Seite und prallte mit der Schulter gegen die Fels-

wand. Trotz des Schmerzes, der meine rechte Körperhälfte wie ein Stromstoß durchzuckte, fühlte ich noch im Fallen grenzenlose Erleichterung.
So ungemütlich die Stimme auch klang - für mich bedeutete sie die Rettung.
Ein schwarzer Schatten zuckte über mich hinweg. Ich stützte mich mühsam auf meinen angeschlagenen Ellbogen und konnte gerade noch Sybillas Gesicht sehen, das sich in jäher Überraschung verzog.
Dann wurde die schwarze Fratze von Crusans Hieb in zwei Teile gespalten, die sofort in einer roten Wolke weit auseinanderklafften. Der Degen klirrte zu Boden, aber der Körper des Wesens, das einmal eine Frau gewesen war, stand noch aufrecht. Crusan stieß das wütende Knurren aus, das ich schon von ihm im Kampf gehört hatte, und schlug zum zweiten Mal zu.
Der waagrecht geführte Streich mit der riesigen Klinge hieb den ganzen Oberkörper Sybillas in der Mitte durch. Noch bevor der untere Torso endgültig zusammenbrechen konnte, trat Crusan mit seinem schweren Stiefel zu und beförderte ihn klatschend die Treppe hinunter.
Dann wirbelte er herum. Die von innen leuchtenden Augen starrten mich an. „Verfluchter Idiot!", knurrte er. „Wir müssen weiter nach Westen, und du amüsierst dich hier nackt mit diesen Würmerfressern!"
„Ich ...", begann ich, dann gab ich es auf. Das hatte keinen Zweck. „Na, jedenfalls freue ich mich wirklich, dich zu sehen, das kannst du mir glauben!", keuchte ich.

5.
Ich fand mein Gewehr weiter unten am Fuß der Treppe, wo der ganze Boden mit dem zähen Schleim verschmiert war.

Vorher hatte ich meine Kleidung von den letzten Resten der ekelhaften Würmer, so gut es ging, gesäubert und sie, mit einem gewissen Widerwillen, wieder angelegt.
Die anderen Untoten hatten keine Schwierigkeiten mehr gemacht. Es mag genügen, zu sagen, dass Crusan, der vermutlich in einem früheren Leben einmal Schlachtermeister gewesen war, sie mir auf seine Art vom Leibe hielt. Die schaurigen Einzelheiten erspare ich mir.
Als ich schließlich, wieder voll bekleidet - an manchen Stellen fühlten sich meine Hosen immer noch glitschig an - und bewaffnet vor ihm stand, konnte ich trotz aller Erleichterung nicht an mich halten: „Was hast du Arsch dir eigentlich dabei gedacht, einfach zwei Tage lang verschwunden zu sein?"
„Ich Arsch? Mein lieber Daniel: Der 'Arsch' hat gerade den deinen aus der Scheiße - oder Schlimmerem - herausgezogen!"
Ich brummte - aber nicht sehr überzeugt. „Ja. Danke, aber ..."
„Was?"
„Danke!!! Trotzdem: Vielleicht - Was heißt vielleicht? Natürlich! - wäre es nicht so weit gekommen, wenn du auf meine Kontaktversuche wenigstens einmal reagiert hättest! Dich selbst konnte ich ja in dem riesigen Irrgarten hier nicht finden!"
Jetzt stieß er ein leises Brummen aus. „Ich kann dir keinen Zugang zu meinen Gedanken gewähren. Niemandem. Und vor allem dir nicht!"
Halb versöhnt stieß ich ihn in die Seite: „Na komm! Unter Brüdern!"
Wenn ich gedacht hatte, diese Eröffnung überraschte ihn, dann sah ich mich getäuscht. Er kniff nur den Mund noch etwas weiter zusammen und stellte fest: „Du weißt es also! Na schön. Ich hatte es mir beinahe gedacht. Aber natürlich ..."
„ ... aber natürlich nicht richtig, körperlich meine ich", unterbrach ich ihn. „Klar. Ich bin dein Pendant - die Weiße Karte

aus einem anderen Spiel. Das hat Arboreysth gemeint, als er sagte, hier wäre Betrug im Spiel. Kein schlechter Betrug, das muss ich zugeben. Und vielleicht die einzige Chance, diesmal gegen Schwarz zu bestehen. Er ist sehr mächtig."
Mit dieser Eröffnung hatte ich ihn doch aus der Reserve gelockt, das sah ich an seinen Augen. „Was weißt du über Schwarz, das ich nicht weiß?"
Ich lächelte. „Vermutlich nicht mehr als du - aber ich habe ihn getroffen und gesprochen!"
„Was???"
Mein Grinsen vertiefte sich unwillkürlich, als ich den Weißen Krieger zum ersten Mal fassungslos erlebte. Seltsam: Mit den verblüfft aufgerissenen Augen, in denen außer Verwunderung noch etwas anderes - womöglich Besorgnis? - schimmerte, wirkte er fast menschlich.
Er packte mich an der Schulter, sodass ich beinahe in die Knie ging, und schüttelte mich, dass ich meinte, meine Zahnplomben fielen jeden Moment heraus.
„Du hast mit IHM gesprochen?"
Ich weiß bis heute noch nicht, wie ich es schaffte, seine Pranke von meiner Schulter zu lösen. Es muss die Kombination aus Verärgerung und Genugtuung darüber, dass ich einmal mehr wusste als er, gewesen sein, die mir die Kraft dazu gab. Der Triumph des kleinen Bruders?
„Moment!", wiegelte ich ab. „Zuerst eine Frage von mir: Du hast doch die ganze Zeit gewusst, was ich tat. Warum hast du dich herausgehalten und erst jetzt eingegriffen?"
Er kniff wieder einmal die Lippen zusammen und sah mir schweigend in die Augen. Wie erkläre ich es?, das konnte ich in seinem Gesicht ablesen, also fuhr ich fort, ohne noch lange auf Antwort zu warten: „Bemüh dich nicht, ich will's dir sagen: Du wolltest abwarten, bis ich von selbst aufgebe und meine Freunde abschreibe. Die Tatsache, dass sie sich von mir lossagten, war dir ganz recht, nicht wahr?"

„Willst du mir vielleicht ...", er zögerte, das Wort auszusprechen, „ ... Eifersucht unterstellen?"
Jetzt lachte ich. „Nein! Einen so emotionsbehafteten Begriff im Zusammenhang mit dir zu gebrauchen, das wäre selbst in diesem Spiel zuviel der Absurdität. Also?"
Crusan grinste kurz, wahrscheinlich wegen meiner Wortwahl, dann wurde er wieder ernst: „Wir können sie nicht brauchen, das ist alles!"
Ich stieß die Luft pfeifend aus: „Du bist wahrhaft ein armer Mensch, Crusan von Gatarr! Na schön, du kannst vielleicht keine Freunde gebrauchen - ich schon!"
Er zog die Augen zu schmalen Schlitzen zusammen und zeigte mit seinem Finger auf mein Gesicht: „Da täusch dich mal nicht, Daniel Christian Smith!"
Ich wusste nicht, wie ich diese Antwort deuten sollte, also wischte ich sämtliche Bedenken mit einem Winken fort: „Egal! Tatsache ist, dass mir etwas an ihnen liegt - und dass sie sich keineswegs 'losgesagt' haben. Sie stehen unter dem Einfluss dieser - Würmerfresser, wie du sie genannt hast!"
„Und du edler Mensch gedenkst, sie wieder einmal da herauszuholen, nicht? Koste es, was es wolle! Weißt du, was das bedeutet: der 'Einfluss' dieser Würmerfresser?"
Ich nickte. „Ich weiß es. Aber sie sind noch nicht sehr lange infiziert, und ..."
Er unterbrach mich: „Und du denkst, dass ich ..." Er ließ den Satz unbeendet.
„Nein!", antwortete ich ernst. „Ich weiß es! Du wirst mir helfen, sie hier herauszuschaffen, und du wirst mir helfen, sie von dem bösen Einfluss zu befreien! Wir holen jetzt Ybkallis!"
„Was? Den Narren?"
Ich ließ mich von seinem spöttischen Gesichtsausdruck nicht irritieren: „Genau den. Und dann machen wir drei uns an die Arbeit und suchen Jocelin, Laq und Vanessa! Wir bringen sie

aus dieser Brutstätte der Hölle heraus und du wirst sie wie damals Vanessa wieder zu normalen Menschen machen. Ich weiß, dass du das kannst, und du wirst es tun!"
Ich hatte ihm bei jedem „du" mit dem Zeigefinger an die Brust getippt, und - täuschte ich mich? - seine Antwort „Warum sollte ich das tun?" fiel gar nicht einmal so spöttisch aus, wie ich gedacht hatte. Verdammt, obwohl Crusan auf meiner Seite stand und mir gerade das Leben gerettet hatte, kämpfte ich mit ihm verbal um das Leben meiner Freunde.
„Warum solltest du das tun?", spann ich den Gedanken weiter, um mir nicht anmerken zu lassen, dass ich fast ratlos war, und die Anstrengungen der vergangenen Stunden bei mir langsam ihren Tribut forderten. Aber wie sollte ich ihm beikommen? An Anstand, Freundschaft, Treue oder Loyalität zu appellieren hätte wohl nicht viel Sinn.
„Weil wir unsere Meinungsverschiedenheit sonst gleich hier austragen werden!", stieß ich hervor und legte die Hand vielsagend auf den Griff Melissas, die jetzt zum Glück wieder an meinem Gürtel hing.
Crusan sah mich einen Moment lang erstaunt an, dann lachte er, dass ich befürchtete, das Gewölbe würde einstürzen. Ich ließ ihn lachen, und als er sich schließlich den Mund abwischte, fuhr ich betont leise fort: „Du kannst nur auf eine Art getötet werden - und ich habe mit dem Schwarzen gesprochen!"
Ich hatte zumindest erwartet, dass er jetzt ernst wurde, aber weit gefehlt: Ein neuerlicher Anfall von Heiterkeit bei ihm ließ - so wie es klang - wiederum die Grundmauern der Burg Shilanoah erbeben. Als er sich schließlich beruhigt hatte, winkte er ab und meinte in erstaunlich sanftmütigem Ton: „Du weißt es also nicht! Trotzdem: Dein Versuch hat mich beeindruckt! Gut! Diese Hartnäckigkeit sollte man wirklich honorieren! Also bitte - was willst du?"

6.
Der Rest der Geschichte ist schnell erzählt:
Wir weckten Ybkallis und machten uns auf die Suche nach Laq, Vanessa und Jocelin. Das gestaltete sich viel einfacher, als ich gedacht hatte: Ich händigte Crusan sein Kartenspiel wieder aus, und er fand anhand Vanessas Karte - die, wie er sich ausdrückte, noch Spuren der ehemaligen Persönlichkeit enthielt und ausstrahlte - die Räumlichkeiten, wo die drei schliefen. Ich wäre ja etwas zarter zuwege gegangen - immerhin handelte es sich um meine Freunde, wenn sie auch unter fremden Einfluss standen -, aber von Crusan konnte man das nicht erwarten: Der Jjarde war der einzige, der von seinem grandiosen Instinkt geweckt, aufwachte. Crusan schlug ihm, als er den Kopf hob, seine gewaltige Faust gegen den Schädel, dass ich einen Moment lang befürchtete, er wollte ihn wirklich umbringen.
„Keine Sorge, er lebt schon noch!", knurrte der Riese mich an, noch bevor ich etwas sagen konnte. Wahrscheinlich hatte mein Gesichtsausdruck ob dieser Behandlungsweise Bände gesprochen. Jedoch musste ich zugeben, dass sie angesichts unserer Lage den meisten Erfolg versprach.
Mit den anderen beiden wurde genauso verfahren. Ich hätte zumindest Vanessa gern den Kopfschmerz erspart, aber - wie Crusan sagte - mit Betäubten braucht man keine Diskussionen zu führen. Wie wahr!
Wir schafften es, die ganze Aktion in dem nächtlichen Schloss in fast völliger Lautlosigkeit durchzuführen und wurden von niemandem gestört. Ich hätte es auch keinem geraten, sich uns in den Weg zu stellen. Obwohl jeder von uns seine Last trug - Ybkallis schleppte Vanessa, ich den Jjarden und Crusan Jocelin - wäre es wohl jedem, der uns aufhalten wollte, übel bekommen.

.

Eine halbe Stunde, nachdem wir die Burg verlassen hatten, kehrte Ybkallis zurück. Er grinste bis zu den Ohren - und führte sechs Pferde mit sich. Selbst Crusan konnte sich eines beifälligen Nickens nicht enthalten, was ich mittlerweile für das Maximum der Anerkennung hielt.
„Gut gemacht, ... Narr!", meinte er wie beiläufig, und Ybkallis verzog den Mund zu einem ironischen Lächeln: „Seid bedankt, Krieger, für diese unerhörte Belobigung. Es erfüllt mich mit tiefster Befriedigung, meine besonderen Talente in den Dienst der guten Sache zu stellen."
Ich prustete los, obwohl die ganze Situation nicht dazu angetan war, Heiterkeit zu bezeugen, aber die schlagfertige Ironie des Narren half mir, die Anspannung zu lösen, unter der ich mich seit Tagen befand.
Ybkallis hatte also sechs Pferde gestohlen. Ich sah zu den drei reglosen Körpern meiner Freunde und weiter zu der Hängebrücke, die sich über den Abgrund im Westen spannte. Die aufgehende Sonne färbte den Nebel in der Schlucht in ein diffuses Weiß.
Ein schrilles Pfeifen ließ mich nach oben sehen: Ein großer Raubvogel kreiste über uns. Die Silhouette der schwarzen Schwingen erinnerte mich an eine Fledermaus. Und ich dachte mir: Warum hatten die Bewohner von Shilanoah den verrückten Lyshiten nicht zu einem der ihren gemacht? War er doch der Rote König? Das ergab keinen Sinn.
Vieles ergab keinen Sinn.
Aber einer kannte ihn.
Wir legten die betäubten Gefährten quer über die Sättel und banden sie fest. Crusan hatte erklärt, er würde ihnen helfen können, aber vorsichtshalber sollten wir uns erst so weit wie möglich aus dem Staub machen.
Ich hätte am liebsten diese ganze Brutstätte des Ekels angezündet, aber der Riese machte mir überzeugend klar, dass ich

meine Schwierigkeiten haben würde, Steine zum Brennen zu bringen. Und dann fügte er noch etwas Interessantes hinzu: „Wenn wir diesen Kampf gewinnen, dann werden sie ohnehin eingehen. Wie das Ungeheuer in den Katakomben unter Mattincourt sind sie ein Geschwür, ein Krebs, hervorgerufen durch das Wirken des Schwarzen. Seine Existenz ist es, die sie gebiert, und die sie am Leben hält."
Ich sah ihn skeptisch an: „Und wenn ..."
Er grinste: „Wenn wir diesen Kampf verlieren? Mein lieber Daniel: Dann sind wir tot! Und dann kann es uns herzlich egal sein!"
Er griff sich den Zügel von dem Pferd, auf das Jocelin gebunden war, und schritt voran, auf die westliche Hängebrücke zu. Die Tatsache, dass sich überhaupt Pferde in Shilanoah befanden, ließ darauf schließen, dass dieser Weg für Reiter geeignet war.
Nach Westen - nach Gatarr. Ich wusste nicht, wie weit unser Ziel noch entfernt war, und was uns dort erwarten mochte, aber ich spürte, dass die eigentliche Entscheidung nicht mehr fern lag.
Und danach? Nun, dann war ich tot, oder ... Oder was?
.
Ich griff ebenfalls nach einem Zügel und folgte Crusan - meinem Bruder. Kurz drehte ich mich zu Ybkallis um und lächelte ihm zu, was er mit einem Winken quittierte, dann trieb mich ein Gefühl dazu, noch einmal nach oben zu sehen.
Immer noch kreiste der große Vogel am Morgenhimmel.

Ende des ersten Teils

Zweiter Teil

KAPITEL SECHS : RAVENAUGH

-

Unsere Freunde ziehen weiter nach Westen und erreichen nach einer ungemütlichen Reise die Stadt Ravenaugh, die sich als Kulminationspunkt der zukünftigen Ereignisse herausstellt. Daniel lernt eine weitere Macht kennen und wird in ein kompliziertes Intrigenspiel eingeweiht, an dem er entscheidenden Anteil haben soll, auch wenn ihm das nicht gefällt.

-

1.
Sechs Wochen später war der Winter ins Land gezogen. Er manifestierte sich in der weiten Tiefebene weiter westlich des Schneewolkengebirges allerdings nicht mit Eis, Schnee und klirrender Kälte, sondern überzog das ganze Land mit einem grauen, regnerischen Nebelschleier. Nur ab und zu brachten die Winde, die fast stets wehten, eine Ahnung von Frost mit sich, und einige Schneeflocken tanzten in der Luft, schmolzen aber am Boden sofort und verwandelten diesen lediglich in zähen Morast.
Die Gegend, durch die wir uns langsam vorwärts bewegten, immer auf Vorsicht bedacht, um nicht doch noch in einen Kampf mit einer der Kriegsparteien verwickelt zu werden, war ohnehin alles andere als anheimelnd: Die westlichen Ausläufer des Schneewolkengebirges waren in eine hügelige Waldlandschaft mit gedrungenen verkrüppelten Bäumen übergegangen, die die trostlose Stimmung, die das Wetter verursachte, noch verstärkten.

Zudem war das Gelände oft von schmalen Wasserläufen durchschnitten, die in dieser Jahreszeit genügend Wasser führten, um zu ernsthaften Hindernissen zu werden. Crusan erklärte, dass diese fast alle in irgendeinen der Raigneau-Seen mündeten. Hierbei handelte es sich um eine weit ausgedehnte Seenlandschaft weiter nordwestlich, beherrscht von einem Königreich, das seinen Reichtum dem Handel auf den ungezählten Wasserwegen verdankte, die bis tief in den Süden führten.
Bei den Namen „Raigneau" wurde ich hellhörig. Wo hatte ich das Wort schon gehört? Richtig: Vanessas Heimat! Wasser - Blau! Ich beschloss, mir Bestätigung zu verschaffen und fragte sie, ob meine Vermutung zuträfe.
Apropos Vanessa: Zuerst sollte ich natürlich erzählen, wie die Geschichte nach unserer Flucht von Shilanoah weitergegangen ist. Nun, das ist schnell passiert:

.

Einen Tag nach unserer überstürzten Abreise fanden wir einen geschützten Platz in einer Höhle, wo Crusan meinte, der Ort eigne sich für seine Zwecke. Die Bewohner von Shilanoah würden uns keinesfalls so weit verfolgen, wenn überhaupt, und es stand nicht zu erwarten, dass Soldaten aus der Tiefebene so weit herauf in das unwegsame Bergland
vorstießen, wo es nicht einmal Almen und somit auch keine Bergbauernhöfe gab.
Der Riese legte die drei Gefesselten, die sich kaum wehrten und auch nur ein paar matte Laute des Protestes von sich gaben, auf den Höhlenboden und entfachte ein kleines Feuer. Ich hatte mehr Widerstand erwartet, aber es schien, als ob mit der Entfernung von Shilanoah auch die Kräfte der Infizierten nachließen.
Crusan schickte den Narren und mich fort, damit wir irgendwie etwas Essbares auftrieben. Ich widersprach nicht: Der ei-

gentliche Grund war, dass er bei seinem Tun nicht gestört werden wollte.
Wie zu erwarten, erwischte ich natürlich nichts. Mag sein, dass ich inzwischen mit den archaischen Waffen dieser Welt besser umgehen konnte, und mich in der Handhabung meines Degens dank der reichlichen Praxis der letzten Monate durchaus mit jedem 'normalen' Soldaten messen konnte - aber die Jagd auf Tiere war mir immer noch ein Buch mit sieben Siegeln, dazu stellte ich mich einfach zu ungeschickt an. Meistens spürte ich nicht einmal irgendetwas auf. So auch diesmal.
Ybkallis hatte mehr Glück - oder Geschick. Als ich nach zwei Stunden erfolglosen Herumsteigens zwischen den Felsen müde und hungrig zurückkehrte, empfing mich bereits der Duft nach Gebratenem. Vor der Höhle flackerte ein lustiges Feuer, und der Narr winkte mir mit einem angenagten Knochen in der Hand zu. Er hatte eine Art großes Murmeltier mit einem Steinwurf erlegt. Das Fleisch war reichlich zäh, aber wohlschmeckend, und es würde einen knappen Tag für uns reichen.
Crusan bestätigte dies mit dem trockenen Hinweis, dass Jocelin, Vanessa und Laq wohl ohnehin einen Tag lang nach keiner Nahrung verlangen würden. Die drei lagen in tiefem Schlaf, und wenn sie aufwachten, dann würden ihre Körper die Reste der abgestorbenen Würmer oder Wurmlarven von sich geben - in jeder Form. Sie würden nur ausreichend Wasser benötigen, aber daran hatten wir keinen Mangel: Die Höhle hatte feuchte Wände, und allerorten tropfte es von den Felsvorsprüngen herunter.
Der Riese schien zufrieden mit seiner 'Arbeit', und ich musste zugestehen, dass er mir gegenüber immer sein Wort gehalten hatte. Also würden meine Freunde überleben. Ich dankte Crusan, aber er winkte mürrisch ab - dergleichen lag ihm nicht.

Zwei Tage später - Crusan war am nächsten Morgen selbst auf die Jagd gegangen und hatte eine Bergziege erlegt, während ich die Rolle der Krankenschwester übernommen hatte - waren die drei nach der Tortur der 'Reinigung' doch arg Mitgenommenen soweit gekräftigt, dass wir die Reise fortsetzen konnten.

Wie ich erwartet hatte, konnten sie sich an nichts, was nach der ersten Nacht in der Burg geschehen war, erinnern, und waren bass erstaunt und beschämt, von mir die Einzelheiten ihrer potenziellen Zukunft als 'Wurmfutter' zu erfahren. Natürlich - obwohl die Story eigentlich kaum zu überbieten war - übertrieb ich schamlos in den Details und weidete mich insgeheim an ihren blassen Gesichtern, aber den kleinen Spaß dachte ich mir verdient zu haben. Immerhin - obwohl sie nichts dafür konnten - hatten sie versucht, mich umzubringen. Vielleicht war es auch nur ein bescheidener Versuch, meine eigene empfundene kreatürliche Angst zu verarbeiten, indem ich hier mit Entsetzen Scherz trieb, wer weiß?

Vanessa bestätigte meine Frage. Raigneau, das war der Name des Landes, aus dem sie stammte. Allerdings konnte sie über das Herrscherhaus nicht viel berichten, da sie lediglich die Tochter eines unbedeutenden Landadligen war - eines Baronets, würde man in Europa sagen. Demzufolge, vor allem auf Grund ihrer wenig geachteten Stellung als weiblicher Nachwuchs, hatte sie keinen tiefen Einblick in die inneren Machtstrukturen des Landes gehabt. Sie hatte sich damals einer Heirat mit einem ungeliebten und eingebildeten Sohn eines Nachbaradligen widersetzt - sie verzog das Gesicht in Ekel, als sie von dem Kerl sprach, und bedachte ihn mit drastischen Worten - und war dafür quasi als 'Strafe' der Botschafterdelegation für den lyshitischen Hof zugeteilt worden. Ihr Vater hatte damit den Zweck verfolgt, die widerspenstige Tochter auf elegante Art loszuwerden - und ihr war es ganz recht gewesen.

Im Gegensatz zu früher redete sie ganz offen mit mir über dieses ihr unangenehme Thema. Nur was die Präliminarien der erzwungenen Heirat betraf, versuchte sie betont gleichmütig, diese Episode zu übergehen. Ich bestand auch nicht darauf, genauere Details zu erfahren, dachte mir aber meinen Teil: Wenn sie damals schon ihre Fähigkeiten als Blaue Königin erkannt und entdeckt hatte, dann hatte jener Bewerber um ihre Hand - und anderes - vermutlich nichts zu lachen gehabt. So wie Vanessa mit dem fetten König in Verrn umgegangen war, stand zu befürchten, dass der gute Jüngling damals zumindest gewisser wichtiger Teile seiner Anatomie verlustig gegangen war. Ich ließ das Thema lieber.
Sie konnte uns jedenfalls in einer Hinsicht nicht weiter helfen: Die Gegend, durch die wir ritten, kannte sie überhaupt nicht. Irgendwo viel weiter westlich würden wir auf die Haupthandelsstraße von Raigneau in die südlichen Länder stoßen, das war alles.

2.

Seit zwei Tagen regnete es schon ununterbrochen, und das Fortkommen auf dem aufgeweichten und matschigen Boden gestaltete sich zunehmend schwieriger. Wir schafften an einem Tag gerade halb soviel Weges wie sonst, und die allgemeine Stimmung war entsprechend. Selbst Ybkallis hatte offenbar keine Lust mehr, während des Ritts mit einem der anderen ein flachsendes Gespräch zu führen, sondern saß nur still vornüber gebeugt auf seinem Pferd und hatte die Kapuze seines Umhangs tief über das Gesicht gezogen.
Ich machte es genauso, und manchmal ertappte ich mich dabei, wie ich minutenlang nicht auf den Weg achtete, sondern mein Pferd einfach gehen ließ und nur auf die Tropfen starrte, die von meiner Kapuze herunter auf den Hals des Tieres platschten.

Ich rutschte beinahe aus dem Sattel, als mein Pferd plötzlich stoppte, und sah auf: Laq, der vor mir ritt, hatte angehalten.
„Dort!", meinte er nur müde und deutete mit dem ausgestreckten Arm in die Ferne. Ich schlug die Kapuze hoch, um überhaupt etwas sehen zu können, was nicht Grasboden, Schlamm oder Pferderücken war. Der Regen traf mich ins Gesicht, aber das war auch schon egal: Bis auf die Innenseiten meiner Schenkel war ohnehin alles nass - und die schmerzten und waren wund gerieben vom tagelangen Reiten.
In der grauen Ferne konnte ich zum ersten Mal seit Wochen etwas anderes ausmachen als Wolken: ein schmales gezacktes braunes Band, das sich über das ganze Blickfeld von Süden nach Norden erstreckte.
„Der Ilbayon!", murmelte Vanessa neben mir. „Ich erkenne die Kammlinie des Ahrman-Massivs." Sie zeigte nach Westen, und ich strengte mich an, um dort etwas zu sehen, aber ein neuerlicher Windstoß trieb mir den Regen ins Gesicht, sodass ich erst einmal meine Augen auswischen musste.
Wir waren auf einem flachen Hügel stehen geblieben; vor uns breitete sich eine grüne bewaldete Tiefebene aus, die viele Meilen jenseitig wieder anstieg - bis zu dem Gebirge, das Vanessa „Ilbayon" genannt hatte.
So weit ich sehen konnte, schlängelte sich ein Fluss an der tiefsten Stelle durch die Senke. Und dort unten ... Ich schüttelte den Kopf und rieb mir nochmals das Wasser aus den Augen, aber ich sah richtig! Eine Stadt!
„Das muss Ravenaugh sein!", stellte Vanessa fest. „Auf meiner Reise nach Blianssrein bin ich dort durchgekommen. Also sind wir ungefähr vierhundert Meilen südlich der Grenze von Raigneau. Es ist von hier aus nicht zu sehen, aber die Handelsstraße folgt hier dem Fluss. Sie ist auf der anderen Seite."

Ich nickte. „Und wer herrscht über Ravenaugh? Welche Farbe? Ich meine, können wir uns dort blicken lassen oder nicht? Und sag bitte nicht der Feind, wer das auch immer sein mag! Ich habe die Schnauze voll von Pferderücken und Regen und will ein anständiges Essen und eine warme Unterkunft!"

„Ravenaugh war immer neutral", erklärte sie etwas indigniert, „und du kannst mir glauben: Wenn hier jemand wirklich dankbar für wenigstens eine vernünftige Waschgelegenheit wäre, dann bin ich das! Es ist wahrlich kein ausgesprochenes Vergnügen, mit fünf Männern zweitausend Meilen weit durch ungemütliche Gegenden zu reiten!"

Ich lachte: „Du hättest es doch nicht zu tun brauchen!"

Jetzt lachte sie: „Und was sonst? In Verrn bleiben als achtunddreißigste Konkubine des fetten Monstrums? Nein, dann lieber ihr!"

Sie beugte sich zu Laq hinüber, der sein Pferd neben das ihre dirigiert hatte, umarmte ihn, und drückte ihm einen Kuss auf die Wange. Der Jjarde wollte die Umarmung erwidern, aber sie hatte sich schon wieder losgemacht und sah mich spöttisch an: „Na, ihr anderen vielleicht nicht!"

„Sicher nicht, Mylady!", gab ich zurück. „Nichts läge mir näher, als gerade von Euch als gekröntem Haupt eine freundschaftliche Regung zu erwarten."

„Näher?"

„Der redet immer so daher!", mischte sich Laq ein. „Eigentlich hat er gemeint, dass ... Also jedenfalls: Je schlechter das Wetter ist, um so unausstehlicher und unverständlicher wird er. Im Schneesturm in den Bergen hat er mich aufgefordert, ihm über den Rücken zu rutschen!"

„Nein!", widersprach ich. „Ich sagte, du sollst mir den Buckel runterrutschen. Das bedeutet, du kannst mich am Arsch lecken!"

„Was?", fragte Vanessa. „Was soll er bei dir machen!"

An dieser Stelle brach ich das Gespräch ab.

Drei Stunden später hatten wir den Lliegan erreicht, der an den Mauern von Ravenaugh vorbei floss. Über die Brücke vor dem Osttor ergoss sich ein stetiger Strom von Planwagen, Ochsenkarren und Fußgängern, die in dicken Bündeln über der Schulter ihre Habe mit sich schleppten, in die Sicherheit der Mauern. Außer meinem unguten Gefühl - auf das ich inzwischen viel gab - zeugte diese Tatsache schon davon, dass hier, wie man so schön sagt, Gefahr im Verzuge war.
Wir reihten uns in den Flüchtlingsstrom ein und standen noch eine Stunde an, bevor wir eingelassen wurden, weil die Torwachen die Einlass Begehrenden offenbar nach bestimmten Kriterien auswählten. Welche Absicht dieser Auswahl zugrunde lag, das wurde mir erst später klar: Ein Bauer mit seiner Familie - eine Frau und drei kleine Kinder - wurde durchgewinkt, nachdem man seinen Planwagen gründlich durchsucht hatte: Der Karren war fast bis oben mit Käserädern, Brot und geräucherten Schinken beladen.
Als der Bauer noch mit dem Hauptmann der Wache diskutierte, stahl Ybkallis einen der Schinken und versteckte ihn unter seiner Jacke.
Zu meinem nicht gelinden Erstaunen wurden wir nach einem kurzen Blick auf unsere Bewaffnung anstandslos durchgelassen. Ich wandte mich auf der Brücke noch einmal um: Ein anderer Bauer mit zwei Kindern, der einen Handwagen mit allerlei ärmlichem Hausrat zog, wurde abgewiesen. Der Mann sprach beschwörend auf die Wachen ein, und die Kinder weinten, aber die Soldaten ließen sich nicht erweichen. Mit herrischen Handbewegungen geboten sie den Leuten zu verschwinden.
Jetzt verstand ich, und das beruhigte mich keineswegs: Die Wachen hatten den Auftrag, nur diejenigen durchzulassen,

die zur Verteidigung der Stadt beitragen konnten. In unserem Falle war das klar: Selbst als Fremde würde man von uns erwarten, als Gäste der Stadt im Falle eines Angriffs mitzukämpfen, und unsere reichliche Bewaffnung hatte uns als Krieger ausgewiesen.
Der Bauer mit dem Planwagen führte Nahrungsmittel mit sich, die ihm einen sicheren Platz erkauften. Und der andere Bauer war nur ein weiterer Schutzsuchender, der der Stadt nichts nutzte. Die Logik war unerbittlich, aber richtig.
Also stand der Feind im Land, und man musste einen Angriff, eine Belagerung befürchten. Nur: Mit der Waffe in der Hand die Stadtmauer zu verteidigen, danach stand mir nun überhaupt nicht der Sinn. Ich trieb mein Pferd vorwärts, um neben Crusan zu kommen.
„Meinst du, das ist eine gute Idee, die Stadt zu betreten?", fragte ich. „Du siehst ja, was hier gespielt wird. Und wenn Ravenaugh erst einmal eingeschlossen ist und belagert wird, dann kommen wir nicht mehr raus."
Er grinste. „Glaubst du nicht, das habe ich auch bedacht?"
Ich zuckte die Achseln. „Doch, aber dann verstehe ich nicht ..."
„Hör zu! Ich weiß, dass du meine Geheimniskrämerei hasst, aber gedulde dich noch eine oder zwei Stunden, dann wirst du alles erfahren, und ich muss es nicht zwei Mal erklären!"
Ich machte „Pft!" und ließ mein Pferd wieder zurückfallen, konnte es mir dann aber doch nicht verkneifen, wenigstens hinzuzufügen: „Entschuldige, dass ich es gewagt habe, dich zu fragen, großer Meister!"
Er lachte: „Wenn du ärgerlich bist, dann verziehst du den Mund wie ein kleines Kind. Entschuldige, dass ich es gewagt habe, dir meine Pläne vorzuenthalten und nicht um deine Genehmigung nachzusuchen!"
Jetzt war ich echt erstaunt. „Mann, Crusan, du kannst ja ironisch sein!"

„Ja. Pass auf: Wir werden erwartet - und zwar von König Pierephalos selbst!"
„Wir werden erwartet. Wie kann ... Moment!" Ich überlegte kurz. „Du hast über mein ... dein Kartenspiel eine Verbindung aufgenommen, richtig?"
„So ist es!"
„Und eine Verbindung kannst nur mit einer anderen Macht herstellen. Da nicht zu vermuten ist, dass du den Feind von unserer Ankunft unterrichtest, kann es sich also nur um Braun handeln. König Pierephalos ist der Braune König!"
„Sehr scharfsinnig geschlussfolgert, Daniel!", lobte er und wandte seine Aufmerksamkeit wieder der Straße zu. Die Brücke endete direkt am Osttor der Stadt, wo wir nochmals von einer Wachmannschaft begutachtet und schließlich durchgewunken wurden.

Innerhalb der Mauern Ravenaughs gab es nichts, was einer besonderen Erwähnung wert wäre: Die Stadt hatte annähernd die Größe Verrns und unterschied sich auch sonst in nichts von einer mittelalterlichen Provinzmetropole. So ähnlich mochten Nürnberg oder Augsburg im vierzehnten Jahrhundert ausgesehen haben.
Als ich - wie lange war das eigentlich schon her? - Mattincourt zum ersten Mal betrat, konnte ich mich als Kind des zwanzigsten 'zivilisierten' Jahrhunderts an den eigentümlichen archaischen Details gar nicht satt sehen: den holprigen grob gepflasterten engen Gassen, die nicht einmal einem japanischen Kleinwagen Platz bieten würden; den Abfallhäufen und Jauche-Rinnen, in denen Ratten und sonstiges Ungeziefer ihrem Tagewerk ungestört nachgingen (Dass dies auch in einigen Gegenden meiner Existenzebene auch heutzutage noch der Fall ist, das mag hier unberücksichtigt bleiben!); und nicht zuletzt die exotisch anmutende Kleidung der Bewohner.

Wie gesagt, das hatte mich einmal fasziniert, als ob man einen Zoo besucht; jetzt, nach mehr als einem halben Jahr Aufenthalt in dieser Welt, nahm ich es gleichmütig zur Kenntnis. Der Regen trug auch nicht gerade dazu bei, mich für die architektonischen Schönheiten einzunehmen - ich ließ mein Pferd einfach den anderen folgen und betrachtete nur mit einem gewissen Unmut die wimmelnden Volksmassen, die sich auf den Gassen drängten.

Und, wenn ich ganz ehrlich sein soll: Nach dem wochenlangen eintönigen Ritt durch dieses verfluchte Land sehnte ich mich nach den - vielleicht dekadenten, aber bitte! - Annehmlichkeiten der modernen Industriegesellschaft: ein warmes Bad mit Schaum, ein bequemer Sessel plus Fernbedienung für die Glotze, und irgend jemand, den man anruft, und der einem zwanzig Minuten später eine Pizza mit Schinken und Peperoni vorbeibringt - und dafür nur ein paar von diesen grünen Papierscheinen will. Und wer immer meint, zurück zur Natur, das wäre das Gelbe vom Ei, der soll erst mal zwei Wochen im Regen herumreiten. Regen ist ein Stück Natur, natürlicher geht es ja wohl fast nicht, aber ... naja.

.

Crusan schien von depressiven Überlegungen dieser Art verschont geblieben zu sein: Er lenkte sein Ross direkt zu einem großen imposanten Bauwerk in der Mitte der Stadt, das wohl den Regierungspalast darstellen sollte. Wie immer bei solchen Prachtbauten konnte ich mir ein Lächeln nicht verkneifen: Der bombastischen Trutzigkeit dieser Burgmauern würde - zumindest optisch - ein wenig Renaissance nicht schaden.

Wir drängten uns durch die Masse der Leute, die auf dem großzügig angelegten Platz vor der Residenz notgedrungen ihr Lager aufgeschlagen hatten, und hielten vor dem Tor zur Burg. Die Menschen, die einen schmalen Streifen des Platzes direkt vor der Zitadelle freigelassen hatten, wohl aus Respekt, und zwar vor den Waffen des Wachtrupps, der dort Posten bezogen hatte, wichen schimpfend zur Seite. Aus der Menge vernahm ich manch unfreundlichen Kommentar. Aber all das konnte Crusan natürlich nicht beeindrucken.

Der Offizier der Wache war zuerst alles andere als begeistert, dass er, und noch dazu wegen Fremden, die ruhige Beschaulichkeit seines Wachhäuschens verlassen musste, und sein Blick, als er uns mehr als unfreundlich musterte, sprach Bände. Diese Berufssoldaten, vor allem Offiziere niederen Ranges, schienen wirklich in allen Welten die gleichen Typen zu sein: rötliches Gesicht, bemüht forsch vorgestrecktes Kinn, energischer Schritt, um vom Bierbauch abzulenken, eine Stimme, die das Wort „leise" nicht kennt - und derartig schlechte Laune, um zehn bekifften Hippies die Stimmung zu verderben.

„Was wollt ihr hier?", blaffte er uns an, und rollte dazu mit den Augen, dass man befürchten musste, sie würden ihm jeden Moment aus dem Gesicht fallen. Mir lag eine entsprechende Antwort schon auf den Lippen, etwas in der Richtung 'Sechs Bier und die Speisekarte', aber ich hielt die Klappe und ließ Crusan reden; das war schließlich seine Show.

„Wir werden erwartet!", knurrte der Riese den wackeren Offizier in einem Ton an, dass dieser für einen Moment vergaß, den Steinbruch, den er wohl als Mund bezeichnete, wieder zu schließen. Ybkallis kicherte, und das brachte dem Mann augenblicklich die Erinnerung an die Würde seiner Erscheinung und die Wichtigkeit seiner Stellung zurück.

„Was ...", begann er, aber Crusan war nicht gewillt, auf das Feingefühl eines subalternen Wachkommandierenden Rücksicht zu nehmen; das hätte mich auch gewundert.

„Stottert hier nicht herum!", unterbrach er den Mann mit einem drohenden Unterton, der keinen Widerspruch zuließ. Dieser klappte auch nach einem Blick in Crusans Gesicht den Mund wieder zu und schnappte nach Luft. „Wir werden erwartet - von eurem Herrscher, König Pierephalos! Und ich schätze, dass er über jegliche Verzögerung nicht sehr erbaut sein wird!" Nach einem weiteren Blick auf die Gestalt des Riesen in seiner - jetzt natürlich schlammbespritzten - silbernen Rüstung murmelte der Offizier irgendetwas Unverständliches vor sich hin und gab den Weg frei. Auf einen lauten Pfiff hin klappten die beiden gigantischen Torflügel langsam auf. Natürlich ließ er uns nicht einfach passieren, sondern gab uns eine Begleitmannschaft von fünf Mann und einem Unteroffizier mit. Ich lächelte in mich hinein: Das Auftreten Crusans machte selbst so einen hartgesottenen Kasernenhofschädel zahm.

3.
„Bei Divvnu'môn!", stieß König Pierephalos ganz unmajestätisch aus. „Er ist es wirklich!" Dann eilte er schnellen Schrittes, was ebenfalls nicht sehr mit der hohen Würde seiner Person harmonierte, auf uns zu, wobei er mehrmals „Seid willkommen!" ausrief.
Und dann geschah etwas Überraschendes: Wenn ich erwartet hatte, dass er Laq, Ybkallis, Vanessa und Jocelin nicht weiter beachtete, sah ich mich bestätigt, aber dass er für Crusan auch nur ein flüchtiges Kopfnicken übrig hatte, das verblüffte mich dann doch.
Stattdessen steuerte er schnurgerade auf mich zu und blieb vor mir stehen. „Seid willkommen! Seid herzlich willkommen!", wiederholte er nochmals. „Darf ich Euch meine Hand reichen, Vetter?"
Einen Augenblick lang war sogar ich sprachlos. Ähnlich musste sich ein amerikanischer Hafenarbeiter fühlen, dem der Präsident bei einer Besichtigung der Werft plötzlich auf

die Schulter klopft und ihn „Na wie geht's, alte Haut? Nächsten Samstag wieder beim Pokern?" fragt.
Ich verkniff mir die Frage nach unserer Vetternschaft, brachte mit Mühe ein halbwegs freundliches Lächeln zustande, und streckte die Hand aus. Er ergriff sie fest und schüttelte sie, wobei er so ehrlich erfreut schien, dass sich meine innerliche Verkrampfung langsam löste. Ich befürchtete schon, dass er mich auch noch umarmen wollte, aber dann schien er sich doch der Erhabenheit seiner Person zu entsinnen: Er ließ los und wandte sich zu Crusan: „Seid auch Ihr herzlich willkommen, Crusan von Gatarr!"
Dieser deutete eine leichte Verbeugung an. „Habt Dank, Majestät. Aber darf ich gleich einen Irrtum berichten, bevor Missverständnisse entstehen: Den Ihr hier vor Euch seht, ist nicht Virian de Rogue!"
Schlagartig wurde mir alles klar; es hätte Ybkallis' gar nicht bedurft, der mich in die Seite knuffte und „Mach den Mund zu, Daniel!" raunte.

König Pierephalos war keine allzu imposante Erscheinung: Er war nicht sehr groß, vielleicht so wie Vanessa, auch nicht besonders kräftig, und schon ziemlich alt, wie die Falten um seine Augen und der gebeugte Gang vermuten ließen. Aber er strahlte Ruhe, Bedächtigkeit und Überlegenheit aus, und seine blitzenden Augen verrieten Intelligenz und einen eisernen Willen, was durch den dichten grauen Vollbart noch unterstrichen wurde.
Jetzt allerdings schien die königliche Contenance durch diese Eröffnung doch etwas gelitten zu haben. Er drehte sich wieder zu mir um und musterte mich nochmals, diesmal etwas gründlicher, wobei eine kleine Falte zwischen seinen Augenbrauen erschien.
Ich wusste immer noch nicht recht, was ich tun sollte, also setzte ich einfach mein treuherzigstes Lächeln auf.

„Er ist es nicht?", murmelte der König. „Nun, er ist größer und schlanker, aber er könnte wirklich sein Zwillingsbruder sein. Also stimmt es doch: Virian lebt nicht mehr!"
Ich wollte etwas sagen, aber Crusan gab mir einen heimlichen Wink zu schweigen. Er trat vor und erklärte: „Leider ist es so, Majestät. Darf ich Euch vorstellen: Daniel Christian Smith aus Mattincourt!"
Der König fasste mich noch genauer ins Auge, speziell mein Haupthaar, wobei er wiederholte: „Daniel Christian ...? Und warum ...?"
Crusan zuckte die Schultern. „Eine Spielerei von ihm."
„Eine Spielerei?" Der Herrscher schien einen Moment zu überlegen. „Wahrhaft seltsam, aber die Zeiten sind alles andere als normal. Verzeiht, aber ich bin ein schlechter Gastgeber! Ihr seid sicherlich erschöpft und hungrig nach Eurer langen Reise ..."
„Das kann man wohl sagen!", knurrte Laq neben mir. „Ich dachte schon, er würde das Thema nicht erwähnen!"
Der König winkte einigen Dienern, die in respektvollem Abstand hinter ihm stehen geblieben waren und erteilte ihnen flüsternd einige Anweisungen. Dann wandte er sich wieder uns zu: „Ich habe den Auftrag erteilt, ein Mahl für Euch an meiner Tafel anrichten zu lassen. Dort hoffe ich dann, Euch alle näher kennenzulernen."
Er winkte huldvoll in die Runde und ergänzte: „In einer Stunde wird aufgetragen sein. Bis dahin können sich die Herrschaften so gut es geht von dem Schlamm säubern und sich frisch machen - ich denke, das verleiht dem Essen doch etwas mehr Glanz."
Nach diesen letzten Worten, die er mit einem schalkhaften Augenzwinkern ausgesprochen hatte, drehte er sich herum und verließ den Saal durch eine Nebentür. Ich war ehrlich beeindruckt:

Dieser Monarch hatte die Tatsache, dass er mich fälschlich für Virian gehalten hatte, ohne Weiteres weggesteckt, und dazu noch bei seinem Abgang ein Scherzwort fallengelassen. Auch wenn die Ausdrucksweise bei gekrönten Häuptern nicht angebracht ist - aber der Bursche war mir gleich sympathisch.

4.
Laq öffnete den Mund, um zu rülpsen, besann sich aber noch rechtzeitig eines Besseren und schloss diesen wieder. Das ging natürlich vollkommen schief, denn, wie jeder weiß, einen einmal angefangenen Rülpser durch die Nase auszustoßen, dabei steigt ein Teil des inneren Überdrucks irgendwie in den Kopf. Den Beweis lieferte der Jjarde gleich mit: Nach einem grunzenden Geräusch durch die Nase lief sein Gesicht rot an und seine Augen tränten.

Ybkallis begann angesichts dieser Szene zu prusten, Jocelin fiel in das Lachen ein, und auch ich konnte mich nicht mehr halten. Es war die momentane Loslösung von der ständigen Bedrohung, der wir in den letzten Monaten - mir erschien es wie Jahre - ausgesetzt waren, die jetzt alle Ventile der Unbeschwertheit öffnete.

Ich saß hier wirklich mit allen meinen Freunden, wenigstens momentan unbelastet von allen Sorgen, an einem reich gedeckten Tisch und hatte mich zum ersten Mal seit geraumer Zeit wieder richtig satt gegessen. Der reichlich genossene Wein tat sein übriges: Mir ging es einfach gut.

König Pierephalos verfügte über das nötige Feingefühl, um uns in der ersten Stunde unseres Gelages schweigend gewähren zu lassen und sich auf die Rolle des still amüsierten Betrachters zu beschränken. Das musste ich ihm - durch den Wein in sehr versöhnliche Stimmung versetzt - wirklich hoch anrechnen.

Crusan nahm an der allgemeinen Heiterkeit nicht teil, was mich nicht wunderte; ebenso, dass sich der König schließlich an ihn wandte: „Wie starb Virian?"
Bei dieser Frage verschluckte ich mich fast und konnte es nur durch fast übermenschliche Körperbeherrschung verhindern, einen Schluck Wein auf den Tisch zu spucken. Mein 'Bruder' zog sich - und mich - aber elegant aus der Affäre: „Er starb an einer Verletzung, die er sich im Kampf zugezogen hatte - Wundbrand."
Pierephalos nickte. „Das tut mir leid. Ein furchtbarer Tod."
Das hätte ich bestätigen können, und wie zum Trotz wies Crusan auf mich: „Daniel war bei ihm, als er starb."
„Ich danke Euch, Daniel!", versicherte der König. „Ich kannte Virian de Rogue nicht persönlich, aber er war mir lieb wie ein Bruder ... Wenn Ihr versteht: Ich weiß nicht, wie ich es erklären soll ..."
Ich fasste dies als Aufforderung auf, mich in das Gespräch einzumischen: „Ich verstehe ... Majestät. Ich kannte Virian nur kurz, aber für mich war er ebenfalls wie ein Bruder, glaubt mir!"
Er sah mir in die Augen: „Ich habe Euch vorhin fälschlicherweise als Vetter begrüßt, Daniel. Nun, auf Virian hätte diese Bezeichnung im übertragenen Sinne zugetroffen - auf Euch nicht!"
Er griff bedächtig nach seinem Weinglas, ohne mich aus den Augen zu lassen, dann fuhr er fort: „Ihr seid nicht der Braune Ritter. Eure Karte will mir vorgaukeln, dass Ihr der Grüne Ritter seid - aber auch das ist nicht der Fall. Mir scheint, dass Ihr eine gefährliche Karte seid, nur für wen? Und wenn Ihr hier nicht in Begleitung von Crusan aufgetaucht wärt, dann würde ich Euch als Feind betrachten."
Seine Augen schienen mich durchdringen zu wollen, und das Weinglas, nach dem ich gerade griff, versank in der Marmor-

platte des Tisches, um auf der Unterseite wieder hervorzutreten und auf dem Boden zu zerschellen.
Ich quälte mir ein Lächeln ab. Eine kleine Demonstration der Braunen Macht.
„Er ist wirklich auf unserer Seite", erklärte Crusan. „Und wir können ihn in den Plan einweihen - wir sollten es sogar!"
Der Braune König starrte eine Zeitlang auf seine Hände, dann betrachtete er mich nochmals, um schließlich Crusan anzublicken: „Ich muss Euch vertrauen, Crusan von Gatarr; es bleibt mir nichts anderes übrig. Ich wähnte das Spiel verloren, aber seit Ihr Euch mit mir in Verbindung gesetzt habt ..."
Crusan lächelte; eine der seltenen Situationen, wo er dies tat: „Es bleibt uns beiden nichts anderes übrig, um das Ruder noch einmal herumzureißen, also sollten wir hier gemeinsam vorgehen."
An dieser Stelle mischte ich mich - Crusan hin, König her - ein: „Entschuldigt, aber was geht hier vor? Und welche Rolle spiele ich dabei? Ich hätte es auch nur gern gewusst, um mein Testament rechtzeitig zu verfassen!"
Dass ich einen König geduzt hatte, wenn auch nur im Plural, schien offenbar niemanden zu stören. Und eben dieser drohte mir jetzt spielerisch mit dem Finger: „Ihr solltet lernen, Eure Rhetorik zu zügeln, Daniel; sie wird Euch sonst noch einmal in Schwierigkeiten bringen."
Das hätte ich mir selbst auch sagen können, oft genug war es mir schließlich schon passiert. Aber der König fuhr fort: „Was ist mit Euren Gefährten? Können wir offen sprechen?"
Bevor ich noch etwas sagen konnte, sprang Crusan ein: „Wir können ihnen trauen - und sie werden uns von keinem geringen Nutzen sein. Ich verbürge mich für alle!"
König Pierephalos nickte. „Euer Wort genügt mir."
Er stand auf und schickte die Wachen und Bediensteten hinaus. Ich musste zugeben, dass das ein unwiderlegbarer Ver-

trauensbeweis war - falls wir die Absicht hätten, ein Attentat zu begehen, dann würde uns jetzt niemand mehr aufhalten können.

„Also", begann der König, als er sich wieder gesetzt hatte, „unser Plan gilt?"

„Natürlich!", bestätigte Crusan. „Aber wir sollten ihn unserem Freund Daniel vielleicht erklären. Er wirft mir ohnehin immer vor, ihn - als wichtige Person - nicht in die Pläne einzuweihen, nicht wahr?"

Er hatte das „als wichtige Person" derartig spöttisch ausgesprochen, dass ich ihm am liebsten jetzt auf der Stelle in den Hintern getreten hätte, aber ich beherrschte mich. Stattdessen trank ich noch einen Schluck Wein und knurrte: Also erklär es mir, bitte!"

„Das werde ich, also hör gut zu!"

„Ich höre!"

„Dieses Land steht seit zwanzig Jahren im Krieg: Braun gegen Blau, Blau gegen Grün; und Ravenaugh befindet sich zurzeit in der entscheidenden Position und ist in Brauner Hand ..." Ich lachte: „Was bedeutet 'in entscheidender Position'? Was ich gesehen habe: Irgendwann in nächster Zeit wird diese Stadt von irgendeinem Feind eingeschlossen und belagert - und dann wird es ihr ergehen wie Mattincourt oder Verrn!"

Crusan schlug mit seiner ausnahmsweise unbehandschuhten Faust auf den Tisch, dass es nur so krachte: „Lass mich doch ausreden! Die grünen Truppen unter Oberst Andersson werden versuchen, Ravenaugh einzunehmen. Es ist das letzte große Aufgebot, das Grün aufbringen kann. Aber wenn sie es schaffen, kontrollieren sie den Lliegan und damit das ganze Flusstal. Das verschafft ihnen eine derartig starke Position, dass die Blauen sich ernsthaft überlegen würden, sich mit ihnen zu verbünden."

Ich schüttelte verwirrt den Kopf. „Was? Die Grünen? Die stehen doch eigentlich auf unserer Seite. Zumindest sollten sie das."
Er lächelte grimmig. „Auf dieser Seite des Schneewolkengebirges nicht. Hier kämpft seit einigen Jahren jeder gegen jeden."
„Auch Rot?"
„Das ist es ja gerade. Der immerwährende Krieg hat alle Seiten - Braun, Blau und Grün - so viele Verluste gekostet, dass der Zeitpunkt für einen, na sagen wir Außenstehenden geradezu ideal wäre, sich in die entscheidende Schlacht einzumischen und alle zu schlucken."
Jetzt dämmerte es mir. „Sag nichts weiter, ich rate: Rot hat sich bis jetzt noch gar nicht an dem Krieg beteiligt, und abgewartet, bis die anderen Parteien sich genügend aufgerieben haben, richtig?"
„Richtig, mein junger Freund!", bestätigte König Pierephalos. Er nahm einen Schluck aus seinem Weinglas und blinzelte mir listig zu. Auch Crusan lächelte. Ich zog die Pfeife aus meiner Tasche und stopfte sie mit Tabak, den ich mir von einem der Kammerherren erbeten hatte. Plötzlich trat Schweigen am Tisch ein. Ich sah erstaunt in die Runde: Alle hatten ihre Blicke gespannt auf mich und den König gerichtet. Laq und Jocelin verkniffen sich mühsam ein Grinsen.
Ich verstand. Na schön, dann würde ich ihnen den Gefallen tun!
Mit theatralischer Grandezza zog ich mein Feuerzeug hervor und setzte den Tabak in Brand. Der Erfolg war der gewünschte: Der König bekam tellergroße Augen, als die kleine Flamme aus dem roten Stäbchen hervorsprang. Ich tat, als sei das das Normalste von der Welt - was es für mich auch war! - und saugte genüsslich an der Pfeife, ein leises Schmatzen ausstoßend. Das Kraut war nicht schlecht, nur etwas stark parfümiert, und es biss etwas in der Kehle. Ich

formte einen Rauchring und sah ihm zu, wie er über dem Tisch zerfloss.

„Und?", fuhr ich gleichmütig fort. „Es steht also zu erwarten, dass sich im Roten Lager jetzt etwas tut. Und nachdem dies bekannt ist, existiert vermutlich ein Gegenplan."

Der König hatte sich von seiner Überraschung über das Feuerstäbchen offenbar schnell erholt. Er nickte mir anerkennend zu und erklärte weiter: „Ihr vermutet richtig, Daniel. Vielleicht könnt Ihr Euch dann auch vorstellen, wie dieser aussieht?"

Ein Test. Er sah mich gespannt an. Ich zog einmal an meiner Pfeife und musste innerlich grinsen, als ich mir vorstellte, dass Sherlock Holmes es an meiner Stelle jetzt genauso gemacht hätte: ein wichtiges Gesicht aufsetzen und die Zuschauer etwas warten lassen, um die Spannung zu steigern, und schließlich im Brustton der Überzeugung erklären: 'Das Dienstmädchen war es. Nur sie konnte wissen, dass das Suspensorium des Lords in der Nachttisch-Schublade lag' - oder so ähnlich.

Leider kam ich mit derartigen Scherzen hier nicht weiter, also musste ich wirklich nachdenken. Ich beschloss, einen kleinen Vorstoß ins Blaue zu wagen: „Auf meiner ... in meinem Land gibt es ein Sprichwort: 'Wenn zwei sich streiten, dann freut sich der Dritte; oder, auf die Situation hier bezogen: 'Wenn drei sich streiten, dann freut sich der Vierte'."

Sowohl der König als auch Crusan sahen mich gespannt an. Möglich, dass ich auf der richtigen Spur war, also fuhr ich fort:

„Wenn man also verhindern will, dass sich der Vierte freut, dann muss man den Spruch nur umkehren: 'Wenn sich die Drei nicht mehr streiten, dann schaut der Vierte in die Röhre'."

„Er tut was?", fragte der König erstaunt.

„Verzeiht, Majestät", mischte sich Jocelin ein, „unser Freund Daniel meint damit, dass der Vierte der Verlierer ist - er drückt sich manchmal etwas seltsam aus."
„Vielen Dank für die Erläuterung!", knurrte ich. „Was sollte ich nur ohne dich tun?"
Der König kratzte sich irritiert am Kopf, dann nahm er den Faden wieder auf: „Eure bildhafte Umschreibung kommt der Sache ziemlich nahe. Crusan, wenn Ihr bitte fortfahren wolltet!" Ich sah es dem Riesen an, dass ihm die Rolle, die ihm da zugeteilt worden war, nicht behagte, und genoss es umso mehr, dass er den Erzähler geben musste. Also lehnte ich mich bequem in meinem Stuhl zurück und stieß betont behaglich einen weiteren Rauchring aus.
Er quittierte mir dies mit einem bösen Blick, begann dann aber:
„Die Rote Partei hat sich nicht in den Kampf eingemischt, um abzuwarten, bis die anderen drei erschöpft genug sind. Dieser Zeitpunkt ist jetzt gekommen. Ich habe die Karten befragt ..."
„Und ich auch!", fügte Pierephalos hinzu.
„Eine gewaltige lyshitische Armee ist in den letzten Wochen aus dem Süden vorgestoßen. Sie hat ihr Lager in den westlichen Bergen jenseits des Ilbayon-Massivs aufgeschlagen. Und sie wartet nur darauf, dass der Kampf um Ravenaugh die letzten Reserven der Braunen und der Grünen bindet. Dann werden sie zuschlagen!"
„Moment!", unterbrach ich. „Hier verstehe ich einiges nicht: Woher weißt du das? Und ..."
„Lass mich doch erklären! Die entscheidende Schlacht wird auf dieser Seite des Schneewolkengebirges stattfinden ..." Ich rümpfte zweifelnd die Nase, aber er ließ sich nicht unterbrechen: „Auf der anderen Seite ist der Kampf so gut wie verloren: Die Roten sind durch die Wüste vorgestoßen, was niemand erwartet hatte, und haben es mit List und Intrigen ge-

schafft, Mattincourt und Verrn fast ohne Verluste einzunehmen. Damit sind die ganzen Ostländer so gut wie in ihrer Hand."
Ich nickte zustimmend. Niemand konnte dies besser beurteilen als ich, der ich mehr oder weniger in das komplizierte Ränkespiel des Roten Vorstoßes in die Ostländer verwickelt war. Trotzdem stimmte in dieser Rechnung einiges nicht. Ich wollte etwas sagen, aber Crusan gebot mir mit einem Wink zu schweigen. Na schön, sollte er erst seine Geschichte zu Ende bringen! Ich war es langsam leid, auf welche Weise auch immer, eine tragende Rolle zu spielen und trotzdem kaum etwas zu verstehen.
„Zu deiner Frage:", erklärte Crusan weiter, „Ich hatte die ganze Zeit so etwas vermutet, aber erst die Abstimmung unserer Karten vor einer Stunde ergab die vollkommene Gewissheit: Die Roten bereiten sich auf den entscheidenden Vorstoß vor - und ihr König, Xxeret Khan, ist bei ihnen. Alles andere war nur Ablenkung!"
Ich hatte mir vorgenommen zu schweigen, aber diese Eröffnung forderte meinen Widerspruch geradezu heraus: „Was? Wie kann das sein? Xxeret Khan hat die Roten Truppen bei der Invasion der Ostländer angeführt; er kann uns doch nicht über das Gebirge gefolgt sein und uns inzwischen überholt haben, um zu seiner Hauptarmee zu stoßen. Wie soll er das gemacht haben?"
In dem Moment, als ich diese Worte aussprach, sprang mich die Lösung geradezu an, und ich fügte etwas kleinlauter hinzu: „Es sei denn, das Ganze war ein Bluff! Der Rote König war niemals bei seinen Truppen in den Ostländern - die ganzen verwickelten Schachzüge sind alle von Schwarz angezettelt worden. Und Schwarz kämpft auf der Seite von Rot!"
„Beinahe richtig, Daniel!", stimmte König Pierephalos zu. „Aber leider ist es umgekehrt: Rot kämpft für Schwarz. Die Schwarze Karte ist inzwischen viel mächtiger als zum Bei-

spiel ein Roter König - sie beherrscht mindestens drei Viertel der gesamten Welt. Xxeret Khan ist nur ein kleiner Vasall der Schwarzen Macht."
„Und trotzdem hält sich der Schwarze nach wie vor bedeckt", ergänzte Crusan. „Er verfolgt ein ganz anderes Ziel: Er will das ganze Spiel zerstören."
„Das 'Spiel' sagst du noch?"
„Die Welt, wenn du so willst - es ist ein immerwährendes Spiel!"
„Ich danke. Immerhin steht die Existenz von Menschen - von denkenden und fühlenden Lebewesen auf dem Spiel!"
Crusan verzog den Mund geringschätzig: „Siehst du: '... auf dem Spiel'! Aber bleiben wir beim Thema: Es gibt nur eines, das den Schwarzen dazu bewegen könnte, seine Deckung aufzugeben und sich zu erkennen zu geben."
„Du!"
„Richtig! Ich bin die einzige Macht, die er nicht übernehmen kann, und solange ich lebe, ist er nicht sicher! Also muss sein vorzüglichstes Interesse darin liegen, mich aus dem Weg zu räumen. Alles andere ergibt sich dann von selbst!"
Ich schüttelte den Kopf: „Wie kann man ... nein! Wie kannst du ihn töten? Es ist nur logisch, dass du es kannst!"
Er lachte, zog sein Schwert aus der Scheide und legte es auf den Tisch, wobei er zwei Weingläser zur Seite stieß: „Mit dieser Klinge! Nur mit dieser Waffe kann der Gestaltwandler, der Mann mit den tausend Gesichtern, getötet werden."
Ich starrte auf die blitzende Klinge in der Mitte des Tisches und verbiss mir zwei Fragen: 'Und du?' und die andere: 'Und ich?'

.

„Der Plan ist folgender:", fuhr der König fort: „Ein größeres Kontingent meiner Truppen befindet sich noch außerhalb der Stadt in den östlichen Hügeln. Davon wissen die Grünen aber nichts. Sobald sie Ravenaugh eingeschlossen haben und sich

auf eine längere Belagerung einrichten, werden diese sie von außen angreifen und den Belagerungsring sprengen. Verbunden mit einem gleichzeitigen Ausfall aus der Stadt werden wir sie von einer Seite zur anderen aufrollen."
Das erschien mir logisch, aber trotzdem: „Na gut, dann sind die Grünen aus dem Feld geworfen, aber das ändert doch nichts an der Bedrohung durch die Lyshiten, oder?"
Der König nickte: „Richtig. Die Roten warten darauf, dass Braun und Grün sich im Kampf um Ravenaugh gegenseitig zerfleischen. Mit einem leichten Sieg über die Grünen wird das nicht der Fall sein."
„Schön. Aber trotzdem können die Roten immer noch hinterher zuschlagen - und ihre Truppen sind frisch und in der Überzahl. Was also ist gewonnen? Es sei denn ..." Jetzt dämmerte mir langsam, auf was die Strategie hinauslief. „Blau, nicht wahr? Ihr habt ein Abkommen mit den Blauen getroffen?"
Crusan nickte: „Gut kombiniert. Es gab keine andere Möglichkeit: König Yl würde zwar als vorläufiger Sieger im Krieg um das obere Lliegantal dastehen, wenn er, wie die Lyshiten, einfach abwartete, bis sich Braun und Grün genügend gegenseitig geschwächt hätten, und dann mit seiner Armee, die schon am Lliegan steht, einmarschiert, aber auch er ist inzwischen über die Bedrohung durch die Lyshiten informiert."
„Durch dich, nehme ich an?"
„Natürlich durch mich."
„Mit meinem Einverständnis!", ergänzte der König. „Ich habe mich persönlich mit Yl in Verbindung gesetzt - und er hat mir zugestimmt. Einer - zumindest augenblicklichen - Koalition zwischen Braun und Blau steht also nichts im Wege. Und damit rechnen die Roten nicht!"
Mir schwirrte der Kopf von all dem Gerede über Bündnisse und gemeinsame Gegner. So ungefähr dürfte der Erste Welt-

krieg begonnen haben: 'Wenn du mir den Rücken freihältst, dann kann ich dort angreifen, ohne zu befürchten, dass jener seiner Abmachung nachkommt, mich von der Seite anzufallen, wenn ich seinen Verbündeten bedrohe, der ihm eigentlich vollkommen egal ist, aber eine willkommen Gelegenheit bietet, mich von irgend etwas abzuschneiden, das irgendeinem meiner Alliierten wichtig sein könnte' - oder so ähnlich.

Ich nahm noch einen Schluck Wein und ließ mir die Sache durch den Kopf gehen. Zugegeben, eine gemeinsame Aktion von Braun und Blau könnte die Roten in die Knie zwingen - im Gegensatz zu den Ostländern, wo überhaupt kein organisierter Widerstand stattgefunden hatte. Trotzdem stimmte hier noch etwas nicht.
„Was ist mit Schwarz?", fragte ich. „Das ist die Unbekannte in dieser Rechnung. Er spielt sein eigenes Spiel, das nicht unbedingt mit dem des Roten Herrschers übereinstimmen muss."
„Ihr habt recht, Daniel!", gab der König zu. „Das ist der unbekannte Faktor, aber dieses Risiko müssen wir eingehen. Aber wenn die Gefahr durch die Roten abgewehrt ist, wird es auch für Schwarz schwieriger, sein Spiel zu spielen - immerhin ist das Rote Heer seine Hauptstütze. Und sein eigentliches Ziel, Crusan auszuschalten, dürfte dann fast undurchführbar sein." „Hm", brummte ich, „das klingt recht überzeugend - zu gut für meinen Geschmack! Und ich kann mich inzwischen fast in den Schwarzen hineindenken: Die durchtriebene Art, wie er Mattincourt und Verrn ohne nennenswerte Verluste in die Hände der Roten gespielt hat ... Nein! Der hat noch einen ganz anderen Plan im Sinn, irgendetwas, das nicht nur aus militärischer Eroberung beisteht!"
Crusan und Pierephalos sahen sich an. An ihren Gesichtern konnte ich erkennen, dass sie meine Befürchtung nicht überraschte.

„Und Blau?", fuhr ich fort. „Können wir denen trauen? Du weißt, was Arboreysth sagte: 'Nur noch Braun ist frei!'"
Bei der Erwähnung des Grünen Gottes sah der König mich mit zusammengekniffenen Augenbrauen an, sagte aber nichts.
Crusan ergriff das Wort: „Das stimmt, aber es ist etwas geschehen, das das Konzept des Schwarzen sicher durcheinander gebracht hat ..."
„Und was?"
„Ein Machtwechsel in der Blauen Führung!", erklärte König Pierephalos. „Der alte Herrscher, Qu'erân, er war der Strohmann des Schwarzen, und ihm ist ... nun, ihm ist etwas zugestoßen." Ich grinste: „Ihr habt ihn umbringen lassen. Ein gedungener Mörder? Der muss aber sein Handwerk sehr gut beherrschen, um einen Farb-König zu töten!"
„Das tut sie!", lächelte Pierephalos.
„Sie?", staunte ich. „Diese Dame würde ich gerne kennenlernen - eine Macht natürlich: die Braune Königin."
„Meine Nichte Lyvenia", bestätigte er. „Sie ist auf diesem Gebiet wirklich sehr begabt."
„Mörderisch begabt!", bestätigte Crusan.
„Bleiben wir beim Thema!", fuhr der König fort. „Nachdem Qu'erân aus dem Weg geräumt war, übernahm sein Lordkanzler Yl die Macht. Aus begreiflichen Gründen war er nicht einmal so undankbar für die kleine Hilfeleistung von Brauner Seite, die ihm den Weg freigemacht hatte ..."
Ich verstand. „Und daraufhin stand er auch Eurem Bündnisangebot gegen die Lyshiten ... wie soll ich sagen? ... etwas aufgeschlossener gegenüber, nicht wahr?"
Er nickte anerkennend: „Ich sehe, dass Ihr einen gewissen Sinn für die subtile Kunst der Diplomatie habt. Und genau das ist der Kernpunkt unseres Gesprächs: Ich traue Yl nur bedingt. Ich halte es für möglich, dass er nach einem - so hoffe ich natürlich - Sieg über die Lyshiten seine Stellung im obe-

ren Lliegantal benutzt, um mich anzugreifen. Und noch etwas: Ich bin mir nicht sicher, ob Yl eine Macht ist oder nicht."
„Die Karten?", fragte ich.
„Sie geben keine Auskunft. Die Blau-König-Karte ist tot, aber es kann sein, dass er sie, wenn er eine Macht ist, nur vollständig blockiert."
„Und?", fragte ich, momentan etwas schwer von Begriff.
„Nun, wir dachten, eine Abordnung zu den Blauen Truppen zu entsenden. Ein Zeichen des guten Willens, um den Kontakt aufrecht zu erhalten. Und bei dieser Abordnung sollte jemand dabei sein, der die Tatsache, dass er eine Macht ist, noch dazu eine, von der fast niemand etwas weiß, ebenso gut verbergen kann."
Und Crusan fügte hinzu: „Wir hatten an dich gedacht!"

KAPITEL SIEBEN :
ES KOMMT ALLES GANZ ANDERS ...

-

Daniel macht sich mit einem kleinen Häufchen vertrauenswürdiger Leute auf den Weg, um der Mission, die ihm aufgelastet wurde, nachzukommen. Aber wie immer steckt der Teufel im Detail: Der Feind schläft nicht, und unser Held sieht sich ganz unerwartet in eine gänzlich absurde und gefährliche Lage gedrängt.

-

1.
„Ein Gutes hat es ja, dieses Unternehmen:", stellte Jocelin fest, „Wenn Ravenaugh wirklich belagert und eingenommen wird - oder auch nicht - dann sind wir fein raus!"
„Wie meinst du das?", fragte ich zurück und trieb mein Pferd näher an seines heran.
„Na, das ist doch ganz einfach: Wir ersparen uns ein offenes Treffen mit den Grünen Truppen - meiner eigenen Farbe! - und lassen uns dafür noch einmal ein paar Tage durchregnen. Lieber eine Lungenentzündung als einen ehrlichen Kampf riskiert!"
„Ach so!", lachte ich. „Das war ironisch gemeint! Entschuldige, dass ich dich nicht gleich verstanden hatte, aber manchmal bin ich verdammt schwer von Begriff. Und ich dachte wirklich, du wolltest dich bei mir beschweren!"
Er stieß ein Pfeifen durch die Nase aus: „Ich hätte mich nicht überreden lassen sollen, nein, das hätte ich nicht tun sollen!"
Ich konnte seine schlechte Laune verstehen. Aber eigentlich konnte ich nichts dafür.

.

Zwei Tage nach unserer Unterredung mit König Pierephalos war ich nach Norden aufgebrochen. Irgendwie gefiel mir die ganze Sache noch immer nicht, weil sie zu viele Unwägbarkeiten enthielt. Vor allem, weil ich mutmaßte, dass der Schwarze mit Sicherheit unsere Schritte erahnte oder sogar genau darüber Bescheid wusste. Er konnte seine Gestalt verändern und in der Maske jedes Offiziers des Königs auftreten, und der Gedanke gefiel mir gar nicht, vor allem, weil ich spürte, dass es auf die Entscheidung zuging.

Warum ich trotzdem zugestimmt hatte, den Spion zu machen? Nun, das ist einfach erklärt: Ansonsten konnte ich nichts tun, außer mich den Braunen Truppen anzuschließen, die mit Einverständnis des Königs von Crusan kommandiert wurden. Das behagte mir noch weniger, und so hatte ich mich einverstanden erklärt, den Kontakt mit den Blauen herzustellen. Ob ich in dieser Funktion sehr nützlich sein würde - nun, das würde sich herausstellen.

Man hatte mir freigestellt, wen ich als Begleiter wählen wollte. Ich hatte Vanessa vorgeschlagen, sah aber ein, dass sie als Blaue Königin - und zwar die richtige -, wenn König Yl wirklich eine Macht war, schnell entlarvt werden würde. Dieses Argument war nicht von der Hand zu weisen. Bei mir selbst bestand die Gefahr nicht, da ich gleich am Tag nach der Besprechung die Grün-Ritter-Karte 'löschte', das heißt, ich machte die Veränderungen, die ich in der Nacht in dem geheimen Raum in Verrn vorgenommen hatte, rückgängig, sodass die Karte wieder tot war.

König Pierephalos machte die Probe aufs Exempel und bestätigte, dass auf diesem Wege keinerlei Verbindung zu mir herzustellen war. Und eine Karte von mir gab es nicht.

Ybkallis bot sich an, mich zu begleiten, weil für seine besonderen Talente ohnehin in Ravenaugh momentan keine Nachfrage bestand, und er Untätigkeit und Langeweile mehr fürchtete als Gefahr. Ich stimmte gerne zu: Der kleine Hofnarr hatte sich in den letzten Monaten als guter Kamerad erwiesen und mit seiner Intelligenz und Umsicht mehr als einmal dazu beigetragen, mich - und die anderen - aus der Bre-

douille herauszuhauen. Und gerade bei einer solchen Mission, die nicht unbedingt Kampfstärke, sondern Diplomatie und List erforderte, könnte er mir sehr von Nutzen sein. Meine eigenen diplomatischen Fähigkeiten schätzte ich hierbei nicht einmal so hoch ein, wie König Pierephalos vielleicht glaubte: Um ein zweiter Metternich zu werden, müsste ich doch mein loses Maul etwas mehr im Zaum halten.
Ybkallis selbst schlug dann vor, dass Jocelin uns begleiten sollte. Ich hatte nichts dagegen: Noch jemand, auf den ich mich verlassen konnte, und der ein nicht zu unterschätzender Schwertkämpfer war. Der Souvaner erklärte sich bereit. Ich hätte auch Laq gefragt, sah dann aber ein, dass er sich einige ungestörte Tage mit Vanessa verdient hatte. Die beiden schienen sich wirklich ineinander verliebt zu haben und man sah sie nur noch Händchen haltend umherlaufen. Na schön. Wer weiß, wie viel Zeit ihnen noch blieb.

.

Der Abschied von Crusan hatte sich recht kurz gestaltet. Er legte mir die Hand auf die Schulter und meinte nur: „Du weißt, dass es eine Vertrauensstellung ist, die ich dir übertragen habe!"
„Und du weißt, dass du mir nicht alles gesagt hast, was ich wissen sollte, nicht wahr? Wird eines Tages der Moment kommen, an dem du mir endlich alles erzählst?"
Er verzog den Mund: „Ich schätze, das wird nicht nötig sein. Du wirst es ohnehin früher oder später verstehen. Aber ich verspreche dir, dass wir uns noch einmal unterhalten werden."
„Naja, das ist fast mehr, als ich erwartet hatte. Mach's gut, Bruder!"

.

Nach diesem mehr als dürftigen Abschied waren wir aufgebrochen. Eine seltsame Prozession, die sich da auf den Weg nach Norden machte: Drei Soldaten des Königs und ein

Leutnant, ein Hofnarr, ein souvanischer Prinz - und ein Fremder aus einer anderen Welt.
Und alle waren wir im Auftrag des Braunen Königs unterwegs.

2.
„Du hättest ja nicht mitzukommen brauchen!", entgegnete ich Jocelin. „Du hättest in Ravenaugh bleiben und deinen souvanischen Arsch am Feuer wärmen können!"
„Mich unter Crusans Kommando stellen? Und Laq und Vanessa zusehen, wie sie sich gegenseitig den Kehlkopf von innen untersuchen, was?"
Ich lachte: „Das klingt ja fast nach Eifersucht, mein Prinz!"
„Quatsch! Und das weißt du genau!"
„Okay. Aber was willst du dann?"
Er brummte vor sich hin und druckste etwas herum. Ich verstand ihn schon, immerhin ritten wir jetzt schon wieder zwei Tage durch strömenden Regen, manchmal von einigen Schneeflocken durchsetzt, und der einheitlich dunkelgraue Himmel versprach keine Verbesserung des Wetters in der nächsten Zeit.
Die Straße, auf der wir uns vorwärts bewegten - von einer Straße konnte man eigentlich nicht reden, vielmehr handelte es sich um einen leidlich ausgetretenen Trampelpfad durch die hügeligen Wälder entlang des Lliegan nach Norden - hatte sich im Laufe der letzten Tage in ein schlammiges Bachbett verwandelt, durch das schmutzigbraune Brühe dem tiefsten Punkt des Tales zustrebte. Rechts von uns stieg das Gelände an und offenbarte nur undurchdringliches Dickicht, nach links fiel es ziemlich steil ab. Irgendwo dort unten zwischen den dichten stachligen Büschen und bizarr verkrüppelten Laubbäumen floss der Lliegan - aber in dem allgegenwärtigen Plätschern des Regens war nicht einmal das Rauschen

des Flusses zu vernehmen. Leider war dies der einzige gangbare Weg, wenn man sich nicht zu Fuß durch das Unterholz der umgebenden Wälder kämpfen wollte.

„Du weißt, was ich meine!", entschloss sich der Souvaner, doch noch etwas zu sagen. „Die ganze Geschichte passt doch irgendwie hinten und vorne nicht zusammen."

„Was meinst du damit?"

„Ich meine damit, dass hier alle lügen - auch dein Freund Crusan! Du bist jetzt vielleicht beeinflusst, aber ..."

Ich wollte ihn an dieser Stelle unterbrechen, aber ich kam nicht dazu: Das Pferd des Leutnants, der an der Spitze unseres Zuges ritt, bäumte sich schrill wiehernd auf und warf seinen Reiter ab.

Jocelin stieß einen Fluch aus: „Verdammt, es hat einen Pfeil in den Hals bekommen. Wir ..."

Weiter kam er nicht, denn zwei dunkel gekleidete Männer sprangen rechts aus den Büschen hervor. Während der eine versuchte, das Pferd des Souvaners am Zügel zu fassen zu kriegen, holte der andere mit einem langen Spieß aus, um Jocelin aus dem Sattel zu stechen. Von allen Seiten brachen weitere Angreifer aus dem Gebüsch hervor.

Verflucht, mit einem Überfall hatte ich überhaupt nicht gerechnet, schließlich waren wir auf blauem Gebiet, und diese sollten unsere Verbündeten sein.

Mein Pferd bäumte sich ebenfalls auf, und ich hatte alle Mühe, es wieder unter Kontrolle zu bekommen und nicht rückwärts ins Gebüsch geschleudert zu werden. Aus dem Augenwinkel nahm ich wahr, dass der Souvaner seitwärts von seinem Tier sprang, um dem drohenden Speer auszuweichen.

Wenn ich nur an mein Gewehr herankäme! Es steckte in seinem Sattelholster, und bei meinen verzweifelten Bemühungen, nicht abgeworfen zu werden, schaffte ich es nicht, es herauszuziehen.

Jemand sprang mich von der Seite an und legte seinen Arm um meinen Hals, sodass ich nach hinten gerissen wurde. Ich stieß mit beiden Ellbogen um mich, und erwartete jeden Augenblick einen Messerstich, aber in diesem Fall half mir das Bocken meines Reittiers. Es ging vorne hoch und warf mich und den Angreifer nach hinten ab. Dieser hatte wohl gerade zustoßen wollen und ruderte mit seinem freien Arm in der Luft herum, als wir plötzlich beide das Gleichgewicht verloren.

Der Sturz dauerte sicher nur eine halbe Sekunde, aber ich schaffte es, mich herumzuwerfen, als der Mann vor Schreck seine Umklammerung lockerte. Ich stürzte auf ihn und vernahm trotz des Lärms um uns ein trockenes Knirschen, als sein rechter Arm brach. Er hatte im Reflex versucht, sich abzufangen, und unser beider Gewicht war zu viel für den Knochen gewesen. Der Mann schrie vor Schmerz auf: wahrscheinlich hatte sich das gesplitterte Knochenende durch die Haut gebohrt. Ich selbst bekam einen harten Schlag in die Seite, dass ich dachte, meine Rippen würden eingedrückt: der Griff meines Degens, der an meiner Seite hing. Ich wälzte mich zur Seite und schnappte nach Luft wie ein Fisch auf dem Trockenen.

Um mich herum tobte der Kampf, und ich hatte keine Zeit zum Verschnaufen. Der Mann, der mich angegriffen hatte, versuchte sich auf seinen heilen Arm zu stützen, und ich griff mir einen großen Stein und schlug ihn ihm gegen den Schädel. Dann richtete ich mich auf ein Knie auf.

Es sah nicht gut aus: Der Leutnant lag regungslos im Gebüsch, wahrscheinlich hatte er sich gleich bei seinem Sturz das Genick gebrochen. Die Soldaten hatten sich Rücken an Rücken aufgestellt und wehrten mehrere Angreifer ab. Ich sah mich weiter um: Es waren nur sieben oder acht Männer, bewaffnet mit Schwertern, Messern und Stoßspeeren, die uns hier überfallen hatten. Aber sie hatten die Überraschung auf ihrer Seite gehabt.

Wie konnten wir nur so leichtsinnig sein!

Was war mit Jocelin und Ybkallis? Der Souvaner hatte es geschafft, sein Schwert zu ziehen, und einen seiner Angreifer erschlagen, er stand über der Leiche des Mannes und schwang die lange Klinge, um den anderen mit dem Spieß auf Distanz zu halten. Ybkallis konnte ich nirgends entdecken.

Weiter konnte ich nicht zusehen, denn einer der Gegner hatte bemerkt, dass ich noch lebte, und sprang auf mich zu, wobei er höhnisch lachte. Wahrscheinlich wähnte er mich als leichtes Opfer. Entsprechend angeschlagen sah ich ja wohl aus.

Ich spielte mit und richtete mich betont mühsam auf. Den Schmerz, den ich dabei spürte, musste ich nicht einmal vortäuschen: Meine linke Seite fühlte sich an, als sei ich von einem Pferd getreten worden.

Der Mann, ein vierschrötiger untersetzter Kerl mit breiten Schultern, stoppte seinen Lauf vor der Leiche seines Kameraden und schwang ein breites Schwert durch die Luft, als ob er einen Ochsen halbieren wollte. Dabei lachte er lauthals. Die Sache schien ihm Spaß zu machen.

Nun, ich gedachte, ihm diesen zu verderben. Ich wich zurück, so dass sein erster ungelenker Hieb nur die Luft zerteilte. Und jetzt zeigte sich die reichliche Übung mit dem Degen in den letzten Monaten: Melissa sprang mir förmlich in die Hand, als ich die Klinge zog. Mit einem meinerseits gehässigen Grinsen sprang ich vor und schlug dem Mann beide über den Kopf erhobenen Hände ab, mit denen er sein Schwert zum zweiten Hieb schwang.

Crusans Vorbild von Shilanoah folgend wartete ich den unvermeidlichen Entsetzensschrei gar nicht erst ab, sondern nutzte den Rückschwung meiner Waffe aus und trat dem Zu-

sammenbrechenden mit dem Fuß gegen die Brust, dass er sich überschlagend den Hang hinunterkollerte.
Verdammt, wo war mein Pferd? Ich musste an mein Gewehr kommen, sonst sah es übel aus.
Als ich mich umsah, riss mich ein plötzlicher Angriff von der Seite von den Füßen. Irgendjemand hatte mich angesprungen und schlang im Fallen beide Hände um meinen Hals, während wir durch das dornige Gebüsch rollten. Zum Glück prallte ich relativ weich auf und konnte mit der Rechten zustoßen ...
Das konnte ich eben nicht. Bei dem Sturz hatte ich die Klinge verloren. Scheiße! Ich nutzte wenigstens der Schwung der Bewegung aus und schaffte es, mich nach oben zu rollen, als ich auch schon den Luftmangel bemerkte. Mein Gegner war ziemlich kräftig und versuchte, mir den Kehlkopf einzudrücken. Wahrscheinlich hatte er auch seine Waffe verloren. Leider nutzte mir diese Erkenntnis nicht viel, denn jetzt bereits begannen schwarze Punkte vor meinen Augen zu tanzen, und meine Lunge verlangte heftig nach Luft. Wenn ich nicht sofort etwas Entscheidendes unternahm, dann würde ich bewusstlos werden - und dann Gnade mir wer auch immer!
Ich versuchte, die Fäuste von meinem Hals zu lösen, aber der Kerl schien Finger aus Eisen zu haben. In meiner Verzweiflung sprang ich durch den Zwischenraum - und materialisierte einen halben Meter entfernt wieder. Natürlich hing er immer noch an mir - aber die Überraschung über den Sprung erfüllte ihren Zweck: Für einen Moment lockerte er seinen Griff.
Ich schnappte hektisch nach Luft und saugte mich richtig voll, dann entmaterialisierte ich nochmals. Dieser zweite Sprung erfüllte seinen Zweck: Ich wurde meinen Angreifer los. Trotzdem ging die Aktion schief: In der begreiflichen Panik hatte ich natürlich überhaupt keinen überlegten Rich-

tungsvektor im dreidimensionalen Raum vorgegeben, ich war einfach 'weggesprungen'. Der 'Erfolg' zeigte sich sofort: Ich materialisierte mitten in der Luft und stürzte, noch bevor ich reagieren konnte, den Abhang hinunter, wobei ich mit den Armen wild um mich ruderte und versuchte, mit den Händen nach irgend etwas zu greifen, das mir Halt bot, aber vergebens: Das Gelände war zu steil, ich konnte meine Rollbewegung nicht bremsen und schnitt mir nur die Handflächen an den dünnen Zweigen der Dornenbüsche, nach denen ich griff, auf.
Nach einer Ewigkeit, die wahrscheinlich nur einige Sekunden währte, klatschte ich ins Wasser.

3.
Auftauchen und Luft holen. Das hatte ich schon einmal erlebt: in Mattincourt, als wir durch den Kanal in die Stadt eindrangen, um Jocelin zu befreien. Luft! Diesmal behinderte mich kein Fischernetz um meine Füße, ich konnte ohne Widerstand die Oberfläche erreichen.
Ich konnte? Ja, aber die starke Strömung versuchte mich sofort wieder in die Tiefe zu ziehen. Verdammt, ich war hier nicht im Kanal von Mattincourt, sondern in einem richtigen Strom, dem Lliegan, der zudem noch von den starken Regenfällen der letzten Wochen auf das Doppelte seiner Breite angeschwollen war und rasend schnell dahinströmte!
Ich ruderte mit den Armen, um an die Oberfläche zu kommen und hatte seltsamerweise sofort Erfolg - offenbar hatte mich eine innere Strömung der Wassermassen nach oben getragen. Während die Wirbel an mir zerrten, hielt ich den Kopf oben und atmete mehrmals tief durch. Meine Gedanken klärten sich. Gut.
Um mich herum Wasser und bewaldeter Horizont, der von einer Seite auf die andere kippte. Ich tauchte öfters unter und

musste mich dann jedes Mal neu orientieren. Die untergehende rote Sonne.
Einmal sah ich sie beim Auftauchen mit dem linken Auge zuerst, dann wieder mit dem rechten. Ich musste mich immer wieder an die Oberfläche kämpfen, um Luft zu bekommen, aber es bereitete immer weniger Schwierigkeiten. Schließlich schaffte ich es, mich eine gewisse Zeit - wie lange, das konnte ich wirklich nicht sagen - dort zu halten, sodass ich mich sogar in der Rückenlage treiben lassen konnte, um nicht abzusacken. Endlich konnte ich wieder mehrmals hintereinander durchatmen.
Warum eigentlich? Ich drehte mich schwimmend im Wasser herum und paddelte nur mit den Füßen. Die Strömung hatte mich offenbar in einen Seitenarm des Lliegan geschwemmt, ein totes Gewässer, in dem sich die Gewalten des Stroms in sich selbst brachen.
Mein Glück. Im Unglück.

.

Ich schaffte es ohne große Anstrengung, mich in der geringen Strömung an der Oberfläche zu halten, und gewann langsam meine logische Überlegung zurück, da die unmittelbare Lebensgefahr nicht mehr aktuell war.
Die Wipfel der Bäume am Ufer rechts von mir strahlten mich rötlich an, also stand die Sonne links, obwohl ich sie nicht sehen konnte - die Froschperspektive aus einem Gewässer heraus eignet sich eben nicht sonderlich für dergleichen Beobachtungen! Aber die Erkenntnis dieser Tatsache half mir auch nicht viel weiter: Ich paddelte im Lliegan und links war Westen.
Der Fluss mündete irgendwo weit im Norden in einen der vielen Seen, das wusste ich - aber was half mir das? Wie weit war ich abgetrieben worden? Und vor allem: Hatten Jocelin und Ybkallis überlebt? Ich konnte ihnen nicht mehr helfen: Bis ich es schaffte, ans östliche Flussufer zu gelangen und

die Stelle wieder zu finden, wo der Überfall stattgefunden hatte, konnten Tage vergehen. Bis dahin war ohnehin alles entschieden.

Scheiße!

Die leichte Strömung trieb mich voran, und ich unterstützte sie nur durch einige Ruderschläge mit den Füßen. Nach wenigen Minuten ertastete ich den Grund. Ich sank zwar in dem Schlamm etwas ein, aber die Gewissheit, mich auf festem Boden zu bewegen, beruhigte mich. Der Waldrand vor meinen Augen sah zwar in seiner grauen Eintönigkeit nicht gerade anheimelnd aus, aber trotzdem erschien er mir in diesem Augenblick, in dem ich noch mit den Beinen im trüben Wasser steckte, wie das Ziel aller meiner Wünsche.

Obwohl ich dann alleine im fremden Land festsaß, würde ich doch zumindest meine Kleidung trocknen können - sofern es mir gelänge, irgendwie ein Feuer zu entzünden -, und dann ... Ja, was eigentlich 'und dann'? Ich stieß nochmals einen gar gotteslästerlichen Fluch aus, als ich mir die weiteren Konsequenzen überlegte: Die anderen würden denken, dass ich hinüber sei; wenn Jocelin und Ybkallis davongekommen waren, dann hätten sie keine Möglichkeit, über die Karten festzustellen, dass ich doch noch lebte - das konnte nur Crusan! Und wenn nicht? Dann waren zwei meiner Freunde tot!

Ich zog Schritt für Schritt meine Füße aus dem Schlamm des Flusses, während ich diesen trüben Gedanken nachhing. Wer hatte uns auf blauem Terrain angegriffen? Wie Lyshiten hatten die Kerle nicht ausgesehen - also Grüne? Vermutlich. Ein Trupp von Plünderern, der es auf unsere Pferde und Waffen abgesehen hatte?

König Pierephalos hätte eigentlich Sorge dafür tragen müssen, dass das Gebiet nördlich von Ravenaugh frei von zumindest grünen Truppen wäre. Aber warum überlegte ich mir das jetzt erst?

Ich schüttelte den Schlamm von den Füßen und betrachtete das steile Ufer. Wahrhaft eine imposante 'Macht', die ich jetzt darstellte: Die Winchester hing am Sattel meines Pferdes, das jetzt vermutlich im Wald auf der anderen Seite des Flusses umherirrte; mein Degen lag irgendwo im Gebüsch - und ich war triefnass und meilenweit von meinen Kameraden entfernt. Mit derart trüben Gedanken kletterte ich den steinigen Rand des Flussarms empor. Das Ufer war ziemlich steil, und ich hangelte mich an den Ausläufern der Schlingpflanzen empor, die bis ins Wasser hineinreichten.
Eine menschliche Stimme wäre das Allerletzte gewesen, das ich jetzt erwartet hätte, aber - täuschten mich meine erschöpften Sinne? - ich hörte jemanden flüstern:
„Was tun wir mit dem?"
Mit dem? War damit etwa ich gemeint?
Leider hatte ich keine Gelegenheit mehr, mir über diese elementare Frage den Kopf zu zerbrechen - denn das tat jemand anders für mich; oder versuchte es zumindest: Ein harter Schlag traf mich seitlich gegen den Schädel und schickte mich sofort ins Land der Träume.

4.
Ins Land der unangenehmen Träume, das sollte ich hinzufügen.
Ich kämpfte gegen unsichtbare Gegner und hieb und stach mich durch einen Kellergang, dessen Boden mit weißlichen Schleim bedeckt war, an dem ich ständig kleben blieb. Während ich langsam einsank, schrien vier Könige um mich herum auf mich ein, aber ich verstand kein Wort.
Ich versuchte mit den Armen zu rudern, um mich an der Oberfläche zu halten, aber ich konnte sie nicht rühren, obwohl irgendjemand im Hintergrund sagte: „Er bewegt sich!"
'Und sie bewegt sich doch!' Wer war das? Die Erklärung

war einfach: Ich war tot, im Jenseits, und Galilei hatte gesprochen.
Nein! Tote würden keine derartigen Kopfschmerzen haben. Allmählich kehrte mein Bewusstsein zurück, allerdings in einer Langsamkeit, als ob es sich wirklich aus klebrigem Gelee befreien musste. Ich vermeinte, den elektrischen Impulsen jedes einzelnen Gedankens folgen zu können.
Gedanken? Eigentlich bestand mein ganzes Empfinden nur aus Kopfschmerz, als sei ich selbst eine große Glocke mit einem Sprung, auf die unablässig jemand schlug. Es war mir ja nun wirklich nichts neues, mit Kopfschmerzen aufzuwachen, und dann erst einmal zu versuchen, die Erinnerungslücken zu schließen, aber das ... Mindestens eine Flasche schlechter Bourbon, würde ich sagen. Auf Bourbon ging es mir immer schlecht am nächsten Tag; Tequila oder Mezcal vertrug ich besser.
Ich wollte nach meinem Schädel fassen - es ging nicht. Ich konnte meine Arme wirklich nicht bewegen. Irgendjemand lachte.

Das brachte meine Erinnerung zurück. Von wegen Bourbon! Ich schlug die Augen auf und blinzelte ins helle Tageslicht. Im ersten Augenblick konnte ich nichts weiter erkennen, weil tanzende farbige Schlieren mein ganzes Gesichtsfeld einnahmen.
Nach einer Weile sah ich deutlicher. Ich starrte in den Himmel, und das Tageslicht war gar nicht so hell: Graue und schwarze Wolken bedeckten das Firmament. Ab und zu traf mich ein einzelner Wassertropfen ins Gesicht.
Am Leben war ich also. Das war aber auch schon der einzige positive Aspekt, den ich meiner Lage abgewinnen konnte:
Sechs oder sieben verhauen aussehende Kerle starrten auf mich herab; natürlich lag ich auf dem Boden und konnte meine Arme nicht bewegen, weil sie auf den Rücken gefesselt

waren. Im ersten Augenblick dachte ich, dass ich einer Räuberbande in die Hände gefallen war, aber als ich mühsam den Kopf ein Stück hob und mich umsah, wurde ich eines anderen belehrt:
Mehrere Lagerfeuer brannten auf einer großen Waldlichtung und sandten weißgraue Rauchfahnen in den Himmel. Überall provisorische Zelte und Hunderte von Männern, die irgendwelchen Beschäftigungen nachgingen; die meisten hatten sich um die Feuer gruppiert und hielten auf Äste gespießte Fleischstücke oder Speckstreifen darüber. Ein Heerlager.
Nachdem mir das klar geworden war, wusste ich im ersten Augenblick nicht, ob ich jetzt besorgter sein sollte oder nicht. Nachdem es sich also um keine Räuberbande handelte, die mich da niedergeschlagen und gefangen genommen hatte, musste ich wohl nicht gerade befürchten, einfach umgebracht und ausgeraubt zu werden.
Trotzdem war meine Lage alles andere als rosig. Und das zeigte sich sofort:
Aus dem Kreis von unsympathischen Visagen, die sich über mich gebeugt hatten, drängte sich eine nach vorne und kam näher, bis sie mein ganzes Gesichtsfeld einnahm.
„Na? Aufgewacht?", brüllte mir ein geradezu obszön weit aufgerissener Mund entgegen. Die Schwierigkeiten, die ich immer noch mit der richtigen Koordination meiner Sinne hatte, verstärkten noch den surrealen Eindruck, den das Ganze auf mich machte. Aber ich wurde langsam wach, denn der nette Herr blies mir eine Fahne ins Gesicht, die in ihrer konsequenten Ablehnung jeglicher Mundpflege - und das wahrscheinlich über Jahre - wahrhaft kompromisslos war. So ähnlich musste es riechen, wenn man Mund-zu-Mund-Beatmung an einem toten Iltis versuchte.
Erst nach und nach wurde mir der Sinn der Worte klar: 'Na? Aufgewacht?' Eine selten dumme Feststellung. Der Sprecher unterstrich sie durch einen schmerzhaften Tritt in meine Sei-

te, was den Sinngehalt zwar nicht verbesserte, aber zumindest mir die Stimme wiedergab - wenigstens teilweise. Ich röchelte irgendetwas hervor, was ich nicht unbedingt als Zustimmung meinte, er aber als solche verstand und weitere rüde Versuche dieser Art, mich ins Leben zurückzurufen, unterließ.

Der Schreier, ein großer kräftiger Mann mit einem dichten schwarzen Vollbart, einer offenbar einmal gebrochenen Nase und kleinen tückischen Schweinsäuglein, richtete sich wieder auf, sodass mein Blickfeld wieder frei wurde. Ich schloss kurz die Augen, als eine neue Welle ziehenden Kopfschmerzes durch meine Gehirnwindungen raste. Wieder erklang Gelächter von den Umstehenden.

Als ich wieder aufschaute, wurde ich von mehreren kräftigen Händen gepackt und nicht sehr sanft hoch gezerrt. Meine Füße waren nicht gefesselt, sodass ich stolpernd mitlaufen konnte, als sie mich an mehreren Zelten vorbei durch das Lager schleiften.

Am Rand des Waldes blieben die Männer stehen und deuteten vorwärts: „Schau dir das an!" Einer drückte mir den Kopf hoch, sodass ich gar nicht anders konnte: Als sich mein Blick klärte, erkannte ich in der Abenddämmerung zwei Gestalten, die an ihren Hälsen von der untersten Ästen zweier Bäume baumelten. Die Gesichter der Hingerichteten zeigten, dass sie keinen leichten Tod gestorben waren: Dem einen hatte man offensichtlich vorher das ganze Gesicht zerschlagen, der aufgerissene Mund wies keinen einzigen vorderen Zahn mehr auf; und dem anderen waren beide Arme mehrfach gebrochen worden, wie die verdrehte Haltung zeigte.

Spätestens jetzt wurde mir klar, dass ich tiefer in der Tinte saß, als ich mir vorhin noch ausgemalt hatte.

.

„Na, das beeindruckt, was, Bürschchen?", knurrte mich der Kerl mit dem mörderischen Mundgeruch von der Seite an.

Als ich nicht gleich antwortete, trat mich ein anderer der Männer in den Rücken.

„Lass das, Gerard!", rief der Sprecher. „Das mach' ich schon! Unser Gast spricht wohl nicht mit jedem!"

Er packte meine Haare und zog mich nahe an sein Gesicht heran, dann fuhr er gefährlich freundlich fort: „Ich sollte mich wohl erstmal vorstellen: Ich bin Villiers, Leutnant Villiers - von der dritten Infanteriebrigade seiner Majestät, König Yl. Hast du das verstanden?"

„Ja!", brachte ich hervor, und, als er meinen Kopf weiter zurück bog, ergänzte ich: „Ja, ich habe verstanden!"

„Na siehst du, Gerard?", lachte er und stieß meinen Kopf zurück. „Wie ich immer sage: Mit Freundlichkeit kommt man weiter! Und was hast du daraus gelernt?"

Der Angesprochene, ein dünner Mann mit einer Habichtsnase, zuckte die Achseln: „Was ich ...? Ich weiß nicht! Dass man mit Freundlichkeit weiter kommt?"

„Du Idiot! Nein, wir haben daraus gelernt, dass unser Gast sprechen kann! Nicht wahr, du kannst es?"

Die Frage war an mich gerichtet, und ich nickte. Das war ein Fehler, wie ich sofort belehrt wurde: Villiers schlug mir mit dem Handrücken ins Gesicht und hob mahnend den Zeigefinger: „Na, na! Was haben wir gelernt?"

„Ich weiß nicht, was du gelernt hast ...", würgte ich hervor, dann brachte mich eine weitere Ohrfeige zum Schweigen. Ich Idiot! Er lachte, als ob er selbst den Scherz gemacht hatte: „Unser Gast ist ein kleiner Witzbold. Das ist fein! Die habe ich besonders gern."

Ich schwieg, während ich meine Lage überdachte. Noch schlimmer konnte es eigentlich nicht kommen: Jocelin und Ybkallis von den Grünen gefangen genommen oder tot; die Mission, mit der ich aufgebrochen war, gescheitert; und ich befand mich in der Hand des Abschaums der Blauen Armee, der mich wahrscheinlich gleich aus purem Vergnügen am nächsten Baum aufknüpfen würde.

Villiers schien meine Gedanken erraten zu haben, denn er grinste mich dreckig an und sprach weiter: „Oh, es tut mir leid, dich so geknickt zu sehen. Aber wir sind seit drei Monaten im Feld und haben hier wenig Unterhaltung - außer wenn wir einen von den Grünen lebend erwischen."
„Von den Grünen?", murmelte ich. „Ich gehöre nicht zu den grünen Truppen!"
„Natürlich nicht, natürlich nicht!", höhnte er, und die anderen lachten. „Das sagen alle! Und wir glauben ihnen! Auch du bist nur ein harmloser Fischersmann, der auf der Jagd nach Forellen oder Salmen den Lliegan durchschwommen hat. Oder du bist ein Bauer, der in seinem Boot den Fluss überqueren wollte - und leider ins Wasser gefallen ist."
Ein brüllendes Gelächter belohnte seine Worte. So sehr ich auch sonst Sarkasmus schätzte - in diesem Moment war ich davon nicht allzu sehr angetan.
„Und sieh dir die beiden an!", fuhr er fort, nachdem die allgemeine Heiterkeit verebbt war. „Auch das waren ganz harmlose Wandersmänner, die nur zufällig hier vorbeikamen. Leider hat man es ihnen nicht geglaubt. Was sagst du dazu?"
„So ein Pech!", knurrte ich, bevor ich wieder einen Tritt bekam.
„Oho, Oho!", stieß Villiers belustigt aus. „Er weiß einen Scherz zu schätzen! Nun, was würdest du dazu sagen, wenn wir dich einfach neben diese beiden hängen?"
„Was soll ich schon dazu sagen, häh? Was würdest du denn gerne hören?"
Er trat direkt vor mich und sah mir in die Augen. „Eine gute Frage! Vielleicht würde ich gerne hören, was die abgeschlagene Nachhut der Grünen Armee jetzt vorhat. Ob sie wieder zu ihrem Hauptheer stoßen will oder etwas anderes

unternimmt. Zum Beispiel könnte sie ja versuchen ... aber das muss ich dir ja nicht verraten, oder?"
Ich seufzte. „Ich habe keine Ahnung, was die Grüne Nachhut vorhat. Ich und ... ich bin selbst wahrscheinlich von denen überfallen und in den Fluss geworfen worden."
Ich hatte keine große Hoffnung, dass man mir Glauben schenken würde, und ich behielt recht: Villiers verzog in gespielter Verzweiflung das Gesicht und höhnte: „Sie haben ihn in den Fluss geworfen, diese Unmenschen!" Die anderen lachten wiederum. Dann wurde er ernst: „Na schön. Weißt du, Junge, du wächst mir jetzt schon richtig ans Herz. Immerhin werden wir dir einen unterhaltsamen Abend verdanken."
„Kann ich mir vorstellen!", gab ich zurück. „Aber stellt euch auf keine allzu lange Vorstellung ein. Bis zum späten Abendessen im 'Maxim's' schafft ihr es noch."
Ich kannte meine Fähigkeit, Schläge wegzustecken - recht groß war sie nicht. Also würde das Publikum nicht viel Freude an mir haben, wenn ich wegtrat. Ich hoffte nur, dass ich vorher nicht schreien würde - den Gefallen wollte ich den Kerlen nicht tun.
Und noch ein Gedanke gefiel mir gar nicht: Es gab weniger brachiale und trotzdem genauso unangenehme Methoden, einem Menschen Informationen zu entlocken, die diesen nicht ohnmächtig werden ließen. Und die reizenden Herrschaften um mich sahen ganz nach Experten auf diesem Gebiet aus.
Gerard und noch ein anderer der Soldaten lösten meine Fesseln. Ich spannte die Arme an, aber die beiden waren zu kräftig. Sie schleiften mich zwischen die ersten beiden Bäume am Waldrand und banden mich zwischen diesen mit ausgestreckten Armen wieder an.
Als ich probeweise, und natürlich erfolglos, an meinen Fesseln zerrte, wurde mir plötzlich ganz seltsam zumute, als ob ... Richtig! Ein Déjà-vu-Erlebnis. Der Traum in Shilanoah. Ich stand mit ausgebreiteten Armen und konnte sie nicht

bewegen. Sollte ich dieses Ereignis vorausgesehen haben, in verschlüsselter Form, als Kreuzigung?
Ich wusste es nicht. Und wahrscheinlich würde ich gleich gar nichts mehr wissen. Villiers ließ sich von einem seiner Männer einen Speer geben und hielt die Spitze eine Zeitlang ins Lagerfeuer, bis sie leicht rauchte und in der Abenddämmerung rötlich schimmerte. Dann kam er damit genüsslich grinsend auf mich zu und baute sich so dicht vor mir auf, dass ich blinzeln musste, als er die glühende Speerspitze vor mein Gesicht hielt. Ich spürte die ausstrahlende Hitze auf meinen Wangen.
„Na, willst du nicht vielleicht doch sagen, was die Grüne Nachhut vorhat? Wird sie zur Hauptarmee vor Ravenaugh stoßen - oder sich weiter nach Norden bewegen?"
Ich war in Versuchung, jetzt einfach irgendetwas zu sagen, was er hören wollte, aber erstens wusste ich nicht, was er wirklich hören wollte, und zweitens glaubte ich nicht, dass es mir die Folter ersparen würde.
„Ich sagte schon, ich habe keine Ahnung!", knirschte ich durch die Zähne. „Ich gehöre nicht zu den Grünen."
„Oh, ich glaube dir! Du hast so ein ehrliches Gesicht", versicherte er treuherzig. „Aber meine vorgesetzten Offiziere sind verflucht misstrauische Leute. Die wollen Beweise, verstehst du? Und ein Beweis ..."
„Und ein Beweis", ergänzte ich, „wäre es nur, wenn ich auch unter Schmerzen bei meiner Version bliebe, nicht?"
Er zuckte die Schultern. „So ist das nun mal. Tut mir ja leid um dich, weil du mir wirklich gefällst, aber Pflicht ist nun mal Pflicht ..."

.

Die immer noch rotglühende Speerspitze näherte sich meinen nackten Armen, als eine befehlsgewohnte Stimme aus dem Hintergrund brüllte: „Halt, was soll das?"

Ein Mann mit einer verzierten Lederrüstung, die nicht so schäbig aussah wie die Kluft der anderen Soldaten, trat aus dem Schatten eines Zeltes. Er spazierte gemächlich durch die Reihen der umstehenden Männer und schüttelte dabei missbilligend den Kopf. Ich holte erst einmal tief Luft.
„Ein Spion, was, Villiers?", fragte er den Leutnant ironisch. „Wieder mal? So wie die Bauern vor fünf Tagen, die nur ihre Vorräte vor dir verstecken wollten? Oder diese beiden hier?"
Er wies auf die beiden Gehängten, und der Angesprochene setzte wie zur Entschuldigung ein schiefes Grinsen auf, sagte aber nichts. Offenbar genoss dieser Offizier Respekt.
„Ein Spion der Grünen, soso!", stellte er fest und musterte mich von oben bis unten. Dem Brandeisen momentan entkommen, wusste ich auch nicht recht, was ich sagen sollte. Also setzte ich nur meinen vertrauenswürdigsten Blick auf und schüttelte wortlos, aber energisch den Kopf.
„Wie heißt du, Junge?", fragte der Offizier mich wie beiläufig, und dabei hatte ich Gelegenheit, ihn genau zu betrachten. Er war etwas kleiner als Villiers, längst nicht so kräftig, aber seine verkniffenen Augen zeugten von Durchsetzungsvermögen, Willensstärke - und Skrupellosigkeit. Ein gefährlicher Mann. Mit seinen herabgezwirbelten dünnen Bartenden erinnerte er mich an Warren, den Söldner, der mir in der Souvanmark ans Leder wollte. Allerdings hatte er nicht dessen mächtige Statur.
„Christian", hielt ich es für besser, zu antworten, da es vielleicht nicht gut wäre, den Namen 'Daniel' in diesem Zusammenhang zu erwähnen.
„Christian!", wiederholte er, wandte sich um und blaffte seine Leute dann an: „Ihr Schafsköpfe! Ein Grüner Spion! Das sieht man doch sofort, dass der nicht zu den Grünen gehört! Die Statur - und die Haare!"
Ich war heilfroh, dass meine farbigen Strähnen inzwischen herausgewachsen waren, das hätte sonst womöglich noch zu-

sätzliche Fragen aufgeworfen, und grinste breit zur Bestätigung.

„Das ist einer der Barbaren des Nordens!", dozierte der Offizier weiter, und drehte sich plötzlich wieder zu mir um: „Aus den Ländern nördlich von Skjeltshaven, nicht wahr?"

Diese Falle roch ich sofort. Für wie blöd hielt der Kerl mich eigentlich? Allerdings musste ich mir jetzt blitzschnell etwas anderes einfallen lassen - nur was? Vermutlich lag Skjeltshaven nicht einmal im Norden. Aber einen Vorteil hatte ich in diesem Spiel: Als 'Barbar' wurde von mir sicherlich nicht erwartet, dass ich geistig ein allzu großes Licht war.

Also konnte ich mir mit der Antwort Zeit lassen.

Ein gefährliches Spiel, auf das ich mich jetzt einlassen musste. Die Menschen auf dieser Ebene kannten meistens nur das Land, in dem sie lebten, und andere große Städte außerhalb vom Hörensagen. Es gab zum Beispiel - das hatte ich von Jocelin erfahren - nur ganz wenige privilegierte Souvaner, die wirklich einmal Verrn, die Hauptstadt des Nachbarlandes besucht hatten.

Jetzt war nur die Frage: Hatte dieser Offizier gebluff oder nicht?

Ich starrte einen Moment vor mich hin und zuckte dann die Schultern: „Skjeltshaven? Kenn' ich nicht! War noch nie dort! Ich bin aus Oklahoma, einer kleinen Stadt am Arkansas!"

Ich sah ihn innerlich gespannt, äußerlich möglichst zerknirscht an. Wenn mein Gegenbluff Erfolg haben sollte, dann würde sich das jetzt erweisen. Natürlich konnte er mit diesen Namen überhaupt nichts anfangen, aber wenn sein Wissen über die nördlichen Gebiete dieses Kontinents nur gering war, dann würde er meine Geschichte vielleicht kaufen.

Die Wahrheit zu sagen, nämlich dass ich ein Abgesandter des Braunen Königs war - das versuchte ich erst gar nicht. Wenn sie mir nicht glaubten, dann wäre das Ergebnis das gleiche;

und wenn sie mir glaubten, dann würden sie mich wahrscheinlich erst recht umbringen und meine Leiche in den Fluss werfen, damit die ganze Geschichte nicht herauskäme.
„Okla ... hm!", wiederholte er und rieb sich das Kinn. Ich triumphierte innerlich. Offenbar hatte es geklappt. Trotzdem war meine Lage noch alles andere als beneidenswert. Die anderen Soldaten standen um mich herum und glotzten mich an.
„Na schön!", gab der Offizier das Spiel auf. „Ich kenne die Stadt nicht, aber dass du ein Nordmann bist, das glaube ich schon!"
Ich lächelte in die Runde. Leutnant Villiers schien recht enttäuscht zu sein und steckte den Speer in den nassen Grasboden, sodass eine kleine Dampfwolke aufstieg. „Ein Nordmann?", brummte er missmutig.
Der Offizier klopfte mir leutselig auf die Schulter, aber seine Augen sprachen eine andere Sprache, als er sagte: „Pass auf, Junge! Ich bin Kapitan Zordis! Merke dir den Namen lieber gut!"
Ich nickte gezwungenermaßen, da mir wohl nichts anderes übrig blieb, wollte ich weitere Unannehmlichkeiten vermeiden. Er grinste zufrieden und fuhr fort: „Du hast ein unglaubliches Glück. Du gehörst jetzt zu meiner Kompanie! Was sagst du dazu?"
Ein größeres Glück konnte ich mir nun wirklich nicht vorstellen, aber in meiner Rolle als halbblöder Nordlandbarbar durfte ich mir aus begreiflichen Gründen keine entsprechende Antwort erlauben, also schwieg ich und nickte nochmals ergeben.
Er wandte sich zackig um und befahl: „Zieht ihm das Hemd aus und gebt ihm dreißig Peitschenhiebe, damit er das Gehorchen lernt - und ab morgen wird er in der Pioniergruppe dienen!"

Villiers lachte, als er mein Gesicht sah, und der Kerl mit der Habichtsnase namens Gerard wurde plötzlich äußerst eifrig: „Dreißig Hiebe? Das mache ich!"

KAPITEL ACHT : ... ALS MAN DENKT

Unser Held lernt das Soldatenleben von seiner schlechtesten Seite kennen und beschließt, sich nächtlich zu empfehlen, was ja bekanntlich in keiner Armee gerne gesehen wird. Er gewinnt drei neue Freunde und muss seine Intelligenz einsetzen, um den Verfolgern zu entkommen. Schließlich hat er noch ein Duell zu bestehen und wird sogar für den Teufel gehalten.

1.
Mein Erwachen gestaltete sich nicht weniger schmerzhaft als das letzte, mit dem Unterschied, dass diesmal mein Rücken die Rolle übernahm, mir diese unangenehmen Nervensignale zu übermitteln, die im landläufigen Sinne „Schmerz" bedeuten. Das mag jetzt im Nachhinein etwas verniedlichend klingen - um das Gefühl auszudrücken, das mich damals bewegte, fehlen mir die entsprechenden Worte.
Jedenfalls, um es kurz zu machen: Ich hatte wirklich alle dreißig Schläge lebend überstanden, ohne in eine gnädige Ohnmacht zu fallen, wie ich es mir eigentlich gewünscht hatte. Die dünne Peitsche, geschwungen von diesem Gerard, der offenbar seiner Arbeit mit einer gewissen Freude nachging, schnitt wie ein Messer durch die Haut meines Rückens, sodass ich gleich bei dem ersten Schlag dachte, irgend etwas zerteilte meine Wirbelsäule.
Nach dem zehnten Hieb biss ich meine Lippen blutig. Den Rest zählte zwar ein Teil meines Verstandes mit, aber ich selbst blieb seltsamerweise erstaunlich unbeteiligt. Der wache Teil meines Bewusstseins hatte einmal den Eindruck, als wäre ich kurz in die Überdimension gesprungen, aber es nutzte nichts: Ich hing mit den Händen an den beiden Stricken fest, die mich an die Bäume fesselten, und kam nicht

weg. Ein vergeblicher Versuch. In der Dunkelheit, die sich über die Szene senkte, hatte zum Glück niemand etwas bemerkt.

Ich behielt noch so viel klare Überlegung, es nicht noch einmal zu versuchen, da ich sonst meinen letzten Trumpf verraten hätte. Und die Schläge klatschten weiter auf meinen Rücken. Ich zählte schon gar nicht mehr mit und war eher erstaunt, als die 'Disziplinierung' endlich vorbei war. Mein Rücken brannte wie Feuer, aber der Schmerz schien nicht bis zu meinem Gehirn vorzudringen. Meine Handgelenke gaben mir mehr zu denken: Durch das Abschnüren des Blutes waren sie so taub, als ob meine Hände überhaupt nicht mehr zu mir gehörten. Jetzt erst merkte ich, dass ich in die Knie gesackt war, und nur die Stricke an meinen Armen mich noch vor dem Zusammenbrechen bewahrten.

Ich wandte meinen Kopf schwerfällig und erkannte Gerard, der, die Peitsche liebevoll streichelnd, vor mich hintrat und irgendetwas sagte. Ich konnte es nicht verstehen. Als er noch näher kam, spuckte ich ihm ins Gesicht. Den Schlag sah ich noch kommen, dann nichts mehr.

.

„Bleib ruhig!", erklang eine Stimme. „Es wird etwas weh tun, aber dann heilt es besser. Das ist Salbe!"

„Salbe?", grunzte ich hervor, aber mein erster Versuch, mich zu artikulieren, wurde von einem jähen Schmerz im Keim erstickt. Mein Rücken fühlte sich einen Augenblick lang an, als würde er in Eis getaucht, dann versetzten tausend glühende Nadelspitzen meine Nerven in qualvolle Vibrationen, und ich trat wieder in das Reich der Träume ein.

.

Das nächste Aufwachen war nicht mehr so schlimm. Ich bestand nicht mehr nur noch aus offen liegenden Nervenenden, sondern fühlte eine angenehme Taubheit meines ganzen Körpers, als ob ich in Watte gepackt wäre. Jemand setzte ein Ge-

fäß an meine Lippen und erklärte: „Trink! Das ist Rum - mit Wasser verdünnt."
Ich schluckte gierig und fühlte mich etwas besser, als die Flüssigkeit meine ausgetrocknete Kehle hinunter rann und in meinem Magen kurz darauf eine angenehme Wärme erzeugte. Dann schlug ich die Augen auf. Was ich sah, ließ mich nicht gerade Freudensprünge machen:
Es war kein Wunder geschehen, und eine gute Fee oder der Deus ex machina hatte mich nach Hause in mein gemütliches Bett zurückversetzt. Ich lag auf einem feuchten stinkenden Strohlager in einem großen Mannschaftszelt, und um mich herum standen die gleichen heruntergekommenen Gestalten, die meiner Auspeitschung beigewohnt hatten.
Manche sahen mitleidig auf mich herab, andere grinsten, die meisten gingen gleichmütig ihren Beschäftigungen nach. Ich richtete mich unter Mühen sitzend auf und konnte ein halblautes Stöhnen nicht unterdrücken, als eine neue Schmerzwelle durch meinen Körper lief. Und es war kalt.
„Hier! Trink den Rest! Mehr haben wir leider nicht", erklärte die Stimme von vorhin neben mir. Als ich nach dem Holzbecher griff, sah ich mir den Sprecher an. Es war ein alter Soldat mit dichtem grauen Haar und einer Klappe über dem linken Auge, der mir das Gefäß reichte. Er lächelte mich freundlich an und sprach weiter, während ich langsam Schluck um Schluck nahm: „Hier ist ein neues Hemd für dich, und dort liegt deine Jacke. Du wirst sie noch brauchen, die nächsten Nächte versprechen recht kalt zu werden. Aber zieh das erst in einer oder zwei Stunden an, wenn die Salbe eingetrocknet ist. Eine Decke kriegst du auch noch. Morgen schmiere ich dir noch mal den Rücken ein. Es hilft, damit du keine Entzündung kriegst!"
Ich nickte ihm dankend zu und stellte den Becher ab.

„Ach so", meinte er, „das habe ich ganz vergessen: Ich bin Aristide - und das sind Knut und Svejn. Svejn hat den Rum beschafft, und von Knut kriegst du was zu essen."
Er deutete auf zwei jüngere Männer, die neben dem Strohlager stehen geblieben waren, während die anderen Bewohner dieses Zeltes offenbar kein weiteres Interesse an mir zeigten.
„Danke!", brachte ich hervor und musste prompt husten, was meine Rückennerven erneut in qualvolle Vibrationen versetzte.
„Na, na!", lachte Aristide. „Das wird schon wieder, Jungchen. In zwei Tagen spürst du nichts mehr. Weißt du, das hat fast jeder von uns schon mal mitgemacht. Kapitan Zordis ist schnell mit der Peitsche bei der Hand - einige haben's nicht überlebt, wenn er schlechter Laune war."
„Kann ich mir vorstellen!", murmelte ich.
„Gut. Also pass auf, Junge: Lass dir nichts zuschulden kommen und tu, was man dir sagt. Für das kleinste Vergehen gibt es wieder die Peitsche - oder den Strick. Und bestraft wird hier alles: Einschlafen auf Wache, Diebstahl, Widerspruch - alles! Den kleinen Salomon haben sie letzte Woche aufgehängt, weil er beim Kartenspielen betrogen hat; er war erst fünfzehn!"
„Ihr seid ja ein reizender Verein!", stellte ich fest. „Genau die nette Gesellschaft, die ich mir für den Winterurlaub vorgestellt hatte!"
Er lachte, und die anderen beiden grinsten. „Freut mich, dass du deinen Humor nicht verloren hast, du wirst ihn noch brauchen, glaub mir! Das ist die Armee, und da wird nicht lange gefackelt! Ich bin seit dreißig Jahren Soldat - aber das hier ist wirklich der schlimmste Haufen, in dem ich jemals gedient habe!"
Das glaubte ich ihm aufs Wort. Der alte Soldat schien gar kein so übler Kerl zu sein - und er hatte mir geholfen. So et-

was vergaß ich nicht. Wie ich auch unangenehme Erfahrungen mit anderen Menschen nicht vergaß. Kapitan Zordis, Leutnant Villiers - und diese Hakennase namens Gerard. Jener saß übrigens im Hintergrund des Zeltes auf dem Boden und war offenbar gerade beschäftigt, sein Messer zu schärfen.
Aristide schien meinem Blick gefolgt zu sein. Er beugte sich zu mir herunter und flüsterte: „Nimm dich vor Gerard in acht. Dem kann man nicht trauen!"
Ich nickte. „Dachte ich mir. Kann ich dir trauen?"
„Dumme Frage!", gab er zurück und zwinkerte mir mit seinem gesunden Auge zu. „Wenn nicht, dann würde ich's ja wohl auch nicht sagen!"
Zum erstem Mal musste ich jetzt grinsen: „Klingt logisch, Aristide. Jedenfalls danke ich dir ... euch für die Pflege - und den Rum!"
„Nenn mich Ari, das tun alle hier. Pass auf, ich bin der älteste in der Gruppe hier. Du gehörst jetzt dazu, und ich hoffe für dich, dass du keinen Unfug versuchst. Würde mir leid tun um dich - bis jetzt haben sie so ziemlich jeden erwischt, der abhauen wollte. Und für Desertion gibt es ..."
„ ... den Strick!", ergänzte ich.
Er schüttelte den Kopf. „Vierteilen. Oder Schlimmeres. Naja, letztlich ist es wohl egal, an was man stirbt! Zumindest hinterher!"
Ich sah ihm in die Augen: „Nun, ich habe nicht die Absicht, bald zu sterben. Wenigstens nicht hier! Es kann sein, dass ich noch gebraucht werde."
Ich hatte das in ironischem Ton ausgesprochen, und er sah mich nachdenklich an, schenkte sich aber eine Frage. Dann beugte er sich nochmals zu mir herüber und legte mir die Hand auf die Schulter: „Überleg dir jedenfalls gut, was du tust. Ich hab' dich gewarnt - beim ersten Mist, den du baust, kannst du deinem Arsch Lebewohl sagen! Und noch eins:

Villiers wird auf dich achten. Also sieh zu, dass du den Hinterwäldler aus den Nordländern weiter einigermaßen glaubwürdig markierst!"
Jetzt war ich verblüfft: „Du weißt es?"
Er deutete auf seine Augenklappe, hob sie kurz an und ließ sie dann zurückschnalzen, was wohl Belustigung darstellen sollte: „Ich bin doch nicht blöd, Junge ..."
Als er meine zusammengezogenen Augenbrauen bemerkte, verbesserte er sich: „Also schön. Christian. Aber mir soll auf der Stelle der Pimmel abfallen, wenn du wirklich so heißt!"
„Dann pass mal gut auf das Teil auf!", lachte ich. „Christian ist mein zweiter Name - bleiben wir am besten dabei!"
„Wie du willst. Immerhin: keine schlechte Wahl. Ein häufiger Name in den Nordländern."
Na, da war ich aber froh. Gut, dass ich mich nicht als Giovanni oder Abdul ausgegeben hatte. „Was muss ich noch beachten, wenn mich jemand fragt?"
Er stieß die Luft pfeifend durch die Nase aus. „Ich bin dreißig Jahre als Soldat in diesen Ländern unterwegs - und bin nur zweimal im Norden gewesen. Dort gibt's nicht viel, was sich lohnen würde. Die Offiziere hier werden sich kaum dort auskennen, also erzähl denen einfach irgendeine Geschichte. Du musst bloß vorsichtig sein, wenn dich ein angeworbener Söldner - mit blonden Haaren, wie du - nach irgendwelchen Einzelheiten fragt, verstehst du? Der könnte wirklich aus dem Norden sein! Aber hier bei uns gibt es keinen; die sind alle aus den Süd- und Westländern."
Ich verstand und nickte. Was für ein Glück, dass der Einzige, der meine Lüge als solche erkannt hatte, mir offenbar wohlgesonnen war.
Konnte ich Aristide wirklich trauen? Nun, erstens hatte er mir geholfen, zweitens hätte er mich jederzeit als Lügner entlarven können, und drittens ... Meine Menschenkenntnis war sicherlich noch nicht viel wert, und oft genug hatte ich damit

falsch gelegen, aber der alte Soldat hatte einen Blick, der mir Vertrauen einflößte, und seine Sorge um mich schien echt zu sein.
Ich bot ihm meine Hand, und er schlug ein und drückte sie kräftig. „Und warum hast du das getan?", fragte ich trotzdem.
Er zuckte die Schultern. „Vielleicht bin ich ein alter Narr. Vielleicht gefällst du mir. Vielleicht hat es mir gefallen, wie du dich aus der Scheiße herausgelogen hast: 'Oklahoma'! Keine Stadt im Norden heißt so!" Er sah mir in die Augen und fuhr leiser fort: „Und vielleicht trügt mich mein Instinkt, den ich mir in fünfundfünfzig Jahren redlich erworben habe, nicht: Du bist nicht einfach ein dahergelaufener Bauernsohn oder Deserteur von einer anderen Armee!"
Ich staunte.

2.
Am nächsten Tag zog das Heer weiter nach Süden, und mir blieb nichts anderes übrig, als mich in die profanen Tätigkeiten eines gewöhnlichen Soldaten, den man auf dem Vormarsch rekrutiert hatte, hineinzufinden. Ich half, die Zelte abzubauen und auf den Ochsenkarren zu verstauen, ich sammelte übrig gebliebenes Brennholz zusammen und tat überhaupt alles, was mir Aristide auftrug.
Zweimal packte ich mit an, als es galt, einen im Schlamm feststeckenden Planwagen herauszuschieben und sah nach wenigen Stunden aus, als hätte ich ein Bad im sumpfigsten Tümpel von Zvarrain genommen. Ich murrte nicht; schließlich taten die anderen diese Arbeit auch, und sie schienen diese Widrigkeiten eines Feldzugs als ganz normal zu erachten - was sie ja wohl auch waren.
Als schließlich das ganze Heerlager abgebaut war, schlossen wir uns den sich mühsam durch den Dreck quälenden Och-

senkarren an und trotteten in gelöster Ordnung hinterher. Aristide trug eine Pike, Knut und Svejn ebenfalls, die anderen der Pioniergruppe schleppten entweder Schaufeln oder Hacken oder sonstiges Gerät mit sich; ich hatte natürlich keine Waffe bekommen, nicht einmal ein Werkzeug - ich musste mithelfen, wenn einer der Wagen nicht weiter vorwärts kam, was oft genug der Fall war.

Zum Glück schmerzte mein Rücken nicht mehr allzu sehr, die Salbe hatte wirklich geholfen. Dafür waren die anderen Umstände um so widerwärtiger: Die zwei Mahlzeiten, die es am Tag gab, bestanden aus ranzigem Speck, in einem großen Kessel mit Weizen- oder Roggenmehl und irgend etwas, das die Sammler im Wald gerade so fanden, und Wasser zu einer zähen Pampe verkocht, die derartig widerwärtig schmeckte, dass man so viel aß, bis der größte Hunger gestillt war - aber nicht mehr.

Nach einigen Tagen wunderte es mich nicht mehr, dass alle Soldaten auf dieser Welt eine wahrhaft mörderisch schlechte Laune hatten: Wer ständig dieses Zeug in sich hineinfressen musste, das in schöner Regelmäßigkeit abwechselnd nach Schweißfüßen, verbrannten Fingernägeln oder verwesten Schweinekadavern schmeckte, der konnte ja nicht mehr daran glauben, dass die Welt schön und der Mensch gut war!

Mir selbst erging es nicht anders: Nach einem Tag rebellierte mein Magen-Darm-Trakt gegen diese unglaubliche Verhöhnung aller kulinarischen Maximen, und ich hatte einen weiteren Tag damit zu tun, den unmissverständlichen und unaufschiebbaren Protesten meines Innenlebens nachzukommen. Auf Einzelheiten dieses unrühmlichen Tuns mag ich hier nicht eingehen.

Aber offenbar war das - wie alles - nur eine Frage der Gewöhnung: Nachdem ich schon dachte, keinen einzigen Tropfen Flüssigkeit mehr im Leibe zu haben, und wie ein ausgedörrter Leichnam neben den rumpelnden Karren herwankte, hatte sich mein Magen wohl notgedrungen entschieden, das Zeug, das hier als Nahrung ausgeteilt wurde, auch als solche zu akzeptieren: Die nächste 'Mahlzeit' behielt ich bei mir, und von da an ging es stetig bergauf, wenn ich das so ausdrücken darf. Die Entbehrungen zeigten ihre Wirkung: Ich hätte auch eine gekochte Ratte gegessen, wenn sie nur keiner von den 'Köchen' des Heers angefasst hatte.

.

„Na siehst du", meinte Aristide am Abend des - ich wusste nicht mehr wievielten - Tages, „du hast auch das überstanden!"
„Das beruhigt mich auch kolossal!", gab ich zurück und schlürfte einen Schluck der zähen Brühe aus dem Napf, den mir Knut besorgt hatte. Diesmal fand ich sie gar nicht so schlecht. Wahrscheinlich hatten sich meine Zunge und mein Gaumen inzwischen daran gewöhnt, die Unterschiede zwischen Maden hoher und minderwertiger Qualität herauszuschmecken. Diese hier waren erstklassig: eiweißhaltig, proteinreich, und mit einem Hauch von Pferdedung und Tannenzapfen abgeschmeckt.
„Siehst du, Christian", gab er mit erhobenem Zeigefinger zu bedenken, „das ist es, was ich damit gemeint habe: 'Kolossal'! Das sagt doch keiner! Schon gar kein Nordmann! Du musst dein loses Maul etwas im Zaum halten!"
Ich stellte den Napf ab und schaute ihn an: „Ich versuch' es ja! Und wenn ich mit jemandem anders rede, dann halte ich lieber die Klappe, okay?"
Er rümpfte die Nase und sah mich mitleidig an. Ich verstand auch sofort: Ich hatte Blödsinn geredet. Wenn ich mit jemandem sprach, dann konnte ich ja wohl schlecht die Klappe halten. Verdammte Rhetorik! Und ich hatte mir immer so viel darauf eingebildet.
„Ich weiß nicht, was 'okeh' bedeutet", fuhr er fort, „aber ich hoffe, dass es keine Beleidigung ist. Ich hab' nur aufgepasst:

Du schaust ständig in den Wald um uns herum, als ob dort irgendwo die Glückseligkeit zu finden wäre, und das gefällt mir nicht!"
Ich zuckte die Schultern: „Warum sollte ich nicht?"
Zum ersten Mal, seit ich ihn kannte, wurde er böse: „Erzähl mir keinen Mist, Mann! Seit es dir einigermaßen besser geht, hast du nichts anderes vor, als hier zu verschwinden, nicht wahr?"
„Kann ich nicht ganz abstreiten!"
Aristide schüttelte den Kopf: „Na dann hör mal zu: In zwei Tagen haben wir unser vorläufiges Lager erreicht, zwanzig Meilen nördlich von Ravenaugh. Und Ravenaugh ... was denkst du wohl, was dort ist?"
„Naja, ich denke, dass dort die Braunen sind!"
„Richtig, Klugscheißer! Das weiß jeder! Aber: Dort findet im Augenblick ein ausgewachsener Kampf statt - und deswegen ziehen wir auch dorthin! Und jetzt mach dir mal einen Reim darauf, wenn du so furchtbar schlau bist!"
Er lächelte überlegen und reichte mir seine Pfeife herüber, die er gerade angezündet und einige Züge davon genommen hatte. Es gab leider nur die eine, und so hatten in den vergangenen Tagen Knut, Svejn, er und ich das Ding miteinander geteilt.
Sicherlich wäre es am schlauesten gewesen, gar nichts zu sagen, aber Aristide und seine zwei - wie soll ich sagen - Freunde waren mir inzwischen vertraut geworden. Knut und Svejn sprachen im Gegensatz zu dem alten Soldaten nicht viel, aber ich traute ihnen einigermaßen. Und das war mehr, als ich überhaupt erwarten konnte. Besser als gar nichts.
Ich zog zweimal den Rauch aus der Pfeife tief in meine Lunge hinein und ließ mir Zeit mit der Antwort: „Wenn ich so furchtbar schlau wäre, wie du denkst, dann würde ich vielleicht jetzt vermuten, dass die Braunen Ärger mit den Grünen

haben. Und König Yl sich gewisse Chancen ausrechnet, in diesen Kampf - zu seinen Gunsten natürlich - einzugreifen."
Aristide schnalzte mit der Zunge: „Gar nicht so blöd für einen Nordmann! Und richtig geschätzt. Aber etwas anderes kannst du nicht wissen!"
„Nein, das kann ich nicht!", beteuerte ich. „Ich weiß von gar nichts!"
Er sah mich nachdenklich an, und sein Blick sprach Bände.

3.

Wir wurden noch einmal an diesem Abend zum Dienst abkommandiert, um für den Vormarsch des nächsten Tages den Waldweg, der dafür vorgesehen war, von Luftwurzeln und Büschen zu befreien, die die schweren Planwagen nur unnötig aufhalten würden.
Ich schleppte mit Aristide zusammen einen Baumstamm zur Seite. Das Ding war so schwer, dass wir öfters absetzen mussten. Als ich mir den Schweiß von der Stirn wischte, erblickte ich in der anderen Arbeitsgruppe Gerard, der etwas abseits stand und zu uns herübersah. Die Geierphysiognomie war wirklich unverkennbar.
„Hast ihn auch gesehen, was?", knurrte Aristide. „Der Kerl denkt doch wirklich, der alte Ari weiß nicht, was er vorhat!" Er kicherte. „Er wartet auf eine Gelegenheit, mich bei irgendetwas zu erwischen und dann bei Villiers zu verkaufen."
„Oder mich, was?"
„Oder dich, mein Sohn, da hast du verflucht recht! Weil ich mich um dich gekümmert habe, hat er dich auch im Visier. Aber da kannste nichts machen!"
„Und warum will er dir unbedingt was anhängen?"
„Das ist 'ne eigene Geschichte: Er hat mal einen Kumpel von mir bei Zordis angeschwärzt, weil der sich'n Brot vom Vor-

ratswagen geklaut hatte. Ist ihm verdammt übel bekommen, meinem Freund. Hat den Wundbrand gekriegt."
Ich fragte nicht weiter, und er fuhr fort: „Ein paar Nächte später ist das Schwein Gerard dann von ein paar vermummten Männern aus seinem Zelt geschleppt und ganz schön verdroschen worden."
Ich grinste. „Und er glaubt, dass du das angezettelt hast?"
Er spuckte aus: „Angezettelt? Hör mal, mein Junge, wenn du mein Freund bleiben willst, dann schmeiß mir nicht solche Wörter an den Kopf! Der alte Ari lässt sich nicht nachsagen, dass er nicht selber mitgemacht hätte! Ich hätt' den verfluchten Hund totgeschlagen, aber die Wache ist gekommen, und wir mussten zusehen, dass wir weg kamen."
„ ... dass wir weg kamen!", wiederholte ich nachdenklich. „Was glaubst du, Ari, was mir dabei einfällt?"
„Was ich glaube?" Er lachte. „Hör mal, ich brauch' nichts zu glauben, ich kann in deinem Gesicht lesen wie in 'ner Landkarte! Ja, ja, der alte Ari kann Landkarten lesen! Also, du willst hier den Abschied nehmen, aber ich sage dir, so einfach ist das nicht! Selbst wenn du es schaffst, wegzukommen, dann bist du allein im fremden Land, und die Bauern, die haben was gegen Deserteure aus 'ner feindlichen Armee, die ihnen die Kartoffeln und Rüben vom Acker klauen. Entweder sie liefern dich ihren Militärbehörden aus, die auch nich' lange fackeln - oder sie geben dir gleich selber eins auf die Haube, wenn sie dich erwischen. Nee, nee, das Wahre ist das nicht! Außerdem ist es Winter!"
„Ich dachte, wir sind hier in befreundetem Land ...", tastete ich mich zaghaft vor, und er starrte mich an und stampfte mit dem Fuß auf: „Da hol mich doch der Teufel! Ich hab's mir gedacht! Der Kerl weiß Bescheid! Wusst' ich doch, dass du nicht nur irgendein Herumtreiber bist, dem's daheim zu langweilig geworden ist!"

Ich lächelte säuerlich. „Nein, ich kann wirklich nicht behaupten, dass ich aus Langeweile hier bin."
Aristide sah sich um und stellte fest: „Gerard ist abgezogen. Oder er beobachtet uns heimlich aus den Büschen. Warte mal!"
Er stieß einen schrillen Pfiff aus gestikulierte zu Svejn, der hundert Meter weiter mit einer Schaufel hantierte. Dieser winkte ab.
„Gut!", meinte der alte Soldat befriedigt. „Gerard ist weg. Weißt du, seit du hier bist, versucht immer einer von uns, ein Auge auf das Schwein zu haben. Und ich geh' auch nur Schnaps besorgen, wenn ich weiß, dass Knut oder Svejn an ihm drankleben, dann weiß ich immer, wo er ist. Aber ich glaube, langsam hat er was gemerkt."
Er setzte sich auf den Baumstamm, zog die Pfeife aus seiner Tasche und stopfte sie gemächlich: „Was guckst du so - wir machen Pause! Pack deinen Arsch hierher und erzähl! Irgendwas willst du doch erzählen!"
„Moment! Woher weißt du, dass es gar nicht gegen die Braunen geht?"
Er grinste: „Da staunst du, was? Ja, ja, das weiß nicht mal Villiers! Ich hab' 'nen Kumpel, der ist Ordonnanz bei irgend 'nem hohen Tier im Stab, ein Obrist oder so was. Und der hat das bei einer Besprechung gehört. Ist natürlich geheim!"
Er beugte sich zu mir herüber und erklärte leiser weiter:
„Also geht's gegen die Grünen - na, und dann sind wir ja wohl Verbündete der Braunen. Ich sag' dir, Jungchen, in diesem verfluchten Krieg gibt's nichts, was es nicht gibt! Und nächstes Jahr: Wer weiß, gegen wen wir dann ziehen!"

.

Ich ließ mir die Pfeife geben und schmauchte eine Minute lang gemächlich vor mich hin, wie er es mir vorgemacht hatte. Und wie ich vermutet hatte, hielt er dieses Schweigen selbst nicht lange aus: „Na spuck's schon aus, Junge! Du hast

doch irgendwas auf dem Feuer, oder ich müsste mich schon sehr irren!"
„Naja", winkte ich erst einmal ab, „sagen wir mal so: Ich schlage dir ein Geschäft vor. Dir, und Knut und Svejn, wenn sie mitmachen wollen."
„Ein Geschäft? Sag mal, bist du noch ganz normal?"
„Lass mich doch erst ausreden! Wie wäre es denn? Hättest du keine Lust, ebenfalls hier zu verschwinden? Kein Villiers, kein Kapitan Zordis mehr?"
Er legte den Kopf nachdenklich auf die Seite: „Desertieren? Was denkst du, wie oft ich schon daran gedacht habe! Aber das ist kein Zuckerschlecken: Wenn man einmal in der Blauen Armee ist, dann kommt man nicht einfach daher und sagt: 'Nee, ich will nicht mehr!' und geht seiner Wege! Im letzten halben Jahr haben's so an die zwanzig Mann versucht, und die Knochen von denen kannst du jetzt auf dem ganzen Weg von Halgarsport bis hier von den Bäumen schneiden und aus dem Acker klauben. Die Jäger erwischen fast alle!"
Er angelte sich die Pfeife zurück, zog einmal daran und ließ einen Rauchring aufsteigen: „Und selbst wenn? Schau mich an, Junge, ich bin nicht mehr der Jüngste. Ich diene seit fünfzehn Jahren in diesem Haufen. Erst unter König Ladislaus, dann unter Qu'erân, und jetzt hat Yl das Sagen. Ist mir eigentlich egal, wer da oben was befiehlt und warum. Aber ich sag' dir eins: Was ich hier gemacht habe, das war nicht immer lustig und nicht immer gut - aber es hat mich ernährt!"
„Und das ist alles, was du erwartest? Du bist doch nach fünfzehn Jahren nichts anderes als ein gewöhnlicher Korporal!"
„Was heißt hier nichts anderes? Ich hab's geschafft, die ganzen Jahre meinen Arsch zu behalten und nicht irgendwo ein Schwert in den Bauch oder eine Axt über den Schädel zu kriegen, und dann am Wegrand zu verrecken. Das magst du vielleicht für nichts Besonderes halten, aber ich bin recht

froh darüber. Wenn du erst mal eine richtige Schlacht mitgemacht hast ..."
Ich winkte ab und unterbrach ihn: „So habe ich das nicht gemeint. Jetzt werd' nicht sauer!"
Er starrte mich an, als ob ich wirklich komplett verblödet wäre: „Ich soll nicht sauer werden? Mann, hältst du mich für eine Milchkanne?"
Der Vergleich reizte mich jetzt wirklich zum Lachen, obwohl er mich böse ansah.
„Nein, ich ..." Einen Moment lang fehlten mir die Worte. „Pass auf, ich sagte vorhin, dass ich dir ein Geschäft vorschlagen wollte. Und das geht so: Du hilfst mir, hier weg zu kommen. Du sagtest vorhin etwas von Jägern ..."
„Hmmm!" Er spuckte zur Seite. „Das sind die, die vom Oberkommando dafür bezahlt werden, dass sie Kerle wie dich, die abgehauen sind, wieder zurückbringen. Dafür kriegen sie eine schöne Prämie. Sie sind nur dem Stab selbst unterstellt und treiben sich ständig in einiger Entfernung um die Armee herum. Wenn sie einen erwischen, dann wird der zur Abschreckung für die anderen vor der ganzen Mannschaft hingerichtet. Und das sind gefährliche Burschen, das kann ich dir flüstern! Die machen sich einen Spaß daraus, unsereinen zu hetzen wie einen Hasen."
Ich überlegte, dann spann ich meine Gedanken weiter: „Na schön. Aber du bist schließlich seit fünfzehn Jahren bei dieser Armee und wirst ihre Tricks langsam kennen. Und du müsstest wissen, was die anderen, die fliehen wollten, alles falsch gemacht haben. Du musst auch wissen, was man an Vorräten mitnehmen sollte und was nicht, wie man sich Waffen beschafft und so weiter."
Er sah mich kopfschüttelnd an: „Dir ist es wirklich Ernst, was?"
„Das ist es!", nickte ich.

„Da verlangst du aber verflucht viel von mir. Wenn das klappt - und ich sage 'wenn'! -, dann bleibt mir ja gar nichts anderes übrig, als mitzukommen!"
„Das dachte ich mir auch. Und wenn es geht, Svejn und Knut ebenfalls. Oder wollen die vielleicht hier bleiben?"
Er grinste: „Kann ich mir nicht vorstellen. Aber ...", wurde er plötzlich ernst, „ ... du hast von einem Geschäft gesprochen. Bis jetzt hab' ich nur erfahren, was ich alles machen soll. Was wäre denn dein Beitrag, häh?"
„Ein gemütlicher Ruhestandsposten für dich in der Braunen Armee? Lagerverwalter oder so? Was würdest du davon halten? Und für Svejn und Knut wird sich auch irgendetwas finden. Das biete ich an!"
Aristide sah mir in die Augen: „Hab' ich's doch gewusst! Du gehörst zu König Pierephalos."
Ich brummte. „Nicht direkt. Aber das ist eine sehr komplizierte Geschichte."
„Eine komplizierte Geschichte? Kannst du mir das garantieren, was du eben gesagt hast?"
„Garantieren kann ich gar nichts!", musste ich zugeben. „Aber ich habe gute Freunde in Ravenaugh, und die werden sich für dich einsetzen, wenn wir es bis dorthin schaffen - das verspreche ich dir!"
„Hm. Kennst du den König selbst?"
„Ich habe erst vor zwei oder drei Wochen mit ihm gesprochen."
Er klopfte seine Pfeife nachdenklich an dem Baumstamm aus. „Junge, Junge, wenn du mir nicht so gefallen würdest ... Und ich weiß noch nicht mal, warum! Das wird eine schöne Geschichte geben: Der alte Aristide haut mit einem Grünschnabel ab, um Lagerverwalter in der Braunen Armee zu werden ..."
„Das soll wohl heißen, du machst mit?"
Er streckte mir die Hand hin: „Natürlich ... Partner!"

4.
Die Zeit wurde knapp. In zwei oder drei Tagen würde die blaue Armee ihr vorläufiges Ausgangslager nördlich von Ravenaugh erreicht haben. Die Heerführer hatten nicht die Absicht, in den Kampf um die Stadt einzugreifen, den König Pierephalos ja mit seinen eigenen Reservetruppen ausfechten wollte, um die Grünen zumindest für eine gewisse Zeit aus dem Feld zu werfen.
Natürlich begab er sich damit in die Gefahr, seine eigene Armee über Gebühr zu schwächen, behielt aber - ohne die Hilfe der Blauen jetzt schon in Anspruch zu nehmen - die alleinige Herrschaft über Ravenaugh. Die 'Rabenstadt', wie der Name übersetzt heißt, schien also wirklich die Schlüsselposition zur Beherrschung des strategisch wichtigen oberen Lliegantales zu sein und rechtfertigte eine solch riskante Taktik.

.

Ich machte mir während der ganzen Zeit meine Gedanken, ob sich der Braune König damit nicht ein Kuckucksei ins eigene Nest legte, wenn er mit den Blauen Truppen gegen die Lyshiten zog. Natürlich, der Plan war nicht schlecht: Die vereinte Macht von Blau und Braun könnte es schaffen, die Rote Invasion abzuwehren - womit der Rote König sicherlich nicht rechnete, aber ...
Dieses böse „aber" ging mir nicht aus dem Kopf. Der Schwarze.
Selbst wenn die Braun-Blaue Allianz die Roten vernichtend schlug, dann standen die Blauen tief im Land - und wer konnte wissen, auf welche Seite sich der Schwarze dann geschlagen hatte?

.

Ich versuchte, diese Gedanken zu verscheuchen, schließlich hatte ich eigene Probleme genug. Nur konnte ich mich nicht ganz von der Überlegung freimachen, dass meine eigenen Probleme und die dieser Welt nicht ganz zu trennen waren;

schließlich war ich eine Macht, auch wenn mir das im Moment herzlich wenig nutzte.
Eines jedenfalls war mir vollkommen klar: Wenn ich mit Aristide - mit oder ohne die beiden anderen - desertieren wollte, dann musste das geschehen, bevor unsere Armee dazu kam, ein richtiges befestigtes Lager zu errichten. Mit Feldverschanzungen, Wehrgräben und einem fest eingeteilten Wachdienst um uns herum sanken unsere Chancen, heimlich nachts zu verschwinden.
Und einfach zu warten, bis sich das Blaue mit dem Braunen Heer vereinigte - nein, dazu machte ich mir zu viele Sorgen um meine Freunde. Und ich hatte keine Lust, nur einen Tag länger als nötig hier zu bleiben, im Dreck zu schuften und ständig damit zu rechnen, doch noch gefoltert oder aufgehängt zu werden.
Aristide sah das ebenso: „Wenn die erst richtig Quartier beziehen, dann können wir die Sache vergessen. Immer wenn eine größere Stadt in der Nähe ist, dann werden sie besonders nervös, weil sie wissen, dass dann noch mehr abhauen wollen. Und die wollen ihr Winterlager nur zwei Tage nördlich von Ravenaugh aufschlagen!"
„Also sollten wir gleich handeln - heute oder morgen!"
Er lachte, aber nicht sehr überzeugend: „Da hast du verdammt recht. Aber soll ich dir was sagen: Ich hab' Schiss - und das nicht zu knapp! Wenn die Jäger uns erwischen, dann werden wir vier zur Einweihung des Winterlagers und zur Hebung der allgemeinen Disziplin hier für einen lustigen Abend sorgen - bevor sie unsere Leichen in den Lliegan werfen!"
„Naja, dann hast du wenigstens die Befriedigung, als Entertainer gestorben zu sein, nicht wahr?"
„Als was?"
„Vergiss es!"

4.
Wulfgar hatte es sich gerade auf seinem nicht gerade komfortablen Feldlager halbwegs bequem gemacht, was gar nicht so einfach war, und sein Pfeifchen angezündet, als Gomez in das kleine Zelt eintrat. Der große Nordmann seufzte: Nicht dass er etwas gegen seinen Kameraden einzuwenden hätte, aber manchmal ging ihm der untersetzte Südländer mit seinem losen Mundwerk schon ziemlich auf die Nerven. Seine Qualitäten als Menschenjäger waren nicht anzuzweifeln, aber diese Nervosität, die der Mann verbreitete ...
Gomez setzte sich breit grinsend auf seine Strohmatte und hob an: „Es ist etwas im Busch, Kapitan!"
Wulfgar lächelte gequält: Wenn das Heer sich auf Kriegszug befand, dann blieb ihm nichts anderes übrig, als sein Zelt mit einem der anderen zu teilen, was ihm persönlich zutiefst zuwider war. Er bekleidete die Position des Kapitans der Jäger, und nahm nur Befehle des Generalstabs an; nicht einmal ein Major oder Obrist der Armee konnte ihm Anweisungen erteilen. Umso lästiger, dass die eingeschränkten Verhältnisse während eines schnellen Vormarsches ihm diese Belästigung aufzwangen. Er versuchte, seine Stimme besonders ungehalten klingen zu lassen: „Und was soll im Busch sein?"
Gomez, der die schlechte Laune seines Vorgesetzten wohl bemerkte, bemühte sich ebenfalls, genügend Dramatik in seine Worte zu legen: „Es ist möglich, dass ein paar abhauen wollen. Könnte einen dicken Fang geben!"
„Einen dicken Fang, soso!" Wulfgar richtete sich halb auf und zog schmatzend an der Pfeife. „Und was bringt dich zu dieser Annahme?"
„Gerard! Ihr kennt ihn!"
Der Nordmann seufzte nochmals. „Gerard also! Zum Teufel! Der Kerl will uns doch seit einem halben Jahr von irgendwelchen Fluchtplänen seiner Kameraden erzählen. Und immer hat er es mit einem ... na mit diesem alten ..."

„Aristide, Kapitan, Aristide!"
„Ja, genau!", stimmte Wulfgar ärgerlich zu, weil ihm der Name nicht gleich eingefallen war. „Meinetwegen Aristide! Der lässt doch nur ab und zu Brot oder Schnaps von den Proviantwagen mitgehen, oder? Der ist doch viel zu alt, um uns noch Schwierigkeiten zu machen!"
Gomez grinste breit, und das beunruhigte Wulfgar. Er war selbst nicht mehr der Jüngste, in zwei Monaten würde er die Fünfundvierzig erreichen, aber das wusste niemand. Er hatte sich im Gegensatz zu manchen anderen Offizieren der Armee körperlich in Form gehalten und galt als einer der besten Schwertkämpfer des ganzen Heeres. Trotzdem war auch er vor dem Altern nicht gefeit: Nach langen Eilmärschen spürte er seine Knochen, und heftige Anstrengungen stand er nicht mehr so lange durch wie früher. Das hielt ihn nicht davon ab, an den härtesten Einsätzen teilzunehmen, aber er fühlte, dass er seinen Zenit überschritten hatte - und dass andere nachrückten. Früher oder später würde er seine Stellung aufgeben müssen, und bis dahin musste er es geschafft haben, zum Major aufgestiegen zu sein, um einen ruhigen und ungefährdeten Pensionsposten zugeteilt zu bekommen. Stabsoffiziere konnte die Blaue Heeresleitung nicht einfach hinauswerfen, ohne einen Aufstand der anderen heraufzubeschwören.

„Offenbar ist er eben nicht zu alt!", widersprach Gomez, und das „offenbar" und das „eben" ärgerten Wulfgar schon wieder. Was bildete sich der Südländer eigentlich ein, ihn schulmeistern zu wollen? Trotzdem blieb er äußerlich gelassen. Als Jäger musste man vor allem Selbstbeherrschung und Geduld beweisen.
„Was soll das heißen? Und was hat dieser schleimige Widerling Gerard damit zu tun?"
Gomez stand wieder auf: „Er ist hier. Hört Euch die Geschichte am besten selbst an!"

Er ging hinaus und schubste kurz darauf den Genannten zur Öffnung des Zeltes herein. Gerard sank angesichts des beinahe allmächtigen Kapitans der Jäger in die Knie und beugte das Haupt.
Wulfgar schnaubte durch die Nase. Devotes Verhalten war ihm zuwider, aber von Kerlen dieser Art sah er es mit einer gewissen Befriedigung. „Was willst du von mir, Soldat?"
Gerard hatte sich halb aufgerichtet und verbeugte sich nochmals bis zum Boden: „Verzeiht, ehrwürdiger Kapitan", nuschelte er hervor, „dass ich es wage, Euch zu belästigen, aber ich möchte Euch vom verdächtigen Verhalten einiger meiner Kameraden unterrichten, die ..."
Wulfgar schüttelte den Kopf, als er diese Worte hörte. Zu oft hatte er schon dergleichen vernommen. Es war immer dasselbe. Und obwohl es seine Arbeit begünstigte, hasste er es. Wie weit würden sich diese Menschen eigentlich noch erniedrigen?
Gerard hatte offenbar wahrgenommen, dass er schlechte Laune hatte, und hob den Kopf ein Stück: „Darf ich weiter sprechen, mein Kapitan?"
„Wenn es denn sein muss!", seufzte Wulfgar. „Du wolltest etwas über diesen Aristide erzählen, nicht wahr?"

.

„Die wollen abhauen, die wollen verschwinden!", würgte der Hakennasige hervor und spuckte dabei ein paar Tröpfchen in die Luft. „Ich habe sie die ganze Zeit beobachtet: Immer wenn sie alleine zusammen waren, dann haben sie miteinander geflüstert, und bestimmt haben sie Pläne gemacht ..."
„Wer? Sag wer!", befahl Gomez, der hinter ihm stand und das ganze Gespräch grinsend mit angehört hatte.
„Wer? Na, Aristide - und dieser Neue, der ausgepeitscht worden ist, die planen etwas! Und die anderen beiden, Svejn und Knut, die schleichen ständig hinter mir her ..."

Zum ersten Mal wurde Wulfgar hellhörig: „Dieser ‚Neue, der ausgepeitscht worden ist'? Von dir, was? Und auf Befehl von Villiers? Und jetzt hast du Angst, dass dir wieder was passiert, nicht wahr?"
„Ich ... ich ...", stotterte Gerard, „ ... ich dachte nur, dass es doch im Interesse der Armee sein müsste, dass niemand desertiert, oder? Ich erfülle nur meine Pflicht als treuer Soldat, wenn ich so was melde, oder?"
Wulfgar nickte gezwungenermaßen: „Na schön, Soldat, du hast es gemeldet! Ich bin sicher, dass du deine Belohnung bekommen wirst, da bin ich mir ganz sicher! Weg!"
Er winkte ab und Gomez schob den Mann aus dem Zelt.
.

„Ist das ernstzunehmen, was meinst du?", fragte der Nordländer, als sein Untergebener gleich darauf wieder eintrat. Er hasste es, andere Leute zu Rat ziehen zu müssen, aber dieser Fall schien ihm aus einem Grund, den er selbst noch nicht ganz durchschaute, der Beachtung wert.
„Ja!", antwortete Gomez mit einer Selbstsicherheit, die Wulfgar erneut ärgerte. „Da ist etwas im Gange!"
Wulfgar enthielt sich eines augenblicklichen Kommentars und überlegte:
Auf einem längeren Marsch ohne Kämpfe versuchten in der Regel mehr Soldaten zu desertieren, weil sie in einem ‚friedlichen' Umland eher darauf hoffen konnten, irgendwelche Unterstützung zu finden. Aber jetzt? Er hatte keine Ahnung, was der Truppe bevorstand.
.

Gomez starrte ihn gespannt an, und er musste jetzt eine Entscheidung treffen. Wenn er eine große Jagd befahl, zwei oder drei Tage, bevor die Armee ein richtiges befestigtes Lager bezog, und alles stellte sich als Hirngespinst eines verblödeten, hasserfüllten Intriganten heraus, der sich nur an ein paar Kameraden, die ihm ans Bein gepisst hatten, rächen wollte ...

Dann stand er dumm da, wenn er den ganzen Aufmarsch aufhielt!
Und andererseits: Wenn drei oder vier Männer entkämen, weil er in Erwartung des bevorstehenden Winterlagers, das gefestigte Verhältnisse versprach, seiner eigentlichen Arbeit nicht gewissenhaft genug nachgekommen wäre, dann ...
Dann stand er noch dümmer da, und die Beförderung in den Stabsoffiziersstand - die war dann ja wohl hinfällig! Ein Kompromiss musste her!

.

Gomez starrte ihn immer noch an, und Wulfgar lächelte überlegen, obwohl ihm keineswegs danach war. „Wenn hier welche verschwinden wollen - warum nicht? Wir machen uns einen Spaß draus! Benachrichtige Llewellin und Dougal!"
„Nur die beiden, Kapitan?"
„Nicht ganz: Du und ich! Es wird eine Jagd geben, aber nur im kleinen Rahmen. Betrachten wir die Angelegenheit als sportliche Herausforderung, um nicht aus der Übung zu kommen." Der Südländer grinste über das ganze Gesicht. Das war eine Sache nach seinem Geschmack. Über das Risiko, mit so wenigen Leuten eine Jagd zu eröffnen, machte er sich keine Gedanken. Was wollten so ein paar halbverhungerte Gestalten schon ausrichten?

.

Gerard ärgerte sich maßlos. Dieser Scheißkerl, der verfluchte Kapitan der Jäger; er hatte ihn nicht ernst genommen! Er hatte ihm die Geschichte nicht geglaubt und ihn nur verspottet. Bei dem Gedanken spuckte er wütend nochmals aus.
Und alles nur wegen dieses verdammten Aristide!
Er fluchte leise vor sich hin und wich zwei Männern aus, die eine große Zeltplane schleppten. Dabei stieß er fast mit einem dritten zusammen, weil er in seiner Wut den Blick gesenkt hielt. Zu spät erkannte er, wen er da beinahe umgerannt

hatte, und sein Zorn verwandelte sich augenblicklich in Furcht.
„Was tust du hier, Soldat?", fuhr ihn Kapitan Zordis an. „Ich kenne jeden meiner Männer - und du bist nicht bei deiner Abteilung!"
„Ich ... Kapitan ... ich ...", stotterte Gerard. Heute ging auch alles schief. Er sann verzweifelt nach, was er als halbwegs glaubwürdige Ausrede für die Abwesenheit von seiner Truppe anführen konnte, aber der Kapitan schnitt ihm das Wort ab, noch bevor er begonnen hatte: „Halt's Maul! Ich seh's dir doch an: Du hast irgendwo Brot oder Speck gestohlen - oder du wolltest es noch tun!"
„Nein, Kapitan!", beteuerte Gerard. „Wirklich nicht!"
Zordis grinste spöttisch: „Du bist doch der Soldat, der letzthin so dienstfertig die Auspeitschung vorgenommen hat, nicht wahr?" Der andere nickte beflissen. „Na, dann hast du jetzt vielleicht einmal selbst Gelegenheit, in den Genuss einer derart bevorzugten Behandlung zu kommen ..."
Gerard wurde blass, und nur ein letzter Rest seiner Selbstachtung bewahrte ihn davor, in die Knie und sinken und haltlos zu schluchzen. „Lasst mich nicht schlagen, Kapitan, ich will Euch alles erzählen. Ich komme von Kapitan Wulfgar, dem Hauptmann der Jäger ..."
Zordis wurde hellhörig, als der Name fiel. Er mochte Wulfgar wegen dessen Arroganz nicht, und sozusagen standen sie in direkter Konkurrenz um einen Stabsoffizierposten. Und wenn dieser Schleimer Gerard bei ihm war, dann konnte das nur eines bedeuten ...
Er grinste und legte dem Soldaten die Hand auf die Schulter: „Es ist also eine Flucht geplant, und du hast das an die Jäger verraten. Nun, du wirst mir ebenfalls alles erzählen, mein Freund!"

5.
Aristide zeigte seine 'Beute', während Knut draußen vor dem Zelt Wache hielt, damit wir nicht gestört wurden: Eine große Speckseite und zwei Laibe doppelt gebackenes Brot, das im Feld, vor allem bei feuchtem Wetter, nicht so schnell verdarb.
„Mehr war nicht zu kriegen", bedauerte er, „aber für zwei oder drei Tage dürfte das reichen. Wir sind ja nicht sehr verwöhnt."
Ich nickte. „Das wird aber nicht ganz genügen."
„Warum? Wenn wir den Jägern entkommen sind, dann schaffen wir es in drei, höchstens vier Tagen bis Ravenaugh. Und dort ..."
Ich unterbrach ihn: „Wir können nicht nach Ravenaugh! Ich weiß nicht, ob der Kampf um die Stadt noch im Gange ist - aber begonnenen hat er sicher. Und solange ich nicht weiß, wie die Sache ausgegangen ist, können wir uns nicht direkt nach Ravenaugh wenden. Wir würden den Grünen in die Arme laufen und hätten nur ein Übel gegen ein anderes eingetauscht!"
„Aber was ...?", begann Aristide, und ich unterbrach ihn schon wieder: „Wir müssen uns weiter westlich halten, in Richtung der Berge. Dort werden wir auf die Braune Armee stoßen, wenn die Schlacht um Ravenaugh vorbei ist - vielleicht erst in einer Woche oder zehn Tagen."
Der alte Krieger sah mich mit zusammengekniffenen Augenbrauen an: „Was weißt du da schon wieder, was die Braunen vorhaben?"
„Ich sagte doch, ich habe gewisse Beziehungen ..."
Er brummte missmutig und spuckte einen Klecks Tabaksaft in die Ecke des Zeltes: „Junge, Junge, du stellst die Geduld eines alten Mannes auf eine harte Probe, aber ich habe mich nun mal auf die Sache eingelassen, auch wenn sie mir jetzt immer weniger gefällt. Erklär mir wenigstens, wie wir jetzt

im Winter durch das verflucht unwirtliche Land weiter nach Westen kommen sollen! In der Gegend gibt es keine Städte, keine Dörfer und keine Bauernhöfe - und wir haben keine Pferde und nur Vorräte für drei Tage!"
„Und du meinst, es ist unmöglich, dass wir uns ein paar Pferde von der Truppe stehlen?"
„Vollkommen unmöglich. Die Koppeln sind gut bewacht, und wir würden das ganze Lager aufwecken. Nein, wir werden schon zu Fuß verschwinden müssen!"
„Na, ich denke, wir werden Pferde und Vorräte bekommen!"
„Von wem denn, verflucht noch mal?"
„Die werden uns nachgeliefert - von den Jägern!"

Nach nur wenigen Stunden Schlaf weckte mich Aristide. Svejn und Knut standen ebenfalls schon bereit. Wie die anderen hatte ich in meiner Kleidung geschlafen - etwas anderes blieb einem sowieso nicht übrig. Fast alle gemeinen Soldaten verfügten wie wir ohnehin nur über einen Satz zum Anziehen; sie trugen das Zeug, mit dem sie zur Armee gestoßen waren, und wem das Hemd am Leibe verfaulte, der hatte eben Pech gehabt. Er konnte sich ja dafür bei den Toten nach einer Schlacht bedienen. Einzig auf festes Schuhwerk wurde ein gewisser Wert gelegt, da man dafür sorgen musste, dass die Soldaten im Ernstfall schnell vorankamen, aber neu gefertigte Lederstiefel verschwanden so schnell in dunklen Kanälen auf dem internen schwarzen Markt, wie sie von den Heeresschuhmachern gefertigt wurden.
Bei dieser allgemeinen Lage, was die Ausstattung betraf, wunderte es mich nicht, dass fast jeder niedere Soldat der Armee von Flöhen und Läusen geplagt wurde. Einmal im Monat, wenn die Situation es erlaubte, wurde eine Entlausungsaktion durchgeführt, bei der ein Truppenteil seine gesamte Kleidung auskochen ließ. Dann standen, so hatte mir Aristide erklärt, hundert bis hundertfünfzig Mann nackt herum und

warteten darauf, dass das kochende Wasser der sechs-, acht- und mehrbeinigen Einquartierung den Garaus machte. Dass diese Prozedur nicht immer mit der nötigen Sorgfalt durchgeführt wurde, war klar, und die Konsequenzen auch:
Krätzemilben und Filzläuse waren noch die harmlosesten Folgeerscheinungen dieser hygienischen Anarchie. Wenn es ganz schlimm kam, fegte eine Typhus-, Ruhr- oder Choleraepidemie ein Drittel des Heeres hinweg, und die von den massenhaften Toten verursachte Vergiftung der Luft und des Wassers kostete noch einmal etliche das Leben. In diesem Fall, der meistens im Frühjahr und Sommer eintrat, konnte man nur darauf hoffen, dass der Feind ebenso dezimiert worden war.

.

Ich war zum Glück, wahrscheinlich wegen der relativ kurzen Zeit, die ich bis jetzt unter diesen Umständen verbracht hatte, von dergleichen verschont geblieben. Meine Kleidung stank zwar zum Himmel, und ich hätte es niemals gewagt, damit einer Dame meine Aufwartung zu machen, aber sie war noch frei von Mitbewohnern niederer Herkunft. Immerhin. Wenn ich mir Svejn so ansah, dem das Kratzen an seinen Fortpflanzungsorganen schon zur lieben Gewohnheit geworden war ...

.

„Es ist so weit!", flüsterte Aristide. „Zwei Stunden vor Morgengrauen."
Ich richtete mich auf und war seltsamerweise wach. In solchen Zeiten war ich früher gerade ins Bett gegangen, aber das war lange her. Ein Leben lang.
„Also los!", sagte ich kurz und drückte dem alten Soldaten die Hand. Die Geste erinnerte mich daran, dass ich die Sache angefangen hatte und sollte ihm Zuversicht geben. Trotzdem war mir nicht annähernd so zuversichtlich zumute, wie ich mich gab. Zu viel konnte schiefgehen.

Ich klopfte Knut und Svejn auf die Schultern und kroch aus dem Zelt. Ich wusste nicht, ob ich mich im Ernstfall auf die beiden verlassen konnte - und sie wussten es nicht von mir, ich selbst übrigens auch nicht! - aber sie waren Freunde von Aristide.

Das Lager war stockfinster, bis auf ein paar Feuerstellen, deren Reste dunkelrot glommen. Ein Windhauch brachte eine Ahnung von verbrannten Kartoffeln mit sich. Wir huschten zwischen Dutzenden von Zeltreihen hindurch und knieten nieder, als der Waldrand sichtbar wurde.
„Tja, mein Junge", wisperte Aristide in mein Ohr, „dort, hinter den Bäumen, da ist das Ziel! Ein oder zwei Wachen werden unterwegs sein, die können wir austricksen! Aber wenn wir diese Linie überschreiten, dann sind wir Deserteure. Und dann werden die Jäger hinter uns her sein. Das ist dann kein Spiel mehr. Hast du dir das überlegt?"
Ich nickte bedächtig. „Ari, ich hab' es mir überlegt! Ich muss hier weg, glaub mir! Und ich tu es!"
Er langte nach meiner Hand und drückte sie fest: „Du bist ein eigenartiger Mensch, Christian! Und du hast hier etwas vor, das uns dreien - Svejn, Knut und mich - das Leben kosten kann. Du hast mir etwas angeboten, aber das ist nicht der Grund, warum ich mitmache. Ich weiß nicht warum, aber ich glaube, dass mein Schicksal irgendwie mit deinem zusammenhängt - ich habe das von Anfang an gedacht! Frag mich nicht warum!"
Ich gab den Händedruck zurück: „Ich kann dir nicht garantieren, dass die Sache dich nicht das Leben kostet. Das kann ich nicht, leider."
„Dachte ich mir!"
„Also, ich heiße Daniel!"

6.
Eine Wache patrouillierte einige Meter von uns entfernt auf und ab. Der Mann schien von seiner nächtlichen Aufgabe nicht sehr begeistert zu sein: Er schritt in einem regelmäßigen Zyklus hundert Meter nach Westen und nach Osten ab, und jedes Mal, wenn er die Wendemarke passierte, stieß er einen halblauten Fluch aus.
Aristide stupste mich in die Seite: „Das ist meiner!"
Ich nickte und sah ihm zu, wie er im Gebüsch verschwand. Der Kopf des Soldaten erschien noch einige Augenblicke lang über den Büschen, dann tauchte er plötzlich unter. Nach einer Minute erschien Aristide aus der Dunkelheit und raunte: „Los jetzt! Der Weg ist frei! Mann, wenn sie uns jetzt noch erwischen, dann kann ich nur hoffen, dass die Pferde mich wenigstens kennen und schnell anziehen!"

.

Nach verdammt kurzer Zeit, während der wir durch die Waldlandschaft hetzten, wurde es hell. Ich hatte bewusst den Zeitpunkt unserer Flucht so gewählt, dass wir bei Dunkelheit aus dem Lager ausbrachen, dann aber Tageslicht hatten, um in dem wahrhaft ungemütlichen Gelände in kein Sumpfloch zu geraten. Die Gegend, durch die wir uns nach Westen kämpfen wollten, war auch alles andere als ideal zum Marschieren: ein hügeliges Gebiet, mit Hochmooren durchsetzt, Wald und Busch. Schlechthin ideal, um Verfolgern auszuweichen, aber denkbar ungeeignet, um voranzukommen.
Ich wusste nur eines: Weiter westlich endete der Wald und machte einer ausgedehnten Grassteppe Platz, die sich bis zu den Hängen des Ilbayon-Massivs ausdehnte.
Im Prinzip galt es also dann nur noch eine einzige Schwierigkeit zu überwinden: die Jäger.

.

Wulfgar erwachte aus seinem Schlaf, weil ihn jemand schüttelte. Er griff reflexartig nach seinem Schwert, besann sich

aber rechtzeitig der Realität, um nicht blind zuzuschlagen: Gomez hatte ihn geweckt.
Der Südländer grinste ihn derartig an, dass er am liebsten trotzdem zugeschlagen hätte, und hatte auch noch die Frechheit, ihm ins Gesicht zu sagen: „Die sind abgehauen, Kapitan! Sie sind weg! Eine von den Wachen ist tot, Kehle durchgeschnitten, und vier von den Kerlen sind weg!"
Wulfgar lächelte, obwohl ihm nach dem Rum des gestrigen Abends nicht recht danach zumute war. „Na also! Sag den anderen beiden Bescheid! Es geht los!"

Nach einer Stunde schnellen Marsches durch das unwirtliche Gebiet legten wir eine Pause ein und verschnauften. Aristide hatte trotz seines Alters gut mitgehalten und zeigte keine größere Erschöpfung als wir anderen; der Beruf des Soldaten hielt eben doch jung.
Er setzt sich auf einen Baumstumpf und ließ das Schwert, das er dem toten Wachposten abgenommen hatte, vorsichtig durch die Finger gleiten. Dabei funkelten seine Augen in jenem Glanz, den ich schon des Öfteren bei Kriegern gesehen hatte, wenn sie eine Waffe begutachteten.
„Keine schlechte Arbeit!", stellte er fest und führte einen Stich in die Luft aus. „Könnte etwas besser ausbalanciert sein, aber bester Stahl. Ist lange her, dass ich so etwas in der Hand gehabt habe."
An Bewaffnung hatten wir sonst nur unsere Messer, da gemeine Pioniersoldaten der Blauen Armee keine Schwerter trugen. Und die unhandlichen Piken mitzunehmen, das hätte keinen großen Sinn gehabt.
„Meinst du, dass du mit der Klinge gegen einen Jäger bestehen könntest?", fragte ich, und er grinste mitleidig und schüttelte den Kopf: „Wo denkst du hin, Jungchen! Nicht einmal in meinen besten Zeiten, als die alten Knochen noch nicht so eingerostet waren. Und mit nur einem Auge ... Ein Men-

schenjäger, das ist nicht einfach irgend so ein Büttel, den sie hinter uns herschicken, um uns freundlich aufzufordern, doch zurückzukommen."
Svejn lachte: „Das hast du wirklich fein gesagt, Ari!" Er wandte sich zu mir und erklärte weiter: „Das sind die besten Schwertkämpfer des ganzen Heeres, sie sind überhaupt mit jeder Waffe vertraut, aber meistens kommt es gar nicht zu einem Kampf ..."
„Richtig, mein Sohn!", mischte sich Aristide wieder ein. „Die machen sich leise an dich ran und putzen dich mit ihren Pfeilschleudern aus dem Hinterhalt weg. Die Dinger schießen so genau, dass sie dir auch so einen Bolzen nur ins Bein jagen können, um dich lebendig zu erwischen. Und was dir im Lager dann blüht, das kannst du dir ja wohl vorstellen!"
Er stand energisch auf und sah uns allen in die Augen. „Wir haben gewusst, auf was wir uns einlassen. Also sehen wir zu, dass wir weiterkommen! Wenn sie unsere Spur finden, dann haben sie uns in einem halben Tag eingeholt!"

.

Dougal kniete am Boden und betrachtete das Gras eingehend. Nach einer Weile richtete er sich wieder auf und trat zu Wulfgar, der sein Pferd am Zügel führte.
„Versteh ich nicht!", knurrte er. „Die geh'n nicht in Richtung Ravenaugh, mehr westlich."
Der Nordländer kratzte sich am Kinn. „Nicht nach Ravenaugh? Hm. Könnte das ein Trick sein?"
Der andere zuckte nur die Schultern. Dougal war ein untersetzter bleichhäutiger Mann mit unergründlichen dunklen Augen, der fast nichts sprach. Manche behaupteten, dass er aus dem Schneewolkengebirge stammte, andere wiederum, aus den Eisöden noch jenseits der Nordländer. Aber wie dem auch sei, er war der beste Fährtensucher, den Wulfgar jemals getroffen hatte. Wenn Dougal also sagte, dass die Flüchtlinge sich nach Westen gewandt hatten, dann stimmte das.

Er überlegte. Dieser Aristide war ein alter erfahrener Krieger. Er hatte sich erkundigt und erfahren, dass der Mann längst Sergeant sein könnte, wenn er nicht mehrmals wegen seines aufsässigen Verhaltens mit vorgesetzten Offizieren Ärger bekommen hätte. Es stand nicht zu erwarten, dass der sich einfach geirrt hatte, was die Richtung betraf. Jeder halbwegs erfahrene Soldat konnte anhand des Tagesgestirns und der Sterne in der Nacht wenigstens ungefähr abschätzen, wohin er lief.
Also gab es zwei Möglichkeiten:
Erstens: Ein Trick. Eine Falle gar? Er grinste: Das konnte er sich nun wirklich nicht vorstellen. Nein, keine Falle! Ein Ablenkungsmanöver?
„Kann es sein, dass sie sich getrennt haben?", fragte er, aber Dougal schüttelte nur verneinend den Kopf und hielt die Hand mit eingeklapptem Daumen in die Höhe. Vier!
Dann also zweitens: Die Kerle wollten wirklich nach Westen. Sie hatten dort ein Ziel. Die Sache wurde immer sonderbarer, und langsam begann sie, Wulfgar sogar Spaß zu machen. Es galt also, auch noch ein Rätsel zu lösen: Was zum Teufel wollten die Flüchtlinge dort im Westen, wo es nichts als Gras, Bäume, und in der Ferne Steppe und das Ilbayon-Massiv gab? Sie konnten doch nicht etwa vorhaben, eine der kleinen Ansiedlungen dort am Fuß der Berge zu erreichen. Das war nicht nur wahnsinnig, das war lächerlich!
„Und was tun wir?", fragte Llewellin, der große blonde Söldner, der irgendwann vor einigen Jahren aus einem anderen Heer zur Blauen Armee übergelaufen war und wegen seines Geschicks im Umgang mit Schwert und Pfeilschleuder schließlich den Jägern zugeteilt worden war. Wulfgar hielt ihn für ziemlich dämlich, aber über seine Befähigung gab es keinen Zweifel, und auch nicht über seine Hartnäckigkeit: Llewellin hatte vor zwei Jahren einmal zwei Deserteure trotz gebrochenen Unterarms eine Woche lang weitergejagt, als

die anderen schon aufgegeben hatten, und einen sogar lebend zurückgebracht.

Zum Ausgleich für die Mühen des Söldners, der natürlich außerdem eine großzügig bemessene Belohnung erhielt, waren dem Flüchtling Hände und Füße abgehackt und der Rest als Fraß für die Raubtiere zurückgelassen worden. Wulfgar schauderte es leicht, als er daran zurückdachte. Zum Glück hatte der Deserteur sowieso kaum noch gelebt.

Der Kapitan stieg auf sein Pferd und sah auf seine kleine Truppe herab: Wenn er sich selbst gegenüber ehrlich war, dann konnte er keinen von den Kerlen richtig leiden; sie waren alle der Abschaum der im Lande umherziehenden Heere, die seit Jahren wie ein Heuschreckenschwarm die Bauern und kleinen wehrlosen Ortschaften terrorisierten und ausplünderten.

Eines allerdings musste er Gomez, Dougal und Llewellin zugestehen: Im Gegensatz zu den Tausenden von entwurzelten, gescheiterten und verkommenen Existenzen, aus denen das ganze Heer bestand, waren sie die Besten ihres Faches.

Die Männer sahen ihn an und warteten auf eine Entscheidung, aber er musste noch überlegen: Dieser Aristide hatte ebenfalls drei Leute bei sich. Zwei junge Soldaten, die sich seit eineinhalb Jahren bei der Armee befanden; Grünschnäbel offensichtlich, die die Gelegenheit ergriffen hatten, dem harten Heeresdienst zu entkommen und den Alten als Führer anerkannten. Aber da war noch einer: ein gewisser Christian, den man erst kürzlich am Ufer des Lliegan aufgegriffen und zum Dienst gezwungen hatte, angeblich aus dem Norden; aber was der Kerl Kapitan Zordis erzählt hatte, das klang mehr als unglaubwürdig.

Wulfgar lächelte, als er an Zordis dachte: Dieser Narr hatte die Geschichte von dem ungebildeten Nordmann geschluckt. Nein, wenn die Fliehenden sich jetzt plötzlich nach Westen gewandt hatten, dann steckte da mehr dahinter. Vielleicht

wirklich ein Spion, den man da aus Versehen aufgegriffen hatte.
Jedenfalls war dieser Christian in der Rechnung die unbekannte Größe, und da war immer Vorsicht angebracht! Wulfgar schreckte aus seinen Überlegungen hoch, als ihm bewusst wurde, dass seine Männer ihn immer noch anstarrten. Jetzt musste er etwas sagen.
„Hört zu! Auch zwei von uns sind denen allemal überlegen. Die haben, wenn überhaupt, nur ein Schwert. Also teilen wir uns! Ich folge mit Gomez der Spur nach Westen, und Llewellin und Dougal: Ihr geht weiter nach Südwesten, bis ihr auf den Bach trefft, der nordwestlich von Ravenaugh in den Lliegan fließt. Falls sie uns nur täuschen wollten und doch noch nach Süden in Richtung Ravenaugh abbiegen, dann habt ihr ein gutes Stück Weg abgekürzt und seid ihnen dichter auf den Fersen, als sie denken."
Er rechnete kurz nach. „Vor ihnen ankommen könnt ihr nicht. Also müsst ihr nach Spuren suchen und ihnen folgen. Es gibt keinen anderen halbwegs gangbaren Weg in dieser Gegend, und sie können sich nicht lange mit Jagen aufhalten, also müssen sie diese Route nehmen.
Und wenn sie sich wirklich direkt nach Westen weiterbewegen: Dann erwischen Gomez und ich sie bald: Sie haben mit Sicherheit nicht genügend Vorräte, keine Pferde und keine Waffen - und drei Tagesritte von hier beginnt das Steppenland!"
Die anderen nickten, und Wulfgar fügte noch hinzu: „Dougal und Llewellin: Wenn ihr in den nächsten zwei Tagen nichts von ihnen bemerkt - auch keine Spuren! -, dann haltet euch in Richtung Nordwesten, bis ihr unsere Spuren findet und folgt diesen! Dann sind sie tatsächlich geradewegs nach Westen - und wir sind hinter ihnen!"
Mit einem Schnalzen trieb er sein Pferd an, und Gomez beeilte sich, seinem Beispiel zu folgen.

7.
Als die Sonne untergegangen war, und ich zum was-weiß-ich-wievielten Mal über irgendetwas stolperte und beinahe hinschlug, sah ich ein, dass Aristide recht hatte: Es war Zeit für das Nachtlager.
Der alte Krieger schnitt für jeden von uns zwei Scheiben Brot und zwei Scheiben Speck ab und verteilte sie. Während ich auf dem zähen Fleisch kaute, sah ich mich um. Das Lager war nicht einmal schlecht gewählt: Wir hatten unter einem riesigen Laubbaum Quartier bezogen, dessen dichtes Blätterkleid uns vor Regen bewahren würde. Dass die Bäume in diesem Land auch im Winter Blätter trugen, wunderte mich nicht mehr: In dieser Welt war alles ganz anders, als ich es gewohnt war.
Aristide winkte mir mit seinem Streifen Speck, den er auf seinen Dolch gespießt hatte, zu: „Und du meinst wirklich, dass wir uns morgen nach Süden wenden sollten?"
„Natürlich. Schließlich werden wir dort erwartet!"
Er schüttelte den Kopf. „Einen Tag in Freiheit, und ich wünschte mir schon, dass ich im Heereslager am Feuer säße, meinen Arsch wärmte und diesen verfluchten Armeefraß in mich hineinstopfte. Da musste ich wenigstens nicht befürchten, jeden Augenblick einen Bolzen von einer Pfeilschleuder in den Wanst zu kriegen!"
„Wanst ist richtig!", murmelte ich und rollte mich auf dem mit Blättern und Zweigen ausgelegten Boden zusammen. Es versprach, eine ungemütliche Nacht zu werden.

.

„Da wären wir", stellte Llewellin überflüssigerweise fest, und Dougal nickte nur mürrisch. Der blonde Söldner wollte noch etwas sagen, aber die Schweigsamkeit seines Kameraden verschlug selbst ihm die Sprache, und seine Laune glich sich der des anderen an.

Warum hatte Kapitan Wulfgar ihm ausgerechnet diesen Dougal zugeteilt, der kein Wort sprach, wenn es nicht unbedingt sein musste, der keinen Scherz verstand und seine Augen nur auf dem Boden hatte? Na schön, er war ein guter Fährtensucher, aber das sollte einen doch nicht davon abhalten, wenigstens ab und zu das Maul aufzumachen ...
Seit zwei Tagen waren sie jetzt gemeinsam unterwegs, und Llewellin fragte sich manchmal, wie es wohl wäre ...? Wer wäre der Bessere: Er oder dieser Waldmensch, der wohl dachte, er kenne alle Grashalme mit Namen?
Dougal beschäftigte sich eine halbe Stunde mit dem Bachufer: Er ging vorsichtig auf und ab, untersuchte hier und da einen Strauch und kniete sich sogar in das kalte Wasser, um den Schlamm einer näheren Betrachtung zu unterziehen. Schließlich schüttelte er die Hände ab und trat mit seinen Stiefeln gegen einen der großen Steine, die das Bachbett einsäumten, um den Matsch abzuschütteln.
„Hier ist keiner durchgekommen!", war alles, was er feststellte.
„Und?", fragte Llewellin nochmals überflüssigerweise. „Was soll das heißen - hier war keiner?"
Der andere quittierte die Frage mit einem geringschätzigen Lächeln, was den Söldner fast in Rage brachte. Er schaffte es gerade noch, den letzten Rest seiner augenblicklich arg strapazierten Selbstbeherrschung zu mobilisieren, und blieb ruhig: „Was tun wir also? Wulfgar hat unrecht gehabt - die sind nach Westen!"
Dougal schien die Berechtigung dieser Frage einzuleuchten. Jedenfalls dachte er kurz nach, was Llewellin schon als Erfolg wertete, dann meinte er achselzuckend: „Wir gehen den Bach entlang nach Norden, bis wir auf die Spuren der anderen stoßen - wie der Kapitan sagte!"
„Wie der Kapitan sagte!", äffte Llewellin ihn nach, aber er sah ein, dass der andere recht hatte. Die Flüchtenden hatten

den Weg direkt nach Westen eingeschlagen, und er und Dougal verschwendeten hier ihre Zeit. Wenn die vier Deserteure hier durchgekommen wären - und Zeit dazu hatten sie genug gehabt -, dann hätten sie mit Sicherheit Spuren hinterlassen.
Also vorläufig alles umsonst - sie waren auf der falschen Spur gewesen. Llewellins Laune verschlechterte sich noch mehr: Wieder einmal konnte Kapitan Wulfgar den Erfolg einheimsen.

Die beiden Jäger bewegten sich entlang des einigermaßen gut begehbaren Rands des Bachbetts nach Norden, bis die Sonne unterging, dann schlugen sie ihr Lager auf. Llewellin erklärte, dass er keine Lust hatte, Dörrfleisch oder trockenen Heereszwieback zu essen, und begann Holz für ein Feuer zu sammeln. Dougal warf ihm anfangs einen missbilligenden Blick zu und meinte in seiner wortarmen Art, dass es gefährlich sei, in unbekannter Gegend ein Feuer zu entzünden, aber der andere wischte die Einwände lässig beiseite:
„Was soll schon passieren, häh? Dieser Aristide ist mit seinen Leuten nach Westen und wird von Wulfgar und Gomez geschnappt. Die Grünen liefern sich mit den Braunen im Süden eine Schlacht - und wer sich sonst noch hier in dieser Einöde herumtreibt, der gehört entweder zu uns, oder er wird zusehen, dass er wegkommt."
Dougal nickte halb zustimmend und löste die Pfeilschleuder von seinem Sattel. „Dann gehe ich etwas jagen!", stellte er nur fest und verschwand fast ohne einen Laut im Gebüsch.
Llewellin grinste zufrieden. Der wortkarge Mann aus dem Schneewolkengebirge war als einer der besten Jäger bekannt - nicht nur für Menschen, auch für Wild - und er konnte exzellent mit der Pfeilschleuder umgehen. Wenn einer dazu imstande war, in der Dämmerung noch einen Hasen oder ein anderes Stück Kleinwild zu erwischen, dann er.

Der große Söldner lehnte sich bequem an einen Baumstamm zurück und starrte einige Augenblicke in das kleine Feuer, von dem ein dünner Rauchfaden in den grauen Himmel stieg. Zum Glück regnete es nicht. Der Mond war bereits als matte Sichel zu wahrzunehmen, und wenn man genau hinsah, konnte man auch schon einige Sterne erkennen.
Llewellins schlechte Laune war mittlerweile verflogen. Sollten sich die Deserteure doch von Wulfgar fangen lassen! Damit ging ihm zwar die Prämie durch die Lappen, aber die anderen hatten die Arbeit. Und wenn er und Dougal noch etwas herumtrödelten, dann stießen sie erst wieder zum Hauptheer, wenn das Winterlager schon aufgeschlagen war. So schlecht war die ganze Situation wahrhaft nicht - und heute würde es etwas Vernünftiges zu essen geben.
Das Feuer prasselte leise vor sich hin.
Obwohl ihm theatralische Worte sonst nicht so lagen, streckte sich Llewellin wohlig und meinte halblaut zu sich selbst: „Was soll's? So schlecht ist es nicht, ein Jäger zu sein!"

„In einer Beziehung täuschst du dich da, mein Freund!", erklang eine leise Stimme neben seinem rechten Ohr.
Die jahrelange Erfahrung hatte Llewellins Reflexe geschult, und er überwand den Schreck sofort und sprang vorwärts, um nach seinem Schwert zu greifen, das neben dem Feuer im Gras lag.
Aber zu spät. Der Sprecher hatte irgendeine Reaktion gar nicht erst abgewartet, sondern gleich bei dem Wort 'Freund' mit seinem Messer zugestoßen. Im Aufspringen gewahrte der Söldner, wie die kalte Klinge in seine rechte Brustseite eindrang. Seltsamerweise verspürte er keinen Schmerz, aber seine Beine gehorchten seinem Willen plötzlich nicht mehr und knickten ein. Er fiel lautlos zur Seite, und während bereits die Nebel des nahenden Todes seinen Geist umwölkten, versuchte er noch, mit der Rechten nach seiner Klinge zu grei-

fen. Aber irgendwie gehorchte ihm auch die rechte Hand nicht mehr.
Das letzte, was er sah, war der Mond. Nein, ein Gesicht, das sich über ihn beugte. Ein Mann mit einer Augenklappe. Und das letzte, das er hörte, waren die Worte: „Du warst nicht mehr der Jäger - du warst der Gejagte!"

8.
Dougal kehrte nach eineinhalb Stunden zurück, als es schon vollkommen finster war. Trotzdem fand er den Weg zurück zum Lager mit der traumwandlerischen Sicherheit des Naturkindes. Und schon von Weitem konnte er die vereinzelten Geruchsspuren in der Luft wahrnehmen, die es möglich machten, ein Lagerfeuer, selbst die Glut, auf weite Entfernungen zu wittern.
Er hatte Glück gehabt und sozusagen beim allerletzten Tageslicht einen Hasen geschossen. Diese Pfeilschleudern, die nur wenige im Heer besaßen, weil die Anfertigung ziemlich teuer war und die höchste Geschicklichkeit der Waffenschmiede forderte, sie waren wirklich die ideale Waffe für diesen Zweck. Und für einen anderen. Im Gegensatz zum Lang- oder Kurzbogen konnte man sie ständig gespannt halten und im Ernstfall blitzschnell einsetzen.
Nicht dass er Menschen besonders gern jagte wie Llewellin, dem es Spaß zu machen schien, sein Opfer möglichst lange zu hetzen, und dann nur so zu verwunden, dass er es lebend zurückbringen konnte.
Nein, er, Dougal, hatte die Flüchtlinge immer mit einem sauberen gezielten Schuss erlegt und tot zurückgebracht, wie es sein sollte. Diese öffentliche Hinrichtung, die die Generalität anordnete, wenn einer lebend eingefangen wurde, dieses Vierteilen, Verbrennen oder Häuten, das fand er abstoßend. Wahrscheinlich hatte er allen diesen Kerlen, die er erschos-

sen hatte, einen Gefallen getan. Egal. Er war der Meinung, dass die meisten Tiere sich, wenn sie gejagt wurden, wesentlich klüger und geschickter verhielten als Menschen, die meistens keine Ahnung vom Leben im Wald hatten und in die primitivsten Fallen liefen.

Dougal trat aus dem Gebüsch und blickte sich um. Das Feuer brannte hell, und er sah, dass Llewellin aus mehreren abgehackten Ästen ein Gestell gebaut hatte, eine Art primitiven Bratspieß, sodass sie die Beute über den Flammen grillen konnten. Also war alles in Ordnung.
Der große Söldner hatte sich zum Schutz gegen die Kälte in seine Decke eingemummelt und saß zusammengekauert neben dem Feuer. Er schien ihn nicht zu sehen, aber das war kein Wunder, denn er wurde von den Flammen geblendet und Dougal kam aus dem Dunkel.
„Ich bin es!", sagte Dougal halblaut, um den anderen nicht zu sehr zu erschrecken. „Ich habe einen Hasen."
Er legte seine Pfeilschleuder auf den Boden und hielt die Beute in die Höhe. Llewellin ließ die Decke, die er über den Kopf gezogen hatte, herunter gleiten, und sah ihn an.
Es war nicht Llewellin. Der Mann, der dort am Feuer saß, war genauso groß wie der Söldner, und er hatte ebenso blondes Haar, aber er war viel schlanker und er hatte eine andere Stimme, als er erwiderte:
„Ich habe auch einen Hasen!"
Dougal hörte das Zirpen der Pfeilschleuder, dann spürte er auch schon den Einschlag des Bolzens in seiner Brust. Er taumelte rückwärts gegen einen Baum und sackte langsam zu Boden. Sein letzter verlöschender Gedanke war die Erkenntnis, einen furchtbaren Fehler gemacht zu haben.

„Sauber erledigt!", stellte Aristide fest, nachdem er den Toten untersucht hatte. Ich tätschelte die Schusswaffe in meiner

Hand: „Nicht einmal schlecht, so eine Armbrust! Aber auf die Entfernung konnte ich gar nicht danebenschießen!"
„Wie nennst du das Ding?"
„Das Ding? Ach so - Armbrust! In meinem Land heißt diese Waffe Armbrust!"
Er sah mich kopfschüttelnd an: „Ein seltsamer Name. Ist das weit weg, von wo du herkommst?"
Ich lachte leise: „Weiter, als du dir vorstellen kannst!"
Knut und Svejn kamen aus dem Gebüsch gekrochen und richteten sich auf. „Meinst du, das waren alle, Ari?", fragte Svejn und blickte sich misstrauisch nach allen Seiten um.
„Ich denke es!", brummte der alte Soldat. „Hier sind nur zwei Pferde."
„Und etwas zu essen gibt es auch!", freute sich Knut und hielt den Hasen in die Höhe, als ob er ihn geschossen hätte.
„Auf was wartest du dann noch? Häute ihn ab, steck ihn auf den Spieß und häng ihn über das Feuer! Wir erwarten heute keine weiteren Gäste mehr."
Svejn lachte, und ich fiel ein.
„Haha, Villiers und Zordis!", fuhr Aristide fort und verbeugte sich geziert vor einem imaginären Publikum. „Der alte Ari wird heute Kaninchen speisen und nicht euren Armeefraß - ob euch das gefällt oder nicht!"
Dann legte er mir die Hand auf die Schulter: „Junge, Christian, Daniel - ich muss dich wirklich loben! Wir haben etwas zu essen, wir haben zwei Pfeilschleudern und Schwerter - und zwei Pferde! Wie du gesagt hast! Ich tue das bei Grünschnäbeln wie dir äußerst ungern, aber ich muss zugeben: Dein Plan war ausgezeichnet!"
Ich verbeugte mich ebenfalls und versicherte: „Das Lob aus solch berufenem Munde ehrt mich zutiefst, Gevatter!"
Er lachte laut auf: „Da, hört ihr das, ihr beiden? Und so spricht ein Barbar aus dem Norden. Nehmt euch ein Beispiel daran!"

Als wir uns nach dem 'opulenten' Mahl schließlich zur Ruhe betteten, wie man so schön sagt, konnte Aristide nicht gleich einschlafen. Er richtete sich sitzend auf und puffte mich in die Seite: „He, du schläfst doch noch nicht?"
„Nein!", brummelte ich. „Aber ich würde gerne!"
„Ja! Ja!" murrte er. „Der Herr hat heute seinen Triumph gehabt und will nun vom niederen Volk in Ruhe gelassen werden ..."
Ich kicherte. „Das nennt man 'nach Komplimenten fischen', was du da gerade tust, weißt du?"
„Ist mir egal, wie man das in Okla ... oder so nennt!", schnappte er. „Ich fische nach gar nichts! Ich will nur eines wissen: Wie konntest du so einfach behaupten, dass wir hier auf die Jäger stoßen würden? Es freut mich ja, dass der Plan aufgegangen ist, aber verstehen tu ich das nicht!"
Es machte mir Spaß, den alten Soldaten etwas auf die Schippe zu nehmen, also erklärte ich: „Nachdenken, mein Lieber! Eines war klar: Sie würden unsere Spuren irgendwie finden. Und dann vor der Entscheidung stehen, uns nach Westen zu folgen oder eine Finte zu vermuten. Und wer immer bei den Jägern das Sagen hat: Er hat genau so reagiert, wie ich angenommen hatte - er hat seine Leute aufgeteilt. Du hast mir das Gelände nördlich von Ravenaugh gut genug beschrieben, und so konnte ich unseren Fluchtweg so unlogisch wählen, dass keiner von den Jägern uns in Gedanken folgen konnte."
„In Gedanken folgen? Was ist das für ein verdammter Quatsch? Und unlogisch?"
Ich seufzte. „Die beiden heute haben mit allem gerechnet, nur nicht damit, dass wir uns auf unserer Flucht so lange Zeit lassen, bis sie uns voraus sind. Sie mussten also annehmen, dass die Berechnung ihres Kapitans falsch war, und wir den direkten Weg nach Westen gewählt hatten. Sie hatten fest mit diesen beiden Alternativen gerechnet: entweder nach Ravenaugh oder nach Westen."

Er nickte verstehend: „Und eine Möglichkeit dazwischen hatten sie nicht eingeplant. Und natürlich ebenfalls nicht, dass wir versuchen könnten, den Spieß umzudrehen. Christian Daniel, du wirst mir langsam unheimlich! Dieser Plan war ja wohl das Durchtriebenste, das ich jemals erlebt habe. Hast du es schon mal versucht, dich als strategischer Ratgeber bei irgendeinem General zu bewerben?"
Ich schüttelte den Kopf. „Nein. Denn einen schweren Nachteil hatte der Plan ..."
„Und welchen?"
„Er konnte nur mit viel Glück klappen!"
„Das beruhigt mich, dass du das sagst!", brummte er und rollte sich auf die Seite.
Die Silhouette Knuts, der die zweite Wache übernommen hatte, zeichnete sich gegen den grauen Himmel ab.

9.
Das erste Licht, das durch den dichten Baldachin der Bäume fiel, weckte Wulfgar. Wenn er sich auf Jagd befand, dann war das etwas ganz anderes, als wenn er im Heereslager übernachtete. Die Monotonie des geregelten täglich sich wiederholenden Dienstes dort langweilte ihn zutiefst und verführte ihn, am Abend dem Rum oder Kornbrand mehr zuzusprechen, als ihm bekam. Meistens schlief er dann bis in die Vormittagsstunden hinein, als Kapitan der Jäger konnte er sich das erlauben.
Aber hier, mitten im Gelände, auf sich selbst gestellt, da blühte er auf, und seine alten Kräfte erwachten: Er hatte eine Aufgabe, und er war nicht mehr an die Armeedisziplin gebunden, die er mit der Zeit als mehr und mehr einengend empfand.
Und: Wenn er sich selbst gegenüber ehrlich war, was selten vorkam, dann musste er sich eingestehen, dass ihn die Sinn-

losigkeit von allem, was er tat, langsam ankotzte. Seit zehn Jahren wurde in diesem Land Krieg geführt, und in diesen Jahren hatte er so ziemlich alles getan, was man als verbrecherisch bezeichnen konnte. Wenn er jetzt wenigstens einen Sinn darin erkennen könnte! Aber dem war nicht so.
Und jetzt jagte er wieder einmal hinter ein paar armen Schweinen her, die nur von dem ganzen Elend die Schnauze voll hatten, damit die Disziplin der Armee erhalten blieb. Und warum tat er das? Um zum Major befördert zu werden. Naja, das war wenigstens ein Grund!

Wulfgar saß schon im Sattel und kaute lustlos auf einem trockenen Zwieback herum, als Gomez zurückkehrte.
„Ihr hattet recht, Kapitan!", bestätigte der Südländer auf seinen fragenden Blick hin. „Wir werden verfolgt!"
„Konntest du sehen, von wem?"
„Sieht aus, als ob es welche von uns wären. Vier Mann. Sie brauchen etwas länger, den Spuren zu folgen, halten aber den Abstand."
„Na schön!" Wulfgar seufzte. „Wir warten. Ich will bei einer Jagd nicht noch irgendjemanden im Genick haben!"
Er kratzte sich am Kinn und zog vor Ärger sein Schwert ein Stück aus der Scheide heraus, um es gleich wieder hineinzustoßen. Nicht nur, dass die Deserteure, nachdem sie lange genug nach Westen gelaufen waren, doch noch nach Süden abgeschwenkt waren! Nein, jetzt wurde er auch noch aus dem eigenen Lager verfolgt! Irgendetwas ging hier vor, das er nicht verstand, und das ärgerte ihn immer. Er überlegte: Was zum Teufel sollte es den Fliehenden nutzen, so weit nach Westen auszuweichen, um dann doch noch ...
Er wurde in seiner Überlegung unterbrochen, als Gomez, der sich in letzter Zeit seine Gedanken über die häufige Geistesabwesenheit seines Kommandanten gemacht hatte, ihn in die Seite stieß:

„Dort kommen sie! Wir sollten ..."
Wulfgar schüttelte alle Überlegungen in einer Sekunde ab und kehrte in die Realität zurück: „Schnell! Wir warten dort!"
Er trieb sein Pferd in das dichte Buschwerk hinein und Gomez folgte ihm. Wer immer ihnen vom Lager aus gefolgt war - er würde jetzt eine Überraschung erleben.

.

„Sie können nur diesen Weg genommen haben, Kapitan!", beteuerte der Soldat. „Die Spur ist undeutlich, aber sie ist noch zu erkennen!"
„Und wie frisch ist sie?", fragte Zordis, dem von dem langen Ritt die Oberschenkel und der Hintern schmerzte, und der eine entsprechend schlechte Laune an den Tag legte.
„Ich ... ich weiß nicht, Kapitan!", gab der Soldat kleinlaut zu. „Ich sagte ja schon, dass ich als Fährtensucher nicht besonders gut bin, und ..."
Zordis winkte ärgerlich ab, und der Mann schwieg. Am liebsten hätte sich der Hauptmann selbst geohrfeigt, so vergeblich erschien ihm jetzt sein eigenes Unternehmen.
Nachdem er von der geplanten Jagd auf die Flüchtlinge erfahren hatte, hatte er beschlossen, den Ausbruch nicht zu verhindern, sondern sich selbst im besten Licht zu zeigen, indem er sie zurückbrachte, er, und keiner von diesen sogenannten Jägern Wulfgars.
Diesen Plan hatte ihm einerseits seine Wut diktiert, von diesem falschen Nordmann namens Christian hereingelegt worden zu sein - wie Gerard ihm wortreich erklärt hatte - und andererseits die Sorge um seinen Stabsoffiziersposten. Er musste Wulfgars Jägern zuvorkommen, die Gefangenen oder Toten selbst zurückbringen und dann behaupten, er hätte die ganze Angelegenheit von vornherein unter Kontrolle gehabt. Mit den Leichen der Entflohenen, die er zurückbrachte, würde man ihm Glauben schenken.

Und Wulfgars Jäger? Zordis lächelte in sich hinein. Seine drei Männer waren ebenfalls mit Pfeilschleudern ausgerüstet. Die beiden Soldaten waren vertrauenswürdig, und Gerard, den er gezwungenermaßen mitgenommen hatte ... Nun, vielleicht widerfuhr ihm ebenfalls ein Unglück! Man konnte ja nie wissen!
Jetzt jedoch war der Hauptmann nahe daran, aufzugeben. Seit zwei Tagen kämpften sie sich durch den Busch und waren den Deserteuren, nicht einmal den Verfolgern, auch nur einen Schritt näher gekommen. Und der Weg, den diese genommen hatten, er führte immer tiefer in das unwirtliche Waldgebiet nördlich von Ravenaugh hinein. Wenn sein sogenannter Führer jetzt noch die Spur verlor, dann saß er mitten im Niemandsland fest. So hatte er sich die Sache nicht vorgestellt!
Er kommandierte „Halt!" und winkte den Fährtensucher zu sich:
„Was glaubst du, was die vorhaben?"
Der Angesprochene druckste etwas herum, weil er den Kapitan nicht verärgern wollte: „Ich weiß es wirklich nicht! Sie haben sich nach Süden gewandt - und die Jäger sind hinter ihnen! Mehr kann ich nicht sagen!"
Zordis schlug ärgerlich auf seinen Schwertknauf. Na gut! Bis zur Dämmerung würde er noch der Spur folgen, und dann ...
Gerard hatte sein Pferd an seine Seite getrieben und sprach ihn an: „Kapitan, wenn ich etwas vorschlagen dürfte?"
„Nein!", schrie Zordis, dann besann er sich eines besseren: „Also was?"
Der andere versuchte ein komplizenhaftes Grinsen: „Es ist doch gar nicht nötig, dass wir uns anstrengen! Wir müssen nur in aller Ruhe der Spur der Jäger weiter folgen. Irgendwann werden sie Aristide und die anderen erwischen. Und das kostet Zeit. Und der Rücktransport ebenso."
„Und was nützt uns das?"

Gerard neigte den Kopf leicht: „Die Jäger, wenn wir auf sie stoßen ... sie werden uns für Freunde halten, nicht wahr? Und wir haben Pfeilschleudern ... Hinterher fragt keiner, wer die Geflohenen zurückgebracht hat!"
Zordis ärgerte sich, dass dieser widerwärtige Feigling Gerard seine Gedanken ausgesprochen hatte, aber er schwieg dazu und wiegte nur den Kopf: „Ich werde mir die Sache überlegen, Soldat!"
Dann befahl er den anderen aufzusteigen und trieb sein Pferd an.

.

Nach hundert Metern wurde der Weitermarsch abrupt gestoppt: Als Gerard, der vor ihm ritt, einen schmalen Pfad durch ein dichtes Gebüsch passiert hatte, ertönte ein Pfiff, und mit einem kühnen Sprung setzte ein Pferd über das Hindernis hinweg und stellte sich ihm in den Weg. Zordis fluchte: Derjenige, den er jetzt am allerwenigsten erwartet hätte, Wulfgar, grinste ihn an und richtete eine Pfeilschleuder auf seine Brust:
„Na, Zordis, ich weiß, dass du keine persönlichen Fragen magst, aber ich habe eine an dich: Was hast du hier zu suchen?"
Der Kapitan sah nach vorne: Seine Leute hatten den Zwischenfall bemerkt und angehalten. Wulfgar hatte seinen Blick offenbar bemerkt, er grinste und schüttelte den Kopf: „Deine Leute nutzen dir nichts, Zordis! Meine Männer sind hier in den Büschen und beobachten jede Bewegung."

.

Gomez hatte diese Worte gehört und grinste in sich hinein. 'Meine Männer'! Sein Kapitan hatte wirklich Nerven! Er war der einzige! Trotzdem: Er hatte die Pfeilschleuder gespannt im Anschlag, und wenn einer da unten auch nur hustete, dann würde er ihm einen Bolzen in den Wanst jagen. Von seiner

Position oberhalb des Weges konnte er die ganze Lage überblicken. Wenn er nur wüsste, um was es hier eigentlich ging!

10.
Ich robbte den Hügel hinauf und streckte nur ab und zu den Kopf aus dem Moos. Ari hatte recht gehabt: Dort oben unter den Tannen, die ihre Zweige fast bis auf den Boden herabhängen ließen, dort war jemand. Jenseits erstreckte sich der Hohlweg, auf dem wir vor zwei Tagen noch nach Südwesten geflohen waren.
Und dort geschah jetzt offenbar etwas, das uns zustatten kommen könnte. Einige der Grasbüschel auf dem Hügelkamm wackelten, die anderen daneben nicht. Ich sah niemanden, also lag der Betreffende auf dem Boden und war so nervös mit irgendetwas vor sich beschäftigt, dass er unwillkürlich mit den Füßen zuckte. Die Bäume um sich und das dichte Buschwerk benutzte er als Deckung - aber an einen Angreifer von hinten hatte er nicht gedacht.
Na gut.

.

„Darf ich meine Frage wiederholen, Kapitan Zordis?", beharrte Wulfgar. „Was wollt Ihr hier, und warum folgt Ihr mir?"
Zordis fluchte in sich hinein. Wie sollte er Wulfgar eine vernünftige Erklärung seines Hierseins geben? Einfach zu behaupten, er wäre den Flüchtigen ebenfalls gefolgt? Das würde Wulfgar niemals glauben.

.

Irgendetwas geschah dort unten auf dem Weg, und der Kerl, der mit der gespannten Armbrust die ganze Sache beobachtete, der hatte etwas damit zu tun. Das war mir klar. Und, dass er gerade jetzt nicht sehr nach hinten aufpasste, auch. Sein Pech.

Ari, Knut und Svejn und ich, wir waren sehr früh aufgestanden und mit den Pferden nach Norden aufgebrochen, immer einige Hundert Meter rechts von unserer eigenen Fährte, so mühselig das auch war. Wenn die anderen Jäger nach wie vor auf unserer Spur waren, dann würden sie entweder an uns vorbeilaufen und zwei Tage verlieren, oder wir bemerkten sie und hatten den Vorteil auf unserer Seite. Zumindest konnten sie nicht wissen, dass wir die anderen beiden schon erledigt hatten. Und Aristide hatte die sagenhafte Eigenschaft, Gefahr schon auf mehrere Kilometer zu riechen.
Der Zufall - obwohl ich an diesen schon lange nicht mehr glaubte - wollte es, dass der Plan noch ganz anders aufging: Die Jäger, auf die wir dann stießen, schienen sich untereinander uneins zu sein; und das musste man einfach ausnutzen.

Ich kroch näher und wartete immer, bis die Stimmen aus dem Hohlweg lauter wurden. Ich konnte zwar kein Wort verstehen, aber der Mann, der dort oben zwischen den Bäumen im Moos lag, richtete seine Aufmerksamkeit dann sicher verstärkt auf die Szenerie vor ihm.
Je näher ich der Stelle kam, umso langsamer und vorsichtiger wurde ich. Die gespannte Armbrust schob ich vor mir her. Die Waffe war zwar nicht gerade geeignet, um sie bei einem indianermäßigen Anschleichen mitzunehmen, aber ich hatte darauf bestanden.
Wenn der Kerl da oben auch eine solche Schusswaffe besaß - und da wettete ich drauf! - und entdeckte mich doch vorzeitig, dann hatte ich verflucht schlechte Karten. Also ging das Anpirschen etwas langsamer vonstatten.
Jetzt verstand ich einzelne Wortfetzen, konnte mir aber keinen rechten Reim darauf machen. Es klang nach einem Streit. Ich schob mich noch etwas näher und beschloss, erst einmal nichts zu unternehmen und zu lauschen. Wer weiß, vielleicht

erledigten sich ein paar von den Verfolgern gegenseitig, das ersparte uns Mühen und Risiko.
Ich hob kurz den Kopf aus dem Gras. Links und rechts nichts zu sehen, und das war gut so. Irgendwo dort weiter links kroch Ari jetzt so wie ich auf die Hügelkuppe zu. Er hatte die andere Armbrust. Knut befand sich weiter rechts von mir. Er war mit einem Schwert bewaffnet und hatte die Aufgabe, die Verfolger zu umgehen und hinter sie zu kommen. Dasselbe versuchte Svejn auf Aris Seite.
Was die beiden letztlich ohne Schusswaffe ausrichten konnten, das blieb momentan dahingestellt. Zumindest hatten wir eine Eingreifreserve, wenn es zum offenen Kampf kam, und ein gezielter Steinwurf aus dem Hinterhalt konnte auch einen Reiter vom Pferd holen.
Und noch einen Vorteil hatten wir auf unserer Seite: Ari, Knut und Svejn kannten sich schon lange genug. Sie hatten einen komplizierten Code von Pfeifsignalen ausgearbeitet, mit dem sie sich auf größere Entfernung verständigen konnten. Und schnelle und präzise Nachrichtenübermittlung ist ein unschätzbarer Vorteil im Krieg, wie jeder Feldherr von Hannibal bis Rommel bestätigen wird.

Zordis beschloss, sich auf überhaupt keine Fragen einzulassen. Sein Plan, den Jägern ihre Beute wieder abzunehmen, musste ohnehin aufgeschoben oder aufgegeben werden. Es stand nicht zu erwarten, dass dieser arrogante Wulfgar ihn und seine Leute als Begleiter auf der Jagd akzeptieren würde. Wenn er jetzt noch gut dastehen wollte, dann konnte er nur eines tun: mit seinen Männern umkehren und irgendwo westlich des Lagers einen Hinterhalt errichten. Und wenn die Jäger dann mit ihrer Beute zurückkehrten ...
Der Plan war gefährlich, in so kurzer Entfernung von der Truppe die eigenen Leute zu überfallen, und die Leichen ver-

schwinden zu lassen, aber ihm blieb nichts anderes übrig. Sei's drum.
„Ihr habt überhaupt kein Recht, mir irgendwelche Fragen zu stellen, Wulfgar!", schnappte er. „Ich bin Kapitan wie Ihr!"
Der andere lächelte. „Das ist richtig. Ihr seid Kapitan. Aber außerhalb der Truppe verfüge ich als Hauptmann der Jäger über die höchste Befehlsgewalt."
„Ihr verfügt über einen Dreck, und ...!"
„Lasst nur!", lachte Wulfgar. „Ereifert Euch nicht. Diese Frage soll das Oberkommando klären, wenn wir zurück sind. Aber wie Ihr seht, habe ich im Moment das Kommando!"
„Ich sehe gar nichts!"
Der Nordmann deutete mit der Linken auf die gespannte Pfeilschleuder und hob diese ein Stück, sodass die Spitze des Bolzens auf das Gesicht des anderen zeigte. „Ihr seht das, oder?" Zordis schluckte und sah nervös nach seinen Männern. Von diesem Feigling Gerard konnte er keine Hilfe erwarten. Aber einer der Soldaten, der abgesessen war, hatte sein Schwert gezogen und benutzte sein Pferd als Deckung, um langsam näher zu kommen. Und Wulfgar konnte diesen nicht sehen, da er seine ganze Aufmerksamkeit auf ihn richtete.

.

Aber Gomez sah ihn. Er schnalzte leise mit der Zunge. Von seiner Position aus konnte er den Mann leicht wegputzen, wenn er dem Kapitan noch näher kam. Der andere Soldat schien noch unentschlossen. Der Südländer lachte leise in sich hinein. Obwohl er und der Kapitan nur zwei waren, standen die Chancen nicht einmal so schlecht: Sie konnten zwei von den anderen erledigen, und dann stand die Sache ausgeglichen.
Gomez' Laune war blendend: Für so etwas wie hier lebte er. Der Kasernendrill und das eintönige Dasein in den Feldlagern, das war nicht sein Fall. Und er liebte geradezu diese

Situationen, wenn er einen anderen Menschen im Visier der Pfeilschleuder hatte; dann war er Herr über Leben und Tod. Er konnte abdrücken und den anderen zur Hölle schicken - oder Gnade walten lassen.
Diese kurzen Momente der absoluten Macht konnte er genießen wie andere einen guten Wein oder einen Geschlechtsakt. Er streichelte fast zärtlich über den Schaft der Pfeilschleuder und nahm noch einmal Ziel.

Zordis lächelte gequält und widerstand der Versuchung, nach dem Soldaten zu sehen, der sich langsam an Wulfgar heranmachte. Seine Gedanken hetzten: Wenn es jetzt zum Kampf kam, dann war er der Erste, der starb. Und eine Auseinandersetzung mit den Jägern hatte jetzt überhaupt keinen Sinn. Selbst wenn er gewann, dann waren die Flüchtlinge über alle Berge, und die ganze Verfolgung hatte nichts gebracht.
Warum musste dieser verfluchte Wulfgar auch gerade jetzt auftauchen!
„Sagt Eurem Mann, dass er dort stehen bleiben soll, wo er gerade ist, sonst fährt er, und Ihr mit, zur Hölle!", drohte Wulfgar, ohne seinen Blick von ihm zu wenden.
Zordis fluchte innerlich. Er hatte den anderen unterschätzt. Wenn er jetzt noch eine Konfrontation vermeiden wollte, dann musste er einlenken.
„Hört zu!", bat er und nahm die Hand demonstrativ von seinem Schwertgriff weg. „Ich denke, dass wir uns einigen können. Wir verfolgen das gleiche Ziel, also sollte es doch möglich sein, auch gemeinsam zu handeln - ohne Streit, nicht wahr?"
Wulfgar lächelte, senkte die Pfeilschleuder aber um keinen Millimeter. Er traute dem anderen kein Stück. Dieses Friedensangebot roch ja förmlich nach einer Falle. Aber warum befand sich Zordis ebenfalls auf der Spur der Deserteure?

„Na schön!", lenkte er ein, beschloss aber, Vorsicht walten zu lassen. Was er sich vor einigen Tagen noch als einfache Jagd auf vier Deserteure vorgestellt hatte, stellte sich jetzt als kompliziertes Unterfangen heraus, in das offenbar noch andere Interessen hineinspielten.
„Wie stellt Ihr Euch ein gemeinsames Handeln vor?"
Zordis nickte ihm befriedigt zu und überlegte, was er jetzt sagen sollte.

.

Gomez stieß ein leises Schnauben aus, was Unmut ausdrücken sollte. Das Machtgefühl, das ihn gerade noch durchströmt hatte wie ein großer Schluck Kornbrand, war weg. Es schien, als ob sich sein Kapitan mit dem anderen geeinigt hatte.
Er nahm den Finger vom Abzug und kratzte sich an der Nase. Es war später Nachmittag, und die Sonne von Westen schien durch die Baumwipfel. Direkt vor ihm kroch ein kleiner brauner Käfer einen Grashalm hoch.
Als er das leise Rascheln hinter sich hörte, war es schon zu spät. Ein harter Gegenstand drückte seinen Kopf nachdrücklich ins Moos, und eine leise Stimme flüsterte ihm ins Ohr: „Keinen Laut, Mann! Ich habe eine Pfeilschleuder, und die ist auf deinen Hinterkopf gerichtet! Verstanden?"
Er nickte.

.

Die Stimme fuhr fort: „Pass auf! Wenn du gut mitspielst, dann werden wir beide noch gute Freunde, und du kommst lebend aus der Sache heraus. Jetzt bleib ruhig liegen - und lass die Finger von der Pfeilschleuder!"
Der Südländer nickte nochmals ergeben und stieß nur einen leisen Seufzer aus, als der Sprecher sich auf seinen Rücken setzte. Wer immer der Kerl war, der ihn hier bedrohte, er musste einen abartigen Sinn für Humor haben, ihn so zu de-

mütigen. Aber ein kurzer Stoß mit etwas Hölzernen gegen seinen Kopf belehrte ihn, dass der andere nicht spaßte.
„Und jetzt?", flüsterte er zähneknirschend.
„Du nimmst deine Pfeilschleuder!", befahl die Stimme.
„Was?"
Er bekam einen leichten Klaps auf den Hinterkopf. „Du nimmst deine Pfeilschleuder! Ich hoffe doch, dass du ein exzellenter Schütze bist. Bitte enttäusche mich nicht und sag Nein!"
Gomez knirschte vor Wut mit den Zähnen, aber er konnte nichts machen. Der andere saß auf seinem Rücken und hielt ihm seine Waffe an den Kopf. „Was soll ich tun?"
„Nein, nein!", flüsterte die Stimme in sein Ohr. „So nicht! Sag erst, dass du ein exzellenter Schütze bist!"
„Na gut! Ich bin ein guter Schütze!"
„Wunderbar!", erklang es hinter ihm. „Genau so einen habe ich gesucht!"
Der Mann auf seinem Rücken beugte sich vor und drehte mit der Linken seinen Kopf zur Seite: „Ich darf doch wohl annehmen, dass du zu dem großen Blonden dort unten mit der Pfeilschleuder gehörst. Und genau dem wirst du jetzt einen Bolzen in den Oberschenkel schießen!"

Wulfgar schrie halblaut auf, als er den Einschlag in seinem Bein verspürte. Zordis' Einlenken war also eine Falle gewesen. Da waren noch andere von seinen Männern in den Büschen versteckt!
Das Pferd ging hoch und drehte sich, und der Nordländer hatte alle Mühe, das sich aufbäumende Tier unter Kontrolle zu bringen. Der Soldat, der die ganze Zeit versucht hatte, hinter ihn zu gelangen, griff nach seinem Schwert, als er die Schusswaffe plötzlich auf sich gerichtet sah - und Wulfgar drückte ab.

Der Bolzen fand sein Ziel, drang durch die Brust des Mannes und nagelte ihn an den Baumstamm hinter ihm fest. Wulfgar hatte keine Zeit mehr, sich über den Treffer zu freuen, denn sein Reittier bäumte sich nochmals auf und warf ihn hintenüber ab. Er konnte seinen Sturz so stabilisieren, dass er nicht mit dem Kopf aufprallte, aber er fiel auf die Seite, und der Pfeilschleuderbolzen in seinem Oberschenkel drückte sich durch das Bein, dass die blutige Spitze auf der Innenseite austrat.

.

Zordis war im ersten Moment vollkommen perplex. Ein Pfeil oder Bolzen hatte Wulfgar getroffen, dieser hatte Aphrim erschossen, und jetzt lag der Kapitan der Jäger am Boden und wälzte sich in seinem Blut. Egal, es galt zu handeln!
Er gab seinem Pferd die Sporen, und das Tier machte einen Satz vorwärts, aber Wulfgar war nicht ohnmächtig geworden und rollte sich noch schnell genug auf die Seite, bevor er von den Hufen zertrampelt wurde.
Fluchend riss Zordis das Pferd herum und sah sich um: Gerard schien vollkommen erstarrt und stierte ihn an, als ob er zum ersten Mal einen Menschen sähe. Der andere Soldat gab seinem Tier die Sporen, aber plötzlich erstarrte er mitten in der Bewegung und richtete sich steif auf. Dann kippte er langsam seitlich aus dem Sattel.

.

Ich lächelte in meiner Deckung: Aristide hatte geschossen. Dann schlug ich dem Kerl unter mir den Kolben der Armbrust über den Schädel.

.

Wulfgar krümmte sich auf dem Boden zusammen. Der Schmerz in seinem Bein war schier unerträglich, und sein Blut bildete auf dem moosbewachsenen Boden inzwischen eine große Lache. Er presste die Wunde zusammen, aber

zwischen seinen Fingern quollen weitere Blutstropfen hervor.
Er richtete sich auf einen Ellenbogen auf und sah nach oben: Ein blonder junger Mann sprang den Hang herunter und sah sich um. Er hatte eine Pfeilschleuder in der Hand.
Zordis, der immer noch auf seinem Pferd saß und nicht wusste, was er tun sollte, starrte verwundert auf das Bild. Wulfgar ebenso.
Die Szene kam ihm so unwirklich vor, als ob er träumte. Und der junge Mann kam auf ihn zu.

11.
Als Aristide und Svejn auf der einen Seite und Knut auf der anderen Seite aus dem Dickicht hervortraten, wusste Zordis, dass das Spiel verloren war. Er stieg vom Pferd und zog seine Klinge.
„Was sollen wir tun, Kapitan?", quietschte Gerard hysterisch.
Zordis winkte nur ab und sah teilnahmslos zu, wie Aristide grinsend näher kam und seine Pfeilschleuder auf den Hakennasigen richtete: „Du hast verloren, Kamerad!", stellte der alte Soldat fest. „Komm aus dem Sattel, bitte!"
„Kapitan, bitte, ich habe Euch geholfen!", flehte Gerard, aber Zordis zuckte nur die Achseln und stieß die Luft geringschätzig aus. Er hatte andere Probleme.

Wulfgar war auf seinen Tod vorbereitet. Und wenn er ehrlich war: Er hatte es nicht besser verdient. Diese vier Deserteure hatten ihn und den anderen Verfolgertrupp dermaßen ausmanövriert, dass er sein Schicksal wahrhaft seiner eigenen Überheblichkeit verdankte. Umso mehr verwunderte es ihn, dass der dünne Blonde sich über ihn beugte und höflich fragte: „Dürfte ich mir Euer Schwert ausleihen, Herr ... Kapitan, ja?"

Der Nordländer sah hoch. „Es erstaunt mich, dass Ihr fragt, Herr Christian!" Er lachte und musste husten. „Das erstaunt mich wirklich!"
Der andere verzog seinen Mund zu einem schiefen Grinsen: „Ihr solltet auf Eure Wunde etwas achtgeben, Kapitan. Euer Schwert?"
„Dort liegt es. Darf ich annehmen, dass Ihr es benutzen wollt, um Kapitan Zordis den Kopf abzuschlagen?"
Ich holte mir die Waffe und wog sie in der Hand. Der Hauptmann der Jäger sah mir dabei gespannt zu. Er hatte nicht mehr lange zu leben. Der Schuss in seinen Oberschenkel hatte die Hauptarterie durchschlagen, und das Leben strömte aus ihm heraus und färbte das Moos rot. Einige Minuten noch.
Ich kniete neben ihm nieder. „Ihr dürft dies annehmen, Kapitan. Jedenfalls werde ich mein Bestes tun."
Er lehnte sich zurück. Aristide tippte mir auf die Schulter: „Was versprichst du hier für einen Mist? Wir haben es geschafft! Schau dich doch um!"
Ich tat wie geheißen: Knut und Svejn hatten sich die anderen Pfeilschleudern genommen und beherrschten die Situation. Gerard hatte ohne Aufforderung sein Messer weggeworfen und kam buckelnd näher, während Zordis resigniert neben seinem Pferd stehen geblieben war und sich auf sein Schwert stützte.
„Ihr dürft nicht denken, Sir Christian, dass ich Euch die ... die Hiebe gerne gegeben habe", versicherte Gerard fast wimmernd. „Irgendjemand musste es ja machen, und ich dachte, dass, wenn ich ... Ein anderer hätte vielleicht stärker zugehauen. Ich habe extra schwach zugeschlagen, weil ..."
„Halt doch endlich die Schnauze!", keuchte Wulfgar, und sogar Zordis fiel ein: „Der Kapitan hat recht. Das ist ja erbärmlich! Ihr wollt meinen Kopf, Christian! Also holt ihn Euch! Auf was wartet Ihr?"

„Pass bloß auf, Junge!", flüsterte mir Aristide ins Ohr. „Ehre hin, Stolz her, aber wenn du dich auf einen Schwertkampf mit dem einlässt ... Der ist einer der besten und hackt dich in kleine Stücke! Warum einen Vorteil aufgeben? Ich kann ihn mit einem Bolzen einfach an den nächsten Baum nageln, wenn du ihn unbedingt tot sehen willst!"
Ich schüttelte den Kopf und zuckte die Achseln. „Was soll's? Wir haben es geschafft zu entkommen, wie ich gesagt hatte! Und das hier ist mein Privatvergnügen!"
„Dein Privatvergnügen? Ich glaube, ich höre nicht recht! Lässt sich dieser verfluchte Grünschnabel auf ein Duell auf Leben und Tod mit Zordis ein! Glaubst du vielleicht, das ist ein Spiel?"
Täuschte ich mich, oder stand wirklich eine einsame Träne im Auge des alten Soldaten? Ich schlug ihm kräftig auf die Schulter und küsste die Klinge, wie ich es schon so oft gesehen hatte.

Die anderen machten den Weg frei und ich stand dem Kapitan gegenüber. Er grinste und schwenkte sein Schwert einmal spielerisch durch die Luft: „Na bitte, Christian, oder wer immer du bist! Ich bin also erledigt. Gut. Wenn du mir jetzt noch die Chance gibst, dir den Bauch aufzuschlitzen, dann bist du selbst schuld!"
Ich wich vor seinem ersten ungezielten Hieb zurück. Das Schwert, das ich in beiden Händen hielt, es war gut ausbalanciert, aber für mich zu schwer. Ich war den leichteren Degen gewohnt.
Ari seufzte, als ich weiter zurückwich.
Zordis bekam Oberwasser und bemerkte dies auch. Bis jetzt hatte er nur gespielt und einige halbherzige Probehiebe geführt, und ich hatte ebenso zurückhaltend pariert.
Er schwang seine Klinge im Halbkreis um sich herum und höhnte: „Na Christian - kein Angriff?"

Ich wich weiter zurück und antwortete: „Dreißig Peitschenhiebe, Zordis, kannst du dich daran erinnern?"
Er lachte, aber das bekam ihm schlecht: In diesem Augenblick bereitete es mir keinerlei moralische Bedenken, meine Fähigkeit einzusetzen: Ich bot meine linke Flanke für einen Schwertstreich geradezu dar und tauchte in die Überdimension ab, als er zuschlug.
Der Erfolg war sofort da: Die Klinge ging ins Leere, und jetzt war meine Gelegenheit gekommen: Ich schlitzte ihm das rechte Ohr auf und lachte: „Neunundzwanzig!"
Er reagierte nicht einmal schlecht, aber die zustoßende Spitze seines Schwertes zerteilte nur die Luft, weil ich schon wieder meine Position gewechselt hatte. Mein zweiter Hieb kostete ihn zwei Finger der linken Hand.
„Achtundzwanzig!"

.

Zordis sprang vor und zurück und kämpfte den Kampf seines Lebens, aber das nutzte ihm nichts. Er blutete aus einem Dutzend kleiner Wunden, aber er konnte das Schwert noch halten. Und das sollte er auch. Ich musste ihn fast bewundern: Nummer neunzehn hatte ihn sein linkes Auge gekostet, und das Blut strömte über seine Backen herab. Bei dreizehn brach er in die Knie und sackte langsam vornüber. Eine Blutlache breitete sich um ihn aus.
Aristide packte mich am linken Arm: „Bei allen Göttern, Daniel, hör endlich auf! Es ist gut! Das ist schon kein Mensch mehr, der da liegt!"
Gerard sah mich entsetzt an, als ich auf ihn zuging. „Nein, bitte nicht!", heulte er wie ein kleines Kind. Ich hob das Messer vom Boden auf, das er vorhin weggeworfen hatte und schleuderte es ihm vor die Füße.
„Hier! Du kannst dir das gleiche Schicksal ersparen!"

.

Wulfgar war tot, aber er war lächelnd gestorben, und irgendwie schien sein Gesicht sogar Frieden zu zeigen. Ich sah mich noch einmal um, als wir aufsaßen. Gerard lag zusammengekrümmt im Gras, dort wo er sich die Pulsadern aufgeschnitten hatte. Neben der Leiche des Soldaten, den Wulfgar erschossen hatte, hatten sich bereits zwei Raben niedergelassen und beäugten uns misstrauisch.
Wir hatten keine Zeit, die Toten zu begraben, die Unruhe und die Sorge um meine Freunde trieb mich weiter, denn ich spürte, dass der letzte Akt des Dramas angebrochen war.
Der andere Jäger lebte noch, er war nur bewusstlos. Sollte er seinen Hauptmann begraben oder sich davonmachen - mir war es egal.
Ich glaubte nicht, dass er uns noch weiter verfolgen würde. Zudem hatte er kein Pferd und keine Waffen mehr.

Ari trieb sein Pferd neben meines und räusperte sich. Ich lächelte ihn an: „Na, was habe ich dir gesagt?"
Er starrte mich nur an, mit einem Blick, als ob er mich zum ersten Mal richtig sähe.
„Was ist?", fragte ich, obwohl ich wusste, was jetzt kam.
„Daniel", meinte er tonlos, „ich habe zugesehen, wie du gekämpft hast. Wie machst du das? Du bist ein Dämon, ein Teufel, verdammt noch mal. Du bist der Teufel selbst!"
Ich lachte: „Das bin ich nicht. Und wenn ich es wäre, dann könnte dir ja nichts passieren. Du bist ja mein Freund!"
Er schien nicht sehr überzeugt: „Verflucht, was bist du?"

KAPITEL NEUN : VOR DER ENTSCHEIDUNG

-

Daniels Berechnungen erweisen sich als richtig, er findet seine Freunde wieder und macht die Bekanntschaft einer „entzückenden" jungen Dame, die ihm hilft, die letzte ausstehende Rechnung zu begleichen. Und noch eine andere Abmachung wird eingelöst; aber nicht so, wie er sich das dachte.

-

1.
Vier Tage nach den geschilderten Ereignissen befanden wir uns mitten in der weiten Grassteppe nordwestlich von Ravenaugh. In den ersten beiden Tagen nach unserer Auseinandersetzung mit den Jägern waren wir trotz unserer erbeuteten Reittiere nicht wesentlich schneller vorangekommen, das unwegsame Waldgelände verhinderte dies, aber jetzt auf der flachen Ebene konnten wir die Pferde ausgreifen lassen.
Ich hatte beschlossen, dass wir eine westliche Route mit leichter Abweichung nach Süden einschlugen, dabei aber die grobe Richtung auf das Ilbayon-Massiv nicht aus den Augen ließen. Die Bergkette war jetzt schon viel näher, und man konnte einzelne Gipfel und Zinnen ausmachen. Irgendwo dort würde sich in kurzer Zeit mein Schicksal und das der anderen entscheiden. Und dort lag auch Gatarr.
Ich sagte vorhin: Ich hatte beschlossen ... Es stimmt, ich war zum Führer unserer kleinen Gruppe avanciert, wenn ich mir auch nicht anmaßte, Befehlshaber zu sein. Aber Aristide und die anderen hatten ihren Teil unserer Abmachung erfüllt, und jetzt mussten sie mir vertrauen. Ich wusste nicht, ob ich es ohne die drei geschafft hätte, von der Truppe zu fliehen und mich allein durch den Urwald zu schlagen; vielleicht hätte ich nicht einmal die Wochen im Lager überlebt. Und jetzt schuldete ich ihnen die Erfüllung meines Versprechens.

Vereinzelt fiel jetzt wirklich Schnee, der auch liegen blieb, und es war ungemütlich kalt geworden, aber wir waren dank der freundlichen Unterstützung unserer Verfolger mit genügend warmer Kleidung, Decken und Nahrung versorgt. Armeezwieback, Dörrfleisch und Hartwurst ist zwar auch nicht gerade der letzte Schrei der Haute Cuisine, aber verglichen mit dem Lagerfraß erschien es meinen Geschmacksnerven wie die Offenbarung. Wie sagt das Sprichwort: „Wahrer Reichtum ist die Armut an Bedürfnissen."

Gegen Nachmittag des vierten Tages stießen wir auf die Spuren: eine sicherlich hundert Meter breite Fährte von Tausenden von Stiefeln, Hufen und Wagenrädern.
Ari und Svejn stiegen ab und betrachteten sich das niedergetretene Gras und die Eindrücke im Schnee und im Boden.
„Du hast verdammt noch mal wieder recht gehabt!", stellte der alte Soldat fest. „Die Spur ist nicht alt. Ich schätze, die sind heute Vormittag hier durchgekommen. Und mit den Wagen kommen sie lange nicht so schnell voran wie wir."
Ich grinste zufrieden. „Dann können wir sie bis heute Nacht noch einholen. Na also!"
In Wirklichkeit war ich keineswegs so selbstsicher gewesen, wie ich jetzt tat. Meine Berechnung hatte sich auf Faktoren gestützt, die alle mehr als unsicher waren, aber was war mir anderes übrig geblieben? Ich hatte einfach wieder Glück gehabt.
„Na, dann können wir ja nur noch hoffen, dass das wirklich die Braunen sind, nicht wahr?", sagte ich leichthin, und Ari schüttelte wütend den Kopf und verzog das Gesicht, als ob er Zahnschmerzen hätte: „Du verfluchter, dahergelaufener ..."
Ihm fehlten tatsächlich einmal die Worte, und ich half ihm aus:
„ ... Nordlandbarbar!"

„Meinetwegen König der Zwerge! Aber versuch nicht, den alten Ari für einen Eimer Dünnbier einzutauschen!"
Ich lachte. Der Ausdruck entsprach in etwa unserem „auf die Schippe nehmen" oder „hinters Licht führen". Er saß brummend auf, und wir folgten der breiten Fährte, während es wieder leicht zu schneien begann.

Wiederum war meine Berechnung richtig gewesen: Wir erreichten das Heerlager mit Einbruch der Abenddämmerung. Nach der tagelangen Eintönigkeit der schneebedeckten weißgrauen Steppe ein imposanter Anblick: Tausende von flachen Viermannzelten schienen sich um ein Dutzend Lagerfeuer zu drängen. In der Mitte des Lagers konnte ich fünf größere Zelte ausmachen, die über einen Rauchabzug verfügten, aus dem sich dünne graue Rauchfahnen gen Himmel kräuselten. Die Unterkünfte der Offiziere, Generale - und vermutlich des Herrschers - die natürlich über eine eigene Heizung verfügten.
Ich hatte, wenn auch nur relativ kurz, das Armeeleben am eigenen Leibe erfahren und verzog unwillkürlich den Mund. Die gemeinen Soldaten konnten ja ruhig nachts frieren. Aber in welchem Heer ist das anders? Wenn die Herren Generale schon darauf verzichten mussten, in vorderster Linie den Kopf und Hintern hinzuhalten, dann sollten sie nachts wenigstens warm und trocken schlafen. Es gibt also eine ausgleichende Gerechtigkeit!

Man hatte in einigen Hundert Metern Abstand Wachen postiert, die ihren Dienst ziemlich lässig versahen. Von vier Reitern drohte wohl kaum Gefahr, und der Aufmarsch einer größeren Armee wäre trotz des schlechten Wetters in diesem Gelände schon von Weitem zu sehen, sodass man auf einen überraschenden Angriff nicht gefasst sein musste.

Wir passierten also einen doppelten Wachposten und wurden nach kurzer Begutachtung einfach weitergewinkt. Ein niederer Offizier trat zwischen den ersten Zelten hervor und geleitete uns weiter.

Im Zelt des Generalstabs war es angenehm warm, als ich eintrat, und sofort begann meine Nase zu laufen. Offenbar war gerade eine Besprechung im Gange: Dutzende von Offizieren (beinahe hätte ich gesagt Wichtigtuern) hatten sich um einen großen Tisch versammelt, auf dem Landkarten ausgebreitet waren, und redeten laut durcheinander, sodass ich, das eintönige Schweigen der letzten Tage gewöhnt, erst einmal den Kopf schütteln musste, um meine Gedanken zu ordnen.
Der Wachoffizier, der mich bis hierher begleitet hatte, weil er wahrscheinlich nicht wusste, ob er es wirklich mit einem Kurier des Königs - wie ich gesagt hatte -, einem Betrüger oder einem Verrückten zu tun hatte, hielt mich am Arm zurück, als ich einfach weitergehen wollte. Ich stand kurz davor, ihm auf der Stelle und vor allen Versammelten ins Gesicht zu schlagen, beherrschte mich aber. Der Mann konnte ja nun wirklich nichts für den Ärger, den ich in den letzten Wochen gehabt hatte.
Einige Offiziere wandten sich um, als ich mich losriss, und plötzlich trat Schweigen ein.
Derart dramatisch hatte ich mir meinen Auftritt eigentlich nicht vorgestellt, aber wenn es denn schon sein musste: Ich schritt durch die Gasse, die sich unwillkürlich gebildet hatte, wie weiland Julius Cäsar nach einem erfolgreichen Feldzug - nur dass der meine eher als vollkommener Misserfolg zu betrachten war! - und überlegte derweil, wie die entsprechende lateinische Übersetzung wohl lauten könnte: Ich kam, sah, und wurde geschlagen. Wie man sieht, ist eine vernünftige humanistische Halbbildung nicht nur nützlich, sondern bietet Trost und Erbauung in jeder Lebenslage.

„Daniel!", erklang eine mir wohlbekannte Stimme von der Seite, und Crusan, der gerade am anderen Ende des Tisches etwas erklärt hatte, stieß die um ihn Herumstehenden zur Seite und kam auf mich zu. Einen Meter vor mir blieb er stehen. Sah ich wirklich in den kaltblauen Augen zum ersten Mal so etwas wie - wie soll ich sagen? - Sorge, Zuneigung, Freude gar? Er fasste mich bei den Schultern und drückte sie fest.
„Daniel! Was ... wo warst du?"
„Wo ich war? Mmm, nichts weiter: Ich habe nur etwas das Soldatenleben studiert, weil mir alles, was ich bis jetzt mit dir zusammen erlebt habe, so langweilig erschienen ist. Kein Grund zur Beunruhigung!"
Er sah mich wirklich erstaunt an, und so fuhr ich, jetzt etwas heftiger, fort: „In deinem dämlichen Auftrag bin ich in eine Falle gelaufen, das ist die Geschichte. Und ich hatte genug damit zu tun, dass ich überhaupt zurückkommen konnte!"
Er zuckte zurück wie von einer Tarantel gestochen und starrte mich mit dem bösen Blick an, den ich so gut kannte. „Na gut! Wir sollten alles Weitere mit dem König besprechen. Er ist in seinem Zelt. Sicher hat ihn inzwischen irgendjemand von deiner Rückkehr unterrichtet."
Ich merkte, dass ich es geschafft hatte, ihn zu verletzen, aber in diesem Moment war mir das egal. Also ergänzte ich nur: „Der König. Fein. Aber nicht heute. Die Sache wird bis morgen Zeit haben. Sind Jocelin und Ybkallis zurück gekehrt?"
„Sie sind bei der Nachhut der Blauen, das weiß ich. Zusammen mit König Yl werden sie in zwei Tagen bei der Hauptarmee eintreffen und dann mit der zusammen nach Westen vorstoßen."
Ich schnaufte einmal tief durch. Die beiden lebten. Also hatten sie es geschafft, trotz des Überfalls der Grünen noch zum Blauen Hauptquartier durchzukommen. Meine eigentliche Mission war gescheitert, als Spion und geheime Verbindung

zum Blauen Herrscher tätig zu werden, aber immerhin ...
Moment!
Ich packte Crusan am Arm. „Halt! Wie kannst du das wissen?" Er klopfte vielsagend auf seine Brusttasche, wo er, wie ich inzwischen wusste, sein Kartenspiel aufbewahrte.
Einen Moment lang war ich verwirrt. „König Yl? Er steht nach wie vor mit dir und Pierephalos in Verbindung?"
Crusan schüttelte den Kopf und lächelte.
Ich versuchte, weiter zu raten: „Diese Nichte des Königs, ... äh, Lyvenia?"
Wenn er vorhin noch gelächelt hatte, dann lachte Crusan jetzt. Es berührte mich seltsam, den silbernen Krieger, den ich bis jetzt als wahrhaft eiskalt kennengelernt hatte, plötzlich so heiter zu sehen. Aber ich war nicht bereit, mich weiter zum Narren halten zu lassen. Also fragte ich ... Nein! Ich besann mich rechtzeitig eines Besseren.
Diese Lyvenia war es also auch nicht. Wie konnte Crusan erfahren haben, dass Jocelin und Ybkallis den Blauen Hof erreicht hatten? Die Lösung war, wie die meisten, geradezu lächerlich einfach.

„Jocelin, nicht wahr?", erklärte ich nach kurzer Überlegung, und Crusan nickte zustimmend. „Er hat keine Karte, aber er ist eine Macht, und du konntest dich mit ihm in Verbindung setzen. Und mit mir konntest du das nicht, weil ich außerhalb des Spiels stehe - ist das richtig? Das konntest du damals nur, weil ich dein Spiel hatte!"
Crusan nickte wiederum. Ich hatte alles richtig durchschaut, aber was nutzte mir das jetzt? Jocelin war also eine Macht. Er musste das in den letzten Wochen geworden sein, sonst hätte er sicherlich früher etwas gesagt. Ich glaubte nicht, dass der Souvaner diese Eigenschaft die ganze Zeit vor uns verheimlicht hätte. Er war zwar eine Spur arrogant, und manch-

mal unausstehlich, aber im Prinzip ein offener und ehrlicher Mensch. Und ich vertraute ihm.
Wenn er also mittlerweile eine Macht war, dann ... Ja, was dann? Ich verstand zu wenig von den inneren Mechanismen der Karten, um mir hier einen Reim darauf zu machen. Wenn die Macht beim Tod ihres Trägers nicht mit starb, sondern sich vererbte ...?
Offenbar lebte Jocelins Bruder Blair dann nicht mehr.
Eine Frage stand noch offen: „Die Schlacht mit den Grünen. Wie ist es ausgegangen?"
Crusan grinste: „Wie geplant. Als Oberst Andersson einsah, dass er aus dieser Falle nicht mehr herauskommt, und eine Meuterei unter seinen Soldaten ausbrach, hat er sich mit seinen restlichen tausend Mann ergeben. Wir hatten einige Verluste, aber die Grünen sind aus dem Spiel. Der Oberst und seine Offiziere ..., nun, ihre Köpfe haben jetzt einen guten Ausblick von den höchsten Zinnen der Zitadelle, und seine Truppen waren daraufhin gerne bereit, in Braune Dienste zu treten."

.

Die anderen Offiziere, die um uns herumstanden, fanden offenbar, dass unser Gespräch nicht viel Unterhaltung bot und wandten sich wieder ihren 'normalen' Beschäftigungen, wie der Organisation der Vorratsbeschaffung für die nächsten Wochen, zu. Bei allem schlechten Willen war hier allerdings nicht viel zu machen: Eine Gelegenheit, bei harmlosen Bauern Versorgung für das Heer zu requirieren, fand sich erst wieder am Fuß des Ilbayon-Massivs, wo einige kleinere wohlhabende Ortschaften existierten.
Deren Stadtväter, unbeleckt von der großen Politik, hatten offenbar bis jetzt im Traum nicht daran gedacht, den Fall einer Plünderung in Erwägung zu ziehen. Nun, das Braune Heer unter König Pierephalos, und die Blaue Armee unter

König Yl, sie würden sie eines Besseren belehren, nach dem Motto: Aus Schaden wird man klug.
Und jede Stadt, die in diesem Krieg bis jetzt darauf verzichtet hatte, eine Wehrmauer zu errichten, sie würde es bald tun.

.

Ich schüttelte den Kopf und lehnte mich auf den Tisch. Irgendjemand, der mit Sicherheit viel zu sagen hatte in dieser erlauchten Runde, hatte sein Glas Wein auf dem Kartentisch stehen gelassen, und ich trank es aus. Der Wein schmeckte etwas abgestanden, aber er war stark genug, mich innerlich aufzuwärmen.
„Ich lasse dir noch ein Glas bringen!", bot Crusan an, und ich nickte nur. „Besorg mir eine Flasche. Und etwas zu essen wäre auch nicht schlecht."

.

Was sollte ich jetzt tun? Ich fühlte mich so ausgebrannt, als hätte ich eine ganze Woche durchgemacht. Das hatte ich auch, aber nicht so, wie ich das früher getan hatte.
„Ich habe drei Freunde dabei ...", begann ich, und Crusan setzte wieder sein Grinsen auf, das ich inzwischen hasste, aber ich redete weiter: „Ich habe ihnen erstens ein Nachtquartier versprochen, und zweitens eine Stellung in der Braunen Armee ..."
„Du versprichst Posten in der Braunen Armee, Daniel?"
So gern ich ihm jetzt eine Ohrfeige verabreicht hätte, ich hatte mein Versprechen gegenüber Ari, Knut und Svejn einzulösen. Und so würde das nichts werden!
„Ja. Ich habe ein Versprechen abgegeben - und das muss ich einlösen. Ich hoffe, dass nicht gerade du mich lügen strafst!"
Crusan nickte: „Gut. Denk an diese Worte. In den nächsten Tagen werde ich etwas von dir fordern!"
Ich schnaubte durch die Nase: „Bitte!", aber er schien noch nicht ganz am Ende mit seiner Rede, und hielt mich zurück, als ich mich abwenden wollte: „Warte noch einen Augen-

blick! Du hast vorhin einen Namen genannt, und die Person möchte ich dir wirklich nicht vorenthalten. Sie wollte dich unbedingt kennenlernen. Bitte!"
Er zeigte auf einen der Offiziere, der, obwohl die anderen sich ihren eigenen Obliegenheiten zugewandt hatten, noch immer über der Landkarte brütete und sich jetzt erst zu uns umdrehte:
Obwohl die Person, die ich erst jetzt zur Kenntnis nahm, einen metallenen Kürass vor ihre Brust geschnallt hatte, sah ich ihr auf mehrere Meter Entfernung die Frau an. Sie sah zu Crusan und mir herüber. Ich konstatierte: schlanke Figur, igelkurz geschnittene schwarze Haare, ein etwas schiefer Mund und - ein unfreundliches Grinsen.
„Darf ich dir Lady Lyvenia vorstellen, die Nichte des Königs?"
Bevor ich noch etwas sagen konnte, trat die Frau heran und musterte mich wie eine Kuh auf dem Viehmarkt.
„So, Ihr seid das also, dieser Daniel, von dem hier alle ständig quatschen!"

.

Mein Wiedersehen mit Laq und Vanessa hatte sich etwas herzlicher gestaltet: Der Jjarde, als er meiner ansichtig wurde - er hatte mit Vanessa ein Zelt neben der Kommandantur bezogen, das ihnen zumindest alleine gehörte - fiel mir um den Hals und lud mich, so seltsam das klingen mag, in sein kleines Refugium ein.
„Mann, Junge, das freut mich ehrlich, dich wieder zu sehen. Ich habe mir wirklich Sorgen gemacht, als ich hörte, dass du verloren gegangen bist."
Es berührte mich seltsam, dass der Jjarde auch „Junge" zu mir sagte, wie Aristide es immer getan hatte, aber das schien die Erleichterung zu sein, mich heil zurück zu sehen. Ich ließ mir nochmals die Hand schütteln und freute mich einfach, einen Freund zu haben.

Er drückte mir eine Flasche Kornbrand in die Hand: „Das müssen wir begießen!"
Ich war ganz dieser Meinung, und nach zwei Stunden und vier Pfeifen hatten Vanessa, er und ich dem scharfen Getränk den Garaus gemacht und fühlten uns, wie man so schön sagt, leicht beschwingt.
Ich hatte keine Lust, jetzt noch um ein Nachtlager in einem der Offizierszelte zu bitten, und legte mich auf dem Boden zur Ruhe. Es mochte am Alkohol liegen, oder am Bewusstsein, mich hier in relativer Sicherheit zu befinden: Zum ersten Mal seit Wochen schlief ich richtig gut.
Gegen Morgen wachte ich kurz auf und hörte von dem Lager neben mir eindeutige Geräusche. Ich grinste und schloss die Augen, um sofort wieder einzuschlafen.

2.
Nach einem mühseligen Marsch durch den Schnee erreichte das Heer nach drei Tagen den Tempel des Divvnu'môn oberhalb von Falinsgate, einer kleinen Stadt am Ostrand des Ilbayon-Massivs.
Hier war der Treffpunkt mit den Blauen Truppen, bevor beide Armeen getrennt durch das Gebirge vorstoßen wollten. Es war beschlossen worden, dass die Braunen die südliche Route jenseits von Falinsgate nehmen sollten, um auf dem kürzeren und gangbareren Weg die Ahrman-Hochebene zu erreichen, wo nach letzten Informationen die Roten lagerten.
Die Braunen unter König Pierephalos würden die Lyshiten angreifen und in eine Schlacht verwickeln. Diese wurde dann von den Blauen unter König Yl, die mittlerweile auf der nördlichen Route durch den Hohen Ilbayon vorgestoßen waren, durch einen zweiten Angriff aus der Flanke entschieden. Damit würden die Roten nicht rechnen.

Der Plan war nicht schlecht, eines Moltke würdig: Getrennt marschieren - vereint schlagen!
Trotzdem bemächtigte sich meiner immer ein ungutes Gefühl, wenn ich die Sache im Kopf durchspielte. Es hing alles davon ab, dass die Blauen rechtzeitig auf dem Schlachtfeld einträfen. Zu früh - und der Plan war verraten. Zu spät - und die Lyshiten würden die Truppen König Pierephalos', die nur halb so viel zählten, abschlachten wie die Lämmer.
Wie bei Feldzügen im irdischen Mittelalter krankte die Abstimmung solcher Aktionen an der mangelhaften bis gar nicht vorhandenen Nachrichtenübermittlung.
Und die Karten durften in keinem Fall eingesetzt werden. Bei dieser Nähe zum Feind wäre das verräterisch, denn Crusan war sich sicher, dass entweder der Rote König oder der Schwarze selbst ständig „lauschten", wie er sich ausdrückte. Es war schon ein Risiko gewesen, die Verbindung mit Jocelin aufzunehmen, aber er, Crusan, hätte es wahrgenommen, wenn der Kontakt abgehört worden wäre.
Ich musste ihm dies glauben, ich verstand zu wenig von der Sache. Aber ich konnte mich des Gefühls nicht erwehren, dass hier irgendwo „der Wurm drin war", wie man so schön sagt.

.

Nur einen Tag mussten wir warten, bis die erste Vorhut der Blauen auftauchte. Ich stand mit Aristide vor dem säulengerahmten Eingang des Divvnu'môn-Tempels und betrachtete mir gerade die wenig imponierende Architektur des Bauwerks: bis auf die auch ziemlich primitiv gehaltenen Steinverzierungen ein reichlich schmuckloser Flachbau auf einem niedrigen Hügel inmitten der Steppe. Nun ja, wer immer dieses Monument seiner Gottheit, des Herrschers über Steine und Felsen, hier errichtet hatte, er hatte zumindest den einzig markanten Punkt der ganzen Ebene gewählt.

Neben dem Tempel hatte sich ein winziges Dorf angesiedelt: sieben Bauernhäuser und eine kleine Schmiede, die einer der Bauern nebenbei betrieb: Um sich, da der Handelsweg nach Ravenaugh hier vorüberführte, ein kleines Zubrot zu verdienen, beschlug er die Pferde der Reisenden.
„Gefällt dir wohl nicht, was?", fragte Aristide, der offenbar meine Stimmung anhand meines Gesichtsausdrucks inzwischen genau einschätzen konnte. Ich lächelte - früher beim Pokern hatte ich auch immer verloren - und stimmte ihm zu: „Nicht, dass ich mir besonders viel daraus mache, aber da wir beide unter anderem für die Braune Seite kämpfen, hätte ich mir als sichtbares Zeichen für die Allgegenwart unseres Gottes doch etwas Imponierenderes vorgestellt!"
Jetzt lachte er: „Für einen Nordlandbarbaren redest du wirklich verdammt geschwollen daher, Daniel Christian! Aber weißt du: Es heißt, dass man hier bis ins Erdinnere hinabsteigen kann, wenn man nur den Zugang findet. Irgendwo dort drinnen beginnt eine Treppe, die direkt ins Reich des Braunen Gottes führt - nur hat sie noch niemand gefunden!"
Ich seufzte: „Natürlich. Irgendwo liegt der Schlüssel zu allem verborgen - nur hat ihn noch niemand gefunden!"
Er sah mich kopfschüttelnd an: „Mir scheint, dir bekommt die Freiheit nicht. Selbst als wir Villiers Proviantkarren aus dem Matsch schoben, hast du bessere Laune gehabt!"
Ich klopfte ihm auf die Schulter. Er hatte recht, aber „Freiheit" ... Das Wort war für mich in eigenartiger Weise unfassbar geworden wie die Seife in der Badewanne. Ich steckte zu tief in dem Spiel drin.

.

Im Nordosten wirbelten die Schneeflocken auf, und ich wanderte mit Ari gemächlich den Hang hinunter, um die Ankunft der Blauen wenigstens im Lager zu erleben. An einer offiziellen Begrüßung mit „Habt acht!" und Abschreiten der Front teilzunehmen, hatte ich wahrlich keine Lust. So ist das nun

mal, wenn man alles Militärische für albern bis dumm hält: Man wird auch nicht zu dergleichen eingeladen, was ich mannhaft ertrug, ohne mich besonders darüber zu ärgern.
Wir ließen uns Zeit, in das Heerlager zurückzukehren, und leerten auf dem Rückweg die übrig gebliebene halbe Flasche Wein, die diesmal ich organisiert hatte.

.

Es gibt über den Empfang des verbündeten Herrschers nicht viel zu sagen, was von Interesse wäre. Nach dem üblichen Brimborium, das erstaunlicherweise relativ kurz gehalten war, zogen sich die hohen Herrschaften in ein eigens für diesen Zweck errichtetes Besprechungszelt zurück.
Nachdem der Plan aber eigentlich in seinen Grundzügen feststand, konnte ich der Festlegung der Details auch nicht sehr viel Interesse abgewinnen. Ich wusste, dass Crusan als der eigentliche Urheber dieser Allianz mich früher oder später sowieso informieren würde. Und ich hatte weißgott keine Lust, als achtundfünfzigstes Rad am Wagen an einer Einsatzbesprechung von siebenundfünfzig Wichtigtuern teilzunehmen, von denen vielleicht - großzügig geschätzt - fünf wirklich etwas von Interesse zu sagen hatten.
Das mag jetzt alles etwas defätistisch klingen, aber ich hatte wirklich die Schnauze voll. Am liebsten wäre ich wieder zu Hause gewesen, und meine kriegerischen Aktivitäten würden sich darauf beschränken, mittels einer „Gibson Explorer", zweier Marshall-Türme und der gütigen Mithilfe des elektrischen Stroms den braven Bürgern des Staates Texas das Fürchten zu lehren.

.

Da ich sowieso etwas größer als die meisten der Soldaten war, brauchte ich mich nicht besonders anstrengen, um die Menge zu überblicken. Dort links, im Gefolge der Offiziere König Yls, dort mussten Jocelin und Ybkallis sein.

Den König selbst hatte ich kurz gesehen, als er das Spalier abschritt: ein mittelgroßer dünner Mann mit einem verdrießlichen Gesichtsausdruck und krummen O-Beinen, was durch seine engen - natürlich blauen - Hosen besonders deutlich zur Geltung kam. Die Soldaten ließen ihn hochleben.
Es mochte an meiner allgemein ablehnenden Stimmung liegen, aber diesem Kerl würde ich nicht einmal einen Gebrauchtwagen abkaufen. Natürlich, Majestäten werden nicht nach dem Äußeren geschaffen, sonst wäre Elisabeth I. niemals Königin von England geworden, und George Washington niemals der erste Präsident der Vereinigten Staaten, und Tom Cruise oder George Clooney hätten diesen Posten jetzt inne, aber trotzdem ...
„Was stehst du hier und glotzt blöde?", blaffte mich eine weibliche Stimme von der Seite an.
Ich wandte mich um und erkannte Lyvenia, die sich offenbar auch unter die Menge gemischt hatte. Meinen halbherzigen Gruß - ein einfaches Kopfnicken - übersah sie.
„Und auch noch betrunken!", stellte sie fest und deutete auf die fast leere Weinflasche in meiner Hand, die ich immer noch herumschleppte.
Ich nahm den restlichen Schluck und antwortete: „Ich höre mit Vergnügen, dass unsere Vertraulichkeit inzwischen so weit gediehen ist, dass Ihr mich duzt, Mylady! Wenn ich dann also um den Verbrüderungskuss bitten dürfte ..."
Es bereitete mir eine tiefe Befriedigung, in diesem arroganten Gesicht Zorn und Wut zu sehen. Sie war schnell, verdammt schnell, aber ich war auf die Reaktion gefasst gewesen: Die Ohrfeige ging ins Leere, und ich fing sie auf, als sie, vom eigenen Schwung getragen, stolperte: „Na, na, Mylady, dieses hübsche Gesicht von Zorn entstellt zu sehen, beleidigt mein ästhetisches Empfinden." Ich ließ los, und plötzlich sanken meine Füße im Boden ein.

Ich sprang zur Seite und stand neben ihr. Unsere Blicke kreuzten sich.

„Ihr denkt wohl ...", begann sie, aber hinter ihr erblickte ich plötzlich Jocelin, der sich durch die Soldaten kämpfte.

„Ihr entschuldigt!", sagte ich kurz und drängte mich an ihr vorbei. Der Souvaner hatte mich offenbar nicht gesehen und strebte in Richtung des Besprechungszeltes. Ich schob einige Soldaten zur Seite und schaffte es, Jocelin am Arm zu packen. Direkt hinter ihm drängelte sich Ybkallis durch die Menge. Er erkannte mich sofort und stieß einen Freudenschrei aus: „Daniel!"

Ich ließ es zu, dass mir der kleine Hofnarr um den Hals fiel, und musste ihn schließlich fast mit Gewalt von mir loslösen. Auch Jocelin fiel in den herzlichen Jubel des Wiedersehens mit ein und umschlang mich, dass ich dachte, meine Rippen würden brechen.

„Mann, Daniel," keuchte Ybkallis, „wir dachten schon, du wärst hinüber! Du kannst dir gar nicht vorstellen, wie ..."

Ich winkte ab.

3.

Das Erwachen am nächsten Tag war auch nicht gerade angenehm, aber diesen Zustand kannte ich: ein dumpfes ziehendes Gefühl im Kopf, das einen deutlich daran erinnerte, dass man am Tag zuvor über die Stränge geschlagen hatte.

Ich richtete mich unter Mühe auf und sah mich im Zelt um. Das Bild kannte ich: mehrere inzwischen verlassene Nachtlager, denen noch der letzte verfliegende Geruch von ungewaschenen Menschen und Wein anhaftete. Und ich war wieder der letzte. Verdammt!

Lyvenia stand vor mir und grinste mich verächtlich an: „Der große Held hat wohl gestern etwas zu tief uns Glas geschaut, was? Wenn Ihr Eure Augen sehen könntet!"

„Vielen Dank für die Bezeichnung Held. Dafür und für zwei Dimas kann ich mir ein Schinkenbrot kaufen!", knurrte ich, stellte aber trotzdem mit heimlicher Befriedigung fest, dass sie zur förmlichen Anrede zurückgekehrt war. „Im Übrigen ist es eine altbekannte Tatsache, dass man seine eigenen Augen eben nicht sehen kann - außer mit einem Spiegel! Könnt Ihr Kaffee kochen?"
„Ob ich was kann?"
Ich schüttelte den Kopf und winkte ab. „Vergesst die Frage, Lady. Darf ich meinerseits erfahren, was mir die außerordentlich große Ehre Eurer Anwesenheit verschafft?"
Sie blinzelte mich mit einem treuherzig geschauspielerten Augenaufschlag an, und ich musste sagen, das machte sie nicht mal schlecht. Wenn ich nicht solche Kopfschmerzen gehabt hätte, dann hätte mir die kleine Szene bestimmt Spaß gemacht.
„Oh, kein bestimmter Grund. Ich wollte nur mal sehen, wie es Euch nach dem gestrigen Gelage mit Euren Freunden so geht", kicherte sie in genau diesem Tonfall, der kleine Mädchen so unausstehlich macht. Nun ja, ein kleines Mädchen war sie nicht gerade, das fiel mir jetzt wieder einmal auf, aber unausstehlich trotzdem.
Ich absolvierte eine kurze Katzenwäsche mithilfe etwas Wassers aus einer Schüssel, die in der Ecke des Zelts herumstand. Währenddessen dachte sie nicht daran, hinauszugehen oder wenigstens züchtig die Augen niederzuschlagen. Naja, es gab sowieso nichts zu sehen, also bemühte ich mich, sie einfach zu ignorieren, und pfiff ziemlich falsch die Titelmelodie von „The Good, the Bad and the Ugly" vor mich hin.
Clint Eastwood wäre begeistert gewesen.

.

Neben Jocelins Pritsche lehnte die Winchester. Er hatte die Waffe an sich genommen, nachdem die Angreifer, die nicht mit einer so erbitterten Gegenwehr gerechnet hatten, schließ-

lich einsahen, dass sie ein weiterer Kampf zu viele Opfer kosten würde, und das Weite gesucht hatten.
Er, Ybkallis, und der eine Soldat, der übrig geblieben war, hatten die ganze Gegend einen halben Tag lang nach mir abgesucht, und dabei wenigstens mein Pferd und meinen Degen, Melissa, gefunden. Schließlich hatten sie die Suche notgedrungen aufgegeben und sich auf den Weg zur Blauen Heeresleitung gemacht, wo man sie freundlich aufgenommen hatte.
Jocelin hatte noch hinzugefügt, dass er eines Abends plötzlich eine Stimme in seinem Kopf gehört hatte, und das Bild Crusans vor seinem inneren Auge aufgetaucht war. Und Crusan hatte zu ihm gesprochen. Da erst war sich der Souvaner bewusst geworden, dass er jetzt eine Macht darstellte.
Er war natürlich vollkommen unerfahren in den Möglichkeiten, die sich ihm dadurch boten, und ich konnte ihm auch nicht weiterhelfen. Aber zumindest meinte er, dass König Yl zwar ein höchst unangenehmer Mensch, ein Rechthaber und Prinzipienreiter sei, aber zuverlässig. Ybkallis stimmte ihm in diesem Punkt zu, und das beruhigte mich. Auf die Menschenkenntnis der beiden, besonders des kleinen Hofnarren, konnte man sich verlassen.

.

„Was ist das für ein Ding? Ist das diese Waffe, von der man flüstert, dass sie Blitze spuckt?", fragte Lyvenia, als ich die Winchester kurz untersuchte und schließlich sieben Patronen aus Jocelins Packtasche hinein lud. Ich seufzte. Es waren die letzten sieben. Lange würde mir das Gewehr nichts mehr nutzen.
„Das ist sie, Mylady!", bestätigte ich und hielt ihr die Flinte vor Augen. Na, na, täuschte ich mich, oder sah ich wirklich zum ersten Mal so etwas wie Ehrfurcht in ihrem Blick? Sie wagte nicht mal, die Waffe anzufassen - ungewöhnlich bei einer Frau -, was mir wiederum ein Lächeln abnötigte.

„Und wie ... wie wirkt das Ding?", fragte sie schließlich, und ich stand auf und zog meine Pelzjacke an.

„Das werdet Ihr sehen, wenn Ihr wollt. Ihr werdet mir nämlich jetzt einen Gefallen erweisen!"

Sie schnaubte widerwillig durch die Nase, und sofort war der alte, verächtliche Gesichtsausdruck wieder da. „Ich werde was? Den Teufel werde ich für Euch tun, Ihr ..."

„Ja, ja! Ich weiß, was ich alles bin! Spart Euch den Atem!"

„Und warum sollte ich Euch einen Gefallen erweisen?"

Ich grinste und zuckte die Achseln: „Aus Zuneigung. Wegen unserer Waffenbrüderschaft ..."

„Wegen unserer Waffenbrüderschaft?"

„Natürlich! Wir sind schließlich Verbündete. Ich bin Botschafter, Ritter, Vasall oder was auch immer Eures Onkels."

Lyvenia lachte lauthals und offenbarte dabei eine weitere Eigenschaft, die durchaus geeignet war, spontane Sympathie bei ihren Mitmenschen zu erwecken: ein disharmonisches Kratzen in der Stimme, das entfernt an das Schaben einer Drahtbürste über ein rostiges Garagentor erinnerte, und jeder Hardcore-Punk-Sängerin Respekt einflößen würde. Kurz: Die junge Dame gefiel mir immer besser.

„Und wie sollte dieser Gefallen aussehen, Sir Daniel?"

„Geleitschutz."

„Was? Geleitschutz? Wollt Ihr Euch über mich lustig machen?"

„Niemals!", lachte ich und wurde dann ernst. „Ich spaße nicht. Ich habe im Lager der blauen Armee etwas zu erledigen. Und ich würde es gerne sehen, wenn ich dort auch wieder herauskäme. Ihr seid die Nichte von König Pierephalos und dort bekannt. Wenn ihr nach meinem kleinen Auftritt dort bestätigen würdet, dass ich im Dienste Eures Onkels stehe, dann sieht man wahrscheinlich davon ab, mich einen Kopf kürzer zu machen."

Sie sah mich prüfend an, und ich merkte, dass ihr Interesse geweckt war. „Ein Auftritt?"
„Sozusagen. Ich habe dort ein Treffen mit einem alten Bekannten, aber es soll eine Überraschung sein."
„Wird er die Überraschung überleben?"
„Ich denke nicht!"
Jetzt grinste sie mich breit an. „Gehen wir - Waffenbruder!"

4.
Leutnant Villiers saß mit drei anderen Offizieren am Tisch und spielte seine Karte aus, die prompt von dem Fähnrich links von ihm überstochen wurde. Er hatte dies vorausgesehen, ärgerte sich aber trotzdem maßlos. Wenn er eines nicht vertragen konnte, dann zu verlieren. Im Geiste überschlug er seine Gewinn- und Verlustrechnung:
Am Anfang hatte er kleine Gewinne einstecken können, als die Einsätze noch nicht so hoch standen. Sileas, der vor ihm saß, hatte ihm immer die richtigen Karten vorgespielt, sodass er mit geringem Risiko stechen konnte. Seit einer Stunde hatte sich das aber geändert: Die Einsätze waren gestiegen, und selbst wenn er einen hohen Trumpf aufwandte, um wenigstens einen Stich zu ergattern, dann hatte jedes Mal der Fähnrich der Infanterie, der links neben ihm saß, die Farbe frei und konterte mit einem As.
Beim Yéhfa zählte nicht, wer die meisten Punkte verbuchte, das war egal; sondern wer in einem Spiel vollkommen leer ausging, der zahlte den dreifachen Einsatz an die anderen. Lediglich wer ganz zum Schluss die meisten Zähler auf seinem Konto gutschreiben konnte, der galt als Gewinner und kassierte nochmals eine vorher vereinbarte Summe von seinen Mitspielern. Der Reiz des Spiels lag darin, dass man, wenn zwei oder mehr der Teilnehmer sich insgeheim einig waren, den dritten oder vierten vollkommen ausbooten konn-

te, und dass dieser wiederum, weil er ja trotzdem weiterhin mitspielte, dem von ihm favorisierten Spieler die besten Vorlagen lieferte, was er sich am Ende der Partie in klingender Münze auszahlen ließ.
So konnte es also durchaus geschehen, dass derjenige, der zunächst als Verlierer aussah, am Ende doch noch den zweitbesten Schnitt machte, wenn er sich den richtigen Partner ausgesucht hatte.
Bei dieser Art zu spielen waren geheime Absprachen also nicht nur normal, sondern geradezu erwünscht, was natürlich nicht dazu beitrug, das Vertrauen der Spieler untereinander zu fördern. Es war in der Armee fast an der Tagesordnung, dass nach einem Yéhfa-Abend am nächsten Morgen ein Duell stattfand. König Yl hatte dies streng untersagt, um der Selbstausdünnung seines Offiziers- bzw. Unteroffizierskorps entgegenzuwirken, aber die Maßnahmen hatten bis jetzt nicht viel gefruchtet: Bei Ehrenhändeln waren die niederen Offiziere sich so weit einig, alle Todesfälle als Unglück oder Zufall zu deklarieren, sodass die Generalität keine Möglichkeit sah, jemanden wegen des Verstoßes gegen das Duell-Verbot anzuklagen.

„Verdammt!", fluchte Villiers und schalt sich innerlich im selben Moment einen Narren, dass er dies ausgesprochen hatte. Die anderen grinsten, was seine Wut noch steigerte. Sileas neben ihm sah ihn mitleidig an und schüttelte den Kopf.
Villiers schluckte seinen Ärger hinunter und lächelte verbissen in die Runde. Im Geiste rechnete er nach: Siebenhundertzwanzig Dimas vertan - ein Jahresgehalt eines Soldaten, und auch für ihn kein Almosen. Und wenn er das Spiel jetzt verlor, dann nochmals zweihundert Dimas - außerdem musste er dann zugeben, dass er über kein weiteres Bargeld mehr verfügte. Das würde das Aus bedeuten. Morgen würde

er sich dann Geld leihen müssen. Zu dreizehn Prozent - pro halbem Jahr.
Aber noch war nicht alles verloren. Wenn er jetzt richtig spielte, dann konnte er zumindest den Offenbarungseid vermeiden. Ein gewonnenes Spiel mit zweihundert Dimas - und er war noch dabei!
Hauptmann Ifram, der ihm gegenüber saß, legte den Braunen Ritter auf den Tisch, und Sileas stach mit der Dame.
Villiers triumphierte innerlich. Sileas hatte die Braune Farbe inne, also auch das Braune As, und somit konnte er jetzt mit seinem Roten As beide überstechen. Sein linker Nachbar musste einfach den König haben, und dann hatte er seinen Stich gemacht und war fein raus. Einer der drei anderen würde das Spiel bezahlen und, wenn er nicht ganz untergehen wollte, sich mit ihm absprechen. Also war noch alles offen.
„Ihr hättet diesen Stich weglassen sollen, Leutnant!", erklang eine Stimme vor ihm, und Villiers schaute auf. Der Qualm der Tabakspfeifen vernebelte den Raum, aber trotzdem erkannte er den Mann, der sich gegenüber dem Tisch aufgebaut hatte.
„Was willst du hier, verdammter Deserteur?"
Die anderen Offiziere unterbrachen ihr Spiel, und plötzlich kehrte Schweigen im Zelt ein. Villiers tastete unwillkürlich nach dem Messer, das er an der Seite trug. Ihm wäre wohler, wenn er sein Langschwert bei sich führte, aber bei einer Kartenrunde mit Offizierskollegen war das bis jetzt nie notwendig gewesen.
Die ganze Szene war so fremdartig, dass niemand die Hand gegen den Eindringling erhob, der so plötzlich aufgetaucht war, als wäre er aus dem Boden gewachsen.
Der andere nickte gnädig: „Was ich hier will?" Er lachte, und Villiers erkannte hinter dem Mann die Nichte von König Pierephalos, die ihn ebenfalls angrinste. Jetzt wurde dem Leutnant wirklich unwohl.

„Ihr habt Mist gespielt!", erklärte der Fremde. „Blau hat ebenfalls keine Braune Karte und kann Euch leicht überstechen. Damit seid Ihr wohl ausgeschieden - so ein Pech! In jeder Beziehung."
Villiers suchte nach Worten, als der andere ein Rohr mit Holzverzierungen auf ihn richtete.
Der Schuss krachte direkt vor seinem Gesicht los und verteilte Schädelknochen und Hirnmasse des Leutnants auf die Zeltbahn hinter ihm.

„Das war nicht fair, Daniel!", meinte Lyvenia, als wir das Lager der Blauen, seltsamerweise vollkommen unbehelligt, verlassen hatten und in ihrem Zelt einen kleinen Imbiss einnahmen. „Der Mann hatte keine Chance!"
„Ich wollte ihm auch keine Chance lassen - ich wollte ihn nur umbringen!"
Sie schüttelte den Kopf. „Ihr überrascht mich. Eine furchtbare Waffe!" Sie überlegte einen Moment. „Das Heer zieht morgen weiter. Glaubt Ihr an so etwas wie die Vorsehung?"
„Inzwischen schon - aber nicht so, wie Ihr das vielleicht denkt, Mylady."
„Mylady?" Sie zuckte die Achseln. „Ihr wisst, wie ich heiße. Müsst Ihr immer ..."
Ich lächelte sie an, und in diesem Moment war mein Lächeln ehrlich: „Morgen zieht das Heer weiter, das ist richtig. Du bist eine Macht, und ich bin es wahrscheinlich auch, wenn mir die ganze Sache auch widerstrebt ...."
Lyvenia legte ihre Hand auf meinen Mund, und ich schwieg.
„Hältst du es für unschicklich, Daniel, dass man am Vortag der entscheidenden Schlacht noch ..."
Ich wusste angesichts dieser Worte nicht recht, was ich sagen sollte. Die ganzen letzten Monate liefen wie in Zeitraffer an mir vorbei, und ich war fast in Versuchung, „Nein" zu ant-

worten, aber Lyvenias Hände waren schon weiter als mein Widerstand.

5.
Das Heer brach drei Tage später auf und wälzte sich gen Nordwesten durch die Berge. Nach weiteren zwei Tagen, während ich mich vorzugsweise mit Lyvenia, Laq und Vanessa abgegeben hatte und ansonsten ohne Murren in der großen Armee mitgezogen war, ergriff Crusan die Gelegenheit, als wir unterhalb der Bergspitze des Ahrman-Massivs am frühen Morgen das Lager abbrachen, mit mir zu sprechen.
„Komm mit, Daniel!", sagte er nur. „Wir müssen uns unterhalten!"
Ich nickte: „Das denke ich auch. Es geht der Entscheidung zu, nicht wahr?"
„So ist es. Komm, dort oben unterhalb des Kamms ist eine kleine Klause, in der früher einmal ein Einsiedler gelebt hat. Dort werden wir reden."
Ich hängte mir die Winchester um folgte ihm. Nach einer Viertelstunde Aufstieg über unwegsames Felsgelände erreichten wir tatsächlich eine ärmliche Hütte, die dort jemand errichtet hatte. Vor dem Häuschen befand sich eine grob aus Ästen zusammen gezimmerte Bank, und Crusan setzte sich.
Ich blickte mich erst einmal um: Vom Heer war nicht viel zu sehen, der dichte Morgennebel bedeckte das ganze Tal wie ein Teppich. Im Osten hatte die Sonne Mühe, die dichten Wolken zu durchdringen. Ich sah genauer hin und blinzelte in die Ferne. Nein, ich hatte mich nicht getäuscht: Die Wolken waren an der unteren Seite gelb gefärbt und schienen auf uns zuzuziehen. Und die leichte Brise von Osten versprach stärker zu werden.

.

Ich wies mit dem ausgestreckten Arm auf die Erscheinung, und der Riese nickte wortlos.
„Das ist kein gutes Zeichen, nicht wahr?", stellte ich fest.
„Sein Zeichen!"
„Ja, du hast verstanden. Das ist sein Zeichen."
„Jemand wird sterben, eine Macht, ist das richtig?"
„Ja, auch das ist richtig!", bestätigte Crusan, schien aber keine Lust zu haben, eine nähere Erklärung abzugeben, also fasste ich dies als Ermutigung auf, weiterzufragen.
„Die Erscheinung war zu sehen, als in Shilanoah der alte verrückte Lyshite getötet wurde - wer war er?"
Crusan lächelte: „Er war einmal eine Macht: der eigentliche Nachfolger des Roten Königs - Zzarim Khans Bruder Sserafin. Er ist damals dem Gemetzel an der königlichen Familie entkommen und nach Norden geflüchtet. Ich war selbst erstaunt, ihn gerade dort anzutreffen."
„Und warum haben die lieben Leute von Shilanoah ihn nicht umgebracht oder zu einem der ihren gemacht?"
„Sie erkannten in ihm die Macht - und sie haben Furcht vor dem Wahnsinn."
„Und der Schwarze hat ihn getötet, um zu verhindern, dass er mir in einem hellen Moment etwas verrät, das ihm schaden könnte?"
Crusan zuckte die Achseln: „So wird es wohl gewesen sein."
Ich setzte mich neben ihn, holte meine Pfeife aus der Tasche und stopfte sie gemächlich. „Wer wird es diesmal sein? Du?"
Er nickte. „Ja, ich!"
Wir schwiegen beide eine Weile, während ich den Tabak in Brand setzte.

.

„Du kannst nur auf eine Art sterben", erinnerte ich mich selbst, „wie?"
„Du wirst es sehen, wenn du es nicht schon weißt. Aber glaube mir, ich scheue den Tod nicht. Im Gegenteil: Ich bin

schon einmal gestorben, und wegen meines Versagens zum Leben verurteilt worden. Zweitausend Jahre ist das her. Jetzt habe ich die zweite Chance, nicht den Kampf zu gewinnen, aber endgültig zu sterben. Ich sehne mich nach Frieden - nach meinem eigenen!"

„Und deswegen bin ich hier?"

„Du bist hier, um den Kampf zu gewinnen, was ich nicht schaffen kann."

„Wie kann ich etwas schaffen, bei dem du versagst?"

Er grinste: „Du wirst es wissen, wenn es so weit ist. Es ist besser so - ich bin fast sicher, dass er deine Gedanken lesen kann."

Ich brummte, aber in diesem Moment war mir klar, dass er recht hatte. „Du bist auf meiner Welt schon einmal gestorben, nicht?"

„Ja. Respekt, Daniel! Man muss auf das achten, was man sagt, wenn man mit dir spricht!"

Ich lachte und stand auf. „Dort im Westen liegt Gatarr. Was ist es: eine Stadt, eine Burg, ein Landstrich?"

„Gatarr? Es ist eine öde Hochebene gleich hinter diesem Hügelkamm, unfruchtbar und tot - das westliche Ende der Welt. Ich liebe es nicht. Und dort wird in wenigen Stunden die entscheidende Schlacht ausgefochten."

„Das westliche Ende der Welt? Wie damals ..."

„Ja. Genau wie damals, als wir uns südlich von Mattincourt zum ersten Mal sahen, Bruder!"

Wie seltsam und doch wie selbstverständlich klang dieses Wort aus seinem Mund. Ich zog an meiner Pfeife und musste wirklich einen Kloß im Hals hinunterschlucken.

.

„Ist dieser Aristide, mit dem du aus dem Blauen Lager geflohen bist, dein Freund?", fragte er plötzlich.

„Ich kenne ihn erst seit einigen Wochen, aber ich denke - ja! Warum willst du das wissen?"

Er ging auf meine Frage gar nicht ein, sondern legte mir die Hand auf die Schulter und sah mir in die Augen: „Du erinnerst dich an den Divvnu'môn-Tempel, wo wir die Blauen getroffen haben?"
„Natürlich. Was ...?"
Er gebot mir mit einer Handbewegung zu schweigen und fuhr fort: „An das kleine Dorf, und an die Schmiede?"
„Ja, verdammt!"
„Gut! Du weißt, dass der Schwarze mit meinem Schwert getötet werden kann. Ich war in dieser Schmiede und habe die Klinge geschärft - und etwas gekürzt!"
„Gekürzt?" Ich verstand gar nichts mehr. „Was soll ...?"
„Hör mir zu, verflucht! Das Heer bricht auf, und sobald der Bergkamm dort oben überschritten ist, gibt es kein Zurück mehr. Dann wissen die Roten, dass wir hier sind, wenn sie das nicht jetzt schon wissen, und wir müssen sie angreifen. Es hängt alles davon ab, ob die Blauen zum richtigen Zeitpunkt auf dem Schlachtfeld eintreffen."
„Ich weiß!", sagte ich, und löste seine Hand von meiner Schulter. „Aber warum erzählst du mir das?"
Sein Blick wurde plötzlich hart: „Du schuldest mir etwas, erinnerst du dich?"
„Sicher! Und diese Schuld möchtest du jetzt einfordern?"
„Das will ich!"
„Und?"
Offenbar hatte er bemerkt, dass mein Ton eine Spur kühler geworden war, denn er kniff die Lippen zusammen, bevor er antwortete:
„Du wirst nicht an der Schlacht teilnehmen, sondern hier bleiben!"
„Was?" Ich glaubte, meinen Ohren nicht trauen zu können. „Ich soll hier bleiben, während meine Freunde ihren Kopf hinhalten? Wenn ich richtig verstanden habe, dann geht es

hier um den Bestand dieser Welt, und dafür sind wir bereit zu kämpfen."
Er nickte traurig: „Darum geht es in der Tat. Und wir werden verlieren. Darum wirst du hier bleiben!"
Ich schüttelte den Kopf. „Laq, Jocelin, alle meine Freunde sind bei deinem Heer. Du kannst alles von mir verlangen, aber nicht, dass ich ..."
„Das dachte ich mir!", hörte ich noch, dann nahm mir ein gewaltiger Faustschlag gegen die Schläfe das Bewusstsein.

KAPITEL ZEHN : DIE LETZTE SCHLACHT

Auf der Hochebene von Gatarr prallen die feindlichen Heere aufeinander, Menschen und Masken fallen, und wie so oft erweisen sich Verrat, Täuschung und Hinterlist als die stärksten Waffen im Krieg, mächtiger als Schwerter und Kanonen.

1.
Irgendjemand hatte die unerhörte Frechheit, mir auf die Backen zu schlagen, und dazu noch meinen Namen zu rufen: „ ...niel, Daniel! Wach doch endlich auf!"
Ich schlug die Augen auf und erkannte, nicht gleich, aber als ich mehrmals geblinzelt hatte, Aristide, der sich über mich beugte. Verflucht, ich hatte alles nur geträumt, und wir befanden uns noch im Lager der Blauen, und die ganze Flucht war nur eine Wunschvorstellung gewesen. Gleich würde es heißen „Zu den Schaufeln gegriffen!", und ... Nein!
Nein! Meine Erinnerung kehrte „schlag"artig zurück, als Ari mir eine weitere Ohrfeige verpasste.
„Was ist? Was machst du hier?", keuchte ich hervor. Ich lag in der Einsiedlerklause, wo ich mich mit Crusan unterhalten hatte, auf der Pritsche, und, als ich nach meinem schmerzenden Kopf tastete, fühlte ich eine Geschwulst an der rechten Schläfe.
Ich konnte mir wirklich gratulieren: Vermutlich war ich der einzige, der einen Schlag von Crusan überlebt hatte. Der Riese machte sonst keine halben Sachen. Allerdings fragte ich mich, und die Frage war nach den Erfahrungen der letzten Wochen durchaus berechtigt: Musste eigentlich jeder, der mit mir nicht einer Meinung war, mich gleich niederschlagen?
Okay, die Argumentationsweise hatte etwas Überzeugendes an sich, aber sie verletzte nicht nur mein Verständnis von

kontroverser Kommunikation, sondern auch mich. Wenn ich Parlamentsabgeordneter wäre, dann hätte man mir längst schon die Birne weich geklopft.
Aber wer weiß, vielleicht war das das perfekte Rotationsprinzip für Parlamentarier der Zukunft! Wer zu oft widersprach, der musste raus! Und zwar nicht durch irgendwelche Parlamentsregulative, die so einfach zu verstehen waren wie die koreanische Anleitung zum Selbstbau eines Mikroprozessors aus Balsaholz und Runkelrüben, sondern durch natürliche Auslese.

„Daniel!", ertönte es wieder, und ich schreckte aus meinen Überlegungen hoch: „Ja, ja, ich bin wach!"
Aristide grinste mich an: „Er hat gesagt, dass du einen harten Schädel hast. Das stimmt offenbar!"
Ich richtete mich auf. „Wer hat das gesagt? Crusan?"
„Natürlich. Er hat dich niedergeschlagen."
„Ja-a!" brummte ich. „Das weiß ich auch! Was tust du hier?"
„Auf dich aufpassen, solange du bewusstlos bist, was denn sonst?"
„Was?"
„Auf dich ..."
Ich winkte ärgerlich ab. „Er hat dich beauftragt, auf mich zu achten? Warum hast du mich nicht gleich geweckt?"
Ari zuckte die Achseln: „Ich bin gerade erst hier eingetroffen und fand dich auf der Pritsche."
Jetzt verstand ich gar nichts mehr. „Was? Du bist erst hier eingetroffen?"
„Ja. Das Heer ist schon vor Stunden aufgebrochen, und als wir den Bergkamm erreichten, hat dein Freund Crusan mich angesprochen, dass du hier zurückgeblieben wärst, und ich sollte nach dir sehen!"

„Oh Scheiße!", fluchte ich. „Er hat dich zurückgeschickt? Deshalb fragte er, ob du wirklich mein Freund bist! Er wollte, dass wenigstens noch jemand bei mir wäre!"
„Ich verstehe nicht recht!", gab Ari zu. „Ich dachte, dass du krank oder verletzt oder ..."
Ich legte ihm die Hand auf die Schulter: „Es ist in Ordnung, und ich danke dir, aber wir sind beide hereingelegt worden! Ich sollte nur nicht an der Schlacht teilnehmen, und du solltest für alle Fälle auf mich achten. Wie viel Zeit ist inzwischen vergangen?"
Er überlegte kurz: „Vier Stunden seit dem Aufbruch des Heers, und dann noch zwei Stunden, die ich brauchte, um hierher zurückzukehren. Was hast du?"
Ich war auf der Pritsche mehr oder weniger in mich zusammengesackt. Die Erkenntnis lähmte mich fast: Die Braune Armee hatte sechs Stunden Vorsprung, es war früher Nachmittag, und die Schlacht hatte begonnen. Ich konnte nichts mehr tun.

„Was hast du, Daniel?", fragte Aristide, und ich schnaufte.
„Hat keiner gemerkt, dass ich nicht dabei war?"
„Wie denn? Es hieß, dass du dich beim Generalstab befindest."
„Und Laq, Jocelin, Vanessa, Ybkallis, und Svejn und Knut - alle bei der Armee?"
„Natürlich. Was denn sonst? Könntest du mir vielleicht jetzt endlich einmal erklären, was hier eigentlich ..."
Ich zuckte resignierend die Schultern. „Ich werde es dir auf dem Weg erklären. Haben wir Pferde?"
„Sicher. Und noch etwas. Es ist dort auf dem Tisch." Ich sah hoch. Auf dem groben Brettertisch lagen meine Winchester, sieben Patronen - und ein Brief.
Und eine Karte - Weiß.

Ich stand auf und betrachtete mir das Stillleben. Crusan hatte offenbar Wert darauf gelegt, mein restliches Eigentum komplett zurückzulassen. Wenn ich an der Schlacht schon nicht teilnahm, dann konnte ich mich zumindest von nun an als Gesetzloser durch die Lande schlagen. Ich hatte ein Gewehr und sieben Patronen ... Sieben? Eine davon war an der Spitze mit Dreck oder Pech verschmiert. Vermutlich nicht mehr zu gebrauchen. Nach meiner Rechnung sollten es nur noch sechs sein, aber das war auch schon egal.
Der Brief. Nein, zuerst die Karte. Crusan hatte seine eigene Karte bei mir zurückgelassen. Damit ...?
Damit ich zusehen konnte. Was sonst?
Ich legte die Karte in die Mitte des Tischs und tastete mit meinen Fingern zart darüber. Der Kontakt war sofort hergestellt.

2.

Die Sonne war nicht imstande, die dichte gelbe Wolkendecke zu durchdringen, und beschränkte sich darauf, vereinzelte Strahlen wie schräge weiße Pfeile auf den grausteinernen Boden zu entsenden, wo sie helle wandernde Flecken bildeten. Laq ritt neben Vanessa und ließ nochmals seinen neuen Säbel vorsichtig durch die Finger gleiten, den ihm die Waffenschmiede König Pierephalos' angefertigt hatten. Eine gute Waffe, sicherlich, aber trotzdem nicht wie Selengard.
„Du warst verliebt in eine Waffe, mein Jjarde!", spöttelte Vanessa neben ihm. „Und du hast sie verloren."
Er lachte: „Und jetzt bin ich verliebt in eine Frau. Sollte ich sie auch verlieren?"
Vanessa schüttelte den Kopf: „Nein."
Er hatte eine dramatischere Antwort erwartet, aber das einfache Wort sagte so viel aus ...

Der Jjarde blickte auf die Heerschlange vor ihm, die sich zu einem „V" formierte, wie Crusan angeordnet hatte. Crusan! Und Daniel! Beide befanden sich im Kommandostab, und er hatte in den letzten Stunden keine Chance gehabt, sich mit Daniel in Verbindung zu setzen.
Das Ganze war schon eine verdammt verworrene Angelegenheit: Er selbst war aus Freundschaft zu Jocelin in die Geschichte hineingeraten, und jetzt diktierten Leute wie Crusan und Daniel die Regeln. Und in den letzten Tagen hatte er noch nicht einmal Gelegenheit gehabt, sich mit Jocelin genauer zu unterhalten. Das hatte man nun davon, wenn man sich in die Angelegenheiten der sogenannten Mächte verwickeln ließ!
Daniel! Eine weitere unbekannte Größe! Er hatte gedacht, dass er den seltsamen Menschen, der als verletzlicher Fremdkörper auf dieser Welt aufgetaucht war, inzwischen einschätzen könnte, aber Daniel hatte aller Berechnung Hohn gespottet - und jetzt war er nicht zu erreichen! Gerade jetzt!

Als das Heer den Kamm erreichte, ließ Crusan einen Moment anhalten und seinen Blick über die Ebene vor ihm schweifen. Der Nebel lag noch über dem Terrain, aber er begann bereits, vor dem Ostwind zu weichen. In einer halben Stunde würde klare Sicht herrschen, insofern man bei dem schlierig-gelb gefärbten Himmel davon sprechen konnte.
Im Tal brannten Hunderte von Lagerfeuern und vermittelten einen vagen Eindruck von der gewaltigen Größe des lyshitischen Heeres. Crusan kniff die Augen zusammen, die weit besser sahen als die eines normalen Sterblichen: Die Roten sammelten sich gerade zum Weitermarsch, einige Regimenter waren schon angetreten oder aufgesessen, andere waren noch vollauf mit dem Abbruch der Zelte und dem Zusammenpacken der Ausrüstung beschäftigt.

Nach seiner Schätzung betrug die Anzahl der Lyshiten mehr als das Doppelte der Braunen Truppen. Aber der Vorteil der Überraschung lag auf seiner Seite. Er hätte es lieber gesehen, wenn er den Feind vollends unvorbereitet erwischt hätte, aber der Rote König war zu vorsichtig, er hielt vermutlich immer einige Abteilungen voll ausgerüstet bereit, um unliebsamen Überraschungen begegnen zu können.
Crusan grinste: Nun, er gedachte, seinem Gegenüber eine solche zu bereiten. Er zog sein Schwert, hielt es wie eine Standarte in die Höhe und gab den Befehl zum Angriff.

Seine Truppen stürmten brüllend über den Hügel vor und griffen an. Eine Welle von Braunen Fußsoldaten ergoss sich in das Tal, während sich die Reiterei auf beiden Flügeln noch zurückhielt.
Im roten Lager erklangen die Alarmtrommeln, aber zu spät: Als die letzten Kompaniekommandeure, die bis jetzt das Verladen der Ausrüstung überwacht hatten, begriffen, dass ihre Männer fast schutzlos der Attacke preisgegeben waren, da waren die Braunen schon heran.
Das Chaos war kaum zu beschreiben. Jeder Braune Fußsoldat hatte für den Beginn der Schlacht den präzisen Auftrag, so viele Lyshiten wie möglich niederzuhauen, bevor der Feind imstande war, Gegenmaßnahmen zu koordinieren.
Und dem kam man nach: Hunderte der Wüstenbewohner, die noch vor zehn Minuten Zeltbahnen zusammengerollt, Kessel ausgewaschen oder Kleidung ausgebessert hatten, starben unter den Schwertern und Äxten der Soldaten König Pierephalos, die wie ein Heuschreckenschwarm über sie herfielen.
Crusan befand sich mit dem König beim rechten Flügel und beobachtete genau. Er wusste, dass der erste Schwung des Angriffs alsbald gebremst werden würde, aber bis dahin musste die schnelle Attacke genügend Lyshiten das Leben gekostet haben. Und die entstehende Panik in den vorderen

Reihen und die daraus resultierende Unordnung würde einen weiteren Zeitgewinn bedeuten, bis Rot richtig zurückschlug. Jeder Heerführer wusste, wie schwierig die Lage wurde, wenn die flüchtenden eigenen Truppen aus der vordersten Reihe den Vorstoß der frischen Soldaten von hinten behinderten oder durcheinander brachten. Man konnte sich dann manchmal nicht anders behelfen, als die eigenen Männer niederzuhauen oder mit Waffengewalt wieder nach vorne zu treiben.

Crusan lächelte, als er sah, dass sein Plan aufging: Die gegnerische Verteidigung war in dem entstandenen Chaos nicht fähig, die einsatzbereiten Fußtruppen so zu koordinieren, dass jede Abteilung den ihr zustehenden Platz einnahm und dann vorrückte. Gerade die scheinbare Planlosigkeit seines Angriffs auf die nicht vorbereiteten Soldaten machte dem Gegner zu schaffen, weil nichts zu berechnen und nichts vorherzusehen war. Und das bedeutete wiederum Zeitgewinn.
Er machte sich nichts vor: Selbst wenn es jetzt ganz gut aussah, die Befehlshaber der Roten würden sich schnell von ihrer Überraschung erholen und dann tun, was er auch getan hätte: die ersten besten greifbaren und einsatzbereiten Truppen in die vorderste Linie werfen, einfach nur als Puffer, um den Angriff zu verlangsamen, und währenddessen hinter der Front die Eliteregimenter zusammenziehen und ordnen. Der Feind, der es dann zwar geschafft hätte, sich durch das ersetzbare Menschenmaterial zu kämpfen - und sich dabei entsprechend erschöpft hätte - sah sich jetzt erst dem gefährlicheren Gegner gegenüber: ausgeruhten und bestens gedrillten Truppen unter einer straffen Führung, die überlegt vorgingen.
Vanessa sah zu Laq hinüber und spürte körperlich, wie nervös der Jjarde war. Sie befanden sich beide beim rechten Flügel der Reiterei, und dort vorne auf der Spitze des Hügels lei-

tete Crusan die Schlacht. Weiter hinten hielten sich Jocelin und Ybkallis auf. Vanessa lächelte: Der kleine Hofnarr war mit Sicherheit kein gesegneter Reiter, nicht einmal ein Kämpfer, aber er hatte darauf bestanden, bei seinem ehemaligen Herrn Jocelin zu bleiben.
Der Befehl zum Angriff war noch nicht ergangen, obwohl unten im Tal der Kampf in vollem Gange war.
Sie ertappte sich selbst dabei, wie sie ihr Schwert ab und zu halb aus der Scheide zog und wieder hinein schob. Ganz wie der Jjarde, der die ganze Zeit mit seinem Säbel herumspielte. Was mochte Crusan vorhaben? Im Moment lief die Schlacht noch zu ihren Gunsten, aber das konnte sich angesichts der Übermacht der Roten schnell ändern.

Die gleichen Gedanken bewegten Crusan. Die Zeit war der entscheidende Faktor. Es hing alles von der rechtzeitigen Ankunft der Blauen ab.

3.
Ich schreckte hoch, als Aristide mich auf die Schulter tippte.
„Entschuldige!", meinte er. „Ich dachte nur ..." Er reichte mir seine Feldflasche. „ ... ist Schnaps!"
„Danke, Ari!" Ich nahm einen Schluck. „Ich sollte dir vielleicht erklären, was ..."
Er griff sich die Flasche zurück, setzte ebenfalls einmal an und schüttelte den Kopf: „Du musst mir nichts erklären, Daniel. Du kannst sehen, was dort passiert, was?"
Ich nickte.
„Na dann schau weiter! Dein Freund Crusan hat mir aufgetragen zu sagen: 'Was immer geschieht, du wirst zu spät kommen!'"

Ich fluchte, was inzwischen wirklich zu einer meiner Standardäußerungen geworden war: „Verdammt! Bei der Sache geht irgendetwas schief! Ich muss ... Der Brief!"

.

Als Crusan sah, dass der Widerstand gegen den ungeordneten Angriff stärker wurde, ließ er das Signal geben: ein kurzes Stakkato-Trommeln, das mehrere Minuten wiederholt wurde, und das mit allen Fußsoldaten abgesprochen war. Daraufhin zogen sich alle aus dem augenblicklichen Gefecht zurück und kehrten zu einem fiktiven Zentralpunkt am Rande des feindlichen Heerlagers zurück.

Hier übernahmen die Kompaniekommandeure wieder das Kommando und ordneten ihre Truppen wiederum zu einem großen „V", das mit der Spitze auf das gegnerische Zentrum zeigte.

Die ersten ungeordneten Angriffe der roten Infanterie prallten an dieser Phalanx ab, wo jede nachfolgende Reihe die vorhergehenden decken konnte.

.

König Pierephalos trieb sein Pferd neben Crusans: „Ihr habt bis jetzt richtig gerechnet, weißer Ritter! Meinen Glückwunsch!"

„Den Glückwunsch könnt Ihr Euch schenken! Das war bis jetzt nur Geplänkel! Seht Ihr dort?"

Die feindliche Heerführung hatte anscheinend inzwischen zu ihrer Linie gefunden. Anstatt sich in zermürbenden Mann-gegen-Mann-Kämpfen gegen den Braunen Vorstoß aufzureiben, ließ sie ihre Kavallerie auf beiden Seiten einen Bogen reiten und von den Flanken her gegen das „V" der Angreifer vorgehen.

.

Crusan lächelte nochmals und ließ ein weiteres Trommelsignal schlagen: Einigeln der gesamten Fußsoldaten im Zentrum des Feindes.

Die berittenen Lyshiten, die das „V" des Gegners mit einer beherzten Attacke von hinten aufrollen wollten, sahen sich plötzlich vor ein waffenstarrendes, zur Verteidigung nach außen bereites „O" gestellt, das die Lücke nach hinten geschlossen hatte.

Eine Wand von Langspießen und Hellebarden bremste blutig den Ansturm der Roten Reiterei: Die Pikeniere hatten ihre Lanzen in den Erdboden gerammt und mit dem Hacken festgetreten, und die feindliche Reiterei ging fast ihrer gesamten Pferde verlustig, als sie versuchte, allein durch Masse die Front zu durchdrücken.

Wer von seinem Pferd fiel, und das waren die meisten, weil ihrem Reittier der Bauch aufgeschlitzt wurde, der hatte in seiner Rüstung nicht viele Chancen gegen die schnellen Dolche der Soldaten aus dem zweiten Glied.

.

„Das ist es!", stellte Crusan fest. „Die Kavallerie hat sich auf dem rechten Flügel festgefressen. Jetzt kommen wir!"

.

Der Ruf erschallte, und Laq sah Vanessa noch einmal an. Die Frau ließ ihr Pferd einmal hochsteigen und grinste ihn an: „Du bist ein Mann, Laq! Bist du bereit, mit mir zusammen in diese Schlacht zu ziehen?"

„Warum stellst du diese Frage?"

Vanessa lachte: „Die Karten sind ausgespielt. Wir werden nicht gewinnen. Wir sind die Verlierer. Also?"

Laq schüttelte den Kopf, aber um ihn herum zückten die Soldaten ihre Schwerter und galoppierten ins Tal hinunter. Vanessa war ihm voraus, also gab er seinem Pferd die Sporen und ritt ihr hinterher. Wie konnte sie wissen, dass die Sache schiefging?

.

Crusans Plan ging nicht schief: Die Rote Reiterei griff die Braune Infanterie von hinten an, als diese schon längst ihre

Reihen geschlossen hatte, und brach sich an der dicht gestaffelten Verteidigung wie eine Springflut an den Felsen der Steilküste von Raghn'na'Fynn.
Und die Rote Kavallerie saß jetzt in der Falle: nach vorne kam sie nicht weiter, und von hinten preschten die Reiter Crusans heran.
Der silberne Riese schüttelte König Pierephalos die Hand. „Mehr kann ich hier nicht tun, Majestät. Ich habe die Karten zu unseren Gunsten ausgeteilt - der Rest des Spiels ist Kampf. Wir können nur hoffen, dass die Blauen rechtzeitig eintreffen. Eine Stunde werden wir uns halten können, mehr nicht!"
Der König grüßte militärisch und sah zu, wie Crusan seine lange Klinge zog: „Ihr wollt Euch am Kampf beteiligen, Krieger?" Der andere lachte: „Wie Ihr sagt: Krieger! Ich muss! Grüßt meinen Bruder Daniel von mir!"
Er wartete keine Antwort ab, sondern gab seinem Pferd die Sporen und schloss sich der Nachhut der Braunen Reiterei an. Einige Hundert Meter vor sich sah er Jocelin und Ybkallis.

Daniel!
Ich hoffe, dass ich nicht allzu hart zugeschlagen habe, Bruder. Wir werden diese Schlacht verlieren, und ich werde tot sein. Was immer du für mich empfunden hast, vergiss es! Du bist stärker, und du wirst das zu Ende führen, was ich damals nicht geschafft habe. Bleib so, wie du bist, und vor allem führe das zu Ende, was ich angefangen habe. Du hast die Möglichkeit dazu. Du hast die Möglichkeit dazu!
Wir beide sehen uns in einer besseren Welt!
Crusan

Das war Crusans Brief, den ich aus der Hand legte, als ich ihn dreimal gelesen hatte. Der Eindruck, den diese wenigen

Zeilen auf mich machten, lässt sich nicht beschreiben. Ich saß wohl noch einige Minuten still da, bevor ich ihn nochmals durchlas. Warum hatte er diese Zeile wiederholt? *Du hast die Möglichkeit dazu!*
Ich versenkte mich kurz in die weiße Karte, und Ari besaß die Rücksicht, mich nicht anzusprechen. Was ich sah, beruhigte mich nicht.
Crusans Überraschungsangriff und seine überlegene Taktik, die feindliche Reiterei in einen Zweifrontenkampf zu verwickeln, sicherten den Braunen momentan den Vorteil, aber angesichts der Übermacht der Roten würde das schnell vorbei sein, und dann saßen die Truppen König Pierephalos selbst in der Falle. Wenn die feindliche Infanterie erst einmal vollständig einsatzfähig und geordnet wäre, dann konnte sie die relativ schwachen Kräfte der Braunen mühelos überflügeln und einkesseln.
Es hing also alles von den Blauen ab. Und wenn ich jetzt 'alles' sagte, dann meinte ich auch alles.
Und das war der Punkt in dem ganzen Gebäude aus Überlegungen, der mir sauer aufstieß: Crusan machte seinen ganzen Plan und sich selbst abhängig von einem anderen - König Yl. Selbst wenn der Herrscher der Blauen so verlässlich war wie das Amen in der Kirche, es war nicht Crusans Art, den Ausgang des entscheidenden Kampfes von einem anderen abhängig zu machen. Und einem Irrtum oder einer Fehleinschätzung aufgesessen zu sein - bei Crusan unmöglich!
Wo lag also mein Denkfehler?

.

Die Schlacht tobte, momentan ohne eine entscheidende Wendung, ich konnte es mir also erlauben, einige Minuten zum Nachdenken zu verschwenden - tun konnte ich ohnehin nichts. Irgendwo in den ganzen verworrenen Ereignissen der letzten Wochen lag der unsichtbare Schlüssel zu dem Rätsel, das ... Halt!

Der Naturwissenschaftler in mir meldete sich zum ersten Mal seit langer Zeit wieder zu Wort.
Falscher Ansatz! So würde das nichts! Nochmals!
Irgendwo in den ganzen verworrenen Ereignissen, seit ich überhaupt auf dieser Welt weilte ... Ja, das war besser! Und zweitens: ... zu dem Rätsel! Die Fragestellung! Genau! Die Frage eindeutig zu formulieren ist der halbe Weg zur Lösung!
Wie lautete die Frage?

Ich spürte, dass ich plötzlich auf der richtigen Spur war. Die Frage! Seltsam: Seit über einem halben Jahr befand ich mich auf dieser Welt und kämpfte, kämpfte um mein Leben, für das meiner Freunde, manchmal auch für eher zweifelhafte Zwecke - und noch niemals hatte sich mir die entscheidende Frage gestellt: ...? Nicht warum! Nein, damit hatte ich mich zu lange aufgehalten.
Warum, das war mir inzwischen klar!
Wenn ich jetzt so alle Frageworte im Geiste durchging, dann blieb nur eines haften: Wer?
Ich hatte am Anfang die Schwarze Macht mehr oder weniger als Naturkraft eingeschätzt, wie den negativen Pol einer Batterie. In Shilanoah hatte ich den Schwarzen zum ersten Mal wirklich gesehen - als Person sozusagen. Seltsam, dass mir damals noch nicht die Wahrheit aufgegangen war.
Und wenn man sich erst einmal mit der Erkenntnis vertraut gemacht hat, dass Schwarz nicht *Was*, sondern *Wer* ist, dann folgen die anderen Gedanken fast von selbst:
Es war, als ob man endlich den Schlüssel für eine versperrte Tür gefunden hat, hinter der Basketbälle eingelagert sind. Man sperrt auf, und es erschlägt einen fast.

Das primäre Ziel des Schwarzen musste sein, Crusan zu vernichten. Er, nein, sein Schwert war das Einzige, das ihm ge-

fährlich werden konnte. Und Schwarz hatte sein Spiel schon wesentlich eher begonnen.
Ich dachte zurück: Ich, Laq, Jocelin, Ybkallis, Vanessa - und Crusan. Warum waren uns in der Vergangenheit derartig gefährliche Aktionen geglückt? Bei denen wir aber immer nur selbst davonkamen, ohne etwas gegen den Eroberungsfeldzug der Roten unternehmen zu können? Mattincourt, Verrn - eine grandiose Planung des Schwarzen, um fast ohne Verluste zwei feindliche Hauptstädte einzunehmen. Und wir hatten das unwahrscheinliche Glück gehabt, jedes Mal gerade so davonzukommen. Und warum?
Die Erkenntnis traf mich wie ein Schlag ins Gesicht und ließ mich erst einmal nach Luft ringen:
Der Schwarze war einer von uns!
Und jetzt, wenn ich mir alle Ereignisse des letzten halben Jahres unter dieser Voraussetzung nochmals durchdachte, dann wusste ich auch, wer!

4.
Crusan hatte sich zur Spitze seiner Reiterei auf dem rechten Flügel durchgedrängelt. Hier war er mitten im Gefecht, was ihm mehr lag als die Kommandogewalt auf dem Feldherrenhügel oberhalb des Geschehens.
Die Rote Reiterei hatte inzwischen die Falle erkannt, in die sie geraten war, hatte kehrt gemacht und sich ihrem gefährlicheren Gegner zugewandt; die Braunen Fußtruppen konnten einen berittenen Angreifer zwar abwehren, aber der beweglicheren Kavallerie im freien Feld nur schlecht zusetzen.
Crusans Taktik bestand darin, die Rote Reiterei durch seinen eigenen Angriff so weit zurückzudrängen, dass seine Fußtruppen, die nach wie vor wie ein Fels in der Brandung standen, wieder von hinten zum Zug kamen. Entsprechend heftig musste die Reiterattacke werden.

Laq befand sich in der vordersten Reihe und trieb sein Pferd ohne jegliche Rücksicht in die feindlichen Reihen hinein. Er hatte Crusans Taktik verstanden. Solange die verwirrten und desorientierten Roten Kavalleristen noch beschäftigt waren, eine neue Kampflinie nach hinten aufzubauen, mussten sie zuschlagen. Es war die einzige Chance gegen diese Übermacht.

Er prallte mit einem Lyshiten zu Pferde zusammen, und bevor der andere noch sein Schwert erhoben hatte, schlug der Jjarde mit seinem Säbel zu. Der Hieb kostete den anderen den Kopf, die Hälfte der rechten Schulter und den Arm.

Laq war selbst erstaunt, dass er einen lauten Schrei des Triumphes ausstieß und sein Reittier weiter vorantrieb. Die Klinge in seiner Hand schien zum Leben erwacht zu sein und von selbst nach links und rechts zu schlagen.

Ein Lyshite tauchte vor ihm auf und grinste ihn unter seinem Helm, der das Gesicht frei ließ, grimmig an. Der Jjarde duckte sich, und die Axt sauste über seinen Kopf hinweg. Laq schwang seinen Säbel nach vorne und bremste den Schwung der Klinge gerade noch, bevor sie auf den Küraß des anderen prallte. Er änderte die Stoßrichtung mit der Erfahrung des abgeklärten Kämpfers und stach dem Lyshiten die Klinge durch die Kehle.

Ein anderer Lyshite nutzte die Situation aus und hieb mit seinem Streitkolben zu. Laq konnte sich im Sattel noch zurückwerfen, und die Stachelkeule traf den Kopf seines Pferdes, wo sie stecken blieb.

Das Gedränge war zu dicht, und so brach das Pferd nicht gleich zusammen. Laq sprang aus dem Sattel, als er merkte, dass sein Reittier zu Tode getroffen war. Er prallte gegen die Flanke eines anderen Pferdes, wurde fast umgestoßen und musste sich erst orientieren.

Ein Lyshite mit eingelegtem Speer wollte ihn niederreiten, aber ein anderer Brauner Soldat zwang sein Pferd zur Parade gegen den Angreifer, und beide stürzten aus dem Sattel.
Laq half dem anderen dreck- und schlammüberzogenenen Krieger hoch.
„Vielen Dank!" keuchte Vanessa. „Würdest du dich vielleicht lieber um den Feind kümmern?"

.

König Pierephalos beobachtete, wie seine Truppen im Tal sich aufopferten. Sie hatten genügend der Roten geschlagen, aber nun wendete sich das Blatt. Die Führung der Lyshiten hatte inzwischen verstanden, dass sie nur von einer verhältnismäßig kleinen Truppe angegriffen worden war, und traf jetzt ihre Gegenmaßnahmen.
Frische und ausgeruhte Soldaten sammelten sich um das Kampfgebiet herum und machten sich bereit, einzugreifen: Der Ausgang konnte nicht fraglich sein.

.

Laq stand neben Vanessa im dichtesten Gedränge. Der Ansturm der Roten hatte nachgelassen. Offensichtlich waren die Lyshiten erschöpft. Sie hatten sich auf ihre Stellungen zurückgezogen und warteten ab.
Fast sämtliche Pferde waren bei dem letzten Angriff niedergemacht worden, und der Jjarde schritt zu Fuß die Front ab, als er den Riesen in seiner silbernen Rüstung gewahrte:
„Du hier, Crusan? Das verwundert mich doch!"
„Warum, Jjarde? Ich kämpfe genauso!"
Laq lächelte, dann besann er sich: „Wo ist Daniel?"
„Wenn es dich beruhigt: Daniel wird nichts geschehen!"
„Wenn es mich beruhigen würde, was ..."
In diesem Moment erklang ein Trompetensignal, das die ganze Schlacht übertönte. Crusan lächelte: „Die Blauen!"

Ich lächelte ebenfalls und ließ meine Fingerspitzen auf der Weißen Karte ruhen: Die Schlacht könnte noch gut ausgehen - die Blauen waren rechtzeitig eingetroffen.

König Yl ordnete seine Reiterei und gab den Regimentskommandeuren den Befehl: *Unterstützt den Roten Vorstoß und vernichtet die Braunen, wo ihr sie trefft.*

5.
Vanessa stieß Laq in die Seite: „Die Blauen greifen an!"
Der Jjarde sank in die Knie und nutzte die Gelegenheit, um zu verschnaufen: „Dem Himmel sei Dank! Also wird doch noch alles gut!"
Crusan schüttelte den Kopf: „Das wird unser Untergang! Sie greifen *uns* an!"

Die frischen Blauen Truppen überrannten alles, was ihnen im Weg stand. Die restlichen Braunen Kämpfer, die ihnen den Weg zum Zentrum versperrten, wurden niedergemacht. Die Blauen vereinigten sich mit den Roten und gingen vereint gegen die Braune Phalanx vor.

„Wir sind verraten worden!", stellte Laq fest. „Und jetzt stecken wir in der Scheiße!"
Crusan nickte: „Richtig! Und jetzt müssen wir uns wehren!"

Der Angriff der Blauen Truppen aufseiten der Roten warf die Braunen fast aus dem Feld: Die Braune Reiterei, die sich im Nahkampf gegen die Roten befand, war plötzlich von jedem Nachschub abgeschnitten. Von allen Seiten stürmten Rote und Blaue Truppen gegen die Braune Kavallerie an, die diesen Namen längst nicht mehr verdiente, da die meisten Pferde im Getümmel niedergehauen worden waren oder mit

aufgeschlitzten Leibern und heraushängenden Innereien im Matsch lagen. Über der ganzen Szenerie verbreitete sich der intensiv-süßliche Geruch nach Blut.
Die eingeschlossenen Braunen Reiter schafften es unter einigen Opfern, sich den Weg zu den Fußtruppen freizukämpfen, und wurden im Zentrum des „O"s aufgenommen, das bis jetzt standgehalten hatte. Hier konnten sie verschnaufen.

.

Laq setzte sich auf einen Stein und wischte sich den Schweiß von der Stirn. Seine Hand war rot. Kein Schweiß. Aber er schwitzte trotz der winterlichen Kälte, die seinen Atem in weißen Dampfwolken aufsteigen ließ.
Wenn er die abgerissenen, blutbespritzten Gestalten mit den tiefliegenden Augen um sich herum ansah, dann konnte er schier verzweifeln. Ein paar Hundert Männer waren von dem ehemaligen Stolz der Armee König Pierephalos' übrig geblieben - ein kläglicher Haufen gegen die gewaltige Übermacht der Roten und Blauen Infanterieregimenter, die sich jetzt gerade zum Sturm auf die Verteidigungslinien der Braunen sammelten.
Ein anderer Mann setzte sich neben Laq, und er erkannte Jocelin, der anscheinend noch nichts abbekommen hatte.
„Na, da sind wir fein angeschissen worden, was?", stellte der Souvaner fest und kicherte. Laq konnte der Situation keine Heiterkeit abgewinnen, aber er nickte: Mit Galgenhumor ließ sich die aufkommende Resignation wohl am besten unterdrücken.

.

Ich legte die Weiße Karte zur Seite und wischte mir ebenfalls den Schweiß von der Stirn. Verdammt!
Ich konnte es nicht glauben: Wirklich alles war schiefgegangen! Crusans Plan, mit den Blauen zusammen die Roten zu überrumpeln, und so dem Schwarzen seine Hauptstütze zu nehmen - vergeblich. Der Verrat der Blauen verkehrte die

Lage ins Gegenteil. Meine Freunde waren eingekesselt in auswegloser Lage - und ich saß hier mit sieben Patronen.
Ich verstand nun rein gar nichts von der Kriegführung und der Strategie von Schlachten, aber eines war mir vollkommen klar: Crusan hatte recht gehabt. Was immer ich jetzt tat, es würde nichts mehr helfen! Die restlichen Braunen konnten allenfalls noch eine oder zwei Stunden durchhalten.
Und dann?
Mit erschreckender Eindringlichkeit wurde mir plötzlich bewusst, dass ich dann alleine dastand. Ich war aus meiner Welt herausgerissen worden, und hatte hier Freunde gefunden, bessere Freunde, als ich zu Hause jemals besessen hatte. Eine Rückkehr hatte ich mir zwar, wenn es ganz dick kam, ausgemalt: kein Übernachten in der Wildnis, kein Frieren und Hungern, und niemanden, der einem mit Hieb- und Stichwaffen ans Leder wollte. Trotzdem würde ich nicht mehr tauschen wollen. Im letzten halben Jahr hatte ich gespürt, dass ich lebte, auch wenn die Umstände meistens unangenehm waren. Und nicht nur, dass ich existierte, sondern dass ich etwas bewirkte! Ich!
Meine Freunde, mit denen ich mich durch zweitausend Meilen zumeist feindliches Land geschlagen hatte, auch wenn wir nicht recht wussten, warum eigentlich, sie waren jetzt in ihren letzten Kampf gegangen - und ich war nicht dabei. Es war nicht mein Verschulden, aber es erschien mit trotzdem wie Verrat! Verrat an mir selbst, an meinen eigenen Idealen, die einen gewissen Ehrenkodex gegenüber einem Freund vorsahen, und ohne die mein Leben dem einer Amöbe gleichen würde.
Und das wollte ich niemals sein: ein austauschbares Exemplar der Gattung Mensch, das sich über die Welt verbreitete wie ein Grippevirus, mit keinem tieferen Sinn als der eigenen Existenz. Die Vorstellung ist natürlich niederschmetternd, und deswegen wird sie von den meisten Menschen verdrängt:

Wenn es mich nicht gäbe, dann wäre das auch kein Verlust. Jedenfalls würde es nichts ändern.

6.
Crusan ordnete die verbliebenen Braunen Truppen und sprach ihnen Mut zu.
Laq grinste: Zum ersten Mal, seit er den Riesen kannte, redete dieser halbwegs menschlich. Und er redete gut. Die erschöpften Braunen Soldaten hörten zu und vergaßen für einen Moment die eigene verzweifelte Situation. Sie wussten, dass sie den nächsten Angriff nicht überleben würden, aber die Tatsache, dass sich ihr eigener Kommandeur bei ihnen befand und mitkämpfte, richtete sogar die Verletzten auf.
Der Jjarde schüttelte den Kopf. Er schnappte ab und zu ein Wort von Crusans Ansprache auf, aber den Sinn bekam er nicht mit. Das war auch nicht wichtig: Der Tonfall und die Gestik des Mannes, der sich dort auf den Felsen gestellt hatte und zu den Männern sprach, das war das Entscheidende.
Laq lächelte bei seiner eigenen Überlegung. Was war denn bitte jetzt noch das Entscheidende? Über dieses Thema wäre es wert gewesen, mit Daniel zu diskutieren. Der hatte zu einer solchen Problematik immer etwas zu sagen, auch wenn er, Laq, ihn nicht immer verstanden hatte.

.

Im Lager des Blauen Nachschubs schaffte es ein Mann, seine Handfesseln an den metallverstärkten Kanten einer Kiste mit Landkarten aufzuscheuern. Durch den schmalen Eingang des Zeltes konnte er sehen, dass die Wachen alle um ein Lagerfeuer saßen und sich die Füße wärmten. Ein großer Kessel mit Suppe oder Eintopf brodelte über den Flammen und verbreitete einen appetitanregenden Geruch nach Zwiebeln, Speck und Knoblauch.

Er hatte Hunger, verdammten Hunger, aber etwas anderes war wichtiger: Wenn die Männer dort draußen mit Essen beschäftigt waren, dann konnte er aus dem Lager entkommen. Eine Waffe musste her!

Nach einer Stunde ertönte ein vieltausendköpfiger Aufschrei aus den Kehlen der Roten und Blauen Soldaten, und eine Welle von Stahl und Eisen brandete gegen den kleinen Hügel, auf dem Crusans letztes Aufgebot Stellung bezogen hatte.
Laq gliederte sich in die dritte Reihe der Verteidiger ein. Er hatte es abgelehnt, sich von einem der Toten eine Pike oder Hellebarde zu nehmen. Er war ein Einzelkämpfer und würde seinen letzten Kampf mit dem Säbel in der Faust ausfechten. Angesichts der Lage war es ohnehin anzunehmen, dass sich unter dem gegnerischen Ansturm die Verteidigungslinie der Braunen sehr schnell auflösen würde.
Hinter den Roten Linien erklang der monotone Trommelschlag, der den Truppen Xxeret Khans vorzurücken befahl.

Der erste Hagel von Pfeilen ergoss sich über die Braunen Truppen, aber die Fußsoldaten, die in der ersten Reihe standen, waren zu gut gepanzert, um ernsthaft Schaden zu nehmen. Die weniger gut gerüsteten ehemaligen Reiter hielten sich in der zweiten und dritten Reihe auf und benutzen ihre Kameraden vor sich als Deckung.
Neben Laq brach ein Mann schweigend zusammen: Ein Pfeil war oberhalb seiner Halsbrünne in die Kehle eingedrungen - ein Zufallstreffer, aber nichtsdestoweniger tödlich. Der Jjarde fing ihn auf, aber es hatte keinen Zweck: Der Mann hustete Blut und starb in seinen Armen.
Ein anderer trat von hinten vor und nahm die Stellung des Toten ein. Unter dem Helm lächelten Laq Augen an, die er inzwischen gut kannte: Vanessa.

„Verdammt! Was tust du hier? Bleib hinten!"
Die Frau lacht lauthals: „Warum? Wer hinten bleibt, der stirbt zehn Minuten später! Nein! Wenn schon, dann hier!"
„Dann hier?"
„Dann hier! Gib mir noch einen Kuss!"

Crusan machte sich keine Illusionen mehr: Der Ansturm der Roten und Blauen würde den kläglichen Rest der Braunen hinwegfegen. Seine Männer mochten noch so tapfer kämpfen, sie hatten keine Chancen mehr. Und er hatte sie geopfert. Denn er hatte den Verrat der Blauen vorausgesehen.
König Yl war der Mann seines Widersachers, des Schwarzen, gewesen, von Anfang an. Und er hatte es geahnt. Und trotzdem mit Pierephalos die Strategie ausgearbeitet, die auf einer Allianz zwischen Braun und Blau beruhte.
Crusans Joker war noch nicht einmal im Spiel. Er würde es nicht mehr erleben, dass dieser zum Einsatz kam, aber er setzte alles auf diese Karte.

7.
Als die Verteidigungslinie vor ihm zusammenbrach, dankte Laq allen Göttern, dass er sich entschlossen hatte, bei seinem handlichen Säbel zu bleiben. Die Lyshiten, die mit ihren Hellebarden und Partisanen die Pikeniere der Braunen niedergerannt hatten, waren plötzlich in Einzelkämpfe Mann gegen Mann verwickelt, als die Front der Braunen zusammenbrach, und jeder Soldat musste um sein eigenes Leben kämpfen.
Die Schlacht war damit praktisch entschieden, aber diejenigen der Roten und Blauen, die bis jetzt besonders forsch angegriffen hatten, sahen sich auf einmal in der Zwickmühle zwischen den letzten Verteidigern, die um ihr blankes Leben kämpften, und den nachdrängenden eigenen Truppen, die sie

weiter vorwärts in die Schwerter der zu allem entschlossenen Braunen trieben.

.

Entsprechend erbittert fiel der letzte Kampf aus: Niemand auf beiden Seiten gab Gnade oder erwartete sie. Während die Führer auf der Roten Seite ihre Soldaten unbarmherzig vorantrieben, starben diese wie die Fliegen unter dem erbitterten Widerstand der Braunen, die um ihr nacktes Überleben fochten.
Laq verschnaufte, als der Feind für einen kurzen Moment von seinem Angriff abließ. Offenbar waren die gegnerischen Truppen genauso erschöpft und brauchten ebenfalls eine Pause.

.

Der Mann, der aus dem blauen Lager fliehen wollte, ließ von dem Hals des Wachsoldaten ab, als dieser längst sein Leben ausgehaucht hatte. Einen anderen zu erwürgen, das hatte er sich bis jetzt nicht vorstellen können. Ihn mit dem Schwert im Kampf zu besiegen, ja - aber das? Die Erbitterung hatte ihm die Kraft gegeben, und die Wut.
Und jetzt hatte er eine Klinge.
Irgendwo dort oben in den Bergen wurde in diesem Augenblick die Schlacht geschlagen.

.

Es waren noch etwa dreißig Soldaten übrig, die meisten verletzt. Am Fuß des Hügels begann der monotone Trommelschlag erneut. Die letzten Verteidiger wussten, was dies bedeutete: Xxeret Khan verlor die Geduld und wollte der Sache jetzt ein Ende bereiten.
Sie sahen sich schweigend an und zogen ihre Helmriemen fester:
Jocelin, Ybkallis, Vanessa, Crusan und Laq. Bis auf den Jjarden natürlich: Er hatte Zeit seines Lebens keinen Helm getragen, und würde jetzt nicht damit anfangen.

Niemand sprach ein Wort, also murmelte der Jjarde nur so etwas wie „Na, dann wollen wir mal!" und hob seine Klinge.
Die Roten verzichteten diesmal auf einen Beschuss mit Pfeilen und verließen sich auf den Ansturm ihrer weit überlegenen Truppen.
Crusan tippte Laq auf die Schulter und deutete auf eine kleine Abteilung von vielleicht zwölf Mann, die mit Netzen und Keulen ausgerüstet waren: „Sie dort unten, Jjarde: Das ist für mich!"
Laq wischte sich den kalten Schweiß von der Stirn: „Wollen sie dich lebendig erwischen?"
Der Riese lachte grimmig: „Sie können mich nur lebendig erwischen. Ich kann nur auf eine Weise getötet werden, endgültig getötet, und die wird mir der Schwarze nach der Schlacht angedeihen lassen!"
„Nur auf eine Weise?"
„Die Regeln des Spiels schreiben dies vor!"
„Verdammt!", fluchte der Jjarde. „Ich verstehe immer Spiel! Ich würde gerne ..."
Er hatte keine Gelegenheit mehr, seinen Satz zu beenden, denn zwei Lyshiten hatten die Kämpfenden vor ihm umgangen und kamen wölfisch grinsend auf ihn zu. Vanessa stieß ein zorniges Schnaufen aus und ging sofort auf sie los.
Sie hieb schnell wie eine Natter mit ihrem Schwert zu und trennte dem rechten Lyshiten den Kopf von den Schultern, noch bevor er reagieren konnte. Laq stürmte hinzu, stolperte aber über einen Leichnam am Boden, und als er sich gerade noch fangen konnte, rutschte er in einer Blutlache aus. Vor ihm tauchten einige weitere Lyshiten auf, und er konnte seinen Sturz bremsen, als er gegen den vordersten prallte. Dieser hatte mit einer Attacke dieser Art nicht gerechnet, und seine Axt nicht schnell genug hochgekommen. Der Jjarde hieb auf die kurze Distanz mit dem Griff seines Säbels zu und spürte die Nase des Mannes brechen.

Der Lyshite brach aufheulend in die Knie und spuckte seine Zähne um sich. Laq wehrte einen ungeschickten Schlag des Nächsten leicht ab, wechselte seine Klinge blitzschnell in die Linke und stieß zu. Der andere konnte seine Parade nicht schnell genug auf einen Linkshänder einstellen und starb schnell mit durchstochener Brust, einen verblüfften Ausdruck im Gesicht. „Gut gemacht, Jjarde!", rief Crusan ihm zu, der links neben ihm sein riesiges blutbespritztes Schwert schwang wie der Schnitter seine Sense. Keiner der Lyshiten wagte es, dem silbernen Riesen näher zu kommen. Sie schwärmten um ihn herum wie eine Horde Hyänen, die einen Tiger niederreißen wollten, und warteten auf Verstärkung durch Hellebarden und Langspieße, um ihrem Gegner so lange aus der Distanz kleine Verwundungen beizubringen, bis der Blutverlust ihn so weit geschwächt hatte, um über ihn herzufallen.
Und Crusans mächtige Klinge zirkelte einen Kreis aus Blut und abgetrennten Gliedmaßen um ihn.

Laq wusste nicht, wie viel Zeit vergangen war. Er stieß zu, sprang zurück, wich zur Seite aus und parierte. Er hatte längst kein Gefühl mehr in den Händen, aber seine Reflexe schienen die Herrschaft über seinen Körper übernommen zu haben, während er fast nichts mehr sah. Schweiß und Blut lief ihm in die Augen, und er schaffte es gerade noch, einem Hieb mit einem Morgenstern auszuweichen, der ihm den Schädel zerschmettert hätte.
Da half auch ein Helm nichts, stellte ein Teil seines Geistes seltsam unbeteiligt fest: Bei einem solchen Hieb durchschlugen die Stacheln das Metall und drückten die scharfkantigen Zacken der Bruchstelle in das Fleisch oder den Knochen hinein. Selbst ein Körpertreffer am Kürass oder an einer Beinschiene war so meist tödlich: Bevor die Kameraden dem Ge-

troffenen die Rüstung herunteroperieren konnten, war er verblutet.

Aber sein Gegner musste verrückt sein, im Nahkampf eine solche Waffe zu verwenden. Und das zeigte sich sofort: Der Schwung der Kugel der Stachelkeule ließ sich natürlich nicht einfach bremsen, als der Jjarde abduckte, und der Angreifer rechts vor ihm verlor seinen halben Kopf, als ihn die Waffe seines Kameraden im Gesicht traf.

Laq ließ sich die Chance nicht entgehen: Seine schnelle Klinge schlitzte dem Mann vor ihm den Unterleib vom Becken bis zu den Rippen auf. Dann hatte er erstmals wieder Gelegenheit, sich einen Überblick über die Lage zu verschaffen.

Einige Meter von ihm entfernt stand Vanessa und hieb nach beiden Seiten. Um sie herum lagen die Leichen der Erschlagenen, und die Frau war selbst von oben bis unten mit Blut bespritzt. Aber sie hatte ihren Gegnern offenbar Respekt gelehrt: Die Lyshiten wagten sich nicht näher heran, sondern beschränkten sich auf schnelle Angriffe aus der Deckung, um sie zu zermürben.

Laq konnte nicht anders: In diesem Moment liebte er die Frau. Er stieß einen Angreifer einfach zur Seite, um ihr zu Hilfe zu kommen, und spürte es kaum, dass er von irgendwoher einen Stich in den Oberschenkel erhielt.

Einige Lyshiten hatten Vanessa umgangen und versuchten, ihr in den Rücken zu gelangen, und Laq wusste, dass er zu spät kommen würde. Wenn sie es rechtzeitig bemerkte ...

Ein anderer Mann, den er kannte, sprang aus der Masse der Kämpfenden hervor und eilte der Frau zu Hilfe: Jocelin!

Der Souvaner setzte über zwei Tote hinweg und stieß Vanessa seine lange Klinge zwischen die Schulterblätter.

8.
Ich schrie auf, als ich das sah. Das hatte ich nicht erwartet.

Und dann wurde mir das ganze Ausmaß der Täuschung bewusst: Das war nicht Jocelin, das war Blair!
Die plötzliche Entdeckung Jocelins, über grüne Macht zu verfügen, sein seltsames Verhalten, das mir erst jetzt nachträglich auffiel; er hatte praktisch kaum mit mir gesprochen - aus Angst, sich zu verraten. Sein Zwillingsbruder Blair!
.
Der Jjarde stand wie erstarrt, als er sah, wie Vanessa zusammenbrach. Er stieß einen Schrei aus, der Crusans Kampfruf in nichts nachstand. Alle Wut und Verzweiflung der Welt lagen in diesem Schrei, der selbst den Schlachtlärm übertönte, sodass die Kämpfenden einen Moment lang innehielten.
„Du verdammtes Schwein, Jocelin!", brüllte Laq, dann ging ihm trotz seiner Wut die Wahrheit auf. „Blair!"
Der Souvaner schwenkte seine blutige Klinge durch die Luft, dass einige Tropfen auf die Umstehenden spritzten, die die Szene gebannt verfolgten, und lachte: „Ja, mein kleiner Jjarde, ich bin es!"
Laq achtete nicht auf die Lyshiten, die um ihn herumstanden und keine Anstalten machten, ihn anzugreifen. Die Wüstenkrieger ließen ihre Waffen sinken und sahen nur schweigend zu, wie der Jjarde mit seiner bluttriefenden Klinge in der Faust durch ihre Reihen stapfte.
Blair lachte nochmals und schüttelte sich dabei. Dann verstummte er und wich zurück, das Schwert vor sich erhoben.
Laqs ganzes Bewusstsein reduzierte sich auf dieses Bild und dieses Ziel. Er ignorierte alles andere und stapfte unbeirrt weiter. Es würde das Letzte sein, das er im Leben tat, aber er würde Blair töten. Er würde diesem verfluchten Hund den Kopf von den Schultern schlagen.
Blair wich weiter zurück. Selbst er schien plötzlich Furcht vor der grimmig schweigenden Wut des Jjarden zu verspüren.

„Warte, Laq!", sprach eine ihm wohlbekannte Stimme plötzlich neben ihm, und dies so eindringlich, dass er nicht anders konnte, als den Sprecher anzusehen.
Ybkallis.
Der kleine Hofnarr sah ihm in die Augen, und plötzlich konnte er seinen Blick nicht mehr abwenden.
„Wo ist Daniel?", fragte der Narr, und die drei Worte schienen lebendig zu werden und in ihn einzudringen.
„Ich ... Daniel ... ich weiß es nicht!", murmelte Laq, und der Narr verzog sein Gesicht zuerst ärgerlich, dann zu einer bösartigen Fratze des Hasses: „Du weißt es wirklich nicht!"
Laq schaffte es, sich aus dem Bann der schwarzen Augen zu lösen. Er musste ... was war es gewesen? ... er musste Blair töten! Mit dieser Klinge in seiner Hand!
Ybkallis lachte, und plötzlich war er wieder der kleine Hofnarr mit dem wuscheligen Haarschopf und dem breiten Mund. „Du musst gar nichts mehr, Jjarde!", höhnte er und stieß Laq seinen Dolch durch die Kehle. Blair lachte irre: „Heil Dir, Iblis! Heil Dir, Iblis, Schwarzer Fürst!"
Fünfzig Meter weiter wurde Crusan das Schwert aus der Hand geschlagen, und unter dem Ansturm von acht Lyshiten gleichzeitig brach der Riese in die Knie.

KAPITEL ELF : SCHWARZ

-

Auf diesen Seiten begleiten wir unseren Helden Daniel beim schwersten Gang seines Lebens. Wir werden Zeuge eines intellektuellen Disputs der beiden verbliebenen Hauptfiguren des Spiels und erleben, dass noch ein Plan aufgeht und noch ein schon lange ausstehender Kampf stattfindet.

-

1.
„Verdammt noch mal, Daniel, was soll das?", ereiferte sich Aristide und packte meinen Arm, als ich das Sattelzeug über den Rücken des Pferdes warf.
Der Blick, den ich ihm zuwarf, ließ ihn erbleichen und brachte ihn dazu, die Hand wegzunehmen, als hätte er eine heiße Herdplatte angefasst.
Er fingerte verlegen an seiner Augenklappe herum: „Mann, Junge, versteh mich nicht falsch! Ich weiß inzwischen gut genug, dass du rachsüchtig bist, aber ... aber: Das hat keinen Sinn mehr! Willst du das nicht einsehen?"
Ich lachte: „Einsehen sagst du? Es gibt nichts mehr einzusehen! Es gibt nur noch zwei Tatsachen: Schwarz - und mich!"
Er schüttelte den Kopf: „Das stimmt nicht, Daniel! Es gibt mehr: Selbst nach einem verlorenen Kampf geht es weiter. Wir brauchen nur nach Osten zu reiten, oder nach Süden, und dort ... verdammt! Ich weiß auch nicht! Wir gehen nach Süden, irgendwohin, wo wir überwintern können, und dann ..."
Ich unterbrach meine Tätigkeit kurz, weil ich auf sein hilfloses Schulterzucken einfach irgendetwas sagen musste: „Und dann? Ich - und du mit mir! - wir wären zur ewigen Flucht verdammt. Niemals würde Ybkallis mich einfach laufen lassen, verstehst du nicht? Ich bin die zweite Weiße Karte,

Crusans Bruder. Solange ich lebe, kann er niemals ganz sicher sein. Und er wird uns hetzen, von einem Ende der Welt zum anderen. Ist das ein Leben, das dir erstrebenswert erscheint?"
Aristide zuckte die Achseln, und diesmal legte ich ihm die Hand auf die Schulter: „Du würdest es tun, nicht wahr? Du würdest mit mir als Geächteter und Verfolgter durch die Welt ziehen! Warum?"
Der alte Krieger lächelte: „Vielleicht habe ich in dir etwas gesehen, das du selbst gar nicht kennst."
Ich schüttelte den Kopf: „Nein. Ich muss dort hinauf - nach Gatarr. Die Straße der Alten Götter: Sie führt zum Endpunkt einer langen Wanderung, auch wenn sie auf dieser Seite des Schneewolkengebirges materiell nicht existiert. Aber jetzt habe ich die Symbolik verstanden: Der Weg endet in Gatarr!"
„Der Weg? Ich verstehe nicht ..."
„Aber ich verstehe! Und ich werde jetzt dort hinauf reiten!"
Aristide seufzte: „Du wirst in deinen Tod reiten, Daniel, auch wenn du über Fähigkeiten verfügst, die ... die ... Dort oben jenseits des Passes wartet jemand auf dich, der dir weit überlegen ist. Mann, siehst du das nicht ein?"
„Doch, Ari, das sehe ich ein!", stellte ich fest. „Und du hast vollkommen recht: Er wartet auf mich! Wäre es nicht geradezu beleidigend unhöflich, seine Exzellenz warten zu lassen?"
„Du und dein verdammter Sarkasmus!", schimpfte er, bestieg aber sein Pferd. „Deine Freunde sind tot - und du wirst ihr Schicksal teilen!"
„Sehr wahrscheinlich!", stimmte ich zu. „Aber das ist kein Grund, eine Verabredung platzen zu lassen. Wie du schon gesagt hast: Ich werde erwartet!"

.

Wenn ich damals, als Crusan, Laq und ich uns mit der leblosen Vanessa durch das Gemetzel in Fort Souvansfinn ge-

kämpft hatten, an einen schlechten Western gedacht hatte, so erinnerte mich die Szenerie jetzt eher an Cervantes:
Aristide folgte mir auf seinem Pferd über den verschneiten Pfad bis zur Hügelkuppe; allerdings sprach er kein Wort. Für einen außenstehenden Beobachter war das Bild sicherlich eine Betrachtung wert: Zwei Reiter zeichneten sich gegen die Vormittagssonne aus Osten ab und verharrten einige Minuten schweigend trotz des kalten Windes.
Und um bei Cervantes zu bleiben: Ich grinste in mich hinein, als ich mir meiner Rolle bewusst wurde.

.

Das Tal war übersät mit Leichen, und nur die Kälte hatte verhindert, dass die Ausdünstungen der Tausenden von Toten die ganze Ebene mit ihrem süßlichen Pesthauch überzogen. Im Gegenteil: Die Nacht hatte Frost gebracht, und die meisten der Erschlagenen lagen eingefroren in den bizarrsten Stellungen herum, so wie sie der Tod ereilt hatte.
Links von mir wirbelte der Schnee auf, und ein kleiner Reitertrupp galoppierte auf uns zu.
„Daniel!", rief Lyvenia, die ihr Pferd vor mir zügelte. „Was tust du noch hier? Sieh zu, dass du weg kommst!"
Ich grinste sie an. „Warum sollte ich das? Ich bin froh, dass ich wenigstens einen Tag zu spät hier bin!"
„Was? Die Schlacht ist verloren, was willst du noch?"
Eine gute Frage, aber vorher hatte ich noch eine andere: „Was tust du hier? Wo ist dein Onkel, der König?"
Sie war etwas verwirrt: „Er ... er war bei der Nachhut, um die Schlacht zu beobachten, und ..."
„Und?"
„Und jetzt ist er auf dem Rückzug nach Ravenaugh, um die Stadt auf die Verteidigung vorzubereiten."
„Natürlich." Ich schnaufte verächtlich durch die Nase. „Und warum bist du noch hier?"

Sie hatte am Anfang erfreut gewirkt, mich zu sehen. Jetzt wandelte sich ihr Gesichtsausdruck in Ärger: „Was ich hier tue? Wir haben die letzten Verwundeten eingesammelt, die noch laufen können! Und du, verdammter Feigling? Wo warst du während der Schlacht? Deine Freunde sind gestorben, und du ..."
Ich winkte ab. Das hatte ich erwartet.

.

Der Morgennebel hatte sich gelichtet, und ich konnte das ganze Tal übersehen. Jenseits stieg das Gelände wieder leicht an, und dort hatten sich die roten und blauen Truppen gesammelt. Der Horizont bildete eine scharfe Linie gegen den gelben Himmel. Hier endete die Welt an jenem schauderhaften Abgrund von unsagbarer Tiefe, und weiter draußen gab es nur Nebel und Himmel.
Ja, der Himmel war immer noch gelb, ein ungesundes, schmutziges Ockergelb. Ich sah nach oben: Obwohl der nächste Tag angebrochen war, immer noch diese gelben Wolken.
Für mich?
Jenseits des gegenüberliegenden Berghangs war das Nichts, der unendliche Schlund, in den ich schon einmal am östlichen Ende der Welt geschaut hatte. Welch grandios gewählte Kulisse für den allerletzten Akt des Schauspiels, dem ich seit meiner unfreiwilligen Ankunft auf dieser Welt beiwohnen durfte, und in dem ich eine nicht unwesentliche Rolle gespielt hatte - leider ohne zu wissen, was ich tat.
Jetzt wusste ich es.

.

Ich nickte Ari zu: „Hier muss ich alleine weiter. Mach's gut!"
„Was tut er?", fragte Lyvenia, als ich meinem Pferd die Sporen gab und es ins Tal hineintrieb.

„Ich weiß es nicht! Aber er muss das tun ... oder er will!",
hörte ich noch von Aristide.

2.
Es war seltsam - oder auch nicht. Ich sah Tausende von Lyshiten, die den üblichen Beschäftigungen ihres Berufsstandes nach einer gewonnenen Schlacht nachgingen: Sie nahmen den Gefallenen die Jacken, die Schwerter, die Helme - sofern unbeschädigt - und vor allem die Stiefel ab. Und alle waren meine Feinde, aber sie interessierten mich nicht.
Ab und zu ertönte ein Jubelschrei, wenn einer der Toten, ob von der eigenen oder der gegnerischen Partei, Wertsachen bei sich führte, und hie und da gab es einen heftigen Disput oder sogar einen Streit, wenn zwei der die Beute Beanspruchenden sich rein gar nicht einig werden konnten.
Ich ließ mein Pferd seinen eigenen Weg durch dieses Chaos aus Geiern und Aasfressern finden.
Manche verbeugten sich spöttisch, andere warfen mir drohende Blicke zu; die meisten nahmen mich gar nicht zur Kenntnis, sie waren zu beschäftigt, und ein einzelner Reiter erschien ihnen keiner Beachtung wert.

.

Auf diese unrühmliche Art und Weise gelangte ich schließlich unbehelligt zu dem Pfad, der auf der anderen Seite des Tales bergauf führte.
Es waren nur drei- oder vierhundert Meter zwischen den Felsen hinauf zu steigen, aber man musste sie zu Fuß machen.
Na schön. Wenn Ybkallis unbedingt wollte, dass ich zu ihm hinaufstieg, dann konnte er das haben!
Ich saß ab und zog die Winchester aus dem Sattelholster.

.

Der Bergpfad gab den Blick frei auf eine kleine Hochebene, fast kreisrund und flach wie ein Teller, auf drei Seiten von

Felszinnen umgeben. Die vierte Seite, die nach Westen zeigte, war wie mit dem Messer abgeschnitten.
Dort war also die Welt zu Ende.
Man hatte zwei große Holzkreuze aufgestellt, und an dem linken hing ein Körper, ein Mann, den ich ohne seine silberne Rüstung fast nicht erkannte, obwohl ich genau wusste, wer es war. Crusan.
Ich trat langsam näher, ohne mich um die anderen Personen zu kümmern.
Er war tot. Man hatte ihn mit Nägeln an das Holz geschlagen, trotzdem zeigte sein Gesicht einen friedlichen, erlösten Ausdruck - das Ende eines langen Weges.
Ich sah ihn lange an, ohne auf meine Umgebung zu achten.
Er war gestorben, auf die einzige Art, wie er sterben konnte, und wie er auf meiner Welt vor zweitausend Jahren schon einmal gestorben war.
Fast hätte ich gelächelt: Crusan von Gatarr. Der Gekreuzigte von Golgatha.

.

Ich wandte meinen Blick ab und betrachtete das andere Kreuz.
Ohne mich umzudrehen, wusste ich, dass er hinter mir stand und mich beobachtete.
„Für mich, was?", fragte ich, und Ybkallis trat neben mich.
„Natürlich, Daniel!", bestätigte er. „Es war wirklich nett von dir, dich hierher zu bemühen. Das erspart mir einige Mühe."
Ich grinste ihn an: „Oh, ich dachte, das wäre ich dir schuldig. Wir sind einen langen Weg gemeinsam gegangen, nicht wahr?"
„Ja, das sind wir. Er ist hier zu Ende."
Ich nickte und schaute mir den kleinen Hofnarren an, als ob ich ihn zum ersten Mal sähe. Und obwohl er genauso aussah wie immer, hatte er in meinen Augen in diesem Moment kei-

nerlei Ähnlichkeit mit dem Menschen, den ich zu kennen geglaubt hatte.
Er verzog den Mund zu dem breiten Grinsen, das ich ebenfalls so gut kannte, und plötzlich verwandelte sich sein Körper. Er wuchs, die Arme streckten sich, sein Brustkasten vergrößerte sich, und die Gesichtszüge verwischten kurz. Dann stand Crusan vor mir.
Ich nahm das ohne Gemütsbewegung zur Kenntnis. Ich hatte gewusst, dass er seine Gestalt verändern konnte, und jetzt als Crusan aufzutreten, das passte nur zu gut zu dem Schauspiel, das er hier abzuhalten gedachte.
„Na, nicht verblüfft?", fragte er, und machte eine tiefe gezierte Verbeugung.
„Nein."
„Ach wie schade!", spielte er Zerknirschung. „Ich könnte mich auch in Laq verwandeln. Oder in dich!"
„Spar dir die Mühe. Mir scheint, in dir steckt tatsächlich etwas von einem Hofnarren! Verwandle dich von mir aus in einen Haufen Scheiße, das würde noch am besten passen!"
„Aber, aber!", spottete er, immer noch in Crusans Gestalt. „Solche bösen Worte! Hast du kein bisschen Bewunderung übrig für meinen superben Plan?"
„Doch!" Das gab ich wirklich zu. „Ich darf noch einmal zusammenfassen, nur um sicherzugehen, dass ich nichts falsch verstanden habe, ja?"
„Oh ja, bitte tu das, Daniel!", stimmte er zu und verwandelte sich in Vanessa, die sich auf einen Felsen setzte und die Beine übereinander schlug. Dann stützte er/sie erwartungsvoll das Kinn in die Hände: „Ich höre es wirklich zu gerne, wenn nach vollbrachter Tat mein Ruhm verkündet wird."
Ich brachte ein Lächeln zustande: „Na schön, Exzellenz. Oder wie soll ich dich nennen? Ybkallis - Iblis? Mephistopheles?"

Er winkte huldvoll ab: „Oh, du kannst ruhig bei Ybkallis bleiben. Wo wir uns doch schon so lange kennen!"
Jetzt verbeugte ich mich: „Vielen Dank - Kamerad! Also: Du warst von Anfang an darauf angewiesen, irgendwie Crusans Vertrauen zu gewinnen. Nur so konntest du ihn in eine Falle locken. Und du wusstest, dass er früher oder später in Mattincourt auftauchen würde, und, wenn Graf Albert nicht mehr lebt und Blair die Macht übernimmt, Crusan und Jocelin sozusagen von selbst Verbündete und Gefährten werden würden. Also musstest du dir Jocelin verpflichten, indem du erst seinem Bruder zur Macht verhalfst, und ihn dann rettetest. Nebenbei hast du auch noch Mattincourt einstecken können. So weit richtig?"
Er klatschte begeistert Beifall: „Sehr gut. Weiter!"
Ich setzte mich ebenfalls auf einen Felsblock, legte die Winchester neben mich und begann, meine Pfeife zu stopfen. Ybkallis sah mir aufmerksam zu.
„Oh verzeih!", bat ich nach einer Weile. „Ich hoffe natürlich, du hast es nicht allzu eilig, mich dort oben zu sehen!"
„Nein, nein, durchaus nicht, mein Freund!", beteuerte er. „Ich muss zugeben, ich bin beeindruckt, wie du die Fassung bewahrst, wirklich beeindruckt!"
„Vielen Dank für das Kompliment!" Ich hatte meine Pfeife fertig gestopft, aber ... „Entschuldige bitte - hast du Feuer?"
Ybkallis/Vanessa schüttelte sich vor Lachen: „Daniel, du bist wirklich unbezahlbar! Du wirst es nicht glauben, aber deinen Sinn für Humor habe ich immer bewundert. Mich um Feuer zu bitten!"
Der Tabak in meiner Pfeife flammte kurz auf, und ich zog einige Male, dann erzählte ich weiter:
„So weit, so gut. Aber dann begann einiges aus dem Ruder zu laufen in deinem schönen Plan: Dein Knecht Xxeret Khan wollte es besonders gut machen und Crusan durch eine gedungene Mörderbande aus dem Weg schaffen. Er konnte ja

nicht wissen, dass nur du allein imstande warst, es mit dem Weißen Ritter aufzunehmen."
Ybkallis seufzte theatralisch: „So ist das mit den niederen Chargen, die sich unbedingt profilieren wollen: Sie schießen in ihrer Hingabe über das Ziel hinaus. Du müsstest das wissen: Die Geschichte deiner Welt wimmelt nur so von solchen Leuten."
Er wartete auf eine Äußerung von mir, aber die kam nicht. Schließlich fuhr er fort: „Es ist nun mal so: Es gibt überall Wölfe und Schafe. Das ist ein Grundprinzip. Und die Wölfe fressen die Schafe, das ist auch ein Grundprinzip. Nur würde dies niemals funktionieren, wenn die vielen Schafe sich gegen die wenigen Wölfe wehren würden. Und das wissen die Wölfe!" Er lachte: „Also lassen die Wölfe einen gewissen Prozentsatz der Schafe glauben, sie wären ebenfalls Wölfe. Und siehe da: Einige der Schafe - genug jedenfalls - entwickeln sich wirklich zu Wölfen. Natürlich sind sie das nicht, aber sie glauben es wenigstens. Und das ist das Entscheidende!"
„Warum erzählst du mir das?"
„Ja nur, damit du das Prinzip verstehst!"
„Das Prinzip?"
„Genau! Du solltest verstehen, bevor du stirbst, dass die wahrhaft Gefährlichen nicht die Bösen, Schlechten, Verderbten, oder wie immer du sie nennen willst, sind, sondern die Mittelmäßigen, Neutralen und Angepassten, die bei allem mitmachen."
Ich schüttelte den Kopf und fuhr fort: „Die Sache ging jedenfalls so weiter: Ich tauchte auf, und Xxeret Khans Mördertrupp nahm mich aufs Korn. Und du ..." Ich ließ bewusst eine dramatische Pause, und Iblis warf sich in die Brust. „ ... und du merktest sofort, dass eine neue Karte im Spiel war. Von da an hast du dich nicht mehr an Jocelin, sondern an mich

gehängt, weil du begriffen hattest, dass ich die Verbindung zu Crusan darstellte, richtig?"
Ybkallis klatschte nochmals Beifall: „Phantastisch, Daniel! Und weiter?"
„Und weiter?" Ich zuckte die Achseln. „Der Rest ist recht trivial: Dass Crusan nicht tot war, das wusstest du am besten. Du musstest dich also nur weiter an mich halten, um einfach abzuwarten, bis Crusan wieder auftauchte. Als zweite Weiße Karte musste ich ja wie ein Magnet wirken. Und deswegen hast du auch oft genug Schicksal gespielt: Wie dumm ich mich auch anstellte - ich blieb, manchmal dank deiner freundlichen Mithilfe, am Leben."
Ybkallis stand auf und klatschte nochmals in die Hände: „Wirklich beeindruckend, diese logischen Schlussfolgerungen. Und alles richtig! Begnadete Hirne wie deines waren immer meine besten Gefolgsleute. Und ich bin es echt leid, meine Anhänger immer wieder aus diesem unerschöpflichen Haufen von Kleinkrämern rekrutieren zu müssen. Wirklich schade, dass du dich nicht auf meine Seite geschlagen hast!"
Er schien einen Moment lang nachzudenken, dann fuhr er fort:
„Ach ja, der Schluss der Geschichte: Nachdem alles so weit gediehen war, musste ich nur dafür sorgen, dass niemand meinem Verbündeten König Yl misstraute. Also meldete ich mich als Begleiter für deine 'diplomatische Mission', und ..."
„ ... und sorgtest dafür, dass ich unterwegs 'verloren ging'!"
„Sozusagen. Danach konnte ich die Mission fortsetzen und Blair ins Spiel bringen. Deinen Freund Jocelin habe ich König Yl überlassen."
Ich stand auf und griff nach der Winchester.
Ybkallis ließ mich lächelnd gewähren: „Hat dir meine Rede nicht gefallen?"
„Oh doch!", gab ich zu. „Ich hätte nie gedacht, dass du mir überhaupt etwas erklärst. Warum diese Noblesse?"

Ybkallis lachte: „Weißt du, Daniel, ich bin in gewisser Hinsicht einsam ..."
„Das dachte ich mir."
„Natürlich hast du dir das gedacht, verdammter Klugscheißer! Nein, sag nichts, ich weiß, was du sagen willst! Aber ich genieße, was ich tue - und ich habe gewonnen!"
Ich lachte ebenfalls: „Gut. Du hast gewonnen. Und?"
Ybkallis verwandelte sich in Laq. Der Jjarde packte mich am Arm und zog mich hoch: „Komm mit, Daniel!"
„Wohin, häh?"
„Oh, du bist noch zu gelassen! Pass auf!"
Ich konnte plötzlich die ganze Ebene überblicken und sah die Tausenden von Toten. Und das Blickfeld engte sich weiter ein, bis ich Laqs Leiche sah: Er hatte es geschafft. Seine Hand umklammerte Vanessas Hand.
Ybkallis klatschte mir auf die Schulter, als ich wieder klar sehen konnte: „Na? Befriedigt, dass die beiden wenigstens jenseits zusammengekommen sind? Erzähl mir nicht, dass dich das nicht zumindest ein bisschen berührt!"

.

Ich sah Iblis an, und sah trotzdem Laq vor mir, den Freund, mit dem ich über ein halbes Jahr lang durch diese seltsame Welt nach Westen gezogen war, mit dem ich gehungert und gefroren hatte - und meine Gedanken geteilt. Der Jjarde, der mir mehr als einmal das Leben gerettet hatte.
Iblis schaute mir prüfend in die Augen und grinste befriedigt: „Siehst du, Daniel, ich habe es gewusst: So kalt, wie du tust, lässt dich die Sache nicht!"
Er hatte recht, das musste ich zugeben. Wenn ich vorhin noch dachte, in mir sei nach dem Tod meiner Freunde alles abgestorben, so spürte ich jetzt doch ein Gefühl erwachen.
„Sieh nur, mein Freund!", lachte Iblis. „Deine Fäuste ballen sich. Habe ich es doch geschafft, etwas in dir zu wecken? Man sollte es nicht glauben: Ich schaffe Leben!"

„Es ist die Art von Leben, die nur deiner Macht entspringen kann, mein lieber Ybkallis!", knurrte ich. „Also bilde dir da nur nichts darauf ein!"
Er lachte noch lauter: „Oh, auch kleine Beiträge werden dankend angenommen! Komm mit, ich möchte dir gerne einige gute Freunde vorstellen!"

3.
„Das ist Seine Majestät, Xxeret Khan, der Herrscher über das Reich der Söhne der Wüste!", erklärte Ybkallis und wies auf einen dicken Lyshiten mit schwammigem Gesicht, der mich mit trübem Blick aus tief liegenden, eingefallenen Augen anstarrte, ohne irgendeine Gemütsbewegung erkennen zu lassen. Der Khan saß auf einem luxuriösen Thron aus wertvollem Holz, den man wohl für diese Szene extra hier herauf geschleppt hatte. Das Möbel war von Pfauenfedern überdacht, die der auffrischende Wind schon leicht zerzaust hatte und die so keinen besonders imposanten Anblick mehr boten. Links und rechts hatten sich je drei Mann gelangweilt wirkender Leibwache postiert.
Ich musste zwei Mal hinsehen, um mich zu überzeugen, dass dieser „König" überhaupt lebte. Das einzige Zeichen seiner „Macht" war ein riesiges Schwert, das er mit der Rechten hielt, in den Boden gespießt wie weiland Großvater Abraham beim Ziehen der ersten Ackerfurche.
Iblis lachte: „Nun schau nicht so verblüfft, Daniel! Das ist Xxeret Khan, vor dem du seit einem halben Jahr auf der Flucht bist. Der Rote König! Leider ist er geistig nicht mehr so ganz auf der Höhe, und deswegen führe ich seine Geschäfte, wie man wohl auf deiner Welt so sagt."
Er trat vor den Lyshiten und tätschelte ihm die hängenden Backen, was die umstehenden Wachen gleichmütig zur Kenntnis nahmen.

„Tja, mein Lieber, du warst ein getreuer Diener, wenn auch nur mäßig unterhaltsam, und du sollst die Belohnung, die ich dir versprochen habe, bekommen! Komm mit! Du auch, Daniel!"
Der Lyshite brabbelte etwas vor sich hin, das ich nicht verstand, und quälte sich aus seinem Sitz hoch. Ein Speichelfaden lief über seine Unterlippe und kleckerte auf seinen Pelz. Ohne Widerspruch schlurfte er hinter Ybkallis her, der auf den Abgrund zuging. Das Schwert trug er in beiden Händen wie eine Schaufel.
„Ist das das finale Schicksal deiner Kreaturen?", fragte ich. „So zu enden?"
Ybkallis zuckte die Achseln: „Und wenn? Müsstest du das nicht begrüßen? Ich habe dich von Anfang an durchschaut: Du bist zwar ein Zyniker, aber trotzdem ein verdammter kleingeistiger Moralist!"
„Kann sein. Trotzdem: Wenn du dir ein Urteil über Moral erlaubst, dann ist das, als ob ein Blinder einen Vortrag über Farben hält!"
„Sehr gut gesprochen!", meinte er mit erhobenem Zeigefinger. „Das wäre wirklich eine Diskussion wert, aber ich habe zunächst etwas Wichtiges zu erledigen!"
Er blieb direkt am Abgrund stehen und winkte den Khan zu sich heran. Dann deutete er nochmals in die andere Richtung, und ein weiterer Mann trat aus der Menge der Soldaten hervor. Ich kannte das Gesicht gut, und trotzdem wusste ich, dass das nicht Jocelin war.
Blair stellte sich grinsend neben Ybkallis: „Es ist alles bereit, Mylord! Soll ich ihn töten?"

.

„Aber nein, mein lieber Blair!", winkte Iblis ab. „Wir wollen doch beim letzten Akt einen Zuschauer haben, nicht wahr? Es wäre doch geradezu sträflich egoistisch, diesen grandiosen Abschluss alleine zu genießen, oder?"

Blair kicherte: „Natürlich!" Er trat vor mich hin und stieß mich zurück. Dabei legte er die Hand auf den Griff seines Schwerts.
„Blair, bitte, lass das!", rügte Ybkallis. „Unser Gast ist kein Freund von dergleichen Pöbeleien! Und wir haben auch Besseres zu tun!"
Er gab dem Roten König ein Zeichen, und dieser hob sein Schwert in die Höhe. Jetzt erst erkannte ich die Waffe.
„Ja, du siehst richtig!", stellte Ybkallis sachlich fest. „Das ist Crusans Klinge. Das einzige Mittel, mit dem ich getötet werden kann. Und nur von dem Weißen Ritter!"
Ich spannte meine Muskeln an, aber Blair trat mir in den Weg und tippte mir mit der Spitze seines Schwerts, das er inzwischen gezogen hatte, auf die Brust.
„Tja, Daniel", fuhr Ybkallis fort, „auch du könntest mich mit dieser Waffe töten, aber ..."
Er ging auf Xxeret Khan zu, der ihn nur blöde anstarrte, klopfte ihm auf die Schulter und stieß ihn in den Abgrund. Nicht einmal ein Schrei ertönte. Der Rote König war von dieser Welt verschwunden - und mit ihm Crusans Klinge.
Ybkallis klopfte sich die Hände ab, als ob er mehrere Tage in einem Kohlebergwerk gearbeitet hätte, und kam auf mich zu.
Jetzt klatschte ich Beifall: „Sehr gut gemacht, wirklich. Du konntest es dir wohl gar nicht verkneifen, mich an deinem letzten Triumph teilhaben zu lassen?"
„Nein, das konnte ich nicht!", gab er zu. „Vielleicht hattest du vorhin recht, und etwas von einem Hofnarren schlummert wirklich in mir!"
Blair sah mich gehässig an und ließ die Spitze seiner Klinge spielerisch über meinen rechten Arm gleiten.
Ybkallis schüttelte missbilligend den Kopf: „Blair, ich sagte vorhin schon: Lass das! Nein, Daniel", er wandte sich wieder mir zu, „ich dachte immer, dass du ein kultivierter Mensch

bist - und wir sollten den letzten Akt wie vernünftige Individuen hinter uns bringen!"
Ich trat vor der drohenden Klinge einen Schritt zurück. „Dem kann ich nur zustimmen! Aber darf ich dir vorher noch einige Fragen stellen?"
Ybkallis breitete die Arme aus: „Aber natürlich, mein lieber Freund! Natürlich! Wir haben alle Zeit der Welt, und du weißt doch genau, dass ich mich mit dir immer gerne unterhalten habe! Blair, bitte, tritt etwas zurück! Dieses Drohen mit Waffen hemmt die Konversation! Also was möchtest du wissen, Daniel?"
Ich lachte: „Was ich wissen möchte? Wenn wir schon so gute Freunde sind, dann erzähl mir einfach etwas über dich, oder ist die Zeit denn doch zu knapp?"
„Nein, nein, keineswegs! Allerdings ist deine Fragestellung etwas unpräzise. Von einem Naturwissenschaftler hätte ich mehr erwartet!"
„Na schön! Was hast du eigentlich davon, derartig destruktiv zu wirken? Ist das keine gute Frage?"
„Destruktiv, Daniel? Gewäsch! Klarheit der Begriffe ist oberstes Prinzip, kennst du das nicht?"
„Konfuzius, ja. Böse? Schlecht?"
Ybkallis nickte: „Ich will dir einmal etwas erzählen über Schlechtigkeit, verdammter eingebildeter Altruist: Ihr alle, die ihr in eurer Überheblichkeit Schlechtes als so selbstverständlich hinnehmt - ihr seid so viel schlechter als ich! Und alle, die in ihrer kleinlichen Furcht um kleine Vorteile dem wahrhaft Bösen feige Vorschub leisten - es sind alles meine Jünger! Und es sind viele - unendlich viele! Jeder, der um einer Idee willen andere in den Tod schickt und sich dabei selbstgerecht das Mäntelchen des wahrhaft Guten und Wahren umhängt - sei es Religion, Weltanschauung oder einfach Streben nach Gewinn oder Macht - ist einer meiner Jünger, ob er es weiß oder nicht. Und alle diejenigen, die aus persön-

licher Feigheit, Menschenverachtung oder Gleichgültigkeit nichts dagegen tun, sie sind es ebenfalls - und ihre Zahl ist Legion. Sieh dich um, in deiner Welt oder in jeder anderen: Gegen diese Horden, erfüllt von offener oder versteckter Bösartigkeit wirke ich selbst doch schon wie ein fairer Gegner. Und gegen diese Macht wirst du vergeblich ankämpfen. Du, und jeder andere, der es versucht. Es liegt in der Natur des Menschen, schlecht zu sein - ohne könnte er nicht überleben."
„Ohne Schlechtigkeit?"
„Natürlich nicht! Was denkst du denn? Jedes Lebewesen in der Natur ist schlecht, muss schlecht sein, sonst ist es tot! Der Fresstrieb der Tiere ist schlecht für andere, ja, der Überlebenstrieb selber ist schlecht. Ohne diesen könnte es anderen besser gehen! Diese anderen müssen also sterben - für was?" Er lachte. „Für was, häh? Für die Verwirklichung irgendeines biologischen Konzeptes? Nun, ich will dir etwas erzählen, was das biologische Konzept deiner Rasse betrifft: Es ist die Destination, sich selbst auszurotten - und dabei bin ich nur behilflich, wenn du so willst.
Deine Menschheit ist eine Selbstvernichtungsmaschinerie. Geschaffen, um zu zerstören - aber auch sich selbst. Wie - und ich nehme an, dass du dieses Beispiel verstehst! - ein Lötkolben, den man auf das Kabel der eigenen Stromversorgung legt. Er wird die Werkstatt in Brand setzen, aber sich selbst letztendlich auch die Energiezufuhr abschneiden.
Und darüber werde ich dann lachen! Es wird ein gigantisches Lachen sein, das nur leider keiner mehr hört!"
Ich wusste eine Erwiderung, aber ich konnte mich trotzdem der Frage nicht enthalten: „Und was hast du davon?"
Er grinste süffisant und hüpfte von einem Bein auf das andere: „Kennst du das nicht aus der Schule: 'Ich bin der Geist, der stets verneint ...'"

„Komm mir nicht mit Goethe! Dass du auch auf meiner Welt praktizierst, das war mir klar! Ein blöder Versuch, mich zu beeindrucken! Also, was soll das Ganze?"
„Was das soll? Kennst du die Pyramide der '-ismen'? Hah, was sage ich, natürlich kennst du sie!"
„Die Pyramide der '-ismen'? Was ist das wieder?"
„Nun, das ist zunächst der Nihilismus: 'Alles ist nichtig, sinnlos - und alles wird zugrunde gehen!' Du überlegst dir das oft, so oft, und du versuchst, du versuchst verzweifelt, einen Sinn zu finden. Einen Sinn für das, was du tust, was andere tun, was alle tun. Und du findest keinen! Nichts! Schlimmer noch: Was alle tun, ist nicht nur ein vergebliches Auflehnen gegen die eigene Nichtigkeit - es ist lächerlich! Wenn du dir das einmal klar gemacht hast, dann ersteigst du die zweite Stufe, den Hedonismus: 'Spaß zu haben, ist das einzige, das wirklich Sinn macht!'
Und von da an ist es nur noch ein kurzer Schritt zur dritten Stufe, dem Zynismus: 'Gewinne Spaß daraus, dass alles zugrunde geht!'
Lache darüber! Lache über diese erbärmlichen Menschen mit ihren kleinkarierten Problemen, mit ihren Eitelkeiten, ihren Dummheiten und ihrer Feigheit, die sie selbst zum Untergang verurteilt!"
„Und die vierte Stufe?", warf ich ein, und Ybkallis grinste mich an, und seine Augen leuchteten in schwarzem Licht: „Das dürfte doch wohl klar sein, Daniel!
Aber zu deiner Frage, bitte gern: Was ich davon habe? Mein Lieber, alles, was letztendlich zählt, ist die Fähigkeit, wirklich Böses zu tun, denn das bleibt für die Ewigkeit. Alles, was du und ihr alle in eurer rührenden Hilflosigkeit vor eurer eigenen Schlechtigkeit anstellt, um euer trübselig naives Gewissen zu beruhigen, ist Tinnef, Firlefanz, Makulatur, wenn du so willst. Aber ich zerstöre ein ganzes Konzept - und das mit Lust!"

„Was hast du davon? Die Frage bleibt!"
Ybkallis lachte wiederum: „Die Frage kann doch nur ein Mensch stellen. Und du bist einer! Du bist zwar die letzte Weiße Karte, aber ich denke, du wärst besser auf deiner Welt geblieben. Ich sagte es vorhin schon: Alles Böse nützt auch einem guten Zweck. Die Erfindung des Schwarzpulvers auf deiner Welt hat jedenfalls wesentlich dazu beigetragen, einen Großteil der Menschen, die sich sonst womöglich noch weiter vermehrt hätten, von der Oberfläche des Planeten zu putzen."
„Ja, ja, schön - aber was treibt dich an?"
„Es ist der Hass, Daniel, der Hass. Und der Mensch ist hassenswert. Er ist hassenswerter als jedes andere Wesen auf dieser Welt. Oh ja, ich weiß gut, was du jetzt sagen willst: Der Mensch ist doch auch zu Großmut fähig, zu Toleranz, zum Mitfühlen - sogar zur Liebe!
Aber der Hass ist stärker als die Liebe! Liebe muss man erwecken, und sie hegen und pflegen, sonst geht sie ein - Hass dagegen entsteht, wächst und gedeiht von selbst."
„Das drängt mir einen Vergleich mit Unkraut direkt auf."
Er lachte: „Diesen Vergleich kannst du deinem Vater, dem Gärtner, erzählen!"
„Und du? Ich muss trotzdem noch einmal fragen, wie du etwas gemeint hast: Welchem angeblich guten Zweck dient dein böses Tun? Nach deiner eigenen Aussage dürfte doch irgend jemand einen Vorteil davon haben."
Er kicherte. „Nun - ich! Und meine Freunde, wenigstens für kurze Zeit. Ich kann ihnen verschaffen, was sie sich auf Erden am meisten wünschen: Macht, Reichtum, Rache ..."
„Und zu welchem Preis?"
„Oh, der Preis ist billig. Billiger, als du denkst. Das, auf was du jetzt anspielst, ist bei den meisten überhaupt nichts wert."
„Nicht einmal dreißig Silberstücke, nehme ich an!"

„Werd nicht melodramatisch, Daniel! Die Geschichte mit den dreißig Silberstücken ist doch wohl in der Geschichte deiner Welt oft genug als müde Metapher herangezogen worden, nicht wahr? Gut, gut, der Preis des Verrats! Aber ich sage dir eines: Ich habe es gar nicht nötig, Menschen zu bestechen, nein! Du wirst lachen: Sie tun das Böse freiwillig. Ich muss nur diese Anlagen in die richtigen Bahnen leiten, damit etwas Vernünftiges dabei herauskommt."
„Etwas Vernünftiges? Gestatte, dass ich kichere!"
„Natürlich! Die restlose Vernichtung jeglicher menschlichen Existenz ist vernünftig, sie ist rational. Du gerade solltest das verstehen. Und was sollte zu diesem Zweck effektiver sein, als diese Horde dummer, arroganter, eingebildeter Maden das selbst erledigen zu lassen? Mit leichter Hilfestellung von mir natürlich. Gleichzeitig wäre das der Beweis meiner Einschätzung des Menschen. Getrübt nur durch die Tatsache, dass ich an dem Triumph meiner Beweisführung niemanden deines Schlages mehr teilhaben lassen könnte."
„Wie traurig für dich!", knurrte ich.
Er lachte schallend und verwandelte sich in Sekundenschnelle in Ybkallis zurück. „Siehst du", kicherte er immer noch, „das ist das, was ich an dir, im Gegensatz zu deinem Freund ..." Ich hob den Finger, und er verstand den Hinweis sofort und verbesserte sich: „... Bruder, verzeih, immer geschätzt habe: dieser feine Sinn für Ironie und Sarkasmus. Mein ureigenstes Metier - und ich anerkenne einen anderen Meister dieses Fachs."
Er deutete eine Verbeugung an, und ich erwiderte die Geste, wobei ich die Winchester von der Schulter rutschen ließ. „Ich muss zugeben, mein lieber Ybkallis, oder Iblis, oder wie auch immer, dass dein Plan perfekt war. Zumindest hast du mich perfekt eingeschätzt. Meinen allerherzlichsten Glückwunsch!"

„Und? Bitte, Daniel, es ist lächerlich, sich jetzt noch derart arrogant zu geben. Du hast verloren! Crusan hat verloren - und du mit ihm! Ein schlauer Plan des Weißen Gottes, eine zweite Karte ins Spiel zu bringen, aber das habe ich von Anfang an durchschaut! Und mit dem Ding kannst du mich nicht töten!"
Ich nickte und wog die Flinte in meiner Hand. Ich hatte die sechs guten Patronen hineingeladen, die verschmierte war noch in meiner Jackentasche. Ich lächelte Ybkallis zu und drückte sie von unten in das Magazin. Sie würde, nachdem der untere Lauf das Patronenreservoir war, zuerst abgefeuert werden. Dann hebelte ich durch. Es knirschte leicht im Schloss.

„Was soll das, Daniel?", fragte Ybkallis spöttisch. „Auch mit diesem Ding aus einer anderen Welt kannst du mich nicht beeindrucken. Es ist vorbei!"
Ich richtete die Mündung auf seine Brust. „Ich will dich auch nicht beeindrucken - ich will dich töten!"
Er lachte lauthals. „Daniel, das ist doch Unfug! Ich hatte wirklich gehofft, dass du ... im Gegensatz zu Crusan ..."
„Richtig!", bestätigte ich. „Damit wären wir beim Thema: Crusan. Ich denke, so schön deine Rechnung auch war, du hast einen entscheidenden Punkt übersehen!"
„Ach? Und der wäre?"
„Eben Crusan. Er hat mich aus der Schlacht herausgehalten."
„Und warum bitte, glaubst du?"
Jetzt lachte ich: „Damit ich dir in diesem Augenblick gegenüberstehen kann. Und ich habe bis zum Schluss nicht verstanden, welchen Plan er verfolgte. Dabei ist die Sache so einfach: Der Schwarze - du! - musste sich endlich demaskieren! Und das würde er nur tun, wenn er das Spiel gewonnen hätte!"

Ybkallis machte eine wegwischende Handbewegung: „Und? Ich habe das Spiel gewonnen! Was soll also noch passieren?"
„Du hast das Spiel eben noch nicht gewonnen!", widersprach ich und drückte ab.

Der Knall des Schusses brach sich hundertfach an den Felswänden und kam als vielfaches Echo zurück. Ybkallis taumelte zurück, als die Schrotkörner seine Brust zerfetzten, aber er fiel nicht.
„Na und?", spöttelte er und breitete die Arme selbstherrlich aus.
„Du kannst auf mich schießen, so oft du willst! Ich ..." Seine Stimme versagte plötzlich, und er stolperte. „Verdammt, was ..." Aus den Einschusslöchern in seiner linken Brust quollen Flammen empor, und er begann qualvoll zu husten.
„Du verfluchtes Schwein!", würgte Ybkallis hervor, als das Feuer auf seinen ganzen Körper übergriff. „Du hast mich reingelegt! Crusans Schwert! Crusans ..."
Er konnte nicht weiter sprechen, als die Flammen seinen Kopf erfassten und die Haare in Brand steckten. Ich sah schweigend zu, wie der Schwarze König, den ich als Ybkallis kannte, schreiend auf den Abgrund zutaumelte und schließlich einen Schritt zuviel machte.
Noch eine halbe Minute lang konnte man die Echos des Kreischens hören.
Ich ließ die Winchester zu Boden fallen. Crusans Patrone hatte ihren Zweck erfüllt.

Ich war in dieser Schmiede und habe die Klinge gekürzt ...
und:
Führe das zu Ende, was ich angefangen habe! Du hast die Möglichkeit dazu!
Ich, die zweite Weiße Karte.

Alles Hinweise von Crusan, die ich erst verstehen würde, wenn ich vor dem Schwarzen stand, damit dieser nicht gewarnt wäre, wenn er doch meine Gedanken lesen konnte.
Crusan hatte in der Schmiede einige Zentimeter von seiner Klinge abgeschlagen oder abgeschliffen und die Schrotkugeln in der einen Patrone durch die Späne und Metallsplitter ersetzt. Schließlich hatte er sie mit Harz oder Pech wieder zugeklebt.
Nur mein Schwert kann den Schwarzen töten!
Und das hatte es getan. Und Crusan hatte das alles von Anfang an geplant! Ich sah zu dem Toten am Kreuz hinauf.
Verdammt, Bruder, dein Plan war mindestens genauso durchtrieben und ausgeklügelt gewesen wie der des Schwarzen Gottes!

4.
Die wenigen Lyshiten, die in der Nähe standen, schienen plötzlich zu Stein erstarrt, und der Wind hatte aufgehört. Eine unheimliche Stille lastete über der ganzen Szenerie, die sowieso schon unwirklich genug erschien.
Kein Laut, bis auf ein flatterndes Geräusch. Ich sah nochmals noch oben. Ein Vogel hatte sich auf dem leeren Kreuz, das für mich bestimmt war, niedergelassen. Eine große Eule.
Divvnu'môn.
„Sei gegrüßt, Brauner Gott!" murmelte ich tonlos.
„Sei gegrüßt, Daniel von Gatarr, Weißer Ritter!" erwiderte er. „Und pass auf!"
„Was? Weißer Ritter? Und wieso ..."
Ein Geräusch hinter mir warnte mich, und ich fuhr herum.
Ein Mann war von dem Zeitstillstand nicht betroffen, eine Macht:
Blair!

Der Souvaner kam langsam mit gezogener Klinge auf mich zu. Es fällt mir schwer, seinen Gesichtsausdruck zu beschreiben. So unvereinbar das klingen mag: eine Mischung aus Verzweiflung, Resignation, blindem Hass und Vorfreude. In diesem Moment sah er seinem Bruder Jocelin überhaupt nicht ähnlich.
„Aus, alles aus!", kicherte er irre, und ein Speichelfaden lief über sein Kinn. „Du verfluchtes Schwein, du hast alles zerstört!"
Ich fluchte innerlich ebenfalls. Die Winchester lag neben ihm am Boden. Wenn ich schnell sprang und mich zur Seite wegrollte ...
Er hatte trotz seines Zustandes meinen Blick richtig gedeutet und lachte hämisch, als er mit dem Fuß auf die Waffe trat und sein Schwert etwas höher hob.
„Nein, nein, Daniel!", höhnte er. „Diesmal nicht! Diesmal keine Tricks! Nur du und ich!"
Er stieß die Flinte mit dem Fuß hinter sich und kam weiter auf mich zu. „Ich würde dir raten, deine Klinge zu ziehen."
Ich stimmte ihm ungern zu, aber das erschien mir wirklich ein guter Rat.
Blair lachte. „So ist es gut." Einen Moment lang blieb er stehen und nahm die theatralische Pose eines besonders intensiv Nachdenkenden an. „Ach, da fällt mir doch noch etwas ein: Ich bin ja eine Macht!"
„Und?"
„Na, du weißt schon: keine Tricks mit plötzlich verschwinden und dergleichen - ich kann dich blockieren! Hahaha!"
Er krümmte sich vor Lachen in sich zusammen, und ich nutzte die Gelegenheit, sprang vor und hieb zu.
Aber natürlich war das nur eine Finte von ihm gewesen. Schneller, als ich erwartet hatte, zuckte seine Klinge hoch und parierte meinen nicht sehr durchdachten Angriff leicht. Ich schaffte es gerade noch, zurückzuweichen, als seine

Schwertspitze an der Schneide meines Degens herunter glitt wie eine angreifende Tarantel, die mir auf den Arm springen wollte.
„Siehst du?", lachte er. „Ohne deine übernatürlichen Fähigkeiten bist du nichts, Daniel. Daniel von Gatarr, Weißer Ritter, dass ich nicht lache!"
Bei jedem Wort stach und hieb er im Takt des Sprachrhythmus nach mir, als ob er eine Vorstellung vor einem imaginären Publikum gäbe, und das schien ihm unsäglichen Spaß zu bereiten.
Ich versuchte mehrmals, in die obere Dimension abzutauchen, aber er hatte nicht gelogen: Eine mächtige Kraft hielt mich zurück, als ob ich hochspringen wollte und meine Füße in Klebstoff feststeckten. Ich konnte nichts anderes tun als zurückzuweichen.
Und ich wusste: Noch spielte er nur mit mir.
Meine verzweifelten Versuche schienen ihn zu amüsieren, und er bremste seinen Angriff: „Na, Daniel? Ich sagte dir, dass es nicht funktionieren würde. Hier schau!"
Die schnelle silberne Klinge blitzte auf, und ich parierte zu ungeschickt: An meinem linken Oberarm zeigte sich ein schmaler roter Streifen, aus dem Blut hervorquoll.
Ich schlug zurück, aber Blair war viel zu schnell. Er tänzelte zurück und ließ seine Waffe von der Rechten in die Linke wechseln. „Ach, das hast du auch nicht gewusst? Ich war einer der besten Schwertkämpfer der Souvanmark, mein Lieber!"
Ich wich zu den Felsen, die die natürliche Arena umgrenzten, zurück. Wenn ich es schaffte, ihn zurückgehend im Halbkreis hinter mir her zu locken, sodass ich wieder an mein Gewehr kam ...
Blair schüttelte missbilligend den Kopf: „Aber, aber! Nein, Daniel, das werde ich nicht zulassen!" Er ließ seine Klinge

durch die Luft pfeifen. „Schau, ich werde dich jetzt umbringen, und keine Macht ..."
„Du redest zuviel, und vor allem nichts Vernünftiges!"
„Oho! Hat der junge Held seine Sprache wieder gefunden? Ja, man hat mich gewarnt, dass du mit Worten nicht schlecht umgehen kannst. Aber leider, aber leider ..."
Ob dieser gekünstelten Theatralik musste sogar ich lachen: „Blair, auch wenn du mich jetzt in Stücke schneidest: Du bist nur eine bedauernswerte Existenz. Du bist eine armselige Kopie deines Bruders, auch wenn du älter bist!"
Er kreischte auf wie ein kleines Mädchen, und sein Gesicht verzerrte sich in ungezügelter Wut. „Mein Bruder, mein Bruder! Ich, ich bin der Grüne König!"
„Nein", widersprach ich und trat zwei Schritte in Richtung der Felsen zurück. „Du bist nichts als ein ausgedientes Werkzeug des Schwarzen!"
„Des Schwarzen, ja!"
„Und der ist hinüber! Was also bist du? Gar nichts!"
Blair ließ sein Schwert sinken und sah mich mit glasigen Augen an. In dem Moment tat er mir fast leid.
„Aber ... aber ...", murmelte er.
„Und du kannst den Namen deines Bruders noch nicht einmal aussprechen, nicht wahr?", ergänzte ich. „Na los! Sag es doch: Jocelin! Jo-ce-lin!"
Blair starrte mich an, als ob ich ihm vorgeschlagen hätte, in den Abgrund zu springen, und seine Waffe zuckte in seiner Hand hoch, als ob sie lebendig geworden wäre.
„Verdammtes Schwein!", kreischte er und drang auf mich ein.
Ich trat einen Schritt zurück, ohne zu parieren.
Eine andere Klinge tat das für mich.

.

Blairs Schwert prallte klirrend auf Widerstand und rutschte zur Seite ab. Derjenige, der so souverän für mich pariert hatte, senkte seine Waffe und deutete einen Gruß an.
„Bist du bereit, Bruder?", fragte Jocelin. „Es gilt, eine gewisse Angelegenheit ein für allemal aus der Welt zu schaffen!"
Blair zischte durch die Zähne, stieß einen kreischenden Schrei aus und schlug zu.
Ich wich weiter zurück.
Jocelin sah nicht gut aus, mager und ausgezehrt.
Die Klingen der beiden Zwillingsbrüder prallten viermal funkensprühend aufeinander, dann schaffte es Blair, Jocelin eine Verletzung an der Schulter zuzufügen, als die Parade misslang. Der Souvaner fiel zu Boden, aber das war nur eine Finte. Er warf sich liegend herum und schlug in dieser Lage seinem Bruder beide Beine unterhalb des Knies ab.

.

Und das war es, wenn ich mich einmal so ausdrücken darf. Blair kroch noch weiter bis zum Abgrund, eine Blutspur hinter sich herziehend, und heulte in die Tiefe. Ich gab ihm schließlich einen Tritt, um das Schauspiel zu beenden.
Er folgte seinem Mentor Ybkallis/Iblis auf seinem Wege.
Jocelin sah mich an: „Mit denen werden sie dort unten viel Freude haben, schätze ich!"
Ich nickte: „Schätze ich auch! In der Hölle freut man sich bestimmt über jeden!"

KAPITEL ZWÖLF : VERBRANNTE ERDE

und

EPILOG

1.
Noch immer wehte kein Lüftchen, und die lyshitischen Soldaten rührten sich nicht.
Die Eule landete flatternd auf einem kleinen Felsen neben uns, und Jocelin nickte dem Vogel zu: „Ich danke dir, Brauner Gott, auch wenn ich von einer anderen Farbe bin."
Divvnu'môn legte den Kopf schief: „Du brauchst dich nicht zu bedanken, Grüner König - denn das bist du jetzt! Das war ich deinem Freund schuldig, nachdem er mir so gute Dienste geleistet hat."
Ich schnaufte lautstark durch die Nase aus: „Das kann man wohl sagen! Deine ganzen Gegner haben sich - dank meiner Mithilfe - selbst aus dem Weg geräumt. Schwarz ist vernichtet, ich stelle keine Bedrohung dar, Grün spielt keine Rolle mehr ... Rot steht ohne Führung da, Blau vermutlich auch."
Die Eule sah mir in die Augen: „Richtig, Daniel. Iblis hatte schon recht, als er dir logische Überlegung bescheinigte. Und weil du mir so gute Dienste geleistet hast, dachte ich, dir einen kleinen Gefallen schuldig zu sein."
„Einen kleinen Gefallen? Na gut. Du hast Jocelin vom Zeitstillstand ausgenommen, obwohl er da noch nicht Grüner König war."
„So ist es. Und du wirst zugeben: Ohne diesen kleinen Eingriff meinerseits würdest du jetzt dort sein, wo Iblis und Blair sind!"
Ich lachte: „Muss ich dir dafür danken?"
„Nein. Ein Freundschaftsdienst."

„Du redest schon wie Iblis!"
„Haha! Gut gesagt. Aber ich bin dir noch etwas schuldig."
„Und das wäre?"
„Ich bin bereit, dich hier herauszubringen. Das kann ich jetzt. Wenn ich den Zeitstillstand aufhebe, dann wirst du vermutlich von den Lyshiten hier um uns nicht gerade mit offenen Armen empfangen werden, nicht wahr?"
„Hm", brummte ich. „Anzunehmen. Was denkst du, wie die Sache hier weitergeht?"
„Oh, wie du vorhin schon sagtest: Sie haben keinen Führer mehr. Sie werden sich nach Süden zurückziehen. Du weißt doch, wie das ist: Ein Eroberungsfeldzug wird meistens nur von einem überragenden Geist getragen. Wenn der nicht mehr lebt, fällt der ganze schöne Traum vom Imperium in sich zusammen wie ein leerer Mehlsack. Die sogenannten Nachfolger sind sich uneins, streiten sich um kleinliche Privilegien, paktieren mit dem Gegner und so weiter."
„Und König Yl?"
„König Yl ist mit seiner Armee tief in mein Territorium eingedrungen, und jetzt fehlt ihm die Unterstützung der Roten - und der Nachschub. Ich habe nicht alle meine Truppen in dieser aussichtslosen Schlacht aufgeopfert!"
„Sehr vernünftig!", konnte ich dazu nur sagen, weil mir ansonsten die Worte fehlten. Der Krieg ging also weiter.

.

Jocelin hatte dem Gespräch schweigend gelauscht. Jetzt wandte er sich an den Braunen Gott: „Was ist mit meinem Land? Kannst du mich dorthin zurückbringen?"
Divvnu'môn schüttelte den Kopf: „Nein. In räumlicher Hinsicht sind meine Fähigkeiten begrenzt. „Ich kann dich ... Euch aus der unmittelbaren Gefahrenzone hier herausbringen, ohne Versetzung in der höheren Dimension ..."
„Wie weit?"
„Vielleicht zehn, fünfzehn Kilometer."

„Das reicht!", stellte Jocelin fest. „Von dort aus muss ich eben sehen, wie ich zurechtkomme! Jedenfalls werde ich nach Mattincourt zurückgehen - ich bin der Grüne König!"
Er sah mich an, und ich fürchtete mich vor der Frage, die kommen musste: „Was ist mit dir, Daniel? Kommst du mit?"
Er hatte sie ausgesprochen, und ich war ihm eine Antwort schuldig, auch wenn sie ihm nicht gefallen würde.
„Nein, Joss. Du musst tun, was dein Gewissen dir befiehlt, also geh zurück nach Hause!"
„Und du?"
„Ich gehe auch zurück nach Hause. Kannst du das arrangieren, Brauner Gott?"
Die Eule nickte. „Es wird dir nicht gefallen, Daniel!"
„Mag sein. Tu es trotzdem!"

Mein Abschied von Jocelin fiel kurz, aber herzlich aus: Wir umarmten uns schweigend, dann setzte sich die Eule auf seine Schulter, und plötzlich waren beide verschwunden. Nur ein paar Sekunden später tauchte der Vogel aus dem Nichts wieder auf und landete auf meinem ausgestreckten Arm.
„Du willst wirklich zurück in deine Welt, Daniel?", fragte er mit seiner krächzenden Stimme, und ich nickte.

2.
Mit einer Eule auf der Schulter materialisierte ich im Garten meines Elternhauses.
Elternhaus.
Mein Stiefvater Joe - Josef, klar. *Dein Bruder ...*
Er hatte es gewusst.
Die ganze Gegend sah nicht mehr so aus wie zu dem Zeitpunkt, als ich sie das letzte Mal gesehen hatte:
Es war Nacht, das Licht fehlte ... Das Licht?

Und der ganze Himmel ... Ich konnte keine Sterne erblicken, nicht einmal den Mond. Das Firmament erstrahlte, nein ... das wäre der falsche Ausdruck. Das, was früher einmal der Himmel gewesen war, war jetzt ein dunkelgelblicher Brei von Wolken, von schwarzen Schlieren durchzogen, die von innen heraus glühten und das ganze umgebende Land in ein diffuses ockergelbes Licht aus sich bewegenden Schatten tauchten. Ab und zu zuckte ein Blitz aus den Wolken heraus und entlud sich mit krachendem Donner irgendwo am Horizont. Ein leichter Wind ging, der aber anscheinend ständig die Richtung wechselte.
Und das Gras, auf dem ich stand, es war nicht mehr die Wiese, in der ich als Kind gespielt hatte:
Es war eine gelbliche zähflüssige Masse, an der meine Stiefel kleben blieben, sodass ich Schwierigkeiten hatte, auf die Tür meines, ja meines Hauses zuzugehen.
Ich zog meinen Degen Melissa, aber eine Stimme in meinem Kopf sagte: „Nein, Daniel! Das ist nicht nötig!" Divvnu'môn, der auf meiner Schulter saß.
Der Wind steigerte sich in wenigen Sekunden zum Sturm, und ich musste mich gegen die Naturgewalt stemmen, um nicht umgerissen zu werden.
„Was zum Teufel ist hier passiert?"
Die Eule lachte, und das Lachen hörte ich wirklich: "Was hast du gedacht? Du bist und warst der Weiße Ritter - auch auf deiner Welt!"
„Na und?" Ich schrie die Erwiderung in den aufkommenden Sturm hinein.

.

Das Äußere des Hauses war von einer grünen Kruste überzogen, und als ich zaghaft an die Masse klopfte, erklang sie innen hohl.
„Versuch lieber nicht, das aufzubrechen, Daniel!", warnte mich Divvnu'môn. „Das Zeug, das sich da drinnen gerade

selbst ausbrütet, das frisst alles Organische zusammen. Aber nicht gleich, sondern erst nach ein paar Tagen, damit es sich weiter verbreiten und vermehren kann. Und es vermehrt sich weiter!"
Ich zuckte zurück: „Und du weißt das alles?"
„Natürlich! Ich produziere die Atmosphäre um uns! Die ist nämlich auch nicht mehr ohne Schaden atembar!"
Als ich gerade die Eingangstür zu meinem Haus, die mit einem zähen grauen Schimmelbelag an der Unterseite verkrustet war, aufschieben wollte, wurde mir erst der Sinn der Worte bewusst.
„Was?" Ein gewaltiger Donnerschlag unterbrach meine Frage, und einige Dachziegel stürzten herunter und zerschellten klirrend auf dem Boden.
Über dem Haus teilten sich die gelben Wolken, als wären sie von den Händen eines Riesen in der Mitte wie eine fadenscheinige Jacke auseinander gerissen worden, und gaben den Blick frei auf den Sternenhimmel.
Aber nur für eine Sekunde.
Dann schien der Himmel aufzubrechen, und schwarze zähflüssige Klumpen regneten herunter, und wo immer sie einschlugen, dort spritzte der gelbe Matsch des Bodens auf. An manchen Stellen entflammten Brände, die sich auf dem Boden in kurzlebigen Feuerschlangen in die Umgebung weiterverbreiten wollten, aber dann doch in einem Schlammloch versickerten.
Direkt neben dem Haus brach solch ein Schlammloch auf: Der Boden bebte einen Moment lang, dann kämpften sich zähe Gasblasen an die Oberfläche vor und eine grünliche Stichflamme schoss in die Atmosphäre empor.
„Was zum Teufel ist hier geschehen, während ich fort war?"
„Während du fort warst, richtig, Daniel! Und sprich den Namen nicht zu laut aus - auf dieser Ebene existiert er noch!

Und er hat gewonnen. Der Weiße Gott hat seinen Betrug mit dem Verlust dieser Welt bezahlt!"
„Was?"
„Keine Verletzung der Regeln bleibt ungesühnt - nicht einmal bei einem Gott! Er hat ein Spiel geopfert, um wenigstens das andere zu gewinnen!"
„Und er hat dasjenige geopfert, das ihm nicht so sehr am Herzen lag, richtig?"

.

Ich betrat das Haus, und das Lachen Divvnu'môns dröhnte durch meine Gehirnwindungen: "Was willst du eigentlich hier, Daniel?"
Ich sah den langen Flur, die Küche auf der rechten Seite, und geradeaus ging es weiter zum Wohnzimmer.
„Und du kannst für uns beide die Atmosphäre aufrecht erhalten?", fragte ich Divvnu'môn, als ich das Skelett am Wohnzimmertisch sah. Selbst für einen amtlichen Leichenbeschauer wäre das kein erfreulicher Anblick gewesen:
Würmer und Käfer, die etwas größer schienen, als man es von dergleichen Spezies gewöhnt ist, krochen auf dem allerletzten Beweis, dass hier einmal ein Mensch existiert hatte, herum, und schafften es, dass die abgenagten Finger seiner rechten Hand sich sogar noch ab und zu hoben.
Ein Beweis für die Unverwüstlichkeit des Lebens.
Phantastisch, nicht wahr?

.

Mein Stiefvater Joe, er hatte Bescheid gewusst, deswegen hatte er auch gerufen: „Das kann er nicht tun!"
Dass ich die Weiße Karte war, das war ihm klar gewesen.
Nur nicht, dass ich in einem anderen Spiel eingesetzt würde.
Und deswegen saß er jetzt da, von Chemikalien zerfressen und von Kakerlaken abgenagt.
Vor ihm auf dem Tisch lag noch die Bibel.

Ich hatte nie gewusst, dass er gläubig war. Und jetzt hatte er in den Staub des Tisches „Betrug" gekratzt, bevor er gestorben war.
Auf seiner Welt hatte der Schwarze gewonnen.
Auf seiner? Es war einmal meine gewesen.

3.
Ich setzte mich in den Sessel, der einmal, vor Tausenden von Jahren, der Lieblingsstuhl meines ‚Vaters' gewesen war. Die Eule flatterte hoch und ließ sich auf der Lehne nieder.
„Und jetzt?", fragte sie.
„Und jetzt? Welch gute Frage! Wie ist das hier zugegangen?"
„Zugegangen ist ein hübscher Ausdruck! Kannst du dir das nicht vorstellen?"
„Nein! Ehrlich gesagt nicht!"
„Du bist der Weiße König. Du warst es auch auf deiner Welt. Ohne dich war das Gegengewicht weg. Verstehst du nicht? Du hast gewonnen auf meiner Welt - auf deiner ist es aus!"
„Aus?"
„Aus! Die Situation war klar: Nachdem jede kleine Macht inzwischen über Atomwaffen verfügte, konnten die wirklich großen Mächte nicht mehr riskieren, wegen eines lokalen Konfliktes einen allumfassenden Krieg zu riskieren, der eventuell ihre eigene Existenz abgeschnitten hätte.
Der Zwei-Tage-Krieg im Jemen, der fast die ganze Arabische Halbinsel verseuchte, manche Gegenden für Hunderte von Jahren unbewohnbar machte, und - bei ungünstiger Windrichtung - das Mittelmeer zum Umkippen brachte, war ihnen eine Lehre. Vor allem der blindwütige Gegenschlag der überlebenden Israelis, der wirklich alles Land zwischen dem Bosporus und Indien in eine Strahlungswüste verwandelte.
Also beschlossen sie in der Konferenz von Frederikshåb, allen Eventualitäten zuvorzukommen und alle unzuverlässigen

und eigensinnigen Staaten, vor allem solche, denen man aus religiösen Gründen nicht trauen konnte, in einem umfassenden chemischen und biologischen Überraschungsschlag niederzumachen, bevor jene noch gewahr wurden, was passierte. Und vor allem, bevor sie ihre sorgsam versteckten Atomwaffen einsetzen konnten.
Leider ging das schief. Denn die Herrschaften, die dort an den Knöpfen saßen, gut geschützt in ihren Bunkern - und schon lange gewarnt -, die schossen zurück - mit ebenfalls chemischen und biologischen Waffen. Und ihrem restlichen atomaren Potenzial."

*

Esram hob das seltsame metallene Rohr mit dem Holzgriff, das er auf dem Schlachtfeld gefunden hatte, in die Höhe und betrachtete es sich genau.
Es schien keine Waffe zu sein; aber was dann? Eine Art Marschallstab? Nein, dazu war das Ding zu schmucklos. Das Rohr bestand aus Stahl, kein Zweifel. Das Holzstück am anderen Ende sah aus wie der Kolben einer Pfeilschleuder, aber es gab keinen Bogen und keine Sehne.
Eine Waffe vielleicht, die er noch nicht kannte?
Er schaute zurück, zu dem kleinen Handkarren, den er auf die Hochebene heraufgezogen hatte. Er war fast voll mit Schwertern, Lanzen- und Hellebardenspitzen, die er abgebrochen hatte. Wenn er es schaffte, an diesem Abend noch mit seiner Beute zum heimischen Hof am Fuß des Berges zurückzukehren und dabei keinen anderen Plünderern über den Weg lief, dann hatte er hier ein kleines Vermögen.

Die letzten Nachzügler der verfeindeten Heere hatten vor einem Tag die Gegend verlassen, und bis jetzt hatte sich niemand hier herauf gewagt. Die Gegend am Ende der Welt galt schon immer als verflucht.
Aber er hatte das Risiko auf sich genommen. Und bis jetzt hatte es sich gelohnt. Wenn er die ganzen, teilweise kostbaren Waffen an den Händler in Uslew verkaufte, dann würde er an einem Tag mehr verdienen als in zwei Jahren Feldarbeit. Wenn natürlich andere Plündererbanden ihn hier mit seiner Beute erwischten, oder gar eine Abteilung der Soldaten König Pierephalos ...
Er warf das Metallrohr auf seinen Karren. Wer weiß, für was das Ding gut war!
Als er mit dem rechten Fuß ausrutschte, erinnerte ihn das daran, dass der Schnee auf dem Boden schmolz und glitschig wurde. Die Temperatur würde wieder steigen - in dieser Gegend war der Winter nie so richtig kalt! - und dann würde es in zwei, drei Tagen hier so richtig stinken!

.

Esram hob eine Axt hoch und taxierte im Geiste schon den Preis: nicht besonders kostbar, aber gut gearbeitet. Vielleicht sollte er, nachdem er seinen Karren mit Waffen fast vollgeladen hatte, jetzt lieber aufhören und verschwinden.
Und das Rohr? Seltsam, dass ihm dieses Ding nicht aus dem Kopf ging. War das nun eine Waffe oder nicht?
Er warf die Axt auf den Karren und nahm den merkwürdigen Gegenstand nochmals zur Hand.
Ein Rohr, ohne Zweifel. Damit konnte man niemandem richtig wehtun. Und der Kolben am anderen Ende? Nun gut, im Notfall konnte man jemandem damit den Schädel einschlagen; trotzdem eine unhandliche Waffe. In der Mitte eine seltsame Konstruktion aus ganz leichtem Metall - aber welchem Zweck diente das?

Sein Schwager Snorlvad hatte ihm einmal von einer seiner Reisen erzählt: dass in Olvshaven sogar gelehrte Leute auf Geheiß des Königs damit beschäftigt waren, das angeblich nicht gleichmäßige Verrinnen der Zeit zu untersuchen. Zu diesem Zweck hatten sie große, sich rhythmisch bewegende Apparaturen gebaut, die hin und her schwangen und sich am Tag auch nur um eine Viertelstunde irrten. Unglaublich! Die Geräte sollten so kompliziert sein, dass kein Mensch, nicht einmal die Erbauer, verstanden, warum sie überhaupt funktionierten.
Und man machte Experimente: So hatte man zum Beispiel Hunderte von Versuchspersonen an dieser Apparatur zur Zeitfestlegung gemessen: Handwerker, Bauern, Soldaten (sogar zwei Adlige hatten sich bereit gefunden, bei diesem epochalen naturwissenschaftlichen Experiment mitzuwirken) - mussten ohne Hilfsmittel schätzen, wann genau eine Stunde vergangen war, und jeder hatte etwas anderes gesagt.
Am Schluss waren alle Preisrichter sich einig gewesen, Lord Filyphsran den Preis der am genauesten geschätzten Stunde zuzugestehen: Ein Schuster namens Willbur hatte zwar nur zwanzig Sekunden daneben gelegen, aber der Lord machte mit Recht geltend, dass Willbur einer seiner Untertanen war. Er selbst hatte sich auch nur um drei Minuten geirrt.
War das Ding so ein Zeitmessgerät?

„Könnte ich das haben?", erklang plötzlich neben Esram eine Stimme.
Er drehte sich um, und der Schreck fuhr ihm dermaßen in die Knochen, dass er in den Knien einknickte und beinahe hinfiel. Ein junger Mann, sicher kaum über die Zwanzig, stand vor ihm und lächelte ihn an: „Gib's mir! Es ist meines!"
Esram sah den anderen an, der so plötzlich aufgetaucht war: Sehr gewalttätig sah der Kerl nicht aus, aber er trug ein Ra-

pier an seiner Seite - und das Grinsen war nicht wirklich freundlich.
„Vielen Dank auch!", nickte der Fremde und nahm ihm das Rohr aus der Hand. „Ich glaube, ich kann das noch gebrauchen!"
„Gebrauchen?", flüsterte Esram noch.

Ich hatte daheim noch drei Schachteln Patronen gefunden, Divvnu'môn hatte mich auf diese Welt zurückgebracht, und jetzt ...

... und jetzt machte ich mich auf den Weg, den Weg nach Osten, um Jocelin wieder zu finden.

ENDE

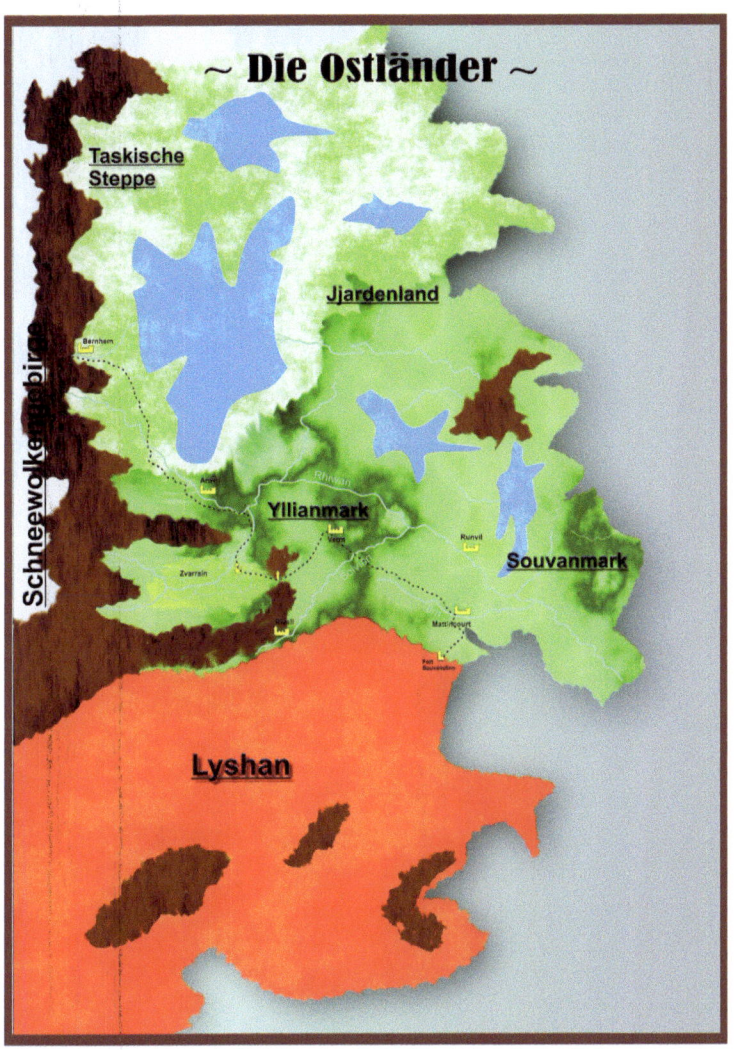